우리에겐 새 이름이 필요해

WE NEED NEW NAMES
by NoViolet Bulawayo

이 도서의 국립중앙도서관 출판예정도서목록(CIP)은
서지정보유통지원시스템 홈페이지(http://seoji.nl.go.kr)와
국가자료공동목록시스템(http://www.nl.go.kr/kolisnet)에서 이용하실 수 있습니다.
(CIP제어번호: CIP2016000665)

We Need New Names

우리에겐 새 이름이 필요해

NoViolet Bulawayo
노바이올렛 불라와요 장편소설
이진 옮김

문학동네

일러두기

1. 주석은 모두 옮긴이주이다.
2. 본문 중 고딕체는 원서에서 이탤릭체나 대문자로 강조한 부분이다.

자Za에게

차례

1
부다페스트 가는 길

우리는 부다페스트에 간다. 배스터드Bastard, 치포Chipo, 갓노즈Godknows, 스브호Sbho, 스티나Stina,* 그리고 나, 이렇게 여섯이서. 음질리카지 로드는 절대 건너면 안 되지만, 배스터드는 여동생 프랙션을 돌봐야 하지만, 들키는 순간 엄마가 날 죽이려 들겠지만, 그래도 우리는 간다. 부다페스트에 가면 구아바를 훔쳐 먹을 수 있고, 지금 나는 구아바 하나만 먹을 수 있다면 무슨 짓이든 할 수 있을 것 같다. 우리는 아침도 걸렀다. 마치 뱃속을 삽으로 홀랑 파낸 것 같다.

* 1980년 독립 이전 영국의 식민지였던 짐바브웨의 부모들은 자식들에게 그 의미를 이해하지 못한 채 영어 이름을 지어주었다.

패러다이스를 빠져나가는 건 그다지 어렵지 않다. 이 동네 엄마들의 관심은 오직 머리 손질을 하면서 수다 떠는 것뿐이니까. 엄마들은 한 줄로 서서 양철집들을 지나가는 우릴 힐끗 쳐다보고는 이내 고개를 돌린다. 자카란다 나무 그늘에서 쉬는 아저씨들도 체커판에서 눈을 떼는 법이 없기 때문에 걱정할 필요가 없다. 이따금 꼬마들이 우릴 보고 쫓아오긴 하지만, 배스터드가 맨 앞에 쫓아오는 발가숭이 꼬마의 커다란 머리통을 한 대 갈기는 순간 모두 돌아선다.

숲에 이르렀을 때쯤엔 우리는 이미 하늘을 나는 듯이 달리며 목이 터져라 노래를 부르고 있다. 그렇게 악을 써대면 목소리를 바퀴 삼아 더 빨리 달릴 수 있다는 듯이. 인도로 가는 길, 누가누가 찾았나? 스브호가 선창을 하면 우리가 후렴구를 부른다. 바스코 다 가마! 바스코 다 가마! 바스코 다 가마! 오늘 나라놀이에서 이긴 배스터드가 대통령이라도 된 듯 우쭐거리며 앞장을 서고, 그 뒤로 나, 갓노즈, 스티나, 스브호가 달리고, 치포가 맨 뒤에서 따라온다. 치포는 원래 패러다이스에서 둘째가라면 서러울 정도로 빠르지만 누군가 그앨 임신시킨 뒤로는 영 신통치가 않다.

음질리카지 로드를 건너 또 한번 숲을 지나고, 호프 스트리트를 따라 또 한참을 달리고, 우리가 결코 앉을 일 없을 반짝거리는 벤치가 있는 큰 경기장을 유유히 지나, 마침내 부다페스트에 들어선다. 하지만 치포가 배가 아파 잠깐 앉아야 해서 도중에 한 번 멈춘다. 치포는 배가 아플 때면 잠깐씩 쉬어야 한다.

도대체 아기는 언제 나와? 배스터드가 묻는다. 배스터드는 치포의 배 때문에 우리가 멈추어야 하는 게 못마땅하다. 우리가 치포하고 노는 걸 막으려 한 적도 있다.

때가 되면 낳겠지. 치포가 말을 안 하기 때문에 내가 대신 답한다. 치포는 벙어리는 아니지만, 배가 불러오기 시작하면서 말을 안 하게 되었다. 그래도 우리하고는 계속 어울리고, 다른 것도 다 잘하고, 꼭 해야 할 말이 있으면 손짓으로 한다.

그러니까 그 때가 언제냐고. 목요일? 내일? 아님 다음주?

배가 아직 조그만 거 보면 모르냐? 아기가 자라야 나오지!

아기는 배 밖에서 자라는 거거든? 뱃속이 아니고. 자라려고 태어나는 거야. 그래서 어른이 되는 거고.

하여간 아직 때가 아니야. 그러니까 아직 뱃속에 있지.

남자야? 여자야?

남자. 첫째는 무조건 남자여야 한대.

넌 첫짼데 여자잖아. 멍청아.

남자여야 한다고 한 거야. 꼭 그렇다는 게 아니라.

그 똥내 나는 입 좀 다물지그래. 어차피 네 배도 아니잖아.

난 여자애일 것 같아. 자주 손을 대봤는데 아기가 발길질을 안

하더라고. 한 번도.

맞아. 남자애들은 발길질을 하고 주먹을 날리고 머리로 박잖아. 할 줄 아는 게 그런 것밖에 없거든.

치포는 남자애를 원할까?

아니. 응. 어쩌면. 나도 모르겠다.

근데 아기는 도대체 어디서 나오는 거야?

그야 들어간 곳과 같은 데서 나오지.

정확히 배에 어떻게 들어가는데?

예수의 어머니가 거기로 넣어주는 거야.

예수의 어머니가 넣어주는 거 아니거든. 남자가 넣어주는 거야. 내 사촌 무사가 말해줬어. 음, 사실은 에니아한테 말하는 거였지만, 나도 거기 있다가 들었어.

그럼 도대체 누가 치포 뱃속에 아기를 넣어준 거야?

치포가 말을 안 하는데 우리가 어떻게 아냐?

치포, 누가 넣어줬어? 우리한테만 말해봐. 아무한테도 말 안 할게.

치포가 하늘을 올려다본다. 한쪽 눈에 살짝 눈물이 비치지만, 아주 작은 한 방울이다.

그런데 남자가 아기를 넣었으면 왜 다시 안 빼?

애를 낳는 건 여자니까 그렇지, 이 바보야. 그러니까 여자들한테 젖가슴이 있지. 아기가 젖을 빨 수 있어야 하니까.

치포는 젖이 아주 조그맣던데? 돌멩이만해.

상관없어. 아기 낳으면 다 커져. 이제 그만 가자. 치포, 갈 수 있겠어? 내가 묻는다. 치포는 대답 없이 일어나 저만치 달아나버린다. 우리도 뒤쫓아간다. 우리는 부다페스트 중심가로 들어가서야 멈춘다. 부다페스트는 패러다이스와는 전혀 다르다. 전혀 다른 나라에 와 있는 것 같다. 우리와는 다른 사람들이 사는 좋은 나라. 하지만 이곳에 실제로 사람들이 살고 있다는 증거는 없다. 공기마저도 텅 빈 것 같다. 맛있는 음식 냄새도, 그 어떤 냄새도, 그 어떤 소리도 없다. 아무것도 없다.

부다페스트에는 커다란 집들이 있다. 지붕엔 위성안테나가 달려 있고, 깔끔하게 자갈이 깔린 앞마당이나 잘 손질한 잔디밭이 있고, 높은 울타리와 콘크리트 담장이 있고, 꽃들이 있고, 우리를 기다리듯 열매가 주렁주렁 열린 아름드리나무들이 있다. 그 열매들을 어떻게 해야 할지 아무도 모르는 모양이다. 우리가 용기를 낸 것도 바로 그 열매들 때문이다. 그게 아니었다면 여기까지 올 생각을 못했을 것이다. 깨끗한 거리가 금방이라도 우리에게 침을 뱉으며 그만 너희 동네로 꺼지라고 말할 것만 같다.

처음에는 지금은 영국에 사는 스티나의 삼촌네 집에서 열매를 훔치곤 했었다. 그러나 그때는 구아바를 훔쳤다고 할 수가 없다. 스티나의 삼촌네 집 나무였지 낯선 사람의 집 나무가 아니었으니까. 그건 엄연히 다른 얘기다. 하지만 그 집 나무에 열린 구아바를 우리가 전부 다 먹어치웠기 때문에 결국 다른 집을 찾을 수밖에 없었다. 그동안 우리가 구아바를 얼마나 많이 훔쳐먹었는지 다 셀 수도 없다. 거리 하나를 정해서 그 거리의 모든 집을 다 훑고 난 다음 다른 거리로 이동하자고 제안한 건 배스터드였다. 그런 식으로 해야 이미 갔던 집과 안 갔던 집을 구분할 수 있다고. 배스터드는 이건 일종의 패턴이라고, 그래야만 더 좋은 도둑이 될 수 있다고 했다.

오늘은 새로운 거리를 개시하는 날이라 우리는 조심스럽게 주위를 살핀다. 이 주 전인가 삼 주 전에 구아바를 싹쓸이했던 치무렌가 스트리트를 지나고 있는데, 흰 커튼이 열리더니 누군가가 얼굴을 빼꼼히 내민다. 오줌 누는 발가벗은 천사 대리석상이 있는 크림색 집이다. 걸음을 멈추고 그 얼굴이 무얼 할지 궁금해 빤히 쳐다보고 있는데, 창문이 열리면서 작고 우스꽝스러운 목소리가 우리에게 거기 서라고 소리친다. 안 그래도 가만히 서 있는데. 멈추라고 해서 멈춘 건 아니고, 우리 중 누구도 달리고 있지 않았던데다 그 목소리가 별로 위협적이지도 않아서 서 있다. 열린 창문으로 흘러나오는 음악은 크와이토*도 아니고 댄스홀

음악**도, 하우스 음악***도 아니다. 처음 들어보는 음악이다.

키가 크고 마른 여자가 현관문을 열고 밖으로 나온다. 가장 먼저 눈에 들어온 것은 여자가 무언가를 먹고 있다는 사실이다. 여자가 손을 흔들며 우리 쪽으로 다가오는데, 그녀의 가냘픈 몸을 보니 굳이 도망칠 필요가 없다는 생각이 든다. 그래서 우린 가만히 서서 기다린다. 여자는 왜, 무얼 보고 웃는 걸까. 여자가 대문 앞에 선다. 대문은 잠겨 있고 그녀는 열쇠를 갖고 나오지 않았다.

세상에! 이런 끔찍한 무더위, 딱딱하게 마른 땅, 난 도저히 못 참겠던데, 너희들은 어쩜 그렇게 잘 돌아다니니? 여전히 전혀 위협적이지 않은 목소리로 여자가 묻는다. 그녀는 미소를 지으며 손에 들고 있던 것을 한입 베어먹는다. 목에는 분홍색 카메라가 걸려 있다. 우리는 모두 여자의 긴 치마 밑으로 나온 발을 본다. 아기 발처럼 깨끗하고 예쁜 발이다. 보라색 매니큐어를 칠한 발가락이 꼼지락거린다. 한 번이라도 내 발이 저랬던 적이 있었던가. 갓 태어났을 땐 혹시 저랬을까.

우리는 음식물을 씹는 여자의 빨간 입을 본다. 목 옆쪽에 힘줄

---

* 1990년대 남아프리카공화국의 요하네스버그에서 나타난 음악 장르.

** 1970년대 후반에 발전된 자메이카 대중음악의 한 종류.

*** 1980년대부터 시작된 여러 전자 댄스음악의 총칭.

이 서고 도톰한 입술을 쩝쩝거리는 모습으로 보아 먹는 게 무언지는 몰라도 맛이 기가 막힌가보다. 나는 여자의 기다란 손가락과 여자가 먹는 음식을 뚫어지게 쳐다본다. 납작하게 생긴 게 겉이 바삭바삭해 보인다. 윗부분은 크림색으로 솜털처럼 폭신해 보이고 그 위에 동전처럼 생긴 것들이 얹혀 있는데 빛깔이 화상 상처 같은 진분홍빛이다. 빨간색과 초록색, 그리고 노란색 과자가루 같은 것도 보이고 여드름처럼 생긴 갈색 혹들도 보인다.

치포가 손가락으로 그 음식을 가리키고는 자꾸만 허공을 찌른다. 저게 뭐야? 라고 묻는 것처럼. 나머지 한 손으로는 자기 배를 쓰다듬는다. 임신한 후로 치포는 마치 장난감이라도 되는 듯 툭하면 자기 배를 만진다. 치포의 배는 아직 축구공 정도로 그렇게 크진 않다. 우리는 여자의 입에 시선을 고정한 채 여자가 무슨 말을 할지 기다려본다.

아, 이거? 카메라라는 거야. 여자가 말한다. 그 정도는 우리도 아는데. 저게 카메라라는 건 바닥에 뒹구는 돌멩이도 안다. 여자가 치마에 손을 쓰윽 닦고 카메라를 툭툭 치고는 먹던 음식을 현관 옆 쓰레기통 쪽을 겨냥해 휙 던진다. 빗나갔다. 여자는 미친 사람처럼 혼자 웃는다. 여자가 같이 웃어주길 바라는 듯 우릴 쳐다보지만, 우리는 공기를 가르며 휙 날아가 죽은 새처럼 바닥에 털썩 쑤셔박힌 음식에 정신이 팔려 있다. 아주 적은 양이라도 음식을 버리는 사람을 우리는 한 번도 본 적이 없다. 치포는 달려가 그것을 줍고 싶어하는 눈치다. 여자가 입술을 일그러뜨리며 씹던 것을 마저 삼킨다. 그 모습을 보며 덩달아 마른침을 삼키자니 목구멍이 아리다.

너 몇 살이니? 여자가 치포에게 묻는다. 임신한 사람을 처음 본다는 듯 치포의 배를 쳐다보면서.

열한 살이요. 갓노즈가 치포 대신 대답한다. 우린 열 살이고요. 자기와 날 가리키며 그가 덧붙인다. 배스터드는 열한 살이고 스브호는 아홉 살이에요. 스티나는 출생증명서가 없어서 몇 살인지 모르고요.

와우! 여자가 말한다. 나도 따라 해본다. 와우, 와우, 와우. 그러나 속으로만 말한다. 그런 말은 처음 듣는다. 무슨 뜻인지 궁금하지만 골치가 아파서 더이상 생각하지 않기로 한다.

아줌만 몇 살이에요? 갓노즈가 묻는다. 어느 나라에서 왔어요? 언젠가는 저 나불거리는 입 때문에 빰을 한 대 얻어맞을 거라고 나는 생각한다.

나? 난 서른세 살이고, 런던에서 왔어. 아버지의 나라에 처음 와봤단다. 여자가 말하며 자기 목걸이 줄을 꼰다. 목걸이 끝에는 아프리카 지도 모양의 금색 장식이 달려 있다.

런던이라면 나도 알고 있다. 거기서 만들었다는 사탕을 먹어본 적이 있다. 처음엔 단맛이 나다가 입안에서 시큼해지는 사탕이었다. 부사 삼촌이 런던으로 처음 이사 갔을 때 보내줬는데 그것도 벌써 한참 전의 일이다. 이젠 삼촌이 아무것도 안 보내줘. 갓노즈가 말한다. 갓노즈는 삼촌이 보낸 사탕을 실은 비행기가 때마침 지나가주길 바라듯 물끄러미 하늘을 쳐다본다.

근데 열다섯 살 정도밖에 안 돼 보여요. 아직 어린애 같아요. 여자를 바라보며 갓노즈가 말한다. 여자가 손을 들어 갓노즈 입을 한 대 갈길 줄 알았는데 여자는 전혀 불쾌해하지 않고 오히려 미소를 짓는다.

고마워. 실은 예수 다이어트*를 끝낸 지 얼마 안 됐거든. 뿌듯해하는 목소리로 여자가 말한다. 나는 뭐가 고마워요?라고 묻는 듯한 표정으로 여자를 쳐다본다. 그러고는 생각한다. 예수 다이어트가 뭐예요? 진짜 예수를 말하는 거예요? 하느님 아들?

표정이나 말이 없는 것으로 보아 아이들은 여자가 이상하다고 생각하는 것 같다. 여자는 푸석푸석하고 헝클어진 머리카락을 쓸어넘긴다. 내가 만약 부다페스트에 산다면 매일 몸을 깨끗이 씻고 머리도 예쁘게 빗어서 내가 제대로 된 집에 사는 제대로 된 아이란 걸 보여줄 텐데. 헝클어진 머리로 자물쇠가 채워진 쇠창

---

* 성경 등 관련 자료에 나타난 예수님의 식습관을 따라 하는 다이어트 방식.

살 대문 뒤에 서 있는 여자의 모습은 꼭 우리에 갇힌 짐승 같다. 문득 여자가 정말로 대문을 뛰어넘어 우릴 잡으러 쫓아오면 어쩌나 하는 생각이 든다.

너희들 사진 좀 찍어도 되니? 여자가 묻는다. 어른이 우리 의견을 묻는 것 자체가 신기해서 우리는 대답하지 않는다. 그저 멍하니 여자를 바라본다. 제멋대로 헝클어진 머리카락, 걸을 때 바닥에 끌리는 긴 치마, 그 밑으로 보이는 예쁜 발, 황금빛 아프리카 장식, 커다란 두 눈, 실제로 살아 있는 사람이라는 걸 증명해주는 흠집 하나 없이 매끄러운 피부, 코걸이, '다르푸르*를 구하라'라고 적힌 티셔츠.

좋아. 자, 가까이들 모여 서볼래? 여자가 말한다.

거기 키 큰 애, 넌 뒤로 가고. 그리고 너, 그래 너, 그리고 넌 이쪽을 봐. 아니 너 말고, 거기 이 빠진 애. 그리고 이제 날 쳐다보는 거야. 그녀가 말하며 쇠창살 밖으로 양손을 뻗는다. 우리에게 거의 닿을 정도로.

좋아. 아주 좋아. 이제 치즈 하는 거야. 알지? 치즈, 치즈, 치이이이이즈. 여자가 신이 나서 떠들자 다들 치즈라고 말한다. 나는 치

---

* 수단공화국 서부의 지역 이름. 2003년부터 정부군와 반군 세력 사이에 이어져 온 유혈 사태 다르푸르 분쟁이 일어난 곳이다.

즈가 무슨 뜻인지 생각하느라 제대로 따라 하지 못한다. 기억이 나지 않는다. 어제 본스 어머니*가 두두라는 이름을 가진 새 이야기를 들려주었다. 두두는 무슨 뜻인지도 모르고 새 노래를 배워 불렀고 곧 잡혀 저녁 식탁에 올랐는데, 알고 보니 그 노랫말이 날 잡아 요리해달라는 뜻이었다고.

여자가 날 가리키며 고개를 끄덕이더니 치이이이즈 하란다. 여자가 날 잘 아는 사람처럼, 마치 우리 엄마까지 아는 사람처럼 환하게 웃어서 나는 치즈 해준다. 처음엔 천천히 발음하다가 치즈 그리고 또 치즈 하고는 또 한번 치이이이즈 한다. 모두가 덩달아 치즈 치즈 치즈 합창을 하는 사이 카메라는 찰칵, 찰칵, 또 찰칵한다. 그러다가 어느 순간, 평상시에 비교적 조용한 편인 스티나가 홱 돌아서서 걷기 시작한다. 여자는 사진 찍기를 멈추고 묻는다. 얘, 어디 가니? 스티나는 뒤도 돌아보지 않고 계속 걷는다. 그러자 치포도 스티나를 따라나서고, 곧이어 우리들 모두가 뒤쫓아 간다.

계속 우릴 찍어대는 여자를 뒤로하고 우리는 걷는다. 빅토리아 스트리트 모퉁이에 이르자 배스터드가 멈춰 서더니 여자를 향해 큰 소리로 욕을 퍼붓기 시작한다. 그 순간 여자가 먹다 버린 음

---

* 주인공의 아버지 본스의 어머니, 즉 주인공의 할머니.

식, 우리에게 먹겠느냐고 묻지도 않고 내버린 음식의 기억이 되살아나 나도 같이 소리를 질러대기 시작하고, 결국 모두 다 같이 소리를 지른다. 우리는 소리를 지르고, 지르고, 또 지른다. 여자가 먹던 걸 우리도 먹고 싶다. 하늘 높이 울려퍼지는 우리 목소리를 듣고 싶다. 우리의 배고픔이 사라져주면 좋겠다. 여자는 소리지르는 사람을 처음 본다는 듯 당황한 표정으로 우릴 쳐다보다가 서둘러 집안으로 들어가버린다. 그녀가 들어간 뒤에도 우리는 계속 소리를 지른다. 목이 간질거리고 피냄새가 날 때까지.

어른이 되면 구아바 말고 집안의 더 큰 물건들을 훔치자고 배스터드가 말한다. 난 아무래도 상관없다. 그때쯤에 난 여기 있지도 않을 테니까. 미국에서 포스털리나 이모와 함께 살면서 제대로 된 음식을 먹고 있을 테고 도둑질 따위는 할 일이 없을 테니까. 하지만 지금은 구아바를 훔쳐야 한다. 우리는 로버트 스트리트에 산처럼 우뚝 솟아 있는 하얀 저택을 목표로 정한다. 창문들이 크고 집 전체가 반짝이는 재질로 지어졌고 앞마당에 있는 빨간 수영장을 빈 의자들이 빙 둘러싸고 있다. 그 집의 모든 것이 정말로 예쁘다. 하지만 어떤 식으로 예쁘냐 하면, 그 집을 바라보고 감탄하면서 정말 예쁜 집이야, 사람이 들어가 살기엔 너무 예뻐! 하고 말하게 될 정도로 예쁘다.

다행히 집은 정원 안쪽 깊이 자리잡고 있고, 우리의 구아바 나무는 마치 우리가 오는 소리를 듣고 마중이라도 나온 듯 앞쪽에 있다. 담을 넘어 나무를 타고 준비해 온 비닐봉지에 구아바를 가득 담기까지 그리 긴 시간이 걸리지 않는다. 오늘 훔친 구아바는 황소 구아바다. 황소 구아바는 불끈 쥔 남자 주먹처럼 크고 보통 구아바처럼 노랗게 익지 않는다. 겉은 초록색이고, 안은 분홍색에 부드럽고, 맛은 기가 막혀서 도무지 말로 표현할 수 없다.

패러다이스로 돌아갈 때 우리는 뛰지 않는다. 유유히 걷는다. 마치 이제는 부다페스트도 우리 구역이 되었다는 듯이. 심지어 우리가 이 마을을 세웠다는 듯이. 돌아오는 내내 구아바를 먹으면서 이 동네를 더럽히기 위해 여기저기 껍질을 뱉어놓는다. AU 스트리트 모퉁이에서 치포가 토하는 바람에 잠시 멈추어 선다. 치포는 먹기만 하면 토한다. 오늘 치포는 탁한 오줌 같은 액체를 토했다. 우리는 치포의 구토물을 덮지 않고 그대로 내버려둔다.

이다음에 난 여기 살 거야. 꼭 저렇게 생긴 집에서. 스브호가 큼직한 구아바를 한입 베어물며 말한다. 스브호는 기다란 계단이 있고 온통 꽃으로 둘러싸인 파란색 저택을 가리킨다. 꽤 근사한 집이긴 하지만 조금 전 구아바를 훔친 집보다는 못하다. 스브호의 목소리로 보아 장난으로 하는 말이 아니다. 사뭇 진지하다. 나는 볼이 터질 듯 구아바를 입에 넣고 씹는 스브호를 쳐다본다.

스브호는 씹던 구아바를 꿀꺽 삼키고 남은 구아바 껍질을 이빨로 벗긴다.

어떻게 저런 집에서 살 건데? 내가 묻는다. 스브호는 껍질을 뱉은 다음 커다란 눈으로 날 쳐다보며 대답한다. 그냥, 그렇게 될 거란 것만 알아.

꿈속에서나 살겠지. 배스터드가 하늘에 대고 말하고는 스브호의 집 담장에 구아바를 던진다. 구아바가 터져 담장이 얼룩진다. 나는 달콤한 구아바를 한입 베어먹는다. 황소 구아바 씨를 씹는 건 좋아하지 않는다. 워낙 질겨서 오래 씹어야 하기 때문이다. 그래서 나는 씨를 살짝 깨문 다음 삼키거나, 그냥 삼킨다. 씨를 삼키면 나중에 변을 볼 때 어떤 일이 벌어질지 빤히 알면서도.

방금 왜 그랬어? 지저분해진 자기집 담장을 쳐다보던 스브호가 배스터드를 보며 묻는다. 스브호의 얼굴이 마치 여자 어른의 얼굴처럼 일그러진다.

왜 그랬냐고 묻고 있잖아. 목소리에 벌겋게 달구어진 석탄이 들어 있는 걸로 보아 배스터드를 가만히 안 둘 것 같지만, 사실 그런 일은 일어나지 않는다. 배스터드가 체격도 더 크고 힘도 더 세고 게다가 남자애이기 때문이다. 배스터드는 전에도 스브호를 때린 적이 있고 나와 치포, 갓노즈도 때렸다. 배스터드는 스티나를 제외한 우리 모두를 때렸다.

내 맘이다 왜. 네가 무슨 상관이야? 배스터드가 말한다.

방금 내가 저 집 좋다고 말하는 거 너도 들었잖아. 그러니까 저 집에다 그러면 안 되는 거지. 내가 관심 없는 집을 골랐어도 됐잖아. 다른 집도 얼마든지 있는데. 스브호가 말한다.

저게 뭐 진짜 네 집이라도 되냐? 배스터드는 검은 운동복 바지 위에 '코넬Cornell'이라고 적힌 빛바랜 주황색 티셔츠를 입고 있다. 그애가 난데없이 티셔츠를 벗더니 머리에 두건처럼 동여맨다. 더 못생겨진 건지 더 잘생겨진 건지, 남자 같아진 건지 여자 같아진 건지, 나도 잘 모르겠다. 배스터드가 돌아서서 스브호 쪽으로 되짚어 걸어간다. 배스터드는 싸울 때 항상 상대방이 자길 똑바로 쳐다봤으면 한다.

부다페스트가 무슨 공중화장실인 줄 아냐. 아무나 들어오게. 여긴 패러다이스하곤 달라. 넌 죽었다 깨어나도 여기 못 살아. 배스터드가 말한다.

난 부다페스트 남자랑 결혼할 거야. 그 남자가 날 패러다이스에서 구해줄 거야. 양철집에서, 헤븐웨이에서, 팜베키에서, 다른 모든 것에서 날 구해줄 거야. 스브호가 말한다.

웃기고 있네. 너처럼 이빨 빠진 앨 누가 데리고 가냐? 나라도 너 같은 애랑은 결혼 안 한다. 갓노즈가 비쩍 마른 어깨 너머로 소리친다. 갓노즈와 치포, 스티나는 앞서 걷고 있다. 나는 갓노즈의 반바지를 본다. 뒷부분이 찢어져서, 더러운 흰색 천 사이로 엉덩이가 이상한 눈처럼 우릴 엿보고 있다.

너한테 한 말 아니거든, 찢어진 엉덩이 주제에! 그리고 내 이빨 다시 자랄 거거든! 우리 엄마가 난 크면 더 예뻐질 거라고 그랬어! 스브호가 갓노즈에게 소리친다.

딱히 할말이 없는 갓노즈는 마음대로 생각하라는 듯 양손을 내젓는다. 스브호가 예쁘다는 건, 우리 중 가장 예쁘고 패러다이스 아이들을 통틀어서도 가장 예쁘다는 건 길바닥에 뒹구는 돌멩이도 안다. 뻔히 아는 얘기를 스브호가 자꾸 떠들어댈 때면 우리는 스브호와 놀지 않는다.

아무래도 상관없어. 어차피 난 이 똥통 마을을 떠날 몸이니까. 그다음엔 돈을 많이 벌어 돌아와서 부다페스트에 집을 한 채 사야지. 아니, 기왕 사는 김에 여러 채를 사야겠다. 부다페스트에 한 채, 로스앤젤레스에 한 채, 파리에 한 채. 내가 원하는 곳 어디에든. 배스터드가 말한다.

학교 다닐 때 고노 선생님이 그랬잖아. 돈을 벌려면 일단 공부를 해야 한다고. 이제 우린 학교도 안 다니는데 어떻게 집을 사? 스티나가 걸음을 멈추고 배스터드를 마주보며 말한다. 스티나는 워낙 말수가 적은 애라 한번 입을 열면 뭔가 중요한 얘기가 나온다.

거지 같은 학교 따위 안 다녀도 돈은 얼마든지 벌 수 있어. 배스터드가 말한다.

배스터드가 코를 물어뜯을 기세로 스티나의 얼굴에 자기 얼굴을 들이댄다. 스티나는 마음만 먹으면 얼마든지 베스터드와 맞싸울 수 있지만, 귀찮아서 참는다는 표정으로 배스터드를 바라보다가 구아바를 마저 먹는다. 그러고는 돌아서서 빠른 걸음으로 걷기 시작한다.

난 포스털리나 이모하고 같이 살러 미국 갈 거야. 얼마 안 남았어. 두고봐. 모두가 들을 수 있도록 큰 목소리로 내가 말한다. 나는 구아바를 하나 더 먹는다. 얼마나 맛있는지 세 입 만에 다 삼켜버린다. 씨도 씹지 않고서.

미국은 너무 멀어, 이 땅꼬마야. 배스터드가 말한다. 난 비행기 타고 가는 데는 싫어. 비행기까지 타고 멀리 갔는데 막상 가보니 우리가 사는 똥통하고 똑같이 거지 같고 돌아오지도 못하고 계속 거기 처박혀서 살아야 되면 어쩔 건데? 그땐 어쩔 거냐고. 나로 말할 것 같으면, 요하네스버그로 갈 거야. 혹시 상황이 꼬이면 아무도 모르게 조용히 차 타고 돌아오면 땡이니까. 어딜 가든 다시 돌아올 순 있어야지.

나는 배스터드를 바라보며 무슨 말을 해줄지 생각해본다. 구아바 씨 하나가 잇몸과 어금니 사이에 끼여 혀로 빼보려 애쓴다. 그러다 도저히 빠지지 않아 손가락으로 뺀다. 맛이 꼭 귀지 같다.

맞아. 미국은 너무 멀어. 네가 탄 비행기에 무슨 일이라도 생기면 어떻게 해?

테러리스트들은 또 어쩌고? 갓노즈도 배스터드를 거든다.

내가 보기엔, 얼굴은 납작하고 엉덩이나 내놓고 다니는 갓노즈가 못생긴 배스터드의 비위를 맞추려 한 말이 분명하다. 나는 구아바를 하나 더 먹으며 입 닥치라는 눈길로 갓노즈를 쏘아본다.

아무래도 상관없어. 난 갈 거야. 이렇게 말하곤 나는 치포와 스티나를 따라잡으려고 빨리 걷는다. 갓노즈와 배스터드가 작당을 하고 덤비면 도저히 이길 수가 없다.

갈 테면 가! 미국에 가서 양로원에서 일해. 네가 말한 그 포스털리나 이모는 지금 이 순간에도 양로원에서 일하고 있겠지. 지금도 쭈글쭈글한 영감탱이 똥이나 닦느라 바쁠 거야. 혼자 힘으론 아무것도 못하는 영감탱이. 우린 뭐 듣는 얘기도 없는 줄 아냐? 배스터드가 내 등에 대고 소리를 지르지만 나는 무시하고 계속 걷는다.

내가 힘이 조금만 셌어도 당장 돌아서서 나의 포스털리나 이모와 나의 미국에 대해 함부로 지껄인 배스터드를 흠씬 두들겨 패줄 텐데. 따귀를 한 대 갈기고 널찍한 이마를 들이받고 주먹을 입속에 쑤셔넣어 강냉이를 털어줄 텐데. 방금 먹은 구아바를 다

토해낼 때까지 배를 두들겨패줄 텐데. 땅바닥에 패대기치고, 무릎으로 등을 찍고, 양손을 뒤로 묶고, 머리를 뒤로 젖혀서 그 알량한 목숨을 구걸하게 만들 텐데. 꼭 그렇게 해주고 싶었지만 나는 그저 걷는다. 질투가 나서 저러는 거다. 배스터드는 미국에 아는 사람이 없으니까. 포스털리나 이모가 자기 이모가 아니니까. 그앤 배스터드*고 나는 달링Darling이니까.

패러다이스로 돌아올 무렵 훔친 구아바를 전부 먹어치우는 바람에 우리는 배가 너무 불러서 거의 기다시피 걷는다. 너무 많이 먹어서 수풀에서 똥을 누기 위해 잠시 멈춘다. 캄캄해지기 전에 볼일을 보는 편이 낫다. 나중에는 같이 가줄 사람도 없고, 수풀에 가려면 헤븐웨이 공동묘지를 지나야 하는데 한밤중에 혼자 나가면 무서운데다 귀신을 만날 수도 있기 때문이다. 떠도는 소문에 의하면, 지난달 세상을 떠난 모지스의 아빠는 노란색 바르셀로나 축구팀 유니폼을 입고 지금도 한밤중에 패러다이스를 돌아다닌단다.

우리는 각자 자리를 잡는다. 나는 바위 뒤에 쪼그리고 앉는다. 구아바의 가장 큰 단점은 너무 많이 먹으면 씨 때문에 변비에 걸

* '개자식'이라는 뜻.

린다는 것이다. 아무도 입 밖에 내어 말하진 않지만 우리 모두가 또 변비에 걸린 게 확실하다. 아무도 볼일을 보고 일어나지 못하고 묵묵히 앉아만 있기 때문이다. 우리가 구아바를 많이 먹는 이유는 그게 허기를 채울 수 있는 유일한 방법이기 때문이다. 하지만 똥을 눌 때는 어찌나 죽을 맛인지 똥 누기가 거의 불가능할 정도다. 마치 나라 전체를 똥으로 누는 기분이다.

그렇게 우리는 각자 자리에 웅크리고 앉아 있다. 쥐가 난 허벅지를 주먹으로 두드리고 있는데 난데없이 비명이 울려퍼진다. 그런데 너무 힘을 주어서 구아바 씨가 항문을 찢고 나올 때 지르는 비명이 아니라, 이것 좀 봐! 하는 비명이다. 힘주기를 멈추고 속옷을 올리고 달려가보니 치포가 쭈그리고 앉아 비명을 지르고 있다. 치포는 숲속 어딘가를 가리키고 있다. 그리고 우리는 보았다. 기묘한 열매처럼 나무에 대롱대롱 매달려 있는 기다란 물체를. 다시 보니 그건 물체가 아니라 사람이다. 더 자세히 보니 그냥 사람이 아니라 여자다.

저게 뭐야? 누군가가 중얼거린다. 아무도 대답을 하지 않는다. 무엇인지 이제 모두가 알기 때문이다. 마른 여자가 초록색 밧줄에 묶인 채 높은 나뭇가지에 매달려 대롱거린다. 붉은 햇살이 나뭇잎 틈으로 스며들어 주위의 모든 것에 신비로운 빛깔을 입히고 있다. 왠지 아름답게 느껴지기도 한다. 여자의 흰 피부에서 광채가 나는 것도 같다. 그래도 무섭다. 도망치고 싶지만 혼자 도망치긴 싫다.

여자의 가냘픈 팔은 양쪽으로 축 늘어져 있고 손과 발은 땅을 향하고 있다. 마치 누군가가 그 자리에 여자를 그려놓은 것처럼 반듯한 하나의 선이 허공에 그어져 있다. 가장 무서운 부분은 눈이다. 좀 지나치다 싶을 정도로 희고 금방이라도 툭 불거져나올 것 같다. 입은 뭔가를 말하다가 멈춘 듯 O자 모양으로 벌어져 있다. 여자는 노란색 원피스를 입었다. 풀잎이 빨간 구두코를 간질인다. 우리는 우두커니 서서 멍하니 바라만 본다.

튀자. 스티나의 말에 나도 튈 채비를 한다.

목매단 거 안 보여? 이젠 죽었어. 배스터드가 돌멩이를 집어 여자에게 던진다. 돌멩이가 여자의 허벅지를 때린다. 무슨 일이든 일어날 것 같은데 아무 일도 일어나지 않는다. 여자는 꿈쩍도 하지 않는다. 치맛자락만 살랑거릴 뿐이다. 산들바람에 얼마나 가볍게 하늘거리는지 마치 아기 천사가 만지작거리는 것 같다.

그것 봐, 내가 그랬잖아, 죽었다고. 우리 중 누가 대장인지 똑똑히 알려주고 싶을 때 쓰는 말투로 배스터드가 말한다.

너 하느님한테 벌받을 거야. 갓노즈가 말한다. 배스터드는 돌멩이를 또하나 찾아서 이번엔 여자의 다리를 맞힌다. 그런데도 여자는 움직이지 않고 그저 헝겊 인형처럼 매달려만 있다. 더럭 겁이 난다. 허옇게 튀어나온 눈이 날 보는 것만 같다. 마치 내가 뭔가 해주길 기다리는 것처럼. 그게 무엇인지는 나도 모른다.

바보. 하느님 여기 안 살거든. 배스터드가 말한다. 그러고서 또다시 돌멩이를 던졌지만 이번에는 여자의 노란 원피스 자락을 스치기만 하고 빗나간다. 다행이다.

가서 엄마한테 이를 거야. 금방이라도 울음을 터뜨릴 것 같은 목소리로 스브호가 말한다. 스티나가 돌아서서 걷기 시작하고 치포와 스브호, 갓노즈와 내가 그 뒤를 따른다. 배스터드는 잠깐 뒤에 남았지만 어깨 너머로 슬쩍 보니 이미 우리 뒤에 바짝 붙어 걷고 있다. 우리 앞에선 강심장인 척해도 죽은 여자 곁에 혼자 남아 있을 배스터드가 아니다. 계속 걷고 있는데 배스터드가 뛰어와 우리 앞을 불쑥 가로막고 선다.

잠깐! 빵 먹고 싶은 사람? 배스터드가 머리에 두른 코넬 티셔츠를 좀더 조이고 씨익 웃으며 묻는다. 나는 배스터드 왼쪽 가슴 바로 밑에 난 흉터를 쳐다본다. 분홍빛이다. 구아바 속처럼.

빵이 어디 있는데? 내가 묻는다.

너희들 봤어? 아까 그 여자가 신고 있는 신발 거의 새거던데. 그거 팔면 빵 한 덩이 정도는, 어쩌면 한 덩이 반까지도 살 수 있을걸?

우리는 일제히 돌아서서 배스터드를 따라 다시 수풀로 향한다. 어느새 사방에서 현기증나는 로벨스* 빵 냄새가 진동하고, 우리는 걸음걸이가 점점 빨라지다가 어느 순간 달리고, 또 달리고, 웃고, 웃고, 또 웃는다.

* 짐바브웨 2대 도시인 불라와요에 설립된 육십여 년 역사의 제과업체.

2

언덕 위의 달링

오늘은 예수님이 돌아가신 날이라 밖에서 찬물로 목욕을 해야 한다. 나는 찬물이 싫고, 중요한 곳에 가는 게 아니면 몸 전체를 씻는 것도 싫다. 목욕을 끝내고 옷을 입으면 본스 어머니가 다니는 교회에 가야 한다. 본스 어머니의 말에 따르면 우리는 모두 불결한 죄인이고 예수님이 우릴 위해 희생하셨기 때문에 교회에 가는 건 인간으로서 지켜야 할 최소한의 도리라고 한다. 그런 일이 일어났을 때 분명히 나는 그 자리에 없었는데 도대체 왜 내가 죄인이라는 건지 모르겠다.

교회에 가기 싫다. 왜 언덕 꼭대기에 올라가 뙤약볕 아래 앉아 따분한 노래와 의미 없는 기도, 이상한 성경 말씀을 들어야 하는지 모르겠다. 그 시간에 친구들과 뭔가 중요한 일들을 할 수도 있을 텐데. 더구나 지난번에 갔을 때 그 미치광이 예언자 레벌레이션스 비칭턴 음보로가 나를 붙잡고 분홍색 물을 토할 때까지 흔들어댔다. 정말이지 난 그 자리에서 죽는 줄 알았다. 예언자 레벌레이션스 비칭턴 음보로는 악령을 내 몸 밖으로 쫓아내겠다고 했다. 사람들은 내가 악령에 씌었다고 했다. 백인들에게 빼앗긴 나라를 되찾으려고 싸운 테러리스트들에게 할아버지가 먹을 것을 주고 숨겨주어서 백인들이 전쟁중에 할아버지를 죽였고, 그래서 할아버지가 제대로 땅에 묻히지 못했기 때문이라고 했다.

이왕 훔칠 바에야 작고 숨기기 쉬운 물건이나 빨리 먹어치울 수 있는 음식을 훔치는 게 낫다. 이를테면 구아바처럼. 그러지 않으면 훔친 물건을 갖고 있는 걸 볼 때마다 사람들은 저 뻔뻔한 도둑이 우리 물건을 훔쳐갔다는 걸 기억할 테니까. 그러고 보면 백인들이 무슨 생각으로 땅 한 뙈기도 아니고 나라 하나를 통째로 훔치려 했는지 도무지 이해가 가지 않는다. 그렇게 큰 걸 훔쳤는데 누가 그 사실을 잊을 수 있을까. 할아버지의 시신을 찾지 못했기 때문에, 교회 사람들은 할아버지의 혼령이 내 몸속에 들어앉아 있고 제대로 장례를 치르기 전엔 내 몸 밖으로 나오지 않을 거라고 말한다. 사실 내가 직접 할아버지의 혼령을 보거나 느낀 적이 없어서 교회 사람들 말이 사실인지 거짓말인지는 알 길이 없다. 때로 어른들은 단지 어른이라는 이유로 거짓말을 하니까.

야, 양배추 귀*! 넌 왜 갑자기 씻고 난리냐? 누군가가 소리친다.

누구야? 양배추 귀라고 불리는 건 못마땅하지만 그래도 큰 소리로 대답한다. 얼굴에 비눗물이 잔뜩 묻어 눈을 뜰 수가 없다.

우리 앤디오버 놀이** 할 건데 너 왜 씻고 난리냐고!

본스 어머니하고 교회 가. 내가 대답한다. 입에서 선라이트 비누맛이 난다. 나는 얼굴에 물을 끼얹기 시작한다.

우리랑 안 놀 거야? 이번엔 다른 목소리다. 스브호인가?

교회 가야 한다니까. 오늘 예수님 돌아가신 날인 거 몰라? 내가 말한다.

우리 아빠가 그러는데 너희 교회 완전 똥통이래. 그리고 그 예언자 레벌레이션스 비칭턴 음보로라는 사람도 순 엉터리고…… 배스터드가 떠들기 시작한다.

풋세카니!*** 우리 달링 가만히 놔두고 썩 꺼지지 못해! 이 빌어먹을 음고도이!**** 로마에서 온 사탄 같으니라고! 본스 어머니가 양철집 안에서 침을 튀겨가며 소리를 지른다. 키득거리는 소리

---

* 복싱에서 상대 선수의 공격 탓에 지속적인 손상을 입어 기형이 된 귀를 일컫는 말.

** 여럿이 함께 노래를 부르고 한 명이 줄넘기를 넘는 짐바브웨의 놀이.

*** '꺼져버려!'라는 뜻.

**** '똥개'라는 뜻.

가 들리고 아이들이 달아나는 소리가 들린다. 세수를 마치고 눈을 떠보니 모두 가고 없다. 보이는 건 마두마네의 양철집 뒤에 늘어져 있는 갈색 개 한 마리, 그리고 색소결핍증에 걸린 아들 화이트보이를 앉혀놓고 씻기는 애나마리아뿐이다. 내가 손을 흔들자 화이트보이가 울기 시작하고 애나마리아는 날 흘겨보며 소리를 지른다. 내 아들 좀 가만 내버려둬, 이 못생긴 계집애 같으니. 너 때문에 애가 놀랐잖아!

본스 어머니는 집안에 이미 내가 아끼는 노란색 원피스를 펼쳐놓고 있다. 엄마가 있었더라면 엄두도 못 낼 옷이지만 엄마는 장사를 하러 국경에 갔기 때문에 엄마가 돌아올 때까지 본스 어머니와 지내야 한다. 엄마는 단 며칠 만에 올 때도 있고, 일주일 만에 올 때도 있고, 오는 줄도 몰랐는데 어느새 와 있을 때도 있다. 지금 본스 어머니는 여느 아침과 마찬가지로 돈을 세느라 바쁘기 때문에 나는 조용히 내 할 일을 한다. 내가 하기로 되어 있는 일. 나는 침대 밑에서 바셀린을 꺼낸다.

바셀린 펑펑 써도 된다고 말한 적 없다! 그리고 저런 바보 천치 같은 애들이랑 어울리지 말라고 했지! 그러다 나쁜 물이 든다고! 본스 어머니가 말하지만 나는 못 들은 체한다. 바셀린을 다 바르고 나서 옷을 입고 침대 가장자리에 걸터앉아 잠자코 기다린다. 본스 어머니는 왜 매일 돈을 세는 걸까. 간밤에 돈이 알이라도 낳았을까봐 그러나. 나는 시간을 때우려고 침대 커버의 빛바랜 태양 무늬를 세어보기 시작한다. 열두 제자처럼 딱 열두 개다. 시몬, 베드로, 안드레…… 나머진 모르겠다. 좀더 멋진 이름이었다면 전부 다 기억했을 텐데.

태양을 다 세어보고 나서 맞은편 벽 위의 아빠를 본다. 아빠는 여자처럼 이상한 검은 원피스를 입고 우스꽝스러운 네모난 모자를 쓰고 밧줄 같은 것들을 목에 둘러 드레스 아래까지 늘어뜨리고 있다. 한 손에는 종이를 들고 다른 손으로 양복 차림의 뚱뚱한 아저씨와 악수를 하고 있다. 본스 어머니 말로는 내가 태어나기 직전, 아빠의 대학 졸업식 때 찍은 사진이란다. 본스 어머니도 사진 속에 있어야 했는데 카메라가 찰칵하는 순간 뚱보 아저씨가 자기 아들 졸업식이라도 되는 것처럼 앞으로 튀어나오는 바람에 자기는 사진에 안 나왔단다. 아빠는 지금 남아프리카공화국에서 일하고 있지만 편지를 보내지도, 돈을 부쳐주지도 않는다. 아무것도 하지 않는다. 아빠 생각을 하면 화가 치밀어서 이 세상에 없는 사람이라고 생각해버린다. 차라리 그편이 낫다.

햇살처럼 날개를 활짝 펼친 도도한 공작새가 그려진 노란색 커튼도 있다. 커튼은 양철 벽을 덮고 있다. 진짜 유리창도 없는데 커튼은 왜 달았는지 모르겠다. 커튼 다음으로 눈에 들어오는 건 달력이다. 오래되었지만 예수님 그림이 있는 달력이어서 본스 어머니가 버리지 않고 간직하고 있다. 그림 속의 예수님은 여자 같은 머리를 하고 수줍은 미소를 머금고 고개를 살짝 기울이고 있다. 진짜 멋지게 보이고 싶었나보다. 원래 예수님 눈은 파란색이었는데 평범하게 보이라고 내가 우리 눈과 같은 색깔인 갈색으로 칠했다. 그 바람에 본스 어머니한테 죽도록 두들겨맞아서 꼬박 이틀을 앉지도 못했다.

예수님 옆에는 사촌 마코시가 아기인 나를 안고 있다. 마코시는 이 년 전 다이아몬드를 캐러 마단테 광산으로 떠났다. 다이아몬드가 처음 발견되어 사람들이 광산으로 몰려가던 때였다. 돌아왔을 때 마코시의 손은 썩은 통나무처럼 변해 있었다. 거칠고 고통스러운 기침 사이사이, 그가 마단테 광산 이야기를 들려주었다. 땅 아래로 내려가면 아무 생각도 나지 않는다고. 사방에 울려퍼지는 끔찍한 망치 소리 말고는 아무것도 없다고. 때로는 망치를 삼키기라도 한 듯 몸속에서도 망치 소리가 난다고. 얼마 후 마코시도 아빠처럼 남아프리카공화국으로 떠났다.

그리고 침대 밑에 숨겨진, 본스 어머니가 교회에 들고 다니지 않는 낡은 성경책 속에는 할아버지 사진이 있다. 할아버지는 내가 태어나기도 전에 살해당했지만 사진을 처음 본 순간 나의 할아버지란 걸 바로 알았다. 할아버지는 나와 마코시, 우리 아빠와 무지 삼촌, 그리고 모든 일가친척을 합쳐놓은 모습이었다. 마치 할아버지의 얼굴은 꼭 움켜쥔 주먹이고 우리 가족 모두의 얼굴은 그 안에 든 동전들인 것 같았다.

숨겨진 사진 속에서 할아버지는 입술에 힘을 주어가며 얘기를 하고 있다. 인상을 찌푸려서 이마에 주름이 잔뜩 잡혔고 카메라를 뚫어져라 쳐다보는 벌건 눈동자는 금방이라도 카메라를 집어삼킬 것만 같다. 뼈로 만든 코걸이와 귀걸이도 했다. 할아버지 뒤쪽으로는 허리까지 자란 옥수수밭이 펼쳐져 있다. 끝도 없는 초록빛이다. 할아버지 얘기는 아무도 하려 들지 않는다. 마치 처음부터 없었던 사람처럼. 그렇지만 가끔 본스 어머니가 혼잣말을 하는 게 보인다. 모르긴 해도 아마 할아버지에게 얘기하는 것 같다. 본스 어머니는 내가 할아버지 사진에 대해 안다는 걸 모른다.

도대체 왜 다들 돈 가방을 버리란 건지 원, 이게 무슨 벽돌장도 아니고 말이야. 이래 봬도 돈다발인데. 본스 어머니가 말한다. 사마귀처럼 웅크리고 앉은 본스 어머니의 발치엔 돈 가방이 있다. 벽돌 모양의 돈다발을 만지작거릴 때마다 놋쇠 팔찌가 딸랑거린다.

내가 정말 이해가 안 가는 게 뭔 줄 아냐? 본스 어머니가 묻는다. 고개를 들어 날 쳐다보지만 사실 내게 묻는 건 아니란 걸 알기에 나는 대답하지 않는다.

내가 이해가 안 가는 건 이렇게 돈이 많은데 왜 소금 한 톨 못 사느냐 그거야. 그 말을 하는 본스 어머니의 목소리가 분노로 끓어오른다.

돈은 돈이야. 누가 뭐래도 이건 여전히 돈이란 말이지. 본스 어머니가 말한다. 그러고는 갓난아기를 다루듯 돈다발을 토닥거린다. 마치 갓난아기를 재우려고 하는 것처럼.

본스 어머니, 옛날 돈이잖아요. 이젠 못 쓴다고요. 아직도 모르시겠어요? 내다 버리든지, 아니면 다른 사람들처럼 불쏘시개로 쓰세요. 이제는 미국 돈을 쓰게 될 거라고 다들 그러잖아요. 내가 말한다. 그러나 속으로만 말했기 때문에 본스 어머니는 듣지 못한다.

그놈의 미국 돈은 어디서 구하란 건지, 땅을 파면 나오나 똥을 싸면 나오나. 본스 어머니가 말한다. 본스 어머니가 입을 열었다 하면 쉴새없이 말들이 쏟아져나오는데, 마치 말을 멈추면 무언가가 자기 말을 채어갈까봐 걱정하는 것 같다. 나는 속으로 말했는데도 내 말이 들린 줄 알고 놀라서 벌떡 일어나려다가, 본스 어머니가 날 보고 있지 않길래 그냥 가만히 앉아 있다. 본스 어머니 표정을 보니 아파 보인다. 몸속에서 무언가가 부러져 피가 나는 것 같다.

본스 어머니의 얼굴은 양철집 색깔과 똑같이 지저분한 갈색이다. 일부러 맞추기라도 한 것 같다. 주름살도 깊이 파였다. 어렸을 때 나는 누군가 깨진 거울 조각으로 본스 어머니의 얼굴에 죽, 죽, 죽, 줄을 그었나보다고 생각했다. 본스 어머니는 머리에 흰 두건을 썼고 목에는 밝은 빛깔의 구슬 목걸이를 뱀처럼 칭칭 감았다. 보라색, 주황색, 분홍색, 파란색 구슬들이 칙칙한 갈색 피부 위에서 마치 비명을 지르는 것 같다.

교회에 갈 때면 나는 반드시 본스 어머니 뒤쪽에서 걷는다. 앞서서 걸으면 보나마나 숙녀처럼 걸으라고 할 텐데 난 숙녀가 아니기 때문이다. 발이 작은 본스 어머니는 신발을 짝짝이로 신고 다닌다. 한쪽엔 납작한 초록색 단화를, 한쪽엔 흰색 끈이 달린 빨간색 테니스화를 신는데 그렇다고 본스 어머니가 미친 사람은 아니다.

우리는 뜨거운 식빵들처럼 다닥다닥 붙어 있는 조그만 양철집들을 지나고 또 지난다. 원래 신던 신발이 너무 작아진데다 엄마가 국경에서 가져온 중국제 신발도 다 닳아서 나는 맨발이다. 그래서 붉은 흙길에 있는 것들을 피해 조심조심 걷는다. 깨진 유리병도 있고, 쓰레기 더미와 성분을 알 수 없는 갈색 웅덩이도 있고, 속을 파먹은 수박도 한 통 뒹군다. 아직 이른 아침인데 태양은 벌써 양철집들을 바싹 달구고 있다. 나도 그 열기를 온몸으로 느낀다. 통구이가 되는 것 같다.

나는 착한 아이답게 입을 꼭 다물고 걷고, 본스 어머니는 길에서 만난 사람들과 큰 소리로 인사를 나눈다. 본프리의 어머니 마두브는 양철집 지붕에 올라가 돌로 못을 박고 있다. 나베티나는 쪼그리고 앉아 있는 손자 노모어프라블럼즈를 붙잡고 있다. 마이톤드는 의자에 앉아 악을 쓰며 우는 아기의 귓속을 살피고 있다. 나웅코브하는 처음 보는 키 큰 남자애한테 편지를 받아쓰게 하고 있다.

우리는 보이지 않는 두 눈으로 모든 걸 관찰하고 있는 주즈 할아버지를 지나고, 양철집 앞에 모여 앉아 수다를 떨며 서로 머리를 꾸며주는 아줌마들을 지난다. 그리 멀지 않은 외톨이 자카란다 나무 그늘에 아저씨들이 양떼처럼 모여 앉아 체커를 두고 있다. 활짝 핀 보랏빛 꽃 덕분에, 웃통을 벗고 나무 그늘에 앉은 아저씨들이 언뜻 멋져 보이기까지 한다. 호랑이처럼 앞으로 웅크리고 앉아들 있는데, 햇빛이 등을 채찍질하거나 어깨에 새똥이 후드득 떨어져도 꿈쩍도 안 한다. 본스 어머니가 큰 소리로 인사하고 손을 흔들어도 아저씨들은 빛바랜 체커판과 그 위에 똑바로 혹은 뒤집어놓은 병뚜껑들에서 좀처럼 눈을 떼지 않는다.

보드로자의 양철집 앞에 줄을 선 사람들 곁을 지날 때 본스 어머니는 조용히 손만 흔든다. 치유사의 집이라 소리를 질러선 안 되기 때문이다. 그곳에 있던 환자 몇 명만 마지못해 손을 흔들어 준다. 병이나 근심거리로 지친 모습들이다. 그들은 보드로자가 조상님들을 불러내주기를 기다리고 있다. 그게 보드로자가 하는 일이다. 커다란 흰색 간판에 굵고 붉은 영어로 이렇게 적혀 있다. 저 보드로자는 패러다이스는 물론 전 세계 최고의 치료사로서 여러분이 살면서 맞닥뜨리는 온갖 문제들을 확실하게 치료해드립니다. 치료 대상은 귀신들림, 저주, 액운, 바람난 배우자, 불임, 가난, 실업, 에이즈, 정신병, 왜소한 성기, 간질, 나쁜 꿈, 나쁜 결혼, 결혼 못함, 직장 내 경쟁, 죽은 자들의 괴롭힘, 비자 발급 애로(특히 미국·영국), 개념 없는 주변 사람, 집에서 자꾸 물건이 없어지는 일 등등. 등등. 등등. 외화만 받습니다.

놀이터에 이르자 나는 거기서 벌어지는 일을 하나도 놓치지 않으려고 걸음을 늦춘다. 애들이 앤디오버 놀이를 하고 있다. 배스터드가 줄을 넘고, 나머지 아이들은 냄비를 타고 미국으로 날아갔는데 어쩌고저쩌고 하는 노래를 부르느라 바쁘다. 우리를 보고 아이들이 놀이를 멈춘다. 좀더 가까이 다가가자 갓노즈가 소리친다. 달링! 사무가 널 이길 수 있다고 그러더라. 갔다 와서 걔랑 한판 붙어볼래? NGO 사람들이 다음주에 온다는데 소식 들었어? 우리랑 같이 부다페스트에 갈래? 본스 어머니와 함께 있을 땐 나한테 말을 걸면 안 된다는 걸 모르나. 갓노즈를 조용히 시키려고 입술에 손을 올리는데 본스 어머니가 뒤도 안 돌아보고 말한다. 저런 수준 낮은 것들이랑 놀지 마라. 알아들었니?

놀이터를 조금 지났을 때 두 손 가득 벽보를 들고 오는 본프리와 메신저를 만난다. 둘은 쌍둥이처럼 똑같은 티셔츠를 입었는데 가슴에 조그만 흰색 하트가 그려져 있고 바로 아래 빨간 글씨로 변화라고 적혀 있다. 그들은 우리가 지나갈 수 있게 옆으로 비켜선다.

안녕하세요, 본스 어머니! 연습이라도 한 듯 둘이 동시에 말한다.

뼈bones 찾으러 가세요, 본스Bones 어머니? 메신저가 미소를 지으며 말한다. 시커먼 앞니 하나만 아니었다면 보기 좋은 미소였을 텐데. 나한텐 말을 걸지 않아서 나는 벌건 흙투성이가 된 내 발만 쳐다본다. 바셀린을 바르고 신발을 안 신으면 이 꼴을 면할 수가 없다.

아니란다, 아들아. 오늘은 주님의 집에 간단다. 오늘이 무슨 요일인지 잊은 모양이구나. 본스 어머니가 계속 걸으며 말한다. 본스 어머니는 젊은 사람들을 모두 아들 혹은 딸이라고 부르는데 아마도 이름을 일일이 기억하지 못해서 그러는 것 같다.

아무래도 본스 어머니께서 믿으시는 하느님이 기도를 들어주셨나봅니다. 모두가 그토록 바라던 변화가 마침내 찾아왔어요.

메신저가 또다시 미소를 지으며 말한다. 메신저는 인생이 너무도 아름답다는 듯, 세상의 모든 일이 술술 잘 풀린다는 듯 항상 웃고 다닌다.

맞아요. 이제 곧 알게 될 겁니다. 본프리가 옆에서 거든다. 그가 들고 있던 벽보 뭉치를 흔들자 변화, 진정한 변화라는 표어가 보인다. 그의 목소리가 벽보의 빨간 잉크처럼 밝고 씩씩하다.

저희는 내일 시가행진하러 갑니다. 메인 스트리트에서요. 변화를 이루기 위해 우리와 함께 걸어요! 미래의 주인공이 되세요! 멀어져가는 우리의 등에 대고 메신저가 외친다. 두 사람이 휘파람을 불며 구호를 외치는 소리가 들리고, 금세 아이들이 따라 하는 소리도 들린다. 돌아보니 아이들은 이미 앤디오버 놀이는 뒷전이고 모두 본프리와 메신저를 쫓아가고 있다. 아이들이 주먹을 치켜들고 달리고 뛰어오르고 구호를 외친다. 허공에 울려퍼지는 변화라는 말이 손으로 붙잡아 입안에 넣고 씹을 수 있을 만큼 생생하다.

롯의 아내도 너처럼 뒤돌아봤다가 소금 기둥으로 변했지. 본스 어머니의 한마디에 나는 바로 앞을 본다. 나, 달링이 소금으로 변할 일은 결코 없으리란 걸 알면서도.

정신나간 놈들! 본스 어머니가 중얼거리며 걸음을 재촉하는 바람에 나도 반은 뛰고 반은 걷는다. 도대체 무슨 생각으로 사자의 꼬리를 잡아당기는 건지 원. 겁도 없이 덤볐다가 송장 되는 줄도 모르고. 이번엔 진짜 나한테 하는 말인지 날 돌아보며 말한다.

내일 진짜 송장을 보게 되면, 그제야 내가 오늘 한 말이 무슨 뜻인지 알게 될 거야. 본스 어머니가 그렇게 말하자 나는 고개를 돌려 하늘을 본다.

우리는 멀리 멀리 더 멀리 걷고, 태양은 우리를 달구고 달구고 또 달군다. 얼굴에 땀이 흐를 때마다 가만히 내버려두었다가 혀를 내밀어 날름 땀을 핥아먹는다. 찝찔하고 아린 맛이다. 우리는 불과 얼마 전까지만 해도 교회로 사용했던 흑단나무 그늘에 멈추어 서고, 거기서 나는 본스 어머니의 한쪽 신발끈을 묶어준다. 팜베키 언덕을 오르기 전에 늘 하는 일이다. 흑단나무에는 교회 방향을 가리키는 화살표가 그려진 커다란 표지판이 걸려 있다. 화살표 밑에는 '홀리 채리엇 그리스도 교회—뒤로 가는 길이 아닙니다. 옆으로 가는 길도 아닙니다. 앞으로 가는 길도 아닙니다. 위로 가는 길입니다. 천국으로 가는 길이지요. 아멘!'이라고 적혀 있는데, 몇 절인지는 몰라도 성경 구절인 것 같다.

본스 어머니는 이미 가장 좋아하는 찬송가를 부르기 시작했다. 이 언덕을 올라갈 때마다 늘 부르는 노래다. 본스 어머니는 틀린 가사로 노래를 부른다. 왜 그러냐면 영어 가사를 다 몰라서다. 왜 모르냐면 영어를 제대로 못해서다. 왜 못하냐면 학교를 안 다녀서다. 그러나 어른을 가르친다는 건 있을 수 없는 일이기 때문에 나는 그냥 잠자코 있다. 본래 가사는 나의 죄 산보다 높으나 주 나를 신성하게sanctified 하시니이다. 본스 어머니가 부르는 것처럼 희생하게sacrificed 하시니가 아니다. 선생님들이 전부 돈벌이가 더 잘되는 남아프리카공화국이나 보츠와나, 나미비아 같은 나라로 떠나버려서 나도 이제 학교를 못 다니지만 그래도 학교에서 배운 걸 까먹진 않았다.

마침내 팜베키 언덕 꼭대기에 이르자 허벅지가 납덩어리처럼 무겁고 햇볕이 지긋지긋해서 빨리 앉고 싶은데, 본스 어머니는 방금 언덕을 올라온 사람 같지 않게 힘차게 찬송가를 불러젖힌다. 자기가 독실한 기독교인임을 자랑하고 싶어서 그런다는 걸 나는 안다. 어른들은 호브 씨와 그의 예쁜 아내 마이싱이 그리고 녹색 셔츠를 입은 처음 보는 아저씨 한 명, 이렇게 셋뿐이다. 호브 씨처럼 머리가 ZUPCO* 버스만큼 큰 걸로 보아 친척일 수도 있다.

나는 착한 아이답게 호브 아저씨의 아이들과 함께 바위에 앉는다. 그중 한 꼬마가 나를 보고 히죽거리며 장난감 병사를 보여주지만, 내가 그애랑 놀 수준이 아니란 걸 똑똑히 알려주려고 무

* Zimbabwe United Passenger Company의 약자. 짐바브웨의 운송회사.

시해버린다. 꼬마의 코주부 누나에게도 있는 대로 인상을 찌푸려서 그애 역시 내 상대가 못 된다는 걸 분명히 해준다.

벌써들 와 있네요! 오늘은 내가 한발 늦었구려! 본스 어머니가 다른 어른들에게 말한다. 장난처럼 웃으며 말하지만, 나처럼 본스 어머니를 잘 아는 사람이라면 다른 사람들이 자기보다 일찍 와서 기분이 상했다는 걸 눈치챌 수 있을 것이다. 본스 어머니는 항상 일등을 하고 싶어한다.

곧 다른 사람들도 차례로 나타난다. 모두 사냥을 마치고 돌아온 개처럼 헐떡거리며 언덕을 올라온다. 일찌감치 도착해서 좋은 점이 딱 한 가지 있다면, 뚱뚱한 어른들이 본연의 흰빛을 잃어가는 가운을 펄럭이며 천사처럼 보이려고 애쓰면서 힘겹게 언덕을 올라오는 모습을 구경할 수 있다는 점이다. 손뼉을 치면서 예수님의 이름으로 어쩌고저쩌고하며 서로 인사를 나눈 다음 여자들은 한쪽에 은트사로*를 펼쳐놓고 모여 앉고, 남자들은 그 맞은편에 자리를 펴고 앉는다. 마치 서로 만날 일이 없는 두 줄기 강물처럼. 할아버지 할머니와 함께 치포가 도착하자 내가 팔꿈치로 호브 아저씨네 아이들 중 한 명을 밀어 내 옆에 치포가 앉

* 짐바브웨 여자들이 일할 때 흙먼지를 막기 위해 몸에 두르거나 자리에 앉을 때 까는 화려한 빛깔의 천.

을 공간을 만든다. 그리고 잠시 후 마모요가 와서 내게 묻지도 않고 자신의 아기를 안겨준다.

아기라면 딱 질색인 나는 마모요의 아들이 황소개구리 같은 눈으로 날 쳐다봐도 웃어주지 않는다. 더구나 애는 못생겼다. 조금 전에 뱀 꼬리라도 봤는지 화들짝 놀란 표정이다. 아기의 민둥한 머리에 얼룩덜룩하게 핀 버짐과 콧속에 가득찬 콧물을 보고 도저히 안 되겠다 싶어서 아기를 안아보겠냐고 귓속말로 치포에게 묻지만, 치포는 들은 척도 하지 않는다.

나는 아무도 보지 않는 걸 확인하고 곧바로 아기에게 온갖 이상한 표정을 지어 보이며 겁을 준다. 그래도 아기가 울지 않자 팔을 꼬집어본다. 토실토실한 얼굴이 일그러지긴 하지만 아직 울어야 할지 말아야 할지 고민하는 눈치다. 아기가 너무 오래 고민하자 나는 더 세게 꼬집는다. 이번엔 갓난아기답게 제대로 울음보가 터진다. 나와 치포는 마주보고 씩 웃는다. 어떤 여자도 교회에서 눈총을 받는 건 원치 않기 때문에, 마모요가 다급하게 아들을 데리러 달려온다.

신도들이 모두 도착한 뒤 예언자 레벨레이션스 비칭턴 음보로와 전도사들이 마치 개코원숭이 우두머리처럼 등장한다. 화려한 십자가를 선명하게 수놓은 가운을 입고, 고리 모양 손잡이가 달린 긴 지팡이를 짚고, 대머리를 햇빛에 반짝이며 길게 수염까지 기른 그들은 우리와 달라 보인다. 성경에 나오는 남자들을 따라 한 것임을 알 수 있다.

예언자 레벌레이션스 비칭턴 음보로는 오늘 새 가운을 입었다. 우유처럼 흰 바탕에 가장자리는 세로로 초록색과 빨간색 줄무늬가 있다. 지팡이도 새것이고 전도사들 것과는 다르다. 훨씬 길고 두꺼워서 사람을 다치게 하거나 해를 끼칠 수도 있을 것 같다. 지팡이 끝의 동그라미 속에 십자가 장식이 있다. 전도사들과 예언자 레벌레이션스 비칭턴 음보로가 도착했다는 건 이제 정말로 시작이라는 뜻이기 때문에 키 크고 마른 여자 하나가 일어서더니 〈미코로〉*를 부르기 시작한다. 나는 차라리 죽고 싶다. 왜냐하면 이 찬송가는 너무 따분해서 듣고 있으려면 죽을 맛이기 때문이다.

모두 일어서서 노래를 부르고 춤을 추고 몸을 흔들고, 또 노래를 부르고 춤을 추고 몸을 흔든다. 다들 꼭 귀신에 홀린 것 같다. 하지만 정말 그런 거라면 귀신이 나는 건너뛴 게 분명하다. 항상 나만 건너뛴다. 치포도 몸을 흔들긴 하지만 손으로 배만 만지작거리고 찬송가는 부르지 않는다. 나는 본스 어머니가 혹시라도 볼까봐 찬송가를 부르는 척하지만 〈미코로〉라는 노래는 진짜 너

* 미코로는 짐바브웨어로 미카엘. 여기서는 미카엘 대천사를 뜻한다.

무 재미가 없어서 그냥 입만 뻥긋거린다. 가사라고 해봐야 미코로, 미코로를 계속 반복하는 것뿐이고 선창을 하는 여자가 혼자 노래를 다 한다. 그 여자 목소리는 이 곡에 어울리지도 않는다. 내가 불러도 그보단 잘할 것 같다. 아니, 고양이가 불러도 그것보단 잘하겠다. 마모요 쪽을 돌아보니 못생긴 아기도 노래를 들으며 졸고 있다.

나는 시간이나 죽일 생각으로 패러다이스 쪽을 바라본다. 이렇게 팜베키 언덕에 올라와 있으면 하느님이 되어 세상을 한눈에 내려다보는 기분이다. 바닥에 못으로 고정해서 말리는 젖은 양가죽처럼, 양철집 천지인 패러다이스가 햇빛 아래 펼쳐져 있다. 양철집들은 비가 와서 생긴 더러운 물웅덩이처럼 탁한 색이다. 형편없는 집들이지만 이렇게 위에서 내려다보면 훨씬 보기가 낫다. 가끔은 한 폭의 그림처럼 아름답다는 생각마저 든다.

나는 하늘을 본다. 멀리 구름 사이로 비행기가 보인다. 처음엔 그냥 새라고 생각했는데 자세히 보니 새가 아니다. 어쩌면 저게 포스털리나 이모가 미국에 갈 때 탔던 영국 항공사의 비행기일지도 모른다.

포스털리나 이모를 따라 미국 갈 때 나도 저거 탄다. 내가 치포에게 귓속말을 한다. 무얼 말하는 건지 알려주려고 하늘을 쳐다보자 치포도 내 시선을 따라 하늘을 본다.

하지만 미국에 가는데 왜 미국 항공이 아니라 영국 항공 비행기를 타야 하는지 모르겠어. 치포에게 한 말은 아니다. 어차피 치포는 이해하지 못할 테니까. 나 혼자 중얼거려본 거다. 여기선 하늘이 무척 가깝게 느껴진다. 어떤 성스러운 분이 손을 내뻗어 예언자 레벌레이션스 비칭턴 음보로와 전도사들의 이마에 흐르는 땀을 닦아줄 것만 같다. 하느님이 예언자 레벌레이션스 비칭턴 음보로의 꿈에 나타나 교회를 이쪽으로 옮겨야 한다고 말씀하셨다고 한다. 어쩌면 하느님은 우리가 좀더 그에게 가까이 오기를 바라셨던 것 같다. 하느님께 가까이 다가가기 위해 산에 올랐다는 베드로처럼.

예언자 레벌레이션스 비칭턴 음보로의 호령에 정신을 차려보니 드디어 찬송가가 끝나 있다. 예언자의 목소리를 짐승에 비유한다면, 아주 커다랗고 사납고 주변의 모든 것을 때려부수는 그런 짐승이다. 예전에 흑단나무 그늘에서 예배를 드릴 때 예언자가 들려준 이야기에 의하면, 원래 그는 목소리가 작은데다 조용하고 수줍음을 타는 성격이라 거의 목소리를 쓸 일이 없었는데, 어느 날 밤 천사가 찾아와 말하라!고 해서 입을 열었더니 그때부터 천둥 같은 목소리가 나왔다고 한다.

예언자는 바로 그 천둥 같은 목소리로 유다와 골고다 언덕, 십자가, 예수님 곁의 두 강도 이야기를 하느라 정신이 없다. 말하는 투가 마치 현장에서 전부 다 직접 보고 온 것 같다. 설교에 발동이 걸리면 그는 한자리에 가만히 있질 못한다. 발밑에 뜨거운 석탄이라도 있는 것처럼 이리저리 돌아다닌다. 팔을 들어 하늘을 향해 지팡이를 휘두르기도 하고 다른 사람 눈에 안 보이는 어딘가가 가려운 사람처럼 펄쩍펄쩍 뛰기도 한다. 가끔 주여! 흠! 흠! 흠! 주님께 영광! 하고 외치는 여자 목소리가 들려오면 성령의 기운이 그 여자의 몸에 닿았다는 뜻이다.

예언자 레벨레이션스 비칭턴 음보로는 어느덧 땀에 흠뻑 젖고, 가운이 그의 몸에 달라붙어 가슴과 젖꼭지가 다 드러난다. 옆을 보니 본스 어머니가 눈을 반쯤 감고 설교에 온 정신을 집중하고 있다. 고개는 약간 비스듬히 하고 마치 배가 아픈 사람처럼 배를 움켜쥔 채로. 주위의 모든 어른들이 고개를 끄덕이며 설교에 공감하다가 섬뜩한 얘기가 나오면 상상만 해도 몸서리가 쳐진다는 걸 표현하려고 고개를 젓거나 그르렁거리는 소리, 신음소리를 낸다. 치포를 돌아보니 눈을 감고 낮잠을 자고 있다. 나는 엉덩이가 어찌나 얼얼한지 돌이 된 것 같다.

이제 예언자 레벨레이션스 비칭턴 음보로가 영어판 성경을 읽는다. 초등학교 1학년생이 교과서를 읽는 것 같다. 읽는 꼴로 봐서 학교 다닐 때 공부는 못했을 것 같다. 갓노즈가 읽어도 저것보다는 낫겠다. 예언자는 성경을 그리 오래 읽어주진 않는다. 읽을 줄 모르는 거창한 단어가 나올까봐 겁나서 그런 걸 수도 있다. 예언자는 얼른 자신 있는 설교로 넘어간다. 그리고 아무도 이해 못하는 이상한 언어로 떠들어대기 시작한다. 사람들은 신음하고 박수 치고 앓는 소리를 낸다.

그때 〈미코로〉를 처음 부른 여자가 설교에 끼어들어 다른 노래를 부르기 시작한다. 예언자 레벨레이션스 비칭턴 음보로는 아랑곳하지 않고 계속 천둥 같은 고함을 질러댄다. 한동안 두 사람의 목소리가 미친 수탉들처럼 서로를 맴도는데 한 치의 양보도 없다. 듣고만 있어도 머리가 어질어질해질 무렵, 예언자 레벨레이션스 비칭턴 음보로가 악마여! 예수의 이름으로 명하노니 그 입을 다물라! 하고 외치자 그제야 〈미코로〉 아줌마가 잠잠해진다. 나는 머리를 겨드랑이에 박고 키득거린다. 아줌마는 하느님이 네가 바로 셀린 디옹이라고 말해주기라도 했는지 동네가 떠나가라 노래를 부르고 있었기 때문이다.

설교가 끝나자 누군가가 헌금을 걷기 위해 커다란 흰색 단지를 돌리고, 데스티니의 어머니가 〈주는 자들은 복되도다〉라는 찬송가를 부른다. 차분하고 아름다운 목소리를 듣고 있자니 부다페스트에서 보았던 여자의 모습이 떠오른다. 그 여자가 노래를 불렀다면 꼭 저런 목소리였을 텐데. 데스티니의 어머니보다는 그 여자에게 더 어울리는 목소리다. 하지만 그 여자도 헝클어진 머리는 좀 손질해야겠던데. 잠시 후 내가 한 번도 본 적 없는 이상한 지폐들이 담긴 헌금 단지가 되돌아오고, 데스티니의 어머니가 찬송가를 마친다. 이제 죄를 고백할 시간이다. 죄지은 사람들은 자리에서 일어선다.

지금 저 사람들과 함께 일어선다면 무슨 죄를 고백할까? 아무리 생각해봐도 지은 죄가 없다. 예언자 레벌레이션스 비칭턴 음보로가 돌아다니며 죄인들을 한 명씩 어루만진다. 일곱 명이고 전부 다 여자다. 예언자가 이마에 지팡이를 대고 성수를 뿌려주면 죄인이 고백을 한다.

우리는 시만겔레의 고백을 듣는다. 질투가 심한 사촌 때문에 고민하다가 지난주 악마의 유혹을 견디지 못하고 보드로자를 찾아갔다고. 그런데 보드로자가 말하길 그 사촌도 마녀고, 계속 토콜로시*를 보내 시만겔레를 죽이고 그녀의 남편 러브모어를 차지하려는 거라고 했단다. 그때 내게서 멀지 않은 곳에서 누군가의 목소리가 들린다. 쌤통이네. 그러는 넌 찔리는 데 없냐. 누가 말했는지 돌아보는데 치포의 언니 콘스턴스가 날 쏘아봐서 나는 얼른 도로 고개를 돌린다.

* 사람들이 잠든 사이에 해를 끼친다는 상상 속의 존재.

예언자 레벌레이션스 비칭턴 음보로가 이교도라고 한 보드로자를 찾아가다니, 시만겔레가 예언자에게 혼쭐이 나기를 모두들 기다리고 있는데, 언덕 아래쪽에서 여자의 비명이 들려온다. 무슨 일인지 궁금해서 어른들 몇 명이 자리에서 일어서지만 예언자는 날카로운 목소리로 앉으라고 명령한다. 그러고는 전도사들에게 예수의 이름으로 일어나 준비하라고 말한다. 곧 악마가 올 거라고 하느님이 그에게 일러주셨다면서.

그 악마는 보라색 원피스를 입은 여자다. 허벅지까지 오는 짧은 치마 아래 잡티 하나 없는 매끈한 피부가 드러나 있다. 천사가 따로 없다. 남자 여럿이 끙끙거리며 언덕 꼭대기까지 여자를 이고 온다. 나는 그 여자는 물론이고 남자들도 전혀 본 적이 없다. 여자는 스브호 따윈 상대가 안 될 정도로 예쁘다. 윤기 흐르는 긴 머리카락은 진짜 그녀의 머리카락은 아니지만 그래도 예쁘다. 깨끗한 피부에 새하얀 치아. 영양 상태도 좋아 보인다. 딱 한 가지 흠이 있다면 젖가슴이다. 쓸데없이 커서 한쪽이 못생긴 아기의 머리통만하다.

빨간 입술 무늬가 있는 흰 속바지도 보인다. 구멍 하나 나지 않은 예쁜 속바지다. 무슨 일인지 얘기도 들어보지 않고 전도사들과 예언자가 기도문을 외우기 시작한다. 그들은 여자에게 달려들어 여자를 바닥에 눕힌다. 여자는 모래밭의 물고기처럼 발버둥친다. 저렇게 꼼짝 못하도록 붙잡혀 있는 게 싫은 것이 분명하다. 여자가 그만하라며 비명을 지른다. 나는 여자의 원피스와 속바지가 걱정되고, 피부가 긁힐까봐 걱정되고, 여자의 몸에 흙이 묻을까봐 걱정된다. 여자를 끌고 온 남자들이 옆으로 비켜서서 상황을 지켜본다.

이거 놔! 이거 놔, 이 개자식들아! 날 알지도 못하는 것들이! 여자가 예언자와 전도사들에게 악을 쓰며 소리친다. 몹시 화가 난 목소리다. 목소리만으로 사람을 치고 죽일 수도 있을 것 같다. 그러나 그들은 여자의 말을 듣지 않고, 기도문을 외치느라 바쁘다. 나는 여자의 말을 따라 한다. 이거 놔! 이거 놔, 이 개자식들아! 날 알지도 못하는 것들이! 그러나 속으로만 말한다.

예언자의 지시에 따라 여자 신도들이 일어나 예언자와 전도사들 뒤에 빙 둘러서서 노래를 부르고 춤을 추고 성경책을 흔든다. 그중 몇 명은 기도를 한다. 그렇게 해야만 성령이 올 수 있다는데, 자칫 목소리가 너무 커졌다가는 보드로자의 집에 모이는 이교도들하고 비슷해질 수도 있기 때문에 조심해야 한다. 나는 이교도들이 보드로자의 양철집 뒤에서 조상을 부르는 걸 본 적이 있다. 북을 치고, 남자들은 괴성을 지르고, 여자들은 비명을 지르고, 몸뚱이들이 공중으로 솟구치고 꿈틀거리고 그러다가 옷이 벗겨지기도 한다.

예쁜 여자가 개자식들에게 당장 놓으라고 악을 쓰지만 개자식들은 아랑곳하지 않고 제 할 일을 한다. 나는 저 사람들이 하는 일과 상관없다고, 나는 당신 편이라고 여자와 눈을 맞추어 알려주고 싶지만, 발버둥치고 소리를 지르느라 정신없는 여자는 날 보지 못한다. 기도 소리는 점점 커진다. 어떤 사람은 제대로 기도를 하고, 어떤 사람은 방언*으로 기도를 하고, 어떤 사람은 노래를 부른다.

그때 예언자 레벌레이션스 비칭턴 음보로가 양손을 들어 사람들을 조용히 시킨다. 그러고는 지팡이로 예쁜 여자를 가리키면서 몸안에 있는 악마를 향해, 정확한 단어로, 자기가 낼 수 있는 가장 큰 목소리로, 주님의 이름으로 명하노니 썩 꺼져라! 하고 외친다. 그러고 나서 악마에게 몇 마디를 더 하고 심지어 욕까지 한다. 아무 일도 일어나지 않자 예언자는 소맷자락으로 이마를 닦은 다음 지팡이를 내팽개치고 마치 헐크 호건**처럼 여자의 몸에 올라타 젖가슴을 깔아뭉갠다.

여자를 깔아뭉개면서 예언자가 여자를 위해 기도하고, 예수를 부르고, 성경 구절을 읊는다. 그는 여자의 배에, 허벅지에 손을

* 성령을 받은 신자가 습득한 일이 없는 언어를 무아의 상태에서 하는 말.

** 1980년대 유명했던 미국의 프로레슬링 선수.

얹더니 그다음엔 여자의 그곳을 손으로 문지르면서 거기 뭔가 문제가 있다는 듯 열심히 기도를 한다. 예언자의 얼굴이 벌겋게 달아오른다. 예쁜 여자는 이제 축 늘어져 있다. 더이상 예쁘지도 않고, 저항할 기력도 남아 있지 않다. 나는 더이상 여자의 얼굴을 쳐다보지 않으려고 한다. 이런 상태의 여자를 지켜보는 내 모습을 들키기 싫어서. 치포는 조금 전 잠에서 깨어났는데 길이라도 잃은 것처럼 두리번거리다 정신을 차린다.

저렇게 했어. 딱 저렇게. 내 팔을 떼어낼 기세로 힘껏 흔들며 치포가 말한다. 치포가 말을 하는 건 정말 오랜만이다. 성령이 강림했나보다. 치포의 목소리는 내 귓가에 날카롭게 울려퍼진다. 사람들의 기도 소리가 점점 더 커진다. 신도들은 예언자 레벌레이션스 비칭턴 음보로가 마침내 여자를 꼼짝 못하게 했다는 사실에 흥분하고 있다. 여자를 끌고 온 남자들이 기뻐하고, 특히 여자의 남편으로 보이는 키 큰 남자가 기뻐하고, 교회 사람들이 기뻐하고, 본스 어머니도 기뻐하지만, 나는 예쁜 여자가 예언자 밑에 깔려 있어서 슬프다. 흠씬 두들겨맞고 십자가에 못박힌 예수님 같다.

저렇게 했어. 우리 할아버지가. 내가 빈 라덴 찾기 놀이 하고 집에 왔는데, 할머니는 없고 할아버지만 있었어. 할아버지가 갑자기 나를 올라타더니 저렇게 내 몸을 짓누르고 손으로 내 입을 틀어막았어. 산처럼 무거웠어. 본스 어머니처럼 치포도 말을 한꺼번에 쏟아낸다. 치포의 얼굴을 보니 지금껏 한 번도 보지 못했던 표정이 드리워져 있다. 고통스러운 표정이다. 치포가 목소리를 되찾았기 때문에 웃고 싶지만 치포의 표정 때문에 혼란스럽다. 내가 뭔가 중요한 말을 해주기를 기다리는 눈치여서, 나는 입을 뗀다. 우리 구아바 훔치러 갈래?

3
나라놀이

상하이 안쪽은 한마디로 난장판이다. 섬뜩한 아가리로 물건을 집어내는 기계, 흙을 파헤치는 기계, 돌을 부수는 기계, 연기 구름을 내뿜는 기계, 땅을 다림질하는 기계, 온통 기계 천지다. 사방에 주황색 유니폼을 입고 노란 헬멧을 쓴 중국인들이 있다. 그 수는 많지 않지만, 이리저리 뛰어다니는 모습이 옥수수밭을 연상시킨다. 흑인들도 있는데 그들의 옷차림은 평범하다. 그들은 찢어진 티셔츠, 조끼, 반바지, 무릎 아래를 잘라낸 바지, 작업복 같은 옷에 슬리퍼나 테니스화를 신고 있다.

우리는 상하이 입구에서, 우리가 읽을 수 없는 낯설고 예쁜 글씨가 적힌 빨간 간판 아래 잠시 서 있다. 상하이는 너무 멀어서 잘 오지 않는데, 오늘은 스브호의 할머니 마스반다가 여기서 일하는 모쉬라는 청년에게 할 얘기가 있으니 패러다이스로 오라는 말을 전해달라고 해서 오게 되었다. 무슨 일로 그를 찾는지는 우리도 모른다. 상하이에 오려면 부다페스트를 지나 울타리를 두른 채석장이 나올 때까지 마시예팜빌리 길을 따라 계속 동쪽으로 걸으면 된다. 얼마 전까지만 해도 사람들이 채석장에서 다이아몬드를 캤는데 군인들이 전부 다 쫓아내버렸다. 상하이는 숲을 가운데 두고 채석장 맞은편에 있다.

많이도 했네! 스브호가 말한다. 감탄하는 목소리다. 믿을 수 없을 정도로 공사가 많이 진척되어 있다. 지난번에 왔을 때만 해도 겨우 잔디를 태우고 장비들을 들여놓았을 뿐이었는데, 지금은 금방이라도 하느님 얼굴에 대고 트림을 할 수 있을 만큼 높은 건물의 골조가 올라가 있다.

내가 지난번에 뭐랬어? 중국은 장난 아니라고 그랬지? 내 말이 틀렸냐? 이 정도면 진짜 중대 사건 아니야? 뿌듯한 목소리로 배스터드가 말한다. 그러고는 마치 중국 인부들을 보낸 사람이 자기라는 듯이, 인부들이 전부 다 자기 부하들이고 자기가 시키는 대로 하고 있다는 듯이 손으로 공사장을 쓱 훑는다.

공사가 끝나고 나면 여긴 딴 세상이 될걸. 두고 봐. 나중에 내가 그런 말 한 적 없다고 하면 안 된다. 난 분명히 말했으니까. 배스터드가 말한다.

꼭 저 사람들이 짓고 있는 게 너희 집인 것처럼 말하네. 스티나가 말한다.

우리집이든 아니든 무슨 상관이야? 중대 사건이라니까. 중대 사건, 중대 사건, 중대 사건! 배스터드가 노래하듯 그 말을 되풀이한다. 우리는 이미 건물 쪽으로 걸어가고 있는 배스터드를 뒤따라간다.

공사장에서 인부들이 소리지르며 대화를 주고받는다. 말이 아닌 말을 듣는 것 같고, 방언으로 기도하는 소리를 듣는 것도 같다. 중국어도 들리고 우리 말도 들리고 다른 언어와 뒤섞인 영어도 들리고 기계 소음도 들린다. 인부들끼리 말이 잘 안 통하기 때문에 종종 손과 연장이 허공을 휘젓는다. 우리가 손수레에 흙을 퍼 담고 있는 흑인들 쪽으로 다가가자 몇 명이 하던 일을 멈추고 우리를 쳐다본다. 평생을 흙바닥에서 뒹군 사람들처럼 몸과 옷, 머리까지 온통 흙투성이다. 다른 어른들처럼 중대한 책임을 맡고 있는 사람으로 보이려고 애쓰지 않아서 왠지 측은한 마음이 든다.

우리는 파이프 무더기 옆에 서 있다. 배스터드가 모쉬를 보러 왔다고 소리친다. 대답이 없다. 잠시 후 새까만 피부의 근육질 남자가 우리에게 집에 가라고 소리친다. 모쉬는 며칠 전 남아프리카공화국으로 갔다고 말하고 그는 다시 삽질을 한다.

잘 생각한 거야. 배스터드가 말한다.

누가? 스브호가 묻는다.

모쉬.

뭘 잘 생각해?

남아프리카공화국으로 간 거. 나라도 그랬을 거야. 이런 똥통 같은 데서 일하면서 흙먼지를 뒤집어쓰느니 그게 백번 낫지. 저 사람들 꼴 좀 봐. 완전 돼지들 같지 않냐? 배스터드가 말하고 웃는다.

조금 더 얼쩡거려보지만 아무도 더는 말을 걸어주지 않아서 결국 우린 발걸음을 옮긴다. 커다란 노란색 캐터필러* 굴삭기 옆의 천막을 지나칠 때는 안에 뭐가 있는지 슬쩍 들여다본다. 천막 안이 컴컴해서 아무것도 안 보인다. 그런데 그 안에서 뚱뚱한 중국인이 바지 벨트를 채우며 밖으로 나오다가 우리를 본다. 다른 사람들과는 달리 제대로 된 바지에 셔츠, 재킷, 넥타이까지 갖춰 입은 것으로 보아 이 공사 현장의 감독관인가보다.

놀라기는 피차 마찬가지다. 그는 훔쳐보던 우리를 보고 놀라고, 우리는 훔쳐보다 걸려서 놀라고, 그가 뚱뚱해서 더 놀란다. 여기서 일하는 다른 중국 노동자들은 덩치가 그의 절반밖에 되

---

* 미국의 세계적인 건설 중장비 제조회사.

지 않는데 이 사람은 도대체 어떻게 된 걸까. 마치 여기가 자기 할머니네 집 뒷마당이라도 된다는 듯 그가 우리에게 쏼라쏼라 떠들어대기 시작한다. 한참을 쏼라쏼라하더니 그가 말을 멈춘다. 우리 대답을 기다리는 것 같다. 치포가 키득거린다.

이 아저씨 미쳤나봐. 스티나가 말한다.

그러게. 누가 이 뚱땡이한테 이제 중국어가 우리 말이라고 그랬나.

저 배 좀 봐. 완전 드럼통이다. 나라 하나를 통째로 집어삼킨 것 같아.

우리가 그렇게 서 있는데 스키니진에 힐을 신은 흑인 여자 두 명이 텐트에서 나온다. 우리는 그 순간 뚱땡이는 완전히 잊고 몸을 흐느적거리며 우리 앞을 지나가는 여자들을 바라본다. 둘 중 마른 여자의 커다란 파란색 가방이 내 왼쪽 옆구리를 스친다. 똑같은 색의 파란 목걸이를 마치 올가미처럼 목에 두르고 있다. 여자들은 굴삭기를 지나치고, 산처럼 쌓인 자갈 더미를 지나치고, 하던 일을 멈추고 자신들을 바라보는 남자들을 지나친다. 여자들이 상하이에서 벗어나 대로 모퉁이를 돌아 시야에서 사라질 때까지 남자들은 계속 쳐다본다.

너희들 무슨 일로 왔니? 평균 체격의 중국인이 뚱땡이 감독관 옆으로 다가오더니 어눌한 영어로 우리에게 묻는다. 여기서 일하는 사람인가보다. 얼굴이 꾀죄죄하고 주황색 유니폼에 안전모를 썼고 한 손엔 밧줄을, 또 한 손엔 담배를 들고 있다. 우리는 그가 담배를 한 모금 빨고, 내뿜고, 다시 빨고, 내뿜는 모습을 지켜본다.

뭘 짓는 거예요? 학교? 아파트? 병원? 스티나가 묻는다.

아주 커다란 백화점을 지을 거야. 구찌, 루이뷔통, 베르사체 매장이 있는 백화점. 아주 크고 근사한 백화점. 중국인이 담뱃재를 떨고 건물을 올려다보며 말한다. 우리는 웃고 중국인도 웃고 뚱땡이 감독관도 웃는다.

칭총* 좀 주세요. 전에도 주셨잖아요. 갓노즈가 바로 본론으로 들어간다.

지난번에 여기 왔을 때 그들은 손목시계, 장신구, 슬리퍼, 배터리가 잔뜩 들어 있는 검은 비닐봉지를 줬다. 하지만 언젠가 엄마가 사줬던 신발처럼 싸구려 허섭스레기라 며칠도 못 가서 다 망가져버렸다. 비닐로 포장된 재미난 모양의 갈색 과자도 있었다. 깨물어보니 바삭바삭했고 신기하게도 안에 흰 쪽지가 들어 있었다. 갓노즈의 과자에서는 행운의 과자 한 상자를 드시면 무슨 일이든 할 수 있습니다라고 적힌 쪽지가 나왔고, 배스터드의 과자

* 싸구려 아시아 물건들을 뜻하는 짐바브웨의 은어.

에서는 사람들이 당신의 재능을 알아볼 것이며 합당한 결실을 얻을 것입니다라고 적힌 쪽지가 나왔다. 치포는 안에 있는 것을 밖으로 쏟아내면 그것이 당신을 구할 것입니다라고 적힌 쪽지가, 스브호는 열정의 밤이 당신을 기다리고 있습니다가 나왔다. 스티나는 새 신발 한 켤레를 장만하면 엄청난 도움이 될 것입니다. 행운의 숫자는 7, 13, 2, 9, 4입니다가 나왔다. 나는 당신의 미래는 행복하고 생산적입니다였다.

한번 받았으면 됐지. 메이드 인 차이나 갖고 싶거든 너희도 일해. 세상에 공짜가 어딨냐. 중국인이 말한다.

아저씨들이 우리 나라에 왔잖아요. 그러니까 공짜는 아니죠. 스티나가 말한다.

밤중에 와서 사방에 똥을 싸놓을까보다. 아니면 여기 있는 거 몽땅 훔쳐가든지. 갓노즈가 말하자 중국인이 웃는다. 웃는 모양으로 보아 한마디도 못 알아듣는 눈치다. 그러더니 그와 뚱땡이가 진짜 본격적으로 쌀라쌀라하기 시작하는데, 아마 다른 얘기를 하는 것 같다. 결국 우리는 기다리다 지친다. 그만 가자. 아무것도 안 주려나봐. 스티나가 말한다.

우리는 상하이를 떠나며 우우! 하고 야유를 퍼붓고 소리를 지른다. 시끄러운 기계 소음만 아니었다면, 당장 이 나라를 떠나라고, 당신들 나라로 돌아가서 건물 실컷 지으라고, 당신들이 지어주는 개똥 같은 백화점 따위 필요 없다고, 당신들은 우리 친구도 아니라고 외치는 우리 목소리가 그들에게도 들렸을 텐데. 소리치면서 좀 전에 봤던 흑인 남자들을 지나치는데 그중 근육질 남자가 앞으로 나선다. 중국인들한테 반장으로 임명이라도 받았는지 거대한 몸집으로 거만하게 우리를 가로막는다. 그는 단 한마디도 하지 않았지만 보아하니 바위까지도 꼬집어서 움찔거리게 만들 수 있는 사람 같아서 우리는 바로 입을 다물고 조용히 상하이를 떠난다.

중국이란 나라가 이렇다니까. 시뻘건 악마야. 뚱뚱해지고 힘이 세지려고 집어삼킬 사람들을 찾고 있는 거야. 이제 우리에게 남은 선택은 중국이 우리집에 쳐들어오도록 내버려두든지, 아니면 숲속에 매복해 있다가 놈들을 치든지, 둘 중 하나야. 갓노즈가 말한다.

말이 되는 소릴 해라. 진짜 악마라면 왜 뚱뚱해지고 힘이 세져야 하겠어? 벌써 그런데? 내가 말한다.

우리는 패러다이스로 돌아와 새로운 놀이를 만들어보려 애쓴다. 지금까지 하던 놀이들이 다 지겨워져서 심심해 죽지 않으려면 반드시 새 놀이를 만들어야 하는데, 쉽지가 않다. 이것저것 따져가면서 이게 제대로 된 놀이가 될 수 있는지 확인해야 하니까. 이번엔 배스터드가 새 놀이를 만들 차례인데, 오늘 아침 그 일을 겪고도 배스터드는 여전히 중국 놀이를 하고 싶어한다. 그 이유는 나도 모른다.

중국이 용이라고 해야겠다. 항상 가장 높은 자리를 지키는 진짜 맹수로 만드는 거지. 배스터드가 말한다.

중국이 천사라고 하면 어때? 엄청 대단한 일을 할 수 있는 초능력이 있어서 다들 중국에게 도움을 청하는 거야. 애원하고, 잘 보이려고 춤을 추고. 중국 중국 무지브하*, 중국 중국 우!라고 노래 부르면서. 스브호가 말하고는 신이 나서 그 한심한 노래에 맞춰 춤까지 춘다. 춤을 다 추고 나선 옆으로 두 번 재주를 넘는데 그 바람에 빨간 속바지가 언뜻 보인다.

너 지금 뭐하냐? 배스터드가 말한다.

그래, 빨리 앉아. 그 놀이 완전 똥이야. 그런 놀이를 누가 하겠냐. 난 나라놀이나 그릴래. 갓노즈가 굵은 나뭇가지 하나를 집어 들며 말한다.

잠시 후 모두가 땅바닥에 나라놀이를 그리고 있다. 어제 비가 온 덕분에 땅이 알맞게 촉촉해져서 잘 그려진다. 나라놀이를 하

* 외국으로 돈을 벌러 나갔다가 성공하지 못하고 초췌한 몰골로 돌아온 사람을 일컫는 짐바브웨 속어.

려면 원 두 개가 필요하다. 큰 원을 그리고 그 안쪽에 작은 원을 그린 다음 술래가 작은 원 안에 선다. 사람 수에 따라 바깥쪽 원을 나누는데 정확히 똑같은 조각으로 나누어야 한다. 각자 한 조각씩 고르고 거기 나라 이름을 적는데, 그래서 나라놀이라고 한다.

그런데 원하는 나라가 서로 겹치기 때문에 일단 싸워서 나라 하나를 차지해야 한다. 너도나도 미국, 영국, 캐나다, 호주, 스위스, 프랑스, 이탈리아, 스웨덴, 독일, 러시아, 그리스 같은 나라들을 하겠다고 나선다. 제대로 된 진짜 나라들이니까. 싸움에서 지면 두바이, 남아프리카공화국, 보츠와나, 탄자니아 같은 나라들로 밀려날 수밖에 없다. 제대로 된 나라들은 아니다. 하지만 그래도 우리 나라보다는 살기가 낫다. 걸레 같은 나라들은 아무도 원하지 않는다. 콩고, 소말리아, 이라크, 수단, 아이티, 스리랑카, 그리고 우리가 살고 있는 이 나라도. 지긋지긋하게 배고픈 나라, 모든 게 엉망인 나라를 누가 원하겠는가.

오늘처럼 운이 따라주면 나는 진짜 나라인 미국이 된다. 미국이 세계에서 가장 힘센 나라라는 건 누구나 다 안다. 포스털리나 이모가 미국 디스트로이드미시겐*에 살고 있기 때문에 나는 미국이 이미 내 나라가 된 것 같은 기분이 든다. 이모가 자리를 잡

* 미시간 주 디트로이트를 잘못 발음한 것.

으면 날 데리러 올 거고 그러면 나도 미국에서 살게 된다. 나라 이름을 정하는 싸움이 끝나면 첫번째 술래를 뽑는다. 술래가 안쪽 원에 서서 게임을 시작한다. 나머지 사람들은 바깥쪽 원에 서는데 한 발은 자기 나라 안에, 한 발은 그 밖에 놓는다.

술래가 나라 하나를 선택해 부르는 순간 놀이가 시작된다. 술래는 아무 나라나 골라선 안 되고 쉽게 무찌를 수 있는 나라를 골라야 한다. 한마디로 이 놀이는 전쟁과 똑같다. 전쟁할 때 처음부터 센 나라와 싸우지는 않는다. 그랬다간 박살이 날 테니까. 나라놀이도 마찬가지로 달리기를 못해서 날 이길 수 없는 사람을 찍어야 한다. 술래가 나라 이름을 부르면, 경찰이 쫓아오는 것처럼 모두가 일제히 흩어져 내달린다. 자기 나라 이름이 불린 아이만 빼고. 호명된 나라의 아이는 안쪽 원으로 뛰어들어가 멈춰! 멈춰! 멈춰!라고 소리쳐야 한다.

모두가 멈추면, 안쪽 원에 새로 들어간 사람이 어떤 나라를 잡을지 결정을 내린다. 멀리뛰기 세 번 이내로 원 밖의 나라들 중 하나를 잡아야 한다. 바깥쪽 원에서 가장 가까이 있는 나라, 그러니까 멀리 달아나지 못한 나라를 잡는 게 가장 쉽다. 세 번을 뛰어 그 나라를 잡으면 잡힌 나라는 아웃이 되고 그때부터 앉아서 놀이를 구경해야 한다. 그런데 만약 원 안에 새로 들어온 사람이 다른 나라들을 빨리 멈춰 세우지 못해서 멀리뛰기 세 번으로 잡을 수 없을 때는 다음 술래를 고르고 아웃된다. 한 나라만 남을 때까지 이 과정이 계속 반복되고, 마지막까지 살아남은 나라가 승자가 된다.

놀이가 한창 무르익을 무렵 기온도 높아진다. 수단과 콩고, 과테말라, 이라크, 아이티, 아프가니스탄이 모두 아웃되어 가장자리에 앉아 진짜 나라들이 노는 걸 구경한다. 북한을 피해 도망치고 있는데 저만치에서 커다란 NGO 트럭이 팜베키 언덕을 지나 이쪽으로 달려온다. 우리는 당장 놀이를 멈춘다. 노래를 부르고 춤을 추며 펄쩍펄쩍 뛴다.

마음 같아선 곧장 트럭 쪽으로 내달리고 싶지만 그래선 안 된다는 걸 알고 있다. 예전에 한번 그랬던 적이 있는데 NGO 사람들이 우리가 인류에 엄청난 재앙을 일으키기라도 한 것처럼 학을 떼며 싫어했다. 그래서 이젠 그냥 노래를 부르며 트럭이 우리 쪽으로 오기만 기다린다. 기다리는 건 괴롭다. 트럭이 점점 더 가까이 다가오고 있는데도 아직 멀게만 느껴진다. 마치 아직 우리 나라에 도착하지도 않은 것처럼. 다른 나라에 발이 묶여 빠져나오지도 못한 것처럼. 기어오는 트럭을 마냥 기다리고 있기가 힘든 건 트럭에 실려 있는 선물들 때문이다.

이번엔 NGO 사람들이 좀 늦었다. 원래 지난달 15일에 왔어야 했는데 건너뛰었고 벌써 그 다음달이 되었기 때문이다. 트럭은 보통 놀이터에 서기 때문에 우리는 트럭이 설 자리를 만들어 놓고 기다린다. 마침내 성난 괴물처럼 먼지를 일으키며 트럭이 도착한다. 우리는 미친듯이 노래를 부르며 꽥꽥거린다. 이를 드러내고 팔을 높이 쳐든다. 발을 굴러 땅바닥을 짓이긴다. 흙먼지 속에서 눈을 가늘게 뜨고 트럭 문을 지켜보면서 NGO 사람들이 나오길 기다리는 중에도 우리는 노래와 춤을 멈추지 않는다. 우리가 이렇게 반겨주면 감동을 받을지도, 그래서 선물을 더 줄지도 모른다. 주고 또 주고, 어쩌면 우리가 제발 선물 더미에 깔려 죽지 않게 해주세요! 하고 애원할 때까지 줄지도 모른다.

NGO 사람들이 트럭에서 내린다. 모두 다섯이다. 백인 세 명 중 여자가 둘이고 남자가 한 명인데 딱 봐도 이곳 사람들이 아닌 걸 알 수 있다. 이곳 출신인 베티 언니도 있다. 우리 말을 하는 베티 언니가 하는 일은 우리가 하는 말을 NGO 사람들에게 통역하고 그들이 하는 말을 우리에게 통역해주는 것이다. 그리고 운전기사가 있는데 아마 이곳 출신인 것 같다. 운전 말고는 딱히 하는 일이 없어 보인다. 운전기사를 제외하고 모두 선글라스를 끼고 있다. 검은 유리벽에 가려진 보이지 않는 눈들이 우리를 바라본다.

여자 한 명이 우리 말로 인사를 건네려다가, 너무 심하게 더듬거려서 우리가 깔깔 웃자 그냥 영어로 말한다. 베티 언니는 우리가 알아들은 인사말을 굳이 통역한다. 헬로, 칠드런이 '안녕, 얘들아!'라는 뜻인 건 길가의 나무도 아는데. 너무 신이 나서 박수를 치는 우리에게 작고 예쁜 또 한 명의 여자가 앉으라고 손짓한다. 여자가 낀 반지에 박힌 보석이 햇빛에 반짝인다.

우리가 자리에 앉자 남자가 커다란 카메라로 사진을 찍기 시작한다. NGO 사람들은 사진 찍기를 좋아한다. 마치 우리가 자기들 친구나 친척이라도 된다는 듯이. 나중에 집에 돌아가서 다른 친구들, 친척들에게 사진을 보여주며 우리 이름을 말해줄 거라는 듯이. 우리가 더럽고 옷이 찢어져서 창피해하건 말건, 사진 찍는 걸 싫어하건 말건, 그들은 아랑곳하지 않고 사진을 찍고 또 찍는다. 우리는 투덜댈 처지가 아니다. 사진 촬영이 끝나면 선물을 나누어주기 때문이다.

카메라맨이 우리에게 일어서라 말하고 사진 촬영이 계속된다. 치즈하라는 말이 없어서 하지 않는다. 카메라맨이 배가 불룩한 치포를 보고 얼마나 놀랐는지 하마터면 카메라를 떨어뜨릴 뻔한다. 잠시 후 이곳에 온 이유를 떠올린 듯 그가 다시 사진을 찍기 시작한다. 이번엔 치포 사진을 많이 찍는다. 치포가 패리스 힐턴이라도 된다는 듯이. 찰칵, 번쩍, 번쩍, 찰칵. 쉴새없이 사진을 찍어대자 치포가 인상을 쓰더니 홱 돌아서서 아이들 가장자리로 비켜선다. 패리스 힐턴이 파파라치를 싫어한다는 건 길가의 벽돌도 알 텐데.

카메라맨이 이번엔 갓노즈의 시커먼 엉덩이를 찍으려 달려든다. 배스터드가 손가락으로 가리키며 깔깔거리자 갓노즈가 돌아서더니 자기가 성경에 나오는 발가벗은 남자인 줄 아는지 손으로 바지에 난 구멍을 가린다. 그래도 갓노즈의 엉덩이를 완전히 가리지는 못한다. 그런 갓노즈를 보고 우리는 다 같이 웃는다. 배스터드 차례가 되자 배스터드는 모자를 벗고 자기가 미남이라도 되는 것처럼 미소를 짓는다. 그러고서 온갖 포즈를 취하는데 근육을 씰룩거리기도 하고, 허리에 손을 얹기도 하고, 손가락으로 V자를 만들기도 하고, 한쪽 무릎을 꿇은 채 앉기도 한다.

웃거나 미소 짓거나 하면 안 돼. 그런 바보짓도 하면 안 되고. 갓노즈가 말한다.

왜, 넌 엉덩이만 찍혀서 샘나냐? 더럽고 갈라진 똥냄새 나는 엉덩이나 내놓고 다니는 주제에. 배스터드가 말한다.

아니거든. 너한테 샘낼 게 어딨냐. 못생긴 게 까불어. 얻어터질 위험을 무릅쓰고 갓노즈가 말한다.

내가 하고 싶다는데 더러운 엉덩이가 무슨 말이 그렇게 많아! 어쨌든 거기서 사람들이 내 사진을 볼 거라면 날 보는 편이 낫지 않냐. 내 엉덩이 말고, 내 더러운 옷도 말고, 날 말이야.

누가 네 사진을 보는데? 내가 묻는다. 누가 우리 사진을 본다는 거야? 그러나 아무도 대답하지 않는다.

사진 촬영 다음은 선물 증정이다. 처음엔 결혼식장에 가는 개미떼처럼 반듯하게 줄을 서보려 하지만, 트럭 짐칸 문이 열리자마자 우리는 똥파리떼처럼 몰려든다. 밀고, 밀리고, 소리지르고, 비명을 지른다. 양손을 앞으로 뻗고 돌진한다. 잡고, 움켜쥐고, 뺏기지 않으려 애쓴다. NGO 사람들은 입을 쩍 벌리고 그저 우두커니 서 있다. 파란 모자를 쓴 키 큰 여자가 얘들아 잠깐만! 질서를 지켜야지!라고 외치지만 우리는 웃어넘기고 몸을 날려 서로 포개지고, 밀쳐내고, 소리지른다. 우리는 아예 말귀를 못 알아듣는 애들처럼 행동한다. 하지만 그 와중에도 NGO 사람들에게 닿지 않게 조심한다. 우리에게 이것저것 선물을 나눠주긴 해도 우릴 만지거나 우리가 자기들을 만지는 건 싫어하기 때문이다.

어른들은 양철집에서 나와 살짝 옆으로 비켜서 있다. 나라놀이에서 아웃된 아이들처럼. 밀지 말라고 우리를 타이르지도 않는다. 할말이 있는 것 같은 눈빛으로 쳐다보지도 않는다. NGO 사람들이 없었다면 아마 회초리를 가져오거나 맨손으로 두들겨팼을 것이다. 애초에 NGO 사람들이 없었다면 우리도 감히 이런 소란을 피우지 못했을 테지만. 그러나 어쨌든 지금은 NGO 사람들이 있고, 그들이 있는 한 부모님은 신경쓰지 않아도 된다. 결국 꽥 소리를 질러 우릴 멈추게 한 사람은 베티 언니다. 우리 말로 하는 걸 보니 NGO 사람들이 눈치채지 못하게 하려고 그러는가 보다.

뭐하는 거야, 마사스컴 에반후 이미! 리야흘란야*, 이 귀한 백인 손님들이 고작 너희들이 개코원숭이처럼 미쳐 날뛰는 꼴을 보러 바다 건너 이파파** 온 줄 알아? 진짜 창피해죽겠다! 풋세카니***, 진자****처럼 굴지 말고 얌전하게 굴지 못해? 안 그러면 망할 물건들 도로 싣고 가버릴 줄 알아! 그렇게 말해놓고 베티 언니는 NGO 사람들 쪽으로 고개를 돌리고 벌어진 앞니를 보이며 미소를 짓는다. 그 사람들도 흡족해하며 웃어준다. 베티 언니가 자기들에 대해 좋은 얘기를 한 줄 아나보다.

우리는 밀치기를 멈추고, 싸우기를 멈추고, 꽥꽥거리기를 멈춘다. 그리고 다시 나란히 줄을 서서 침착하게 기다린다. 줄이 소리지르고 싶을 정도로 더디게 줄어들지만 그래도 결국엔 모두가 선물을 받고 기분이 좋아진다. 각자 장난감 총, 사탕, 옷을 받는다. 나는 가슴에 구글Google이라고 적힌 티셔츠와 겨드랑이가 꽉 조이는 빨간 원피스를 받는다.

---

* '이 멍청한 놈들아! 너희들 미쳤구나!'라는 뜻.
** '여기'라는 뜻.
*** '물러서지 못해!'라는 뜻.
**** '개'라는 뜻.

땡큐 머치, 내가 영어를 할 줄 안다는 걸 보여주려고 내게 선물을 준 예쁜 여자에게 말해본다. 여자는 대꾸를 하지 않는다. 마치 지나가는 개가 짖었다는 듯.

아이들이 받을 걸 다 받고 나자 어른들 차례가 온다. 어른들도 나름대로 줄을 서지만 심드렁한 표정을 지으려 애쓴다. 내가 여기서 이러고 있을 만큼 한가한 사람이 아니라는 듯. 사실 어른들도 툭하면 NGO 사람들이 우릴 잊은 것 같다는 둥, 좀더 자주 와야 한다는 둥, NGO가 어쩌고 NGO가 저쩌고 하며, NGO가 자기 부모라도 되는 양 푸념을 한다. 어른들은 콩과 설탕, 옥수수 가루 같은 것들이 들어 있는 작은 봉지를 받지만 여전히 못마땅한 표정들이다. 이런 것 따윈 필요 없다는 듯, 당혹스럽다는 듯, 실망했다는 듯 작은 봉지를 쳐다보지만 나중에 양철집으로 돌아갈 때는 기필코 챙겨간다.

식량을 받기 위해 줄을 서지 않는 사람은 오직 마더러브뿐이다. 그녀는 별들이 총총 박힌 밝은색 원피스를 입고 바오바브나무처럼 우두커니 서서 눈앞에 펼쳐진 광경을 바라보고 있다. 얼굴에는 슬픔이 드리워져 있다. NGO 여자 중 한 명이 선글라스를 벗고 마더러브에게 손을 흔들어보지만, 마더러브는 가만히 서 있을 뿐 손을 흔들지도 웃지도 않는다. 아무것도 하지 않는다. 베티 언니가 봉지 몇 개를 내민다.

하우[*], 마더러브! 모자란 아이를 구슬리는 듯한 바보 같은 목소리로 베티 언니가 소리친다. 이리 와보세요. 반투[**], 저희가 선물 가져왔잖아요! NGO 사람들이 마더러브에게 작은 봉지 몇 개를 더 내민다. 심지어 백인 여자 둘은 개가 웃을 때처럼 이까지 드러내고 웃는다. 마더러브가 어떤 반응을 보일지 모두가 주시하고 있다. 마더러브는 홱 돌아서서 고개를 높이 들고, 양팔의 팔찌들을 달그락거리고 원피스에 박힌 별들을 반짝이면서 레몬향을 남긴 채 성큼성큼 사라져버린다.

마침내 NGO 트럭이 출발하자 우리도 트럭을 쫓아 달린다. 이미 받을 건 다 받았으니 설령 그들이 싫어한다 해도 상관없다. 우리는 장난감 총과 선물들을 흔들며 다음번에 받고 싶은 물건들을 외친다. 구두, 컨버스 운동화, 공, 휴대전화, 케이크, 속옷, 음료수, 비스킷, 미국 달러. 트럭의 엔진 소리에 우리 목소리가 파묻혀도 꿋꿋하게 외친다. 음질리카지 로드에 이르러서야 우리는 멈춰 선다. 도로를 따라 달릴 수는 없기 때문이다. 스브호가 저 좀 데려가주세요!라고 소리치자 모두가 똑같이 소리친다. 그렇게 하면 트럭이 돌아와 목소리가 가장 큰 사람을 데려가기라도

* '어머나'라는 뜻.

** '어르신'이라는 뜻.

할 것처럼.

우리는 트럭이 서서히 작아져 마침내 점이 될 때까지 바라보다, 완전히 사라진 뒤에야 양철집으로 발걸음을 돌린다. 트럭이 완전히 사라져버리자 우리는 더이상 소리를 지르지 않는다. 우리는 무덤처럼 조용하고, 장례를 치르고 돌아온 어른들처럼 슬프다. 우리 전쟁놀이 하자. 배스터드가 말한다. 우리는 미국산 새 장난감 총으로 서로를 죽이기 위해 달려간다.

4

진정한 변화

어른들이 투표를 준비하면서 패러다이스의 모든 게 달라졌다. 아침에 일어나면 동네 아저씨들은 이미 자카란다 나무 아래 자리를 잡고 모여 앉아 있다. 하지만 더이상 체커판은 들여다보지 않는다. 허리를 펴고 가슴을 내밀고 고개를 빳빳이 들고 있다. 윗옷도 입고 머리도 빗어 넘겨서 다시 정상적인 사람으로 돌아간 것 같다.

우리가 지나가면 어른들이 입가에 미소를 머금고 손을 흔든다. 이제야 우리가 보인다는 듯, 갑자기 우리를 좋아하게 되었다는 듯, 우리가 새로 사귄 친구라도 된다는 듯. 그들이 아직 웃는 법을 기억하고 있다는 게 놀랍지만 우리는 같이 웃지는 않는다. 그저 우리끼리 모여 서서 아저씨들을 유심히 쳐다볼 뿐이다. 서츠 위쪽을 비집고 나온 털을, 언제 울퉁불퉁한 산맥으로 변할지 모르는 이마를, 화가 나면 번개가 치는 눈을, 우리를 두들겨패던 팔뚝 속의 벽돌을 본다. 우리를 향해 짓는 저 미소가 아무 의미도 없다는 것을 우리는 알고 있다.

아저씨들이 말을 할 때면 목소리가 공중에서 훨훨 타올라 자욱하게 연기를 피운다. 우리는 변화에 대한, 새로운 나라에 대한, 민주주의에 대한, 선거에 대한 그리고 그 밖의 여러 가지에 대한 이야기를 듣는다.

아저씨들은 얘기하고 또 얘기한다. 입술에 침을 바르고, 멈춰버린 손목시계를 쳐다보고, 악수하고 서로의 등을 다독이고, 천둥을 삼킨 것처럼 커다란 소리로 웃는다. 얘기를 듣다보면 금방 따분해지지만, 아저씨들의 표정과 목소리에서 지금 오고가는 얘기가 좋은 거라는 걸 느낄 수 있다.

남자들이 하는 얘기를 듣고 여자들이 키득거린다. 여자들의 눈빛에 사랑스러운 무언가가 담겨 있다. 눈빛만으로도 여자들이 예뻐 보이고 싶어한다는 걸 알 수 있다. 빨갛게 칠한 입술. 정성들여 손질한 머리. 원피스 왼쪽 가슴 바로 위에 단 분홍색 리본. 무늬 넣은 굵은 벨트. 녹슨 쇠줄을 꼬아 만든 팔찌. 털이 거의 다 빠진 모피 코트. 귀 뒤에 꽂은 꽃 한 송이. 벌겋게 달군 돌로 곧게 편 머리카락. 색색의 씨앗으로 만든 귀걸이. 밝은색의 조각천을 덧대어 꿰맨 치마. 여자들이 이렇게 몸치장을 하는 건 아주 오랜만의 일이고, 그 아름다운 모습이 우리로 하여금 그들을 사랑하고 싶게 만든다.

어른들이 가서 투표를 하면 그다음엔 어떻게 되는 거야? 갓노즈가 묻는다. 우리는 본프리와 메신저가 시킨 대로 '변화, 진정한 변화'라고 적힌 벽보를 붙이느라 바쁘다. 28일이 투표날이라는 걸 사람들이 잊지 않도록 양철집 대문마다 한 장씩 붙여야 한다.

어른들이 하는 말 못 들었냐? 변화가 온다잖아. 스브호가 말한다.

나도 아는데, 그 변화라는 게 정확히 뭐냐고. 갓노즈가 묻는다. 방금 벽보 한 장을 붙인 갓노즈가 벽보에 눈이라도 달려 있다는 듯, 사람을 보듯이 뚫어져라 벽보를 쳐다본다. 스브호는 말을 하려다 말고 몸을 숙이더니 깨진 거울 한 조각을 줍는다. 그러더니 거울에 비친 자신의 모습을 감상하며 미소 짓는다.

우리는 계속 벽보를 붙인다. 사실 우린 변화고 뭐고 별 관심이 없지만 본프리가 이 일을 해주면 중국산 고구마를 주겠다고 해서 시작했다. 시장에 가서 고구마를 되팔아 다른 걸 살까 생각중이다. 중국 돈을 본 적은 없지만 중국 신발이 개똥인 건 안다. 네 번밖에 신지 않았는데 허섭스레기가 되어버렸다.

얘들아, 난 말이야. 언젠가 대통령이 될 거야. 배스터드가 말한다. 우리는 벽보를 거의 다 붙였고 이제 헤븐웨이 공동묘지 부근의 몇 집만 남았다.

무슨 대통령? 내가 묻는다.

한 나라의 대통령. 그러니까 이 나라. 무슨 말인지 못 알아듣겠냐, 이 멍청한 당나귀야? 배스터드가 말한다.

대통령이 되려면 일단 나이가 많아야 돼. 스티나가 말한다.

누가 그래? 그걸 네가 어떻게 알아? 배스터드가 벽보 한 장을 문에 내던지듯 붙이며 말한다. 얼마나 세게 붙였는지 양철판이 흔들리고 집안에서 목소리가 들린다. 이놈들! 우리집 대문 망가뜨렸다간 면도칼로 엉덩이 닦게 만들 줄 알아! 그 말에 우리는 서로 쳐다보며 손으로 입을 틀어막고 킬킬거린다. 배스터드가 주먹을 들어 양철집을 부수는 시늉을 하는 것으로 답한다. 벽보가 비뚤어졌는데도 배스터드는 바로잡지 않는다. 그러고는 어깨 너머로 힐끗 스티나를 쳐다본다.

그걸 네가 어떻게 아느냐고. 배스터드가 다시 묻는다.

그 정도는 알아. 스티나가 말한다. 잡지에서 대통령 사진을 봤어. 잠비아 대통령, 말라위 대통령, 남아공 대통령, 그 밖의 다른 나라 대통령들하고 같이 있는 사진. 다들 늙었던데. 대통령이 되려면 일단 할아버지가 되어야 해.

벽보가 떨어지자 배스터드가 주워 반으로 찢는다. 한쪽 다리를 쭉 뺀더니 방금 찢은 벽보 반쪽을 허벅지에 대고 담배처럼 보이게 돌돌 만다. 그걸 입에 물고 트레이닝 바지 안쪽에서 성냥한 갑을 꺼낸다. 우리는 배스터드가 담배에 불을 붙여 피우는 모습을 지켜본다.

너 지금 뭐하는 거야? 내가 묻는다.

연습하는 거잖아. 보면 모르냐? 갓노즈가 말한다.

늙고 머리가 희끗희끗해지는 것하곤 아무 상관이 없어. 돈만 있으면 돼. 대통령은 다 엄청난 부자들이거든. 배스터드가 말한다. 그는 우리 동네 아저씨들처럼 껄껄 웃으며 담배를 한 모금 빤다. 연기가 목에 걸려 콜록콜록 기침을 하고 침을 뱉는다. 아무도 한 모금 피우게 해달라고 하지 않는다.

우리가 일을 마쳤을 땐 집집마다 벽보가 붙었지만, 본스 어머니가 문에 그놈의 헛소리를 붙여놓았다간 다 죽여버리겠다고 호통을 치는 바람에 그 집만 예외다. 벽보 덕에 패러다이스가 제법 화려해 보인다. 우리는 뿌듯해서 박수를 치고 춤을 추고 웃는다.

우리 레이디 가가 노래 부르자. 스브호가 말한다.

아니. 그거 말고 국가 부르자. 학교 조회 때 불렀던 것처럼. 내가 말한다.

그래, 그거 부르자. 내가 대통령 될 거니까 맨 앞에 설게. 배스터드가 말한다. 우리는 머주리네 집 옆에 나란히 서서 목이 터져라 노래를 부른다. 동네 꼬마들이 모여들어 우릴 빙 둘러쌀 때까지. 그러나 그애들은 알고 있다. 우리와 함께 노래를 불러선 안 된다는 걸.

잠칸, 잠칸! 우리 사진 찍어야쥐! 카메라가 오뒤 있도라아? 갓노즈가 NGO 남자의 말투를 흉내내며 소리친다. 우리는 웃고 웃고 또 웃는다. 갓노즈는 저만치 뛰어가서 구멍이 숭숭 뚫린 벽돌을 줍더니 카메라처럼 받쳐들고 사진을 찍고 찍고 또 찍는다. 우리는 미소 지으며 포즈를 취하고 예쁜 표정을 지으려 애쓴다. 그리고 외친다. 변화! 치즈! 변화!

나는 잠들지 않았다. 엄마가 내가 잠들어 있길 바라기 때문에 눈을 감고 있는 것뿐이다. 본스 어머니가 그러는데 산토끼는 언제 잡아먹힐지 몰라서 눈을 크게 뜨고 잔다고 한다. 속임수를 쓰는 건데, 사실 눈을 감고 있을 때가 깨어 있는 거란다. 바로 지금 내가 그 산토끼다. 들키지 않도록 조심해야 한다. 엄마가 집안 구석구석을 돌아다니고 있기 때문이다. 엄마는 마치 부다페스트 집에 살 때처럼 집안을 서성거린다.

우리가 처음부터 이런 양철집에 살았던 건 아니다. 예전엔 제대로 된 집도 있었고, 이것저것 다 있었고, 행복했다. 부엌과 거실, 침실 두 개가 있는 진짜 벽돌집이었다. 진짜 벽과 진짜 창문,

진짜 바닥, 진짜 문, 진짜 샤워기, 진짜 수도, 진짜 수돗물, 앉아서 뭐든 원하는 걸 할 수 있는 진짜 변기가 있었다. 진짜 소파와 진짜 침대, 진짜 테이블, 진짜 텔레비전, 진짜 옷도 있었다. 모두 진짜였다.

그런데 이제 우리에게 남은 건 벽돌과 각목 몇 개로 만든 이 조그만 침대가 전부다. 엄마가 본스 어머니의 도움을 받아 직접 침대를 만들었다. 매트리스 안에는 플라스틱, 닭과 오리털, 헝겊 쪼가리를 비롯해서 별의별 게 다 들어 있다. 부모님 침대라지만 아빠가 남아프리카공화국에 있어서 엄마 혼자 쓰고 있다. 아빠가 우릴 찾아오지도, 생필품을 가져다주지도 않기 때문에 엄마는 걱정하다가, 화를 내다가, 실망하곤 한다. 엄마는 아빠가 우리한테 해주는 게 없다고 불평한다. 우리가 살고 있는 양철집과 우리 동네 패러다이스에 대해 불평하고 이곳에 없는 음식, 갖고 싶은 옷, 다른 모든 것에 대해 불평한다.

엄마는 지금 침대에 앉아 있다. 매트리스 소리로 알 수 있다. 침대 위에서 취하는 자세에 따라 제각기 다른 소리가 나기 때문이다. 엄마는 말이 없다. 무슨 생각을 하는 걸까. 엄마는 가끔 저렇게 말없이 앉아 있다. 마치 무거운 멜론이라도 되는 듯 양손으로 머리를 받쳐들고서. 누군가 엄마에게 조심해, 놓쳤다간 머리가 바닥에 떨어져 산산조각 날지도 몰라!라고 말한 것처럼.

그때 조심스럽게 문 두드리는 소리가 들린다. 또 그 남자다. 이름은 모르지만 다른 누구가 아니라 그 남자라는 걸 안다. 항상 다섯 번, 네 번도 아니고 여섯 번도 아니고 다섯 번 두드리기 때문이다. 게다가 양철판이 움푹 꺼질까봐 겁내는 사람처럼 문을 살살 두드린다. 엄마는 내 머리 위까지 이불을 덮어주고 나서 촛불을 끄고 문을 열어준다. 엄마가 한 가지 모르는 게 있다면, 이런 일이 벌어질 때마다 나는 항상 깨어 있다는 사실이다. 왜냐하면 나는 산토끼니까.

끼익하고 문 열리는 소리가 들린다. 엄마가 남자에게 속삭이자 남자도 엄마에게 속삭인다. 무슨 얘길 하는지는 잘 들리지 않는다. 두 사람은 마치 도둑들처럼 소곤거린다.

엄마가 웃는다. 나는 엄마가 이렇게 웃을 때가 좋다. 예전 집에 살 때 듣곤 했던 웃음소리다. 남자가 무슨 말을 했길래 엄마가 저렇게 웃는 걸까. 어두워서 얼굴이 안 보이기 때문에 나는 남자가 어떻게 생겼는지 모른다. 이름도 모른다. 한 가지 아는 게 있다면 내가 저 남자를 싫어한다는 거다. 나를 소 닭 보듯 하고 내 안부를 물은 적도 없다. 저 남자 역시 뭘 가져오는 법이 없다. 유령처럼 어둠을 틈타 찾아와서는 엄마와 침대로 뛰어들 뿐이다.

엄마가 신음한다. 남자는 헐떡거린다. 침대는 두 사람을 서둘러 중요한 곳으로 데려가야 하는 기차처럼 덜컹거린다. 그러다 기차가 멈추고 두 사람을 플라스틱 침대 위에 내뱉어놓는다. 남자가 엄청난 신음 소리를 낸다. 한동안 엄마와 남자는 움직이지 않는다. 거친 숨소리 외엔 아무 소리도 들리지 않는다. 어쩌면 두 사람은 잠들었는지도 모른다. 그러나 아침이면 남자는 이미 가고 없다. 한밤중에 일어나 몰래 빠져나가서 해가 뜨면 이미 사라지고 없다. 햇빛에 모습을 드러내기엔 너무 흉측한 존재라는 듯.

이제 나는 머릿속으로 숫자를 센다. 그러면 잠들지 않을 수 있다. 내가 때때로 아예 잠을 자지 않는다는 건 아무도 모른다. 나는 산토끼다. 자고 싶어도 못 자는 이유는 잠이 들면 그 꿈을 꿀 거고 그 꿈을 꾸는 게 싫기 때문이다. 불도저와 남자들과 경찰이 두렵다. 꿈을 꾸게 내버려두면 그들이 꿈 밖으로 나와 현실이 될까봐 두렵다. 패러다이스로 이사 오기 전에 우리집에서 겪은 일을 나는 자꾸만 꿈속에서 본다. 아무리 떨쳐내려 애써도 벌떼처럼, 비처럼, 헤븐웨이의 무덤들처럼, 계속 되돌아온다.

꿈속에서, 실제로 일어났던 일이기 때문에 완전히 꿈이라고 할 수만은 없겠지만, 어쨌든 그 꿈속에서 불도저들은 요란한 소리를 내며 몰려온다. 불도저가 보이기도 전에 소리부터 들린다. 내가 타무, 조세팟, 은케인, 무디와, 베로나와 함께 밖에서 모어의 새 축구공을 차며 놀고 있는데 갑자기 천둥소리가 들린다. 이게 무슨 소리야? 은케인이 묻는다. 비가 오나봐. 조세팟이 대답한다. 아냐, 비행기야. 내가 말한다. 그때 마네루의 할아버지가 지팡이도 없이 프리덤 스트리트를 따라 달려오며 외친다. 놈들이 쳐들어와! 하느님 맙소사! 놈들이 쳐들어온다고! 사람들이 모두 거리로 나와 무슨 일인지 보려고 목을 길게 빼고 기다린다. 달링! 어서 들어와! 하고 엄마가 소리치지만 불도저들은 이미 가까이 와 있다. 커다랗고, 노랗고, 섬뜩하고, 무쇠 이빨을 드러낸 채 먼지를 일으키는 불도저들.

불도저들을 모는 남자들이 웃고 있다. 어른들이 하는 얘기가 들린다. 왜, 왜, 왜? 도대체 우리가 뭘 잘못했다고, 뭘 잘못했다고, 뭘 잘못했다고? 총과 경찰봉을 든 경찰들을 태운 트럭들이 몰려온다. 우리는 집안으로 뛰어들어가 숨어보지만 소용없는 일이다. 불도저들은 밀고 또 밀고, 우리는 비명을 지르고 지르고 또 지른다. 아버지들이 여자들처럼 양팔을 공중에 휘두르며 분노의 말을 쏟아내고 땅바닥의 돌을 걷어찬다. 여자들은 애타게 아이들의 이름을 부르며 아이들이 어디 있는지 찾고 접시며 옷, 성경책, 음식 등, 손에 집히는 대로 집안 물건들을 챙겨 나온다. 벽이 허물어지고 사방에서 흙먼지가 날린다. 먼지가 머리카락 사이와 입과 코에 들어와 우릴 콜록거리게 만든다.

그들은 우리집을 부수고 은케인네 집, 조세팟네 집, 봉기네 집, 시보네 집, 그 외에도 여러 집을 부순다. 노키야니!* 노키야니! 노키야니! 남자들이 쇳덩이를 몰고 쇳덩이가 벽돌을 들이받고 벽돌이 무너진다. 마이타리네 집 차례가 되자 마이타리는 불도저 앞에 몸을 내던지며 크웨테!**라고 외친다. 내 집을 밀어버리려거든 나를 밟고 지나가! 이 개똥 같은 놈들아! 못생긴 경찰관 한 명이 마이타리를 물러서게 하려고 머리에 총을 겨누지만 마이타리는 계속 소리친다. 어디 한번 죽여봐! 당장 죽여보라고! 부끄러운 줄도 모르는 놈들! 제 어미를 죽여서 씹어먹고도 남을 놈들! 임브와!*** 경찰은 마이타리를 죽이진 않고 대신 총으로 머리를 때린다. 모두의 시선이 그에게 쏠려 있었기 때문에 뭔가 해야 한다고 생각했을 것이다. 마이타리의 머리에서 피가 솟구쳐 경찰의 부츠를 새빨갛게 물들인다.

마침내 불도저들이 떠났을 때는 모든 게 다 망가지고, 모든 게 다 부서지고, 모든 게 다 엉망진창이다. 온통 슬픈 얼굴들, 온통 숨막히는 흙먼지, 온통 무너져내린 벽과 벽돌들, 눈물범벅이 된 얼굴들이다. 가이구수가 깨진 벽돌을 맨발로 차고, 입고 있던 티셔츠를 찢어 내던지고, 등뒤에 길게 난 끔찍한 상처를 손가락으

---

* '다 밀어버려!'라는 뜻.

** '절대 안 돼!'라는 뜻.

*** '개새끼!'라는 뜻.

로 찌르며 목청껏 소리를 지른다. 이게 해방전쟁 때 얻은 상처야! 살릴위릴리즈워 렐리![*] 빌어먹을 리즈위 마니[**]를 위해 몸 바쳐 싸워 기껏 그 자리에 앉혀놓았더니 이젠 뱀처럼 배신하는구나!라고 말하곤 침을 퉤 뱉는다. 주머니에 손을 넣고 잠자코 서 있는 무사네 아빠의 바지 앞부분이 젖어 있다. 리틀텐다이가 그를 가리키며 키득거린다.

빨간 하이힐을 신은 놈비요가 버스 정류장에서 달려온다. 막 시내에서 돌아오는 길인가보다. 부서진 집들을 보고 놈비요는 저녁거리와 봉지들을 내던지고 울부짖는다. 내 아들! 내 아들! 무슨 일이야? 안에 우리 프리덤이 자는 거 두고 나왔는데! 그러자 사람들이 놈비요를 도와 돌무더기를 파헤치기 시작한다. 머지않아 마쿠봉위가 프리덤을 안고 나타난다. 프리덤의 조그만 몸뚱이는 축 늘어진 채 흙먼지로 뒤덮여 있다. 갓난아기가 아니라 물체 같다. 놈비요는 물체면서 자신의 아들이기도 한 아기를 보고 땅바닥에 드러누워 뒹굴며 검은색 브래지어와 팬티만 남을 때까지 자기 옷을 다 찢어발긴다. 엄마들이 눈을 가리라고 소리를 질러서 우리는 눈을 가리지만 나는 손가락 틈으로 계속 지켜

* '우리는 이 나라를 지키기 위해 싸웠어!'라는 뜻.

** '이 나라'라는 뜻.

본다. 울면서 머리와 손으로 땅을 치는 놈비요를 누군가 회색 담요로 감싸 어디론가 데려간다.

얼마 후 BBC와 CNN이라고 적힌 티셔츠를 입고 카메라를 든 사람들이 와서 고개를 설레설레 흔들며 주위를 둘러보고 마치 우리가 예쁜 아이들이기라도 한 듯 사진을 찍어댄다. 쓰나미가 휩쓸고 지나간 것 같군. 이런 젠장, 빌어먹을 쓰나미가 휩쓸고 지나간 것 같아. 그중 한 명이 말한다. 빌어먹을 쓰나미가 뭐야? 내가 베로나에게 묻는다. 빌어먹을 쓰나미는 물위를 걸어다녀. 예수님처럼. 근데 악마야. 전에 TV에서 못 봤어? 어떤 나라에서 쓰나미가 물에서 나와 그 나라 사람들을 전부 다 죽인 거? 베로나가 말한다.

안 좋은 꿈이고 꾸기 싫은 꿈이어서 나는 산토끼가 된다. 엄마의 남자는 이제 코를 곤다. 코 고는 소리는 너무 흉측하다. 나는 코 고는 사람이 싫다. 그 소리를 들으면서 어떻게 자라는 건지. 마더러브가 밖에서 노래를 부른다. 패러다이스에서 저렇게 노래를 부르는 사람은 없었다. 마치 잘 익은 과일 같아서, 따서 입안에 넣으면 달콤한 맛이 날 것 같은 목소리다. 마더러브의 노랫소리가 들린다는 건 그녀의 술집이 문을 열었다는 뜻이고 가서 술을 마실 수 있다는 뜻이다.

투표일이 되자 우리는 패러다이스 외곽 공동묘지 근처에 서서 투표하러 가는 어른들을 바라본다. 전엔 그렇게 시끄럽게 떠들어대더니 막상 투표장에 갈 땐 조용하다. 어른들이 저렇게 조용한 모습은 처음 봐서 우리도 덩달아 조용해진다. 어른들이 떠들어주었으면. 한동안 그랬던 것처럼 선거와 민주주의와 새로운 국가에 대해 얘기해주었으면. 어깨 너머로 우릴 쳐다보면서 자기들이 마을을 비운 동안 너희가 무슨 짓을 했는지 돌아와보면 다 안다고 말해주었으면. 무슨 말이든 해주었으면. 그런데 어른들은 간밤에 뭔가 슬금슬금 다가가 혀를 자르기라도 했는지, 갑자기 불안해하고 쥐죽은듯 고요하다.

음질리카지 로드 저 끝으로 어른들이 모습을 감춘다. 이제 우리 마음대로 할 수 있는데도 우리는 부다페스트로 달려가지 않는다. 헤븐웨이 공동묘지에 가서 죽은 사람들 이름을 읽어보지도 않고, 불을 피우지도 않고, 아무 양철집에나 들어가 어른들 옷을 입어보고 어른들 물건을 만지작거리지도 않는다. 빈 라덴 찾기 놀이도 하지 않고 나라놀이도, 앤디오버 놀이도 하지 않는다. 우리는 오전 내내 그리고 오후 내내 자카란다 나무 그늘에 가만히 앉아 기다린다.

어쩌면 어른들이 영영 안 돌아올지도 몰라. 갓노즈가 말한다. 아무도 대답하지 않는다. 어른들이 돌아오지 않는다는 걸 상상조차 하기 싫다는 뜻이다.

어쩌면 지금쯤 파티가 열려서 우리만 빼놓고 배 터지게 먹고 춤추고 있을지도 몰라. 갓노즈가 말한다. 우리는 어른들의 모습이 나타날 놀이터 쪽을 계속 바라본다. 나무와 마른 풀, 갈색 흙, 팜베키 언덕, 그리고 정적. 그 외에는 아무것도 없다.

어쩌면 아직 투표하고 있을지도 몰라. 이 나라 어른들이 전부 다 변화를 위해 투표하러 가서 사람이 너무 많아 줄이 끝이 없나 보지. 의사 선생님 만나러 갈 때처럼 줄이 좀처럼 줄어들지 않는 거야. 어쩌면 줄이 영원히 끝나지 않을 수도 있어. 갓노즈가 말한다.

누군가의 배에서 크고 길게 꼬르륵 소리가 나자 그제야 나도 배가 고프다는 생각이 든다. 우리 모두 배가 고프지만 지금 당장은 그다지 신경쓰이지 않는다. 우리는 어른들이 돌아오는 걸 보고 싶을 뿐이다. 얼마나 간절하게 바라는지, 돌아오면 어른들을 잡아먹을 것만 같다.

오겠지. 어쩌면 지금 팜베키 언덕 뒤쪽에 있어서 금방 나타날 수도 있어. 갓노즈가 말하고는 일어서더니 달걀처럼 생긴 머리 위에 양손을 얹는다. 그때 비가 내리기 시작한다. 갓노즈가 떠들어대서 비를 부른 걸까. 살짝 핥고만 지나가는 아주 가냘픈 비다. 우리는 빗속에 앉아 달착지근한 흙냄새를 맡는다.

엄마 보고 싶다. 한참 뒤 갓노즈가 말한다. 빗물에 목이 멘 듯한 목소리다. 갓노즈를 쳐다보니 얼굴이 젖어 있다. 뭐가 빗물인지 뭐가 눈물인지 알 수 없다. 나도 엄마가 보고 싶다. 우리 모두 엄마가 보고 싶다. 정작 엄마가 곁에 있을 땐 관심도 없었는데. 잠시 후 우리가 흠뻑 젖기도 전에 비가 멎더니, 비에게 누가 대장인지 보여주려는 듯 쨍하고 해가 나온다. 우리는 그대로 앉아 햇볕에 익어간다.

어른들이 돌아올 무렵 우리는 기다림에 지쳐 머리가 빙글빙글 돈다. 팜베키 언덕 너머에서 몇몇 어른들이 먼저 모습을 드러내자 우리는 일어선다. 어른들은 미끄러지듯 걸어오면서 손짓을 섞어가며 이야기를 나누고 있다. 멀리서 봐도 기분이 좋아 보인다. 우리는 어른들과 별로 친하지 않다는 사실을 깜빡 잊고 어른들을 맞으러 나간다. 우리가 와락 품으로 달려들자 어른들이 검은 잉크가 묻은 손으로 우릴 안아준다. 지장을 찍어 투표를 하느라 손에 잉크가 묻었다면서. 어른들이 우릴 잡고 위로 던지는데 얼마나 높이 던지는지 혀만 내밀면 코앞의 파란 하늘을 맛볼 수도 있을 것 같다.

그날 밤 아무도 잠을 자지 않는다. 패러다이스에서 제일 큰, 어른들이 허리를 안 굽혀도 될 정도로 커다란 마더러브의 양철집에 모두 모인다. 마더러브는 낮시간에는 커다란 무쇠 통에 술을 만들고 밤이 되면 술손님을 받는다. 그 양철집은 재미있는 색깔로 페인트칠을 해서 어둠이 내리면 마치 집이 살아나는 것처럼 환하게 빛난다. 우리는 밤마다 그 순간을 기다리다가 페인트가 환하게 빛나기 시작하면 잠수할 때처럼 숨을 참으며 빛을 향해 달려간다. 마더러브의 양철집에 도착하면 손끝으로 살짝 벽을 치고 왔던 길로 도로 달린다. 불이야! 불이야! 소리지르면서.

모두가 마더러브의 양철집에 모래알처럼 모여든다. 실내 공기는 탁하고 덥다. 어른들 땀내, 암내, 술냄새가 진동한다. 어른들은 술잔을 돌리고, 변화의 바람이 분다면서 우리에게까지 술을 권한다. 술을 마시면 입술이 화끈거리고 코가 따갑기 때문에 우리는 마시지 않는다. 우리는 팔짱을 끼고 서서 어른들이 술을 마시며 목구멍에 불을 지르고 웃고 떠들고 하는 모습을 지켜본다.

그때 마더러브가 커다란 예수님 그림 옆에 서더니 노래를 시작한다. 처음엔 음악이라는 게 왜 있는지 이해 못하는 사람들처럼 잠자코 있다가, 이내 모두 리듬을 타기 시작한다. 곧 사람들이 골반을 흔들고 몸을 꼬고 뒤틀고 발을 구르며 격하게 몸을 흔든다. 마더러브는 탁한 공기를 들이마시듯 머리를 뒤로 젖히고 눈을 감는다. 입을 아주 조금만 벌리고 있어서 언뜻 보기엔 별로 노래를 부르고 싶지 않은 것 같기도 하지만, 몸속 깊은 곳에서 끓어오르는 그녀의 목소리는 이내 술집 전체를 후끈 달아오르게 만든다. 우리는 어른들 품에 안겨 공중에서 빙그르르 돈다. 땀에 젖은 그들의 따스한 살갗이 우리 살갗에 닿는다.

마음의 준비를 해. 새로운 나라를 맞이할 준비를. 이놈의 패러다이스는 이제 끝장이야. 우리를 바닥에 똑바로 세워주며 어른들이 말한다. 어른들은 패러다이스라는 말을 다시는 입 밖에 내지 않을 것처럼 말한다. 패러다이스의 패는 뭐가 팍 터지는 것처럼 발음하고, 러를 발음할 땐 평상시보다 혀를 좀더 오랫동안 굴리고, 다이는 위턱과 아래턱을 최대한 벌려서 발음하고, 스는 버스 바퀴에서 바람 빠지는 소리처럼 발음한다. 그리고 어른들이 그런 식으로 패-러-다이-스를 발음하는 순간 우리는 안다. 머지않아 이곳을 떠나게 되리라는 걸. 사람들이 끔찍한 마을을 등지고 떠날 때 크리스마스 할아버지처럼 수염을 길게 기른 노인이 지팡이로 땅바닥을 치자 사람들 뒤로 강이 생겼다는 성경 이야기처럼.

5
그들이 나타난 방식

그들은 패러다이스에 온 것이 아니었다. 왔다고 말하는 건 그들이 이곳에 오기로 선택했다는 뜻이니까. 먼저 태양을 쳐다보고, 양반다리를 하고 앉아 이를 쑤시며 곰곰이 생각했다는 뜻이니까. 여유 있게 전신 거울에 자신의 모습을 비춰보고, 머리를 매만지고, 벨트를 조이고, 손목시계를 보고 나서 붉은 흙길을 바라보며 마침내, 이제 준비가 됐다고 발표했다는 의미니까. 그러나 그들은 그렇게 오지 않았다. 전혀 그렇지 않았다. 그저 어느 날 불쑥 나타났다.

그들은 하나씩, 둘씩, 셋씩 나타났다. 개미처럼 줄을 지어서. 파리처럼 떼지어서. 성난 파도처럼, 거센 바다처럼. 이른 아침에, 대낮에, 한밤중에 나타났다. 집이 무너질 때 일어난 흙먼지가 머리카락과 피부, 옷에 달라붙어 외계 생명체 같은 모습을 하고서. 발목이 부어오르고 발바닥에 물집이 잡힌 것으로 보아 오래 걸어서 지친 듯했다. 그들은 막대기를 들고 있었고 그 막대기로 자기네 양철집이 시작될 지점과 끝날 지점을 표시했다. 그들은 막대기를 서로 돌려가며 썼고 마치 무언가를 죽이는 사람들처럼 손을 덜덜 떨며 새 땅을 나누었다. 쪼그려앉아 집 지을 땅을 나누는 그들은 부서진 사람들, 산산조각 난 유리 인간들 같았다.

그들은 집을 지을 양철판과 판지, 플라스틱, 못을 들고 나타났다. 그리고 애써 침착한 표정으로 양철집을 지었다. 양철에 양철을 덧대 못을 박고, 하나씩 쌓아올리고, 용기를 내 하늘을 쳐다보았다. 그리고 그들 자신에게, 또 서로에게 이렇게 말하려 애썼다. 이 이상하고 낯선 곳에서도 하늘은 똑같이 친근한 파란색이라고. 다 잘될 거라는 징조라고. 하지만 너무도 많은 사람들이 가져왔어야 할 것들을 가져오지 못했다.

여보. 우리 할아버지가 쓰던 검은색 의자 어디 갔지? 안 보이네.

당신 미쳤어? 지금 애들 옷가지도 제대로 못 챙겨왔는데 죽은 할아버지 의자 얘길 하는 거야?

집안 대대로 내려오던 거야. 고조할아버지 신딤바께서 증조할아버지 살릴에게 물려주시고 다시 할아버지 응갈로에게 물려주신 걸 우리 아버지 마브하다가 나 음질라울란델와에게 물려주신 거라고. 나도 우리 아들 불린드렐라한테 물려주려 했는데 없어졌어. 이를 어쩌지?

예수님하고 음부야 네한다*를 내가 죽였어? 그들을 죽인 사람들한테 직접 가서 따져보든지.

난 단지 그 의자야말로 내 역사라는……

그들은 이런 식으로 죽은 과거를 애도했다.

어떤 사람들은 할말을 잃은 듯 아무 말 없이, 마치 죽었다 깨어난 사람처럼 침묵 속을 서성거렸다. 하지만 시간이 지나자 그들도 말하는 법을 기억해냈다. 마침내 어둠 속을 살금살금 걷는 도둑처럼 목소리가 돌아오자 그들은 이렇게 말했다.

우리한테 이럴 순 없어. 없고말고! 정말 이럴 순 없는 거야. 살릴위릴리즈위 렐리! 이 나라를 해방시키기 위해 싸웠건만!

해방 전에도 이렇지 않았어? 백인들이 우리 땅에서 우릴 쫓아내고 끔찍한 보호구역에 가두었던 거 당신 기억 안 나? 난 분명히 그 자리에 있었어. 당신도 있었고. 그때도 꼭 지금 같지 않았어?

---

* 1896년 최초의 아프리카 해방운동을 주도했던 짐바브웨의 여성 심령술사. 교수형에 처해지는 순간 자신의 뼈가 다시 살아날 거라고 주장했다.

그건 아니지. 그땐 우리 땅을 빼앗고 우리를 우리 땅에서 알거지로 만들려고 온 악랄한 백인들 때문이었어.

지금은 알거지 아닌가? 불도저로 집을 깡그리 때려부수고 아무것도 남기지 않은 그 흑인들은 사악하지 않다는 거야?

당신 완전히 잘못 생각하는 거야. 이런 짓거리는 차라리 백인 도둑놈들이 하는 게 백번 나아. 흑인들이 제 형제들한테 하는 것보단. 악랄한 백인 도둑놈들이 백번 낫다고.

똑같기도 하고 다르기도 하지. 하지만 그게 다 무슨 소용이야? 우린 지금 여기 있는데. 아무것도 없이 여기 이 패러다이스에.

그들에겐 아무것도 없었다. 다만 기억이 있을 뿐이었다. 그들 자신의 기억, 그리고 그들의 어머니와 어머니의 어머니로부터 물려받은 기억. 한 나라의 기억.

아이들을 안고 나타난 사람들도 있었다. 아이 손을 잡고 나타난 사람들도 많았다. 아이들도 어리둥절해하는 눈치였다. 자신들에게 일어난 일을 이해하지 못했다. 부모들은 아이를 품에 안고, 흙먼지를 뒤집어쓰고 헝클어진 아이의 머리카락을 굳은 손바닥으로 어루만져주었다. 아이를 위로하고 싶었겠지만, 무슨 말로 위로해야 할지 그들 자신도 알지 못했다. 아이들은 서서히 묻기를 단념했고 그저 멍한 표정을 지었다. 그들의 어린 시절이 영영 사라지고 긴 그림자를 드리운 해골만 남았다는 듯.

마더러브가 엄청나게 커다란 술통을 들고 나타났다. 그 안에는 사람들이 모든 걸 잊을 수 있을 정도로 독한 술이 들어 있었다. 마더러브는 여러 곡의 노래가 준비된 성대와 가장 화려한 드레스를 준비했다. 암울한 상황에도 불구하고 그녀는 허술한 모습을 보이는 것을 용납하지 않았다.

남자들은 대체로 강해 보이려고 노력했다. 허리를 펴고, 고개를 꼿꼿이 들고, 양팔을 옆구리에 반듯하게 붙이고, 나무처럼 듬직하게 땅을 딛고 섰다. 발을 땅에 심었다. 여리고*의 성벽처럼 단단했다. 그러나 볼일을 보러 수풀로 들어가서 아무도 보는 사람이 없을 때면, 무너져내리는 탑처럼 허물어졌고 버림받은 첩처럼 서럽게 울었다.

그러다가 아내와 아이들과 다른 사람들이 있는 현실로 돌아올 때면, 양손을 찢어진 바지 주머니에 메마른 허벅지가 만져질 정도로 깊이 찔러넣고 발에 걸리는 돌멩이를 툭툭 차면서 또다시 성벽처럼 몸을 일으켜세웠다. 하지만 우는 것에 관해서라면, 허물어지는 것에 관해서라면 너무도 잘 아는 여자들의 눈을 속일 수는 없었다. 여자들은 천천히 난롯가에서 일어나 치마에 묻은

---

* 구약성경에도 등장하는 팔레스타인의 옛 도시. 난공불락의 여리고성이 기적적으로 무너진 이야기로 유명하다.

흙먼지를 털어내고, 자신의 남편과 아이와 양철집 앞에 바위처럼 듬직하게 섰다. 그제야 이 모든 것이 그나마 견딜 만한 일처럼 보였다.

6
우리에겐 새 이름이 필요해

오늘은 치포의 불룩한 배를 처치할 계획이다. 첫째, 배 때문에 치포와 놀기가 불편하고, 둘째, 이대로 아기를 낳게 놔두었다간 치포가 죽기 때문이다. 어제 아줌마들이 노시지 얘기하는 걸 들었다. 노시지는 마두마네가 가정부 일을 하러 나미비아에 간 후에 마두마네의 남편을 가로챈 키가 작고 피부가 흰 여자다. 노시지는 애를 낳다가 죽었다. 아기를 낳았다간 그렇게 죽고 마는 것이다.

어른들한테 들켜선 안 되기 때문에 우리는 조심조심 양철집을 빠져나온다. 이건 어디까지나 여자들만의 문제라 배스터드, 갓노즈, 스티나는 빼고 나와 스브호와 포기브너스만 함께 가기로 했다. 포기브너스 가족은 패러다이스에 온 지 얼마 안 돼서 아직은 좀 서먹하다. 게다가 우리와 비슷하게 생기지도 않았다. 자세히 관찰해보면 포기브너스는 피부색이 지나치게 연하고 머리카락은 아주 살짝만 곱슬거린다. 처음부터 우리와 아예 다르게 태어난 건지, 아니면 하느님이 까맣게 만들지 하얗게 만들지 고민하다가 끝내 결정을 내리지 못한 건지 잘 모르겠다. 우리는 아직 포기브너스가 어떤 앤지 관찰하는 중이지만, 오늘은 스브호와 나 둘만으로는 힘이 달리고 치포 본인은 할 수 있는 일이 거의 없어서 포기브너스를 데리고 가기로 했다.

우리는 헤븐웨이 뒤쪽 나무 그늘에서 일을 치르기로 했다. 그 나무 그늘은 넓고 시원하다. 먼저 스브호가 엄마의 은트사로를 바닥에 깐다. 어떻게 빼내왔는지는 알려주지 않았지만, 패러다이스에 자기 은트사로를 흙바닥에 깔라고 내어줄 엄마는 없으니 훔쳐온 게 분명하다. 죽는 게 무서워서인지 치포는 미적거리지도 않고 냉큼 은트사로 위로 올라가 똑바로 눕는다. 햇살에 눈을 찌푸리면서.

나는 작은 돌멩이를 모으기 시작하다가 일곱 개쯤 모았을 때 마음을 바꾼다. 모아놓은 걸 전부 버리고 중간 크기로 다시 모은다. 돌멩이를 모아 정확히 무얼 할 건지는 나도 잘 모르겠지만, 아무도 내게 묻거나 나를 말리지 않기 때문에 나는 돌멩이를 모으고 또 모은다. 치포의 배를 뭉개는 데 쓰게 되려나, 나도 모르겠다. 머지않아 치포의 어깨 옆에 작은 돌무더기가 생긴다. 나는 돌무더기가 잘 쌓였는지 확인하려고 톡톡 두드려본다.

포기브너스는 녹슨 옷걸이를 주워 열심히 무언가를 만들고 있다. 우리는 그걸로 무얼 할 생각이냐고 묻지 않는다. 나는 나무에 기대어 옷걸이를 펴는 포기브너스를 바라만 본다. 그애는 아랫입술을 깨물고 철사의 꼬인 부분을 풀고 있다. 그애의 손안에서 철사가 발버둥치는 것 같다. 스브호가 찌그러진 금속 잔과 반토막 난 남성용 갈색 가죽 벨트, 정체를 알 수 없는 둥그런 보라색 물건을 들고 수풀에서 나온다. 내가 쌓은 돌무더기 옆에 스브호가 가져온 물건들을 가지런히 늘어놓자 꽤 그럴듯해 보인다. 치포가 미소를 머금고 우릴 쳐다본다. 우린 안다. 죽지 않아도 되어서 치포가 기뻐한다는 걸. 우린 결코 치포를 죽게 내버려두지 않을 것이다.

오줌 누고 싶지 않아? 스브호가 내게 묻는다.

글쎄, 모르겠어, 왜? 내가 묻는다.

오줌이 필요해. 스브호가 말한다.

오줌이 필요하다고?

그럼 내가 눌게. 포기브너스가 말하지만 스브호는 눈길도 주지 않는다.

여기 오기 전에 오줌 눠서 지금 나올 게 없단 말이야. 스브호가 말한다.

내가 눈다니까! 포기브너스가 이번엔 목소리를 높여 다시 한 번 말한다. 옷걸이는 이제 거의 다 펼쳐진 상태다.

들었어. 내가 귀머거린 줄 아냐? 내 오줌이나 달링 오줌이어야 해. 우린 아직 널 잘 모르니까. 스브호가 말한다. 포기브너스한테 한마디 쏘아준 스브호가 고마워서 내가 흐뭇하게 웃는다.

그럼, 내가 눌게. 나 오줌 마려워. 갑자기 대단한 사람이라도 된 것 같은 기분을 느끼며 내가 말한다.

여기다 눠. 스브호가 찌그러진 컵을 내민다. 컵 속에 거미와 거미줄이 있어서 거미를 꾹 눌러버릴 생각으로 막대기를 찾다가, 이내 마음을 바꿔 컵을 뒤집은 다음 바위에 대고 탕탕 친다. 거미가 기어나가자 막대기로 거미줄을 걷어낸다. 컵을 바닥에 놓고 그 위에 쪼그리고 앉는다. 오줌 눌 때 다른 애들과 눈이 마주치지 않게 애들을 등지고 앉는다.

처음엔 조금씩 몇 방울만 나온다. 원래 누가 보고 있으면 오줌이 잘 안 나온다. 레몬을 짤 때처럼 찔끔찔끔 몇 방울만 나와서 눈을 꼭 감고 집중해본다.

뭐가 그렇게 오래 걸려? 자기가 뭐라도 되는 양 포기브너스가 짜증 섞인 목소리로 말한다.

내버려둬. 재가 네 거시기로 싸냐? 스브호가 말한다. 더는 한 방울도 안 나올 것 같다는 생각이 들던 참에 갑자기 오줌이 나온다. 나는 몸을 돌려 어디, 뭐라고 말 좀 해보시지? 하는 눈빛으로 포기브너스를 쳐다본다. 그런 다음 컵을 조심스럽게 든다. 따뜻해진 컵의 반 정도까지 거품이 차 있다. 컵을 건네자 스브호가 그 속에 흙을 뿌려넣고 막대로 저어 치포에게 건넨다. 치포는 일어나 앉아 컵을 받아들고는 군말 없이 오줌을 들이마신다.

스브호가 치포에게 똑바로 누우라고 하더니 그 옆에 무릎을 꿇고 앉아 치포의 치마를 가슴까지 걷어올린다. 그러자 점점 커지고 있는 치포의 배가 드러난다. 치포는 치마 속에 남자아이용 카키색 반바지를 입고 있다. 허벅지에 난 기다란 상처는 전에 구아바를 훔치는데 집주인이 불쑥 튀어나와 우릴 쫓아내고 한참을 쫓아오던 날 나뭇가지에 찔리는 바람에 생긴 거다. 스브호와 나는 치포의 배를 손가락으로 쿡쿡 찔러보기 시작한다. 앞쪽은 돌멩이가 든 것처럼 딱딱하고 옆쪽은 물렁물렁하다.

간지러워. 치포가 말한다. 치포는 이제 다시 말을 한다. 치포가 양손으로 얼굴을 가리고 깔깔거리며 웃는다. 나는 제대로 간질여보려고 배를 누르다 말고 치포의 겨드랑이를 공격한다. 치포가 깔깔대다 못해 눈물을 글썽일 때까지. 포기브너스가 쉿! 너무 시끄럽게 하면 들켜!라고 말할 때까지. 나는 치포를 간질이다 말고 포기브너스를 쏘아본다. 지가 뭔데?

스브호가 마사지를 하고 있어서 나도 같이 마사지를 한다. 치포의 눈이 스르르 감길 때까지 우리는 치포의 배를 어루만진다. 치포의 입가에서 침이 질질 흐른다. 구역질나니니까 닦으라고 내가 핀잔을 준다.

ER에선 이렇게 해. 스브호가 말한다. ER가 뭐더라? 내가 속으로 생각한다. 기억이 나지 않아 잠자코 있다. 포기브너스도 아무 말 않는 걸 보니 모르는가보다.

하라레*에 있는 세쿠루 고디네 집에 갔을 때 TV에서 봤어. ER는 미국 병원에서 하는 건데, 우리가 이걸 제대로 하려면 새 이름이 필요해. 내가 닥터 불릿 할게. 닥터 불릿은 엄청 예뻐. 넌 닥터 라즈 해. 키가 엄청 큰 남자야. 스브호가 내 쪽으로 고갯짓을 하며 말한다.

남자? 남자 하기 싫은데. 내가 말한다.

기억나는 사람은 그뿐이니까 하든지 말든지 마음대로 해. 스브호가 치포의 배를 가르는 시늉을 하며 말한다.

그리고 너, 너는 닥터 커터야. 스브호가 포기브너스에게 말한다. 포기브너스는 침을 퉤 뱉고 못 들은 척한다.

난 누구야? 치포가 묻는다.

---

* 짐바브웨의 수도.

넌 환자지. 환자는 그냥 환자라고 불러. 스브호가 말한다.

닥터 커터는 이미 옷걸이를 완전히 펼쳐서 이제 직선으로 만드는 중이다. 문득 돌멩이들과 찌그러진 컵과 벨트를 모은 사람은 닥터 불릿과 나 두 사람이고 지금 환자 배를 주무르는 사람도 우리 둘뿐이라는 생각이 든다. 닥터 커터가 꽁무니를 빼려고 딴청을 부리는 게 아닌지 의심이 들기 시작한다.

근데 넌 왜 아무것도 안 해? 내가 닥터 커터에게 묻는다.

뭐? 나 지금 이거 하느라 바쁜 거 안 보여? 눈을 찌를 기세로 옷걸이를 내 코앞에 들이밀며 닥터 커터가 말한다. 나는 혀 차는 소리를 내며 옷걸이를 옆으로 밀친다.

그래서? 그게 뭐 대단한 거라고? 닥터 불릿하고 나하고 둘이서 얼마나 일을 많이 했는지 좀 봐. 우리가 지금 뭘 하고 있는지 좀 보라고. 내가 말한다.

저 배를 없애려면 옷걸이가 필요해.

누가 그래? 닥터 불릿이 묻는다.

옷걸이 따윈 필요 없어. 재 거짓말하는 거야. 내가 말한다.

진짜야. 저 배를 없애려면 옷걸이가 필요하단 건 누구나 알아. 저기 저 돌멩이들도 알겠다. 그건 상식이야. 닥터 커터가 말한다.

환자가 몸을 일으켜 팔꿈치로 지탱한다. 눈을 가늘게 뜨고 닥터 카터를 쳐다보지만 별다른 말은 하지 않는다. 환자는 반듯이 누워 위를 바라본다. 나뭇가지를 보는 걸까. 하늘을 보는 걸까. 닥터 커터가 돌멩이 하나를 줍더니 평평한 바위 쪽으로 가서 옷걸이를 더 반듯하게 펴려고 돌로 두드린다. 작은 불꽃이 튄다.

그걸로 정확히 뭘 할 건데? 내가 묻는다.

배를 없애야지. 닥터 커터가 대답한다.

그래, 그건 아는데, 어떻게 없앨 거냐고. 닥터 불릿이 묻는다.

곧 알게 될 거야. 닥터 커터가 말한다.

환자 배를 쓸어주느라 팔이 뻐근해진 나는 잠시 마사지를 멈추고 웅크리고 앉는다. 그러나 닥터 불릿은 멈추지 않고 배를 계속 문지르고 또 문지른다. 그러다가 배에 귀를 대보는데, 나는 그렇게 소리를 들어서 뭐하려는 거냐고 묻지 않는다.

청진기가 있으면 좋은데. 닥터 불릿이 말하지만 나는 그게 무엇인지 모른다.

난 인형이 있었으면 좋겠어. 배터리가 있어서 울음을 멈추게 하고 싶으면 꺼버릴 수도 있는 진짜 인형. 환자가 말한다.

포스털리나 이모랑 미국에서 살게 되면 내가 그런 인형 보내줄게. 거긴 좋은 게 무지 많거든. 내가 말한다. 환자는 내 말을 아예 못 들은 것 같은 표정으로 나를 쳐다본다.

닥터 커터가 마침내 작업을 끝내고 환자 옆에 옷걸이를 놓는다. 애초에 구부러진 적이 없었던 것처럼 빳빳하게 펴졌다. 닥터 커터는 무릎을 꿇고 앉은 다음 환자의 반바지를 끌어내린다.

잠깐, 너 지금 뭐하는 거야? 환자가 키득거리며 묻지만 닥터 커터는 막무가내로 바지를 끌어내린다. 환자는 일어나 앉아 반바지를 다시 끌어올린다.

지금 뭐하는 거냐고. 환자가 다시 한번 묻는다. 이번엔 표정이 심상치 않다.

바지 벗기는 중이잖아. 다 벗어야 돼. 닥터 커터가 정색을 하고 말한다.

아니. 안 벗을래. 이거 벗으면 너 내 거 다 보는 거잖아. 환자가 말하고 다리를 꼰다. 닥터 불릿과 나도 닥터 커터와 같은 생각인지 묻는 표정으로 환자가 우리를 쳐다본다. 내가 눈살을 찌푸리며 고개를 젓자 환자가 치마로 다시 허벅다리를 덮는다.

왜 얘 거길 보려고 그래? 그렇게 보고 싶으면 네 거 보면 되잖아. 닥터 불릿이 말한다.

왜냐하면 원래 그렇게 하는 거니까. 옷걸이가 거길 관통하는 거야. 안 보일 때까지 깊이 집어넣어야 돼. 뱃속 깊숙이 들어가서 아기를 낚으면 당겨서 빼내는 거야. 우리 언니랑 언니 친구가 하는 얘기 엿들어서 알아. 닥터 커터가 말하고는 옷걸이를 쳐들고, 밀어넣고 이리저리 쑤시고 빼내는 모든 과정을 보여준다. 우리는 잠시 아무 말도 하지 않는다. 그저 춤추는 철사를 바라보며 그 과정이 우리 머리에 스며들 때까지 기다린다. 우리가 정말 저런 짓을 해야 하는지 보려고 닥터 불릿의 표정을 살핀다. 그러나 닥터 불릿의 속내를 읽을 수가 없다. 그녀는 생각에 잠긴 듯 입술을 꼭 다물고 나무를 쳐다보고 있다.

아프진 않을까? 마침내 닥터 불릿이 입을 연다.

그걸 내가 어떻게 알아? 내가 직접 해본 것도 아닌데. 하지만 우리가 누굴 베거나 그러는 것도 아닌데 왜 아프겠어? 닥터 커터가 말한다.

거짓말. 환자가 말한다. 허벅다리는 힘껏 오므렸고 마치 옷걸이가 이미 몸속에라도 들어간 듯 얼굴은 있는 대로 찌푸리고 있다. 겁에 질려 환자의 두 눈이 커다래진다. 나무에 대롱대롱 매달려 있던, 우리가 신발을 훔친 여자의 눈이 떠오른다.

좋아. 너 죽고 싶어, 아님 살고 싶어? 헛소리 집어치우라는 말투로 닥터 커터가 묻는다.

옷걸이를 사용하면 보나마나 피가 날 텐데? 피 나면 안 돼. 사람들이 알아차릴 거야. 닥터 불릿이 말한다.

그럼 어쩔 건데? 닥터 커터가 묻는다. 그러고는 괜히 땅바닥을 옷걸이로 찌른다. 팬 구멍에서 흙이 튀어 내 치마까지 날아온다. 나는 흙을 털어낸다. 닥터 커터가 일어서더니 저만치 가 수풀 앞에 서서 다리를 벌린다. 닥터 커터가 치마를 추어올리고 오줌을는다.

마더러브가 오는 줄 몰랐는데, 갑자기 레몬향이 나서 고개를 들어보니 우릴 내려다보고 있다. 그녀의 긴 그림자가 주위의 모든 것을 덮는다. 마더러브는 얼굴을 찌푸리고 주위를 둘러보며 코를 찡그린다. 녹색 원피스 속에서 노란 나비들이 너울거린다. 우리가 일어서려 하자 마더러브가 꼼짝 말고 가만히 있으라고 한다.

세상에! 도대체 너희들 지금 여기서 뭐하는 짓들이니? 마더러브가 묻는다. 포기브너스가 오줌을 마저 누고 도망치려는데 마더러브가 바로 불러 세워 스브호 옆으로 오라고 손짓한다. 포기브너스는 앉으라는 말에 따르는 개처럼 순순히 앉는다. 나는 양손을 비틀며 생각해본다. 만약 마더러브가 우릴 데리고 돌아가서 엄마들한테 사실대로 말한다면 어떻게 될지. 차라리 마더러브가 여기서 지금 당장 직접 날 때려주었으면. 엄마 대신 누구라도, 차라리 사탄이라도 날 때려주었으면. 엄마는 피를 다 뽑고 뼈를 다 부러뜨릴 기세로, 날 죽여서 헤븐웨이 공동묘지에 묻기로 작정한 사람처럼 때린다.

여기서 대체 무슨 짓을 했는지 누가 말해볼래? 마더러브가 묻는다. 그리고 우리의 얼굴을 번갈아 본다. 나는 고개를 돌려 오후 기도를 하려고 팜베키 언덕을 올라가는 교회 사람들을 바라보면서 내가 이 상황을 모면할 수 있도록 그들이 기도해주었으면 좋겠다고 생각한다.

날 봐, 지금 너한테 말하잖니. 마더러브가 말한다. 내게 키스라도 하려는 것처럼 마더러브가 가까이 얼굴을 들이댄다. 그녀의 눈은 커다랗고 흰자위는 마치 우유에 담갔다 꺼낸 듯 새하얗다. 아름다운 얼굴인데 지금은 표정 때문에 못생겨 보인다.

도대체 어떻게 된 거니? 거짓말할 생각일랑 마라. 난 거짓말이나 듣고 있을 만큼 한가한 사람 아니거든. 마더러브가 얼굴을 찌푸리며 말한다.

저흰 아무 짓도 안 했어요. 포기브너스가 말한다. 스브호는 땅바닥에 발끝으로 그림을 그리고 있고, 치포는 훌쩍이기 시작한다.

마더러브가 몸을 숙여 옷걸이를 줍는다. 원피스가 땅바닥을 쓸며 자국을 남긴다.

이게 뭐니? 계속 울기만 하는 치포를 보며 마더러브가 묻는다. 그러고는 스브호에게 고개를 돌린다.

이게 뭐지? 마더러브가 다시 묻는다.

옷걸이요. 스브호가 말한다. 하지만 제가 그런 건 아니에요. 스브호와 나는 말없이 범인을 지목하기 위해 포기브너스를 쳐다본다.

전 단지— 우린 치포의 배를 없애주려 한 것뿐이에요. 포기브너스가 은트사로를 내려다보며 말하고는 울음을 터트린다. 치포는 아예 대놓고 엉엉 운다.

마더러브는 고개를 젓다가, 포대자루처럼 털썩 주저앉는다. 화가 난 게 아니다. 소리를 지르지도 않는다. 우릴 때리지도, 귀를 잡아당기지도 않는다. 너희들 이제 죽었다고, 엄마들한테 이를 거라고 하지도 않는다. 나는 마더러브의 얼굴을 본다. 지금껏 본 적 없는 섬뜩한 얼굴이다. 그 낯선 얼굴엔 고통의 표정, 누군가 죽었을 때 어른들이 짓는 표정이 서려 있다. 눈가에는 눈물이 고여 있다. 그녀는 마치 안에서 불길이라도 일어난 듯 가슴을 움켜쥐고 있다.

그러더니 마더러브가 팔을 뻗어 치포를 안는다. 우리는 어쩔 줄 몰라하며 가만히 지켜본다. 어른이 울 땐 왜 우느냐고 물을 수도 없고, 뚝 그치라고 말할 수도 없기 때문이다. 어른이 울 땐 할말이 없다. 치포가 울음을 그치고 마더러브의 허리를 끌어안는다. 치포의 두 팔로 허리가 다 둘러지지도 않는데. 행운의 보랏빛 나비가 치포의 머리에 내려앉는다. 나비가 날아가자 포기브너스가 뒤쫓아간다. 스브호와 내가 포기브너스를 따라 달려가고, 어느 순간 우리는 모두 나비를 쫓으며 행운을 잡기 위해 소리를 지른다.

7
쉬이잇

아빠는 몇 년 동안 우리를 잊고, 돈도 보내지 않고, 사랑해주지도 않고, 찾아오지도 않고, 아무것도 해주지 않다가 마침내 집으로 돌아온다. 아빠는 움직이지도 못하고, 말도 제대로 못하고, 아무것도 못하고, 토하고 또 토한다. 세상에! 그저 토하고 똥싸고, 그래서 집안에서 송장 냄새가 나고, 죽어가는 냄새가 나고, 썩어가는 냄새가 난다. 아빠의 몸은 시커멓고 뻣뻣한 막대기처럼 변했다. 어느 날 빈 라덴 찾기 놀이를 하고 집으로 돌아오니 아빠가 있다.

아빠는 그저 그렇게 있다. 옴쭉달싹도 못하는 상태로. 방 한구석에. 엄마 침대에. 핀과 철사만 먹는 사람처럼 말라비틀어져서 처음엔 담요 밑에 아빠가 있는 줄도 몰랐다. 앤디오버 놀이에 필요한 줄넘기를 가지고 나가려고 침대에 올라가는데, 누군가 침대에서 고개를 들어서 그때 처음으로 아빠를 본다. 아빠는 길쭉한 해골이다. 거칠거칠한 가죽이다. 악어 이빨이고, 계란 흰자 같은 눈이다. 아빠는 침대에 누워 서서히 익사하고 있다.

나는 침대에 누워 있는 사람이 아빠인 줄도 모르고 집에서 뛰쳐나가며 비명을 지르고 또 지른다. 엄마가 쫓아와 내 뺨을 찰싹 때리더니 쉬이잇! 하고는 집으로 들어가라고 손짓한다. 나는 한 손은 맞아서 아픈 곳을 감싸고 다른 손은 주먹을 쥐어 입을 틀어막는다. 다시 문 앞에 섰을 땐 엄마가 아무 말 하지 않아도 안다. 아빠라는 걸. 아빠가 돌아왔다. 우릴 잊었던 아빠가 몇 년 만에 돌아온 것이다.

아빠의 목소리는 뭔가 목구멍을 불로 지진 것처럼 들린다. 내 아들. 내 아들. 아빠가 말한다. 듣기가 괴롭다. 손으로 귀를 틀어막고 싶다. 눈앞에 괴물이 있는 것 같다. 도로 뛰쳐나가고 싶지만 섬뜩한 빨간색 원피스를 입은 엄마가 날 가로막고 서 있다. 내 아들. 아빠가 자꾸만 같은 말을 되풀이해도 나는 내가 딸이라고 말하지 않는다. 날 내버려두라고 말하지도 않는다.

그때 아빠가 해골을 일으켜 갈퀴 같은 손을 내 쪽으로 뻗는다. 만지기 싫지만 엄마가 서서 지켜보고 있다. 본스 어머니 집에 있는 달력 속 예수님처럼, 혹시 내가 죄를 지을까봐 감시하는 것 같다. 꼼짝 않고 서 있다가 엄마가 내 목덜미를 떠미는 바람에 앞으로 비틀비틀 나아가다 하마터면 섬뜩한 해골 위로 엎어질 뻔한다. 아빠의 갈퀴를 잡자 딱딱하고 축축하다. 나는 얼른 손을 빼낸다. 마치 불에 덴 듯이. 그러고 나서는 그 손을 내 몸에 대기도 싫고, 그 손으로 음식을 먹기도 싫다. 그 손으로 아무것도 하기 싫다. 버릴 수만 있다면 버리고 새 손을 갖고 싶다.

내 아들. 아빠가 또 말한다. 꼴도 보기 싫어서 돌아보지 않는다. 아빠가 자꾸만 내 아들, 내 아들 하고 불러서 결국 내뱉고 만다. 난 남자애가 아니에요. 아빠 미쳤어요? 그만 가세요. 우리 침대에서 일어나 그 흉측한 해골 챙겨서 어서 가버려요. 돌아가요. 우릴 내버려두라고요. 그러나 속으로만 말한다. 마지막으로 한마디 더 덧붙인다. 아빠가 지린 똥냄새 때문에 꼭 화장실에 있는 기분이라고.

엄마는 처음부터 아빠가 남아프리카공화국으로 떠나는 걸 원치 않았지만 그때는 다들 남아프리카공화국이나 다른 나라들, 가깝거나 먼 나라 혹은 아주 먼 나라로 떠나던 시절이었다. 모두가 떠나고 또 떠나자 아빠도 그 사람들을 따라 떠나고 싶어했고 한번 마음을 먹은 아빠를 아무도 말릴 수 없었다.

펠리스터스, 모든 게 다 무너지고 있어. 하루는 신발끈을 풀며 아빠가 말했다. 우리는 양철집 밖에 앉아 있었고, 엄마는 음식을 만드는 중이었다. 집으로 돌아온 아빠는, 어디에서 오는 길인지는 모르겠지만 몹시 화가 난 것 같았다. 그 시기 아빠는 항상 화가 나 있었다. 자상하고 재미있고 항상 웃으며 이야기를 들려주던 아빠는 사라지고 항상 화가 나 있는 낯선 남자만 있었다. 언젠가부터 나는 아빠가, 나의 아빠 행세를 하는 화가 난 낯선 남자가 조금씩 무서워지기 시작했다.

엄마는 아빠 말을 못 들은 척하고 불에 올려놓은 냄비를 젓고 있었다. 아빠 말투만 들어도 대꾸를 해야 할지 말아야 할지 알 수 있었기 때문이다. 아빠의 말투는 전등을 켜고 끄는 스위치처럼 순식간에 바뀌곤 했는데, 그 순간 아빠의 말투는 켜짐이었다.

진작 떠났어야 했어. 처음 일이 터졌을 때 이 끔찍한 나라를 떴어야 했다고. 웅치니가 국경 넘는 걸 도와주겠다고 했을 때.

차차 나아지겠지. 마침내 엄마가 입을 연다. 아무리 긴 밤이라해도 결국엔 아침이 오잖아? 설마 계속 이렇기야 하겠어. 이제 와서 조국을 버릴 순 없어.

네 마누라 말이 맞다, 아들아. 하느님께서 우리 곁에 계시고 우릴 사랑하시니 결코 우릴 저버리지 않으실 거야. 본스 어머니가 손을 씻을 때처럼, 잘못을 빌 때처럼, 혹은 밖이 추울 때처럼 양손을 비비며 말했다. 본스 어머니는 하느님 이야기를 할 때 마치 하느님과 친분이 있는 것처럼 말했다. 하느님이 우주보다 큰 존재가 아니라 작고 아름다운 소년이라는 듯이. 올을 셀 수도 있을 정도로 머리카락이 듬성듬성 나고, 단추 몇 개가 떨어진 하버드 대학 셔츠를 입고, 말을 더듬고, 우리와 빈 라덴 찾기 놀이를 함께 하는 남자아이라는 듯이. 본스 어머니는 하느님이라고 말할 때 꼭 그런 식으로 말했다.

그 말에 아빠가 웃었지만, 진짜 재미있어서 웃는 건 아니었다.

어머닌 뭘 몰라도 너무 모르세요. 이 꼴로 살자고 제가 대학에 간 줄 아세요? 우리 나라가 이 꼴로 살자고 독립한 줄 아시냐고요. 이렇게 사는 게 도무지 말이 되냐 이겁니다. 어디, 말씀 좀 해보세요. 아빠가 말했다.

내가 아는 게 있다면, 날 크웨레크웨레*라고 부르는 곳에 가려고 국경을 넘진 않겠다는 거야. 이틀 전에 은코빌이 힐브로 쪽 상황이 어떤지 말하지 않았어? 엄마가 말했다. 그러고는 옥수수 가루를 냄비에 조금 더 붓고 저었다.

더구나 우리 가족이 모두 여기 있어. 연로한 우리 부모님은 어쩌고? 당신 어머니는 어쩌고? 그리고 너. 이 개 같은 년, 그 커다란 귀때기 잘라버리기 전에 당장 나가서 친구들이랑 놀지 못해? 뭘 그렇게 듣고 앉아 있어? 어른들끼리 대화중이거나 아빠와 말

---

* 남아프리카공화국 사람들이 외국인을 비하할 때 쓰는 호칭.

다툼을 할 때면 엄마는 늘 내게 그렇게 말했다. 그리고 그 당시 엄마 아빠는 자주 말다툼을 했다.

그로부터 얼마 후 아빠는 떠났다. 시간이 흘러도 아빠가 약속했던 사진과 편지, 돈과 옷이 오지 않자 나는 패러다이스에 사는 아저씨들의 얼굴에서, 그리고 친구 아빠들의 얼굴에서 아빠 얼굴을 찾으며 아빠를 잊지 않으려 애썼다. 아저씨들을 열심히 관찰하면서 나는 생각했다. 아빠라면 어떤 몸짓을 했을까. 아빠라면 어떤 목소리로 말했을까. 아빠라면 어떻게 웃었을까. 아빠 팔과 얼굴엔 털이 얼마나 자랐을까.

쉬이잇. 아무한테도 말해선 안 돼. 아.무.한.테.도. 아빠가 돌아왔고 병들었다는 거 말이야. 알았지? 잡아먹을 것 같은 표정으로 엄마가 말한다. 나는 물끄러미 엄마를 쳐다만 본다. 알았다고 대답하지도, 고개를 끄덕이지도 않는다. 그저 잠자코 있다. 이제부턴 마치 아빠는 갓난아기이고 나는 엄마인 것처럼 내가 아빠를 돌봐야 하기 때문이고, 엄마와 본스 어머니가 없을 때는 친구들과 놀 수 없고, 왜 놀 수 없는지 거짓말을 해야 하기 때문이다.

친구들이 날 데리러 우리집에 오면 처음엔 문 앞에 서서 최대한 늘어지게 하품을 하면서 피곤하다고 둘러댄다. 그다음엔 머리가 아픈데 도무지 낫질 않는다고 말한다. 그다음엔 감기, 그다음엔 설사병이 났다고 말한다. 거짓말하는 것 자체가 마음에 걸린다기보다는 내 친구들한테 거짓말을 한다는 게 걸린다. 친구들과 놀지 못하게 된 것도 싫고, 가장 소중한 친구들, 같이 있지 않으면 내가 더이상 내가 아닌 것처럼 느껴지는 친구들에게 거짓말을 해야 하는 게 싫다.

하루는 문 사이로 얼굴만 내밀고 홍역에 걸렸다고 말한다. 갑자기 왜 그런 생각이 들었는지는 모르겠지만 그 단어가 스스로 내 입에서 튀어나와 소리를 낸다. 홍역.

그거 걸리면 아파? 스브호가 묻고는 고개를 비스듬히 하고 날 쳐다본다. 어린아이가 심각한 얘기를 할 때 엄마들이 하는 것처럼.

응, 아파. 내가 말한다. 그러고는 한마디 더 덧붙인다. 가렵기도 하고. 흉터가 남을 거라 당분간 밖에 나가서 못 놀 거야. 스티나의 표정은 읽을 수가 없고 갓노즈는 입을 벌린 채 나를 쳐다보고 있다. 배스터드는 내가 뭘 훔치기라도 했다는 듯 가자미눈을 뜨고 있고, 스브호는 자기가 홍역 환자인 듯 얼굴을 찌푸리고 있다. 치포는 바닥에 앉아 막대기로 땅바닥에 그림을 그리고 있다.

그럼 월드컵은 어떡해? 너 월드컵 안 나가? 부다페스트에서 누가 깜빡하고 밖에 둔 진짜 가죽 축구공도 주워 왔는데. 갓노즈가 말한다.

월드컵이 시작될 쯤엔 홍역이 다 나을 수도 있어. 그럼 내가 드로그바* 할게. 가렵다는 듯 목을 긁으며 내가 말한다.

진짜? 갓노즈가 묻는다.

응. 목숨 걸고 맹세해. 내가 말한다.

좋아. 근데 드로그바는 안 돼. 내가 찜한 거 몰라? 갓노즈가 말한다.

뻥치고 있네. 이 거짓말쟁이. 배스터드가 말한다. 넌 홍역에 걸리지 않았고, 아프지도 않고, 아팠던 적도 없어. 배스터드가 수탉처럼 한 다리로 서서 풀잎을 질겅질겅 씹으며 말한다. 그는 내 눈을 똑바로 쳐다보면서 자기가 더 심한 말을 할 수 있도록 내가 뭐라고든 받아쳐주길 기다린다. 모두가 그렇게 서서 내가 배스터드에게 대꾸하길 기다리지만, 나는 아무 말도 하지 않을 것이다.

우리는 계속 그 상태로 서 있다. 우리 사이의 침묵이 손으로 만질 수 있을 만큼 크게 부풀어올랐을 때 안에서 기침 소리가 들리기 시작한다. 기침 소리가 너무도 크고 거칠고 섬뜩해서 처음엔 나도 놀란다. 그제야 아빠가 집안에 있다는 사실을 떠올린다. 숨기기엔 이미 너무 늦었다. 모두가 내 눈을 뚫어져라 쳐다보며

* 코트디부아르 출신의 세계적인 축구선수.

내가 대답해주기를, 설명해주기를 기다린다.

나는 뭐라고 말해야 할지 몰라 그저 우두커니 서서 진땀을 흘리며, 벽을 흔드는 기침 소리를 듣는다. 기침 소리가 벽을 흔들고 흔들고 또 흔들고, 나는 속으로 그만, 제발 그만, 그만 그만 그만 제발 그만이라고 말하지만, 아빠는 계속 벽을 흔들고 흔들고 또 흔든다. 나는 홱 돌아 문을 쾅 닫아버린다. 잠깐! 닫은 문 밖에서 목소리가 들린다.

너 집안에 뭘 숨겨둔 거야! 도대체 뭐야!

배스터드의 목소리가 문 가까이에서 들린다. 금방이라도 손잡이를 돌리고 들어올 기세다. 나는 빗장을 걸어놓고 배스터드가 욕하고 문을 열라고 이야기하고 농짓거리를 하는 걸 잠자코 듣는다. 마침내 밖이 잠잠해지자 나는 맥이 빠져 바닥에 털썩 주저앉는다. 방 한구석을 돌아보니 아빠가 그 눈빛, 음질리카지 로드에서 눈부신 전조등 불빛에 순간적으로 얼어붙은 짐승의 거친 눈빛으로 날 쳐다보고 있다. 아빠의 머리는 쪼그라들었고, 입술은 창백한 분홍빛으로 변했고, 몸에서는 환자 특유의 악취가 풍긴다.

아빠가 다시 기침을 한다. 나는 공기를 찢어발기는 것 같은 끔찍한 기침 소리를 듣는다. 기침을 할 때마다 아빠의 몸 전체가 접히고 흔들리는데도 불쌍하다는 생각이 조금도 들지 않는다. 이런 아빠가 싫어. 남아프리카공화국에 가서 병에 걸리고 해골만 돌아와서 싫어. 친구들이랑 못 놀게 만들어서 아빠가 싫어. 마침내 기침을 멈춘 아빠는 저멀리 부다페스트에서부터 누군가에게 쫓겨와 팜베키 언덕을 여러 차례 올라갔다 내려온 사람처럼 숨을 헐떡거리며 땀을 흘리다가 거친 목소리로 물! 하고 말한다. 내 삶을 정지시켜버린 아빠가 미워 나는 들은 척도 하지 않는다. 그러고는 생각한다. 죽어. 친구들이랑 나가 놀 수 있게 지금 죽으란 말이야. 이건 불공평해. 그러니까 죽어 죽어 죽어. 죽어버리라고.

아빠는 아파서 팜베키 언덕을 올라갈 수 없으니까, 본스 어머니가 예언자 레벌레이션스 비칭턴 음보로에게 집으로 와서 기도해달라고 부탁했다. 나, 엄마, 본스 어머니는 한쪽 구석에 앉아 지켜보고 있다. 예언자 레벌레이션스 비칭턴 음보로는 아빠에게 성수를 뿌리고 촛불을 네 개 밝힌다. 하나는 붉은색인데 아마도 성부聖父를 위한 것이고, 하나는 흰색으로 아마도 성자聖子를 위한 것이고, 하나는 노란색으로 아마도 성령聖靈을 위한 것이고, 나머지 하나는 검은색인데 누구를 위한 건지 모르겠다. 우리 국기의 검은색이 상징하듯 우리 나라 국민 대다수를 위한 것일 수도 있다. 촛불들을 밝히는 동안 예언자 레벌레이션스 비칭턴 음보로는 바닥에 웅크리고 앉아 콧노래를 부른다. 촛불을 다 밝히고 나서 바닥에 흰 천을 펼친 다음 성경책을 옆구리에 끼고 꿇어앉더니 천둥 같은 목소리로 기도를 시작한다.

처음엔 눈을 감고 있었지만, 예언자 레벌레이션스 비칭턴 음보로가 계속 천둥을 치는 바람에 눈을 감고 있기가 지겨워진다. 시간이 빨리 가라고 100까지 세었는데도 기도는 끝나지 않는다. 계속 계속 계속 계속 계속 계속 계속 계속 계속계속계속계속. 사탄아, 예수의 이름으로 경고하노라! 아버지, 이 더러운 영혼을 씻어주소서! 위대한 사자이자 치유자시여! 여호와께 저를 바치나이다, 어쩌고저쩌고. 나는 가만히 앉아서 피맛이 날 때까지 입 안쪽을 깨문다.

아빠는 눈을 뜨고 있다. 아빠의 눈빛 속에 기대가 있다. 기적에 대한 기대. 그 옆에서 본스 어머니가 두 눈을 감고 이마에 핏대가 설 정도로 열심히 기도한다. 엄마는 눈을 뜨고 있다. 기도 중에 눈을 뜨고 있는 나를 죽일 듯 노려보지 않아서, 나도 계속 눈을 뜨고 관찰한다.

엄마의 눈이 피로해 보이고 얼굴도 피로해 보인다. 아빠가 돌아온 이후 엄마는 병수발을 하느라 계속 바빴다. 아빠를 곁에서 지켜보고, 음식을 만들고, 먹여주고, 옷을 갈아입혀주고, 걱정했다. 엄마의 피로가 가시게 해달라고 기도할까 생각하다 하느님한테 기도해봐야 시간 낭비라는 결론을 내렸던 걸 떠올린다. 기도하고 기도하고 또 기도해봐야 아무 일도 일어나지 않는다. 진짜 집과 진짜 옷, 자전거를 갖게 해달라고 아주 오랫동안 기도했는데도 이루어진 건 하나도 없다. 아주 작은 기도조차 이루어지지 않았다. 그래서 아빠를 위해 이 난리를 피워봐야 부질없는 짓이란 걸 나는 안다.

기도에 대해 제대로 생각해본 적이 있는데, 그러니까 진짜 진지하게 생각해본 적이 있는데, 내가 내린 결론은 어쩌면 사람들이 기도하는 방식이 틀렸을지도 모른다는 거다. 하느님한테 정중하게 부탁할 게 아니라 강력하게 요구하고, 따지고, 들어주지 않으면 예배하지 않겠다고 협박해야 하는 게 아닐까. 그러면 하느님도 생각을 바꾸고 하느님답게 이 세상을 바로잡아주지 않을까. 무엇이든 구하면 얻을 거라고 성경에도 나와 있으니까 말이다. 도대체 그 말을 한 장본인이 누구냔 말이다.

시간이 한참 흐른 뒤에야 예언자 레벌레이션스 비칭턴 음보로가 아멘!을 외치고 눈을 뜬다. 땀이 줄줄 흐르는 얼굴과 머리를 소맷자락으로 닦고 나서, 그동안 내 몸속에 들어와 있던 우리 할아버지의 영혼이 이제 거기 없다는 걸 하느님이 보여주셨다고 본스 어머니에게 말한다. 그 말을 듣는 순간 나는 미소를 짓는다. 내 몸속에 뭐가 들어 있다고 느낀 적은 없지만 예언자 레벌레이션스 비칭턴 음보로가 그렇게 말했을 때부터 조금 찜찜했던 건 사실이기 때문이다.

그가 계속 말하길, 그런데 그 영혼이 완전히 떠난 건 아니고 아빠 몸으로 들어가 피를 빨아먹고 몸을 갉아먹고 있다고, 그래서 아빠가 뼈만 앙상하고 아프고 기운이 없는 거란다. 그 영혼을 내쫓고 아버지를 낫게 하려면 토실토실한 처녀 염소 두 마리를 산 위로 가져가 희생 제물로 바치고 아빠를 염소 피에 목욕시켜야 한단다. 거기에 더해, 보수로 미화 오백 달러를 그에게 지불해야 한다면서 만약 달러가 없으면 유로도 괜찮다고 한다. 그 말을 듣고 엄마가 화가 나서 문을 쾅 닫고 밖으로 나간다.

하느님이 말씀하시기를 아내도 세 마리의 악마에게 홀렸다고 하십니다! 하나는 아내를 항상 불행하게 만들고, 하나는 개의 영혼이고, 마지막 하나는 성질을 고약하게 해서 위험한 여자로 만드는 혼령이지요. 하지만 우선은 가장 시급한 남편부터 고쳐봅시다. 예언자 레벌레이션스 비칭턴 음보로가 지팡이로 아빠를 가리키며 말한다.

문을 열어보니 아이들이 집 앞에 모여 있다. 엄마는 물건 팔러 국경으로 갔고, 본스 어머니는 팜베키 언덕에서 기도중이다. 본스 어머니는 아빠의 건강을 위해 금식중이다. 예언자 레벌레이션스 비칭턴 음보로가 말한 처녀 염소 두 마리와 미화 오백 달러를 마련할 형편도 안 되고, 의사와 간호사는 늘 파업이라 병원에 없기 때문에, 본스 어머니가 할 수 있는 일이라고는 금식을 하고 팜베키 언덕에 올라가 기도하고 기도하고 또 기도하는 것밖에 없다. 하느님이 본스 어머니의 기도를 무시하실지라도.

집에 네 아빠 있지? 그 병 걸렸다며? 우리도 다 알아. 갓노즈가 말한다.

에이즈는 숨겨봐야 소용없어. 스티나가 말한다. 스티나가 그 병의 이름을 말하는 순간 나는 갑자기 숨이 가빠진다. 혹시라도 듣는 사람이 있을까봐 주위를 휙 둘러본다.

자루 안에 뿔 달린 짐승을 숨기는 거랑 똑같아. 그러다가 어느 날 뿔이 자루를 뚫고 나와서 모든 사람들이 보게 되겠지. 스티나가 말한다.

어디서 옮았대? 남아프리카공화국? 거기 가기 전엔 안 아팠잖아. 그치? 갓노즈가 묻는다.

너희들 누구한테 들었어? 친구들의 얼굴을 번갈아 쳐다보며 내가 묻는다. 머릿속으로 아빠가 미워죽겠다는 생각을 다시 한다. 하지만 이젠 또다른 이유에서다. 아빠 때문에 친구들에게 설명을 해야 하는 상황에 처했는데 이젠 거짓말하는 것도 지겨워서 더이상 어떻게 둘러대야 할지 모르겠다.

다들 알고 있어, 이 멍청아. 들어가서 직접 보려고 왔어. 배스터드가 말한다.

볼 거 없거든. 안에 아무도 없어. 내가 혼잣말하듯 웅얼거린다.

너네 엄마 나가는 것도 봤고 너네 할머니는 그 개똥 같은 산에 올라가서 시간 낭비하고 있는 거 우리도 다 아는데 좀 들어가서 보면 어때? 배스터드가 묻는다. 배스터드는 벌써 문을 열고 제집처럼 안으로 들어서고 있다. 다들 우르르 몰려들어가는데 오히려 내가 걔들 양철집에 놀러온 애처럼 어정쩡하게 따라 들어간다.

우리는 침대 주위에 무릎을 꿇고 앉아 있고 아빠는 스러져가는 왕처럼 침대에 누워 있다. 엄마가 시키지 않았는데도 아빠한테 이렇게 가까이 다가가긴 처음이다. 누군가 해골만 남은 아빠를 보고 웃을 거라 생각했지만 아무도 찍 소리조차 내지 않는다. 꼭 우리가 교회에 있는데 방금 예수님이 들어와 두어 번 기침이라도 한 것처럼. 내 눈에 담긴 수치심을 들키기 싫어서, 친구들의 눈에 담긴 비웃음을 보기 싫어서, 나는 누구와도 눈을 맞추지 않으려 조심한다.

우리는 아무 말도 하지 않고 그저 내려다본다. 희미한 불빛 아래 기다란 해골 무더기와 쪼그라든 머리, 거의 다 빠져버린 곱슬머리, 뼈만 남은 각진 얼굴, 불그스레한 입술, 징그러운 부스럼, 누가 다림질이라도 한 것처럼 뼈에 들러붙은 살가죽, 갈퀴 같은 손발. 그때 나는 실제로 사람의 얼굴을 만드는 건 살이라는 사실을 깨닫는다. 살이 녹아내리면 아무도 알아볼 수 없는 것들만 남는다.

배스터드가 옆으로 축 늘어뜨려진 막대 같은 아빠의 손을 들어올린다. 누군가 놀러 나가면서 놔두고 간 물건 같다. 배스터드는 달걀을 쥐듯 아빠 손을 살짝 잡고 묻는다. 좀 어떠세요? 달링 아버지? 배스터드가 그렇게 조심스럽고 다정하게 말하는 건 처음 본다. 모든 단어를 깃털로 만든 것만 같다. 우리는 몸을 숙이고 무언가 말해보려 달싹이는 얇은 입술을 지켜본다. 입안을 뒤덮은 부스럼 때문에 말이 나오지 않는다. 퉁퉁 부은 혀가 입안을 가득 채우고 있다. 말을 하려 애쓰다 결국 포기해버리는 아빠를 지켜보면서 나는 입을 열어 말을 하는 지극히 단순한 행동조차 할 수 없다면, 목소리가 내 안에서 익사해버린다면, 어떤 기분일지 상상해본다. 상상만 해도 끔찍하다.

너희 아빠 어디로 가실 것 같아? 스브호가 묻는다.

여기 갇혀서 평생 아무데도 못 가실 것 같은데? 치포가 말한다.

그게 아니고, 죽은 다음에 말이야. 스브호가 말한다.

내가 돌아보니 스브호는 어깨를 으쓱한다. 아빠가 아프다는 건 알지만 죽어서 영영 없어질지도 모른다는 생각을 하니 더럭 겁이 난다. 아빠가 남아프리카공화국 같은 데 있어서 나 자신에게, 그리고 다른 사람들에게, 남아프리카공화국에 갔으니 언젠가 돌아올 거라고 말하는 것과는 얘기가 다르다. 죽음은 그런 게 아니다. 죽음은 끝장이다. 나무에 목을 매달고 죽은 그 여자처럼. 주머니 속에 있던 편지를 통해 나중에야 밝혀진 사실이지만 그 여자도 그 병에 걸렸는데 차라리 죽어서 다 끝내는 게 낫다고 생각했다고 한다. 이제 그 여자는 죽어서 사라졌고 여자의 어머니 마바바는 결코 다시는 딸을 보지 못한다.

천국에 가겠지. 우리 아빠 천국에 갈 거야. 천국을 믿지는 않지만 그래도 나는 그렇게 말한다. 아빠가 아무데도 못 간다고 생각하긴 싫다. 나는 '우리'라는 말을 마치 아빠가 내가 가장 좋아하는 사람이라도 되는 것처럼 말한다. 아빠가 내 것이라도 되는 것처럼. 내가 아빠를 소유하기라도 한 것처럼. 아빠는 어린애가 되었고 가만히 누워 있을 뿐 꼼짝을 못한다. 내가 몸집이 크고 힘도 세면 아빠를 번쩍 들어올려 품에 안고 흔들어줄 텐데.

그래서 본스 어머니가 날마다 그 산에서 기도하는 거야? 너희 아빠 천국 가게 해달라고? 스브호가 말한다.

나도 잘 몰라. 어쩌면. 내가 말한다.

천국은 따분해. 옛날에 우리 학교 다닐 때 그림책에 나온 거 못 봤냐? 그냥 온통 허옇기만 하고, 다른 색깔은 하나도 없고, 모든 게 너무 반듯하잖아. 이상한 규율부장 같은 사람들이 시도 때도 없이 찾아와서 이렇게 해라, 저렇게 하면 안 된다, 신발은 어디 있냐, 셔츠를 안에 집어넣어라, 쉬이잇! 하느님은 시끄러운 걸 싫어하신다, 그러다가 벌 받는다, 목소리를 낮춰라, 그러다가 천사들 깬다, 어서 가서 좀 씻어라, 너무 더럽다, 이럴 것 같아. 배스터드가 말한다.

난 죽으면 먹을 게 아주 많고 음악이 계속 나오고, 파티가 영원히 끝나지 않고, 욥 노래*를 부르는 곳으로 가고 싶어. 갓노즈가 말한다.

갓노즈가 욥 노래를 부르기 시작하자 스브호도 따라 하고, 나머지 아이들도 한동안 노래를 듣다가 몸을 긁적거리며 따라 부른다. 욥 노래를 들으면 성경에 나오는 욥처럼 몸을 긁지 않고는 못 배긴다. 욥이 누워 가려운 상처를 긁는 동안 하느님은 고작 그의 믿음을 시험해보려고 장난이나 치고 온갖 고문을 했다. 하느님이 아무리 다른 중요한 볼일이 있고 나 따윈 쳐다도 안 보는 분이라고 해도 욥 노래를 듣고 있으면 하늘에 대고 소리를 지르고 싶어진다. 검지로 하늘을 찔러대며 목청껏 노래를 부르고 싶어진다. 우리는 가려워서 긁고 하늘을 찌르고, 다시 가려워서 긁고 찌르며 양철집을 노래로 가득 채운다.

* 온몸에 부스럼이 돋아 하루종일 긁었다는 성경 속 인물 욥에 관한 짐바브웨의 노래.

그때 스티나가 아빠의 한쪽 손을 잡고 노래에 맞춰 흔들기 시작한다. 배스터드도 다른 쪽 손을 잡고 움직인다. 나도 손을 뻗어 아빠 몸에 손을 대어본다. 아빠가 돌아온 이후 아빠 몸에 손을 대어본 적이 없기 때문이기도 하고, 다들 만지는데 나만 만지지 않으면 이상하게 보일 것 같아서이기도 하다. 우리는 서로를 쳐다보고 미소를 지으며 노래를 부른다. 그리고 아빠를 만진다. 마치 우리 아빠가 부다페스트 쓰레기통에서 주워온 예쁜 장난감이라도 된다는 듯 아빠 몸 곳곳을 만진다. 아빠 손은 메마른 장작 같지만, 퀭한 눈동자 속에서 태양을 삼킨 듯 묘한 빛이 반짝인다.

8
블랙 파워

구아바의 계절이 끝나가기 때문에 이제 우리는 먹잇감을 찾아 나선 짐승들처럼 부다페스트를 어슬렁거린다. 골목마다 샅샅이 훑는다. 얼마나 목을 길게 빼고 열심히 나무를 찾았는지 목이 빠질 것 같다. 서로 말은 안 해도 우리 모두 같은 생각을 하고 있다. 구아바 철이 지나고 부다페스트가 더이상 우리에게 내어줄 게 없을 때, 내년 구아바 철이 오기 전까지의 길고 지루할 몇 달을 어떻게 견디나.

집을 털어보면 어떨까. 아주 천천히, 깊은 생각에 잠긴 듯 배스터드가 말한다.

안 돼. 우리가 강도는 아니잖아. 갓노즈가 말한다. 간만에 옳은 말을 한 갓노즈에게 박수라도 쳐주고 싶다.

맞아. 우린 그런 애들 아니야. 스브호가 말한다.

말해두는데, 우린 정말 좋은 기회를 놓치고 있는 거야. 심각한 표정으로 잔뜩 얼굴을 찌푸린 채 배스터드가 말한다.

우리는 퀸스 스트리트를 걷는 중이다. 발밑에 닿는 땅은 햇볕에 달궈져 불타는 듯 뜨겁다. 만델라 스트리트 모퉁이를 돌자 한 남자가 보인다. 제복을 입은 것으로 보아 어느 집 경비인가보다. 전에는 부다페스트에서 경비를 본 적이 없어서 처음에 우리는 어쩔 줄을 몰라한다. 그가 가까이 오라고 검은색 경찰봉을 흔든다. 뒤돌아 도망치기에는 거리가 너무 가까워서 그냥 경비 쪽으로 걸어간다.

어디, 이 동네엔 어쩐 일로 왔는지 한번 말해보실까? 경비가 말한다. 우리가 코앞에 있는데도 에베레스트 산 정상에 있는 사람에게 말하듯 고래고래 소리를 지른다. 그가 더러운 눈으로 우리를 훑어보고 우리도 그를 똑바로 쳐다본다. 아무 대꾸 없이, 대체 뭐하는 사람일까 살피면서.

인상을 쓰고 있는 건지, 원래 못생긴 건지 잘 모르겠다. 키가 크고, 남색 제복을 누군가 그의 몸에 휙 던진 것 같은 모양새로 걸치고 있다. 왼팔에 달린 휘장에는 변색된 흰색 천에 총 그림과 함께 빨간 글씨로 보안이라고 수놓여 있고 가슴엔 ZCC* 배지를 달고 있다. 바지는 발목에 닿을까 말까 하고 부츠는 닦지 않았다. 덥지도 않은지, 검은 양털 모자를 쓰고 같은 색 장갑까지 끼고 있다. 머리부터 발끝까지 꼴이 한심한 걸 보니 우리 시간만 낭비할 사람이다. 이렇게 가까이 있지만 않았어도 좀 놀려주며 웃고 돌멩이를 던질 수 있을 텐데.

지금 당장 돌아서서 온 길을 되돌아간다, 실시! 너희들이 어느 구멍에서 기어나왔는지 모르겠지만, 도로 그 구멍으로 기어들어가는 거야. 앞으로 다시는 내 눈에 띄는 일이 없도록. 알겠나? 경비가 우리가 온 길을 가리키며 말한다. 뭐라도 가진 것처럼 우쭐대는 목소리로 말하고 있지만, 그가 들고 있는 경찰봉조차 그의 것이 아니고 이 길목을 지키고 있지 않았다면 아무것도 아닌 사람이란 걸 우리는 안다.

왜 말을 그런 식으로 해요? 아저씨 대학 나왔어요? 우리 사촌 프레디 형도 대학 나왔는데, 그 형은 영어 짱 멋지게 하는데. 갓노즈의 말에 경찰은 눈 하나 꿈쩍 않는다.

귀먹었어? 경비가 목청껏 고함을 지른다. 그러더니 몸을 살짝 굽혀 우리와 얼굴을 마주댄다. 지금 당장 떠난다, 실시! 그가 말하지만 우리는 꿈쩍도 않고 그대로 서 있다.

우린 아저씨 잘 모르는데. 배스터드가 침을 찍 뱉으며 말한다.

---

* Zion Christian Church. 시온기독교회.

그러자 경비의 인내심이 폭발해 그는 짐승같이 돌변한다. 그는 누군가 꼬리를 잡아당긴 개처럼 날뛰기 시작한다.

도대체 누구 맘대로 여기서 더러운 짓거리를 하는 거야! 누구 맘대로! 경비가 소리친다. 구부린 손가락을 휘두르며 배스터드를 가리켰다가, 그가 뱉은 침을 가리켰다가, 다시 배스터드를 가리킨다.

에이, 겨우 침 한 번 뱉은 걸 갖고 뭘 그러세요. 전에 우리 친구가 이 동네에서 토한 적도 있는데. 갓노즈가 자랑스럽게 말한다. 근데 총은 안 받았어요? 경비견은요? 만약 우리가 무기라도 들고 있는 위험한 애들이었다면 어쩌시려고? 갓노즈가 덧붙인다.

지금 즉시 닦을 것을 명령한다! 경비가 굳은 얼굴로 배스터드에게 말한다.

아저씨 수갑은 있어요? 갓노즈가 묻는다.

근데 뭘 닦으란 거예요? 배스터드가 묻는다.

네가 배출한 오물! 멋대로 들어와 이 동네를 오염시켜도 된다고 생각했나? 지금 당장 널 체포해서 네 그 꼴같잖은 조그만 몸뚱아리를 감방에 처넣을 수 있다는 건 모르나보지? 감방이 어떤 곳인지 한번 보고 싶은 거냐, 이 꼴통 새끼야! 그렇게 간절하게 보고 싶다, 이거지? 어디 내가 한번 데려가줄까? 경비가 정말 사용할 것처럼 위협적으로 경찰봉을 휘두르며 배스터드에게 다가

간다.

근데 감옥엔 어떻게 데려가실 거예요? 차는 어디 있어요? 운전면허증은 있으세요? 갓노즈가 묻는다.

입다물지 못해! 입만 살아 있는 놈 같으니라고! 허튼수작 부릴 생각 마! 너도 체포할 수 있으니까! 경비가 갓노즈에게 반쯤 돌아서서 경찰봉으로 찌르는 척하며 말한다. 경비는 갓노즈가 자기를 약 올리는 걸로 생각하는 것 같지만 사실 갓노즈는 정말 궁금해서 물어본 것뿐이다.

수갑이랑 경찰차는 어디 있어요? 아니면 경찰서에 전화해서 요청하려고요? 무전기는 어디 있어요? 한번 봐도 돼요? 감방에서 살인이 일어날 수도 있다는데, 진짜 그래요? 갓노즈가 묻는다.

아 참, 지난주에 세쿠루 텐다이가 우리 동네로 들어오는데 검문소에서 불러 세우더래. 스브호가 말한다.

수갑도 채웠대? 그래서 지금은 감방 갔어? 경찰한테 맞았대? 갓노즈가 묻는다.

아니. 뇌물을 달라고 거의 사정하다시피 하더니 그냥 보내주더래. 스브호가 말한다.

너희들, 지금부터 모든 대화를 중단한다. 실시! 지금 즉시, 너희 둘 다! 알겠나? 별도의 지시가 있기 전까지 발성기관의 사용을 일체 금한다! 경비가 갓노즈와 스브호에게 말한다. 내가 조용히 키득거린다. 경비는 다시 배스터드 쪽으로 돌아선다.

이 길이 너희 아빠 길이라도 되는 줄 아니? 저기 저 표지판에 적힌 만델라가 니들 아빠라도 되는 줄 아는 거야, 그런 거지?

하지만 침은 벌써 다 말랐는데요. 보세요. 스티나가 배스터드의 침이 있던 자리를 가리키며 말하고, 우리는 소리를 지르고 박수를 치고 깔깔거리며 웃는다.

너희들 아주 재미있어죽겠다 이거야? 내가 고작 네깟 것들 재미있으라고 매일 아침 일어나 이 제복을 차려입는 줄 아냐? 너희들이 지껄여대는 헛소리나 듣고 있을 만큼 내가 한가한 사람인 줄 아냐고! 자기 말을 강조하기 위해 양팔을 쭉 펴고 경찰봉을 휘두르며 그가 말한다.

도대체 언제부터 여기를 순찰하신 거예요? 우린 아저씨 한 번도 못 봤는데. 배스터드가 자기 손톱을 보며 묻는다. 배스터드는 요즘 손톱을 기르고 있는데, 왜 기르는지는 모르겠다.

무식한 너희 애비들이 이곳 주민들을 두려움에 떨게 만들면서부터지. 너희 애비들은 여기 나타나서 선량한 시민들이 땀으로 일구어낸 것들을 가로챌 기회만 엿보고 있잖아. 안 그러냐? 안 그래? 그러더니 이젠 애비들 대신 자식들이 정찰을 나온 거야, 그렇지? 내 말 잘 들어라. 애비들 보고 직접 오라고 해. 내가 손 좀 봐줄 테니. 지금 당장 가서 데리고 와. 알겠냐? 가서 데리고 오란 말이야. 내일 말고, 세 시간 뒤에도 말고, 지금 당장, 내 앞으로 데리고 와! 경비가 소리친다. 코에 땀방울이 맺히고 입에 거품을 물고, 우릴 번갈아 쳐다보면서. 우리가 시간이 남아도는 줄 아나, 나는 슬슬 따분해진다. 빨리 구아바를 따러 가고 싶다.

그런데 아저씨, 돈은 얼마나 받으세요? 배스터드가 말하며 문으로 걸어가 마치 자기네 집인 것처럼 몸을 기댄다.

그만해. 그만하라고 했다, 이 더러운 기생충 같은 놈. 내 말 안 들려? 네가 감히 어디라고 거기…… 당장 거기서 떨어져! 지금 당장! 경비가 소리친다.

그가 금방이라도 배스터드를 내리칠 기세로 경찰봉을 머리 위로 쳐들고 잰걸음으로 문 쪽으로 다가간다. 우리는 고함을 지르며 야유하기 시작한다. 경비가 경찰봉을 휘두르지만 배스터드는 휙 수그리더니 달려가 멀찌감치 선다. 경비는 배스터드를 쫓아가다가 발이 미끄러져서 휘청하며 엎어질 뻔하지만 가까스로 균형을 잡는다. 그는 배스터드를 노려보지만, 배스터드는 이런 상황을 너무도 재미있어하기 때문에 그저 즐길 뿐이다. 표정으로 보아 경비는 점점 더 부아가 치밀어서, 손으로든 경찰봉으로든 지금 당장 배스터드에게 닿을 수만 있다면 무슨 짓이든 할 기세다.

내 손에 잡히기만 해, 이 세상에 태어난 걸 후회하게 해주마, 이 돼먹지 못한 인간쓰레기 같은 놈! 경비가 입술을 파르르 떨며 소리친다. 그러더니 문득 그제야 우리가 거기 있다는 게 생각났다는 듯 우리 쪽으로 돌아선다.

꺼져! 당장 꺼지라고 이놈들아! 학교에서 이렇게 가르치든? 짐승처럼 행동하라고? 어서 가! 가라고! 그가 소리친다.

우리 이제 학교 안 다녀요! 선생님들이 다 떠났거든요! 세상 돌아가는 것도 모르시나보네! 갓노즈가 말한다. 경비가 뭔가 말하려고 입을 떼었다가, 말하려고 생각했던 거창한 단어들이 사라져버렸는지 잠자코 서 있다. 우릴 어떻게 다루어야 할지 모르는 게 분명하다.

그때 작고 빨간 차 한 대가 미끄러지듯 달려오고, 경비가 다른 문 쪽으로 헐레벌떡 달려간다. 우리는 박수와 환호로 경비를 보내준다. 그리고 그 차가 결혼식장의 신부라도 되는 듯 유심히 바라본다. 스티나와 달리 나는 차에 대해 별로 아는 게 없어서 차를 봐도 무슨 차인지 대번에 알아맞히지 못하는데 그런 내가 보기에도 이 차는 신기하게 생겼다. 어린애도 운전할 수 있을 것처럼 높이가 낮은데다 온통 각이 지고 모서리가 많은 특이한 디자인이다. 가까이 다가가보니 차 안에서 금속성의 웅웅거리는 소음이 흘러나온다. 스티나가 고개를 끄덕이고 휘파람을 불고 웃는다. 만약 달려가서 차를 안아주고 이야기를 나눌 수만 있다면 스티나는 그렇게 할 것이다.

경비는 위성 접시 안테나가 달리고 정원이 엄청나게 넓은 크림색 집의 대문 앞에 대기하고 있다. 우리는 차가 지나갈 수 있도록 경비가 대문을 열고 있는 광경을 지켜본다. 그는 몇 분 사이에 갑자기 키가 크고 근육이 불어나기라도 한 듯, 자기가 실제 차 주인이고 차를 빌려갔던 사람에게서 돌려받는 중이라는 듯, 있는 대로 힘을 주고 꼿꼿하게 서 있다. 지나가는 차 밖으로 잠깐 손 하나가 나와서 흔들리더니 사라진다. 경비도 손을 흔들며 싱글벙글 웃는다. 차의 꽁무니가 넓은 마당 안쪽으로 사라지고 한참이 지난 뒤에도 경비는 손을 흔들며 싱글거린다. 경비가 우리 쪽을 쳐다보지 않는 걸 보니 분명히 우릴 피하는 거다.

더 할 일도 없는데 그만 가자. 스브호가 말한다.

맞아, 어서 여길 뜨자. 저 아저씨가 우리 체포한다니까. 갓노즈의 말에 모두가 한바탕 웃는다.

아까 저 차 말이야. 람보르기니 레벤톤이야. 스티나가 말한다.

포스털리나 이모랑 살러 가면, 나도 딱 저런 차를 몰 거야. 꼭 날 위해 만든 것처럼 크기도 아담하잖아. 내가 말한다. 나는 그냥 안다. 뼛속으로부터 느낄 수 있다. 미국에서 저 차가 날 기다리고 있다는 것을. 그래서 나는 외친다. 내 람보르기니, 람보르기니, 람보르기니 레벤톤! 내 목소리가 텅 빈 거리에 울려퍼지고 나는 웃으며 삼단뛰기를 한다.

아, 너 입 좀 그만 닥쳐라. 배스터드가 말한다.

저 멍청이는 내버려두고 어서 구아바나 따러 가자. 갓노즈가 말한다.

우리는 줄리어스 스트리트에서 드디어 구아바가 열린 나무를 발견한다. 주렁주렁 열리진 않았어도 꽤 많이 열렸다. 부지런히 구아바를 따고 있는데 갑자기 굉음이 들린다. 돌아보니 줄리어스 스트리트에 성난 검은 물처럼 사람들이 밀려들어오고 있다. 그 순간 우리는 깨닫는다. 오늘 부다페스트에 오는 게 아니었단 걸. 그들은 사방에서 걷고, 돌진하고, 토이토이*를 춘다. 주먹, 날이 넓고 묵직한 칼, 기다란 칼, 지팡이, 온갖 종류의 무기와 깃발들이 하늘을 채운다. 부다페스트는 온통 그들의 뜨거운 함성에 전율한다.

죽여라, 보어인**, 농장주, 그리고 키와***를!

백인들의 가슴에 공포를 꽂아라!

백인이여 이곳은 너희 살 곳 아니니, 이제 그만 돌아가라 너희 집으로!

---

* 짐바브웨 혁명군이 만든 춤으로 정치 시위에서 주로 춘다.

** 네덜란드계 남아프리카공화국 사람을 말한다.

*** '백인'이라는 뜻.

아프리카는 아프리카인에게! 아프리카는 아프리카인에게!

죽여라, 보어인, 농장주, 그리고 키와를!

저 사람들이 우리 죽이겠다. 스브호가 말한다. 내 바로 뒤쪽 나뭇가지 위에 앉아 있어서 스브호의 얼굴은 보이지 않았지만 떨리는 목소리를 들으니 이미 눈물이 뺨을 타고 흐르고 있다는 걸, 결국 그 눈물이 입으로 들어가리란 걸 알 수 있다.

난 죽고 싶지 않아. 엄마 보고 싶어. 스브호가 말한다. 마치 스브호가 라디오이고 누군가 볼륨을 높인 것처럼, 스브호는 제대로 흐느껴 울기 시작한다.

닥쳐! 너 지금 뭐하는 거야? 우리 전부 다 죽게 만들려고 그래? 갓노즈가 말한다.

쉿. 스브호! 조용히 하고 내 말 잘 들어. 우리가 아무 소리도 안 내면, 여기 가만히 숨어 있으면, 저 사람들은 우릴 못 볼 거야. 그냥 지나갈 거고, 그럼 그때 여기서 벗어나면 돼. 다정한 엄마 같은 말투로 스티나가 속삭인다. 스브호가 울음을 그치지만 훌쩍거리는 소리는 여전히 들린다.

아, 도대체 뭐야, 저 사람들 우리한테 아무 짓도 안 해. 난 하나도 안 무서워. 배스터드가 말한다. 우리는 배스터드를 내려다본다. 배스터드는 한 팔로 나무 몸통을 감싼 채 굵은 나뭇가지에 걸터앉아 있다. 뒤꿈치가 갈라진 발이 공중에서 대롱거린다. 마치 포즈를 잡고 카메라맨을 기다리는 것 같다.

저 사람들이 백인들 찾는다는 구호 안 들려? 내가 분명히 말하는데, 우린 안 건드려. 백인이 아니니까. 배스터드가 말한다. 우리는 배스터드가 침을 뱉고 구아바를 따서 티셔츠 앞쪽에 있는 무지개 그림에 대고 쓱쓱 닦은 다음 서둘러 깨물어 먹는 모습을 지켜본다.

만약에 백인을 못 찾으면? 그럼 아마 우릴 잡아갈걸. 갓노즈가 말한다.

말이 되는 소리를 해라. 세상에 널린 게 백인이야. 배스터드가 말한다.

폭도들은 이제 몇몇 패거리로 나뉘어 대문을 발로 차서 부수거나 담장을 뛰어넘어 마당으로 들어가 현관문을 두드리며 나오라고 고함친다. 미친듯이 구호를 외치고 소리를 지르고 이를 드러내고 무기를 휘두른다. 문득 본프리를 잡으러 왔던 깡패들이 떠오른다. 그들도 꼭 저랬다. 한 패거리가 우리 쪽으로 달려온다. 대문을 발로 차서 부수고 우리 바로 밑을 지나간다. 조금 전 그 경비의 모습이 눈에 들어온다. 그는 경찰봉을 뺏기고 양손이 등뒤로 묶였다. 이제 맨발로 걷는 그는 볼품없는 본래의 모습으로 돌아왔다. 이렇게 나무 위에 앉아 있지 않았다면 코앞에서 실컷 비웃어줬을 텐데.

그때 폭도 중 한 명이 멈춰 서서 무기를 내려놓는다. 도대체 뭘 하려는 건가 궁금해하는데, 그가 지퍼를 내리더니 우리가 앉은 나무에 오줌을 눈다. 나는 벌벌 떨며 나뭇가지에 앉아 있다. 소용없을 줄은 알면서도 두 번이나 기도를 한다. 한 번은 하느님한테 하고 만약을 대비해서 예수님 어머니한테도 한다. 입안에 씁쓸한 돌멩이처럼 구아바가 들어 있는데 삼킬 수도, 뱉을 수도 없다. 머릿속에 온갖 생각들이 스쳐지나간다. 이제 우린 어쩌지? 위를 올려다보면 어쩌지? 우릴 발견하면 저 사람들이 무슨 짓을 할까?

오줌을 다 눈 남자가 지퍼를 올리고 무기를 챙겨 다시 패거리에게 돌아간다. 나는 금방이라도 정신을 잃을 것 같아 나뭇가지를 꼭 붙잡는다.

야! 너희들 저 사람 거시기 얼마나 큰지 봤냐? 갓노즈가 소곤거린다. 우리는 대답하지 않는다.

어른이 되면 내 것도 저렇게 커지겠지. 갓노즈가 말한다.

문 열어! 당장 안 열면 문을 부수겠다! 당장 열어! 지금 당장! 어서 열란 말이야! 아래서 그들이 소리친다. 그때 빨간 작업복을 입고 도끼를 든 키 큰 남자가 커다란 창문 쪽으로 성큼성큼 다가간다. 곧바로 유리가 산산조각 나는 소리가 들린다.

창문을 깼어! 갓노즈가 말한다.

쉿! 닥쳐! 누군가가 낮게 속삭인다.

또 한 명이 벌채용 칼을 들고 문으로 달려가 문을 찍고 찍고 또 찍는다. 다른 사람들도 각자 무기를 들고 문을 찍어대기 시작한다. 경비는 괜히 어설픈 짓 하다 이 일에 휘말리고 싶지 않다는 듯 한쪽으로 조용히 비켜서 있다. 경비는 지금 과연 어떤 표정일까, 이 상황을 얼마나 거창한 말로 설명할까 궁금하다. 그들은 계속 베고 치고 때려부순다. 완전히 부서지기 전 문이 열리고, 그들은 환호성을 지른다. 백인 남자 한 명과 백인 여자 한 명이 쥐구멍에서 끌려나오는 쥐 같은 몰골로 집에서 나온다.

키가 크고 뚱뚱한 남자는 카키색 반바지에 카키색 셔츠를 입고 카키색 모자를 쓰고 있다. 꼭 학생 같다. 맨발이었는데, 백인이 맨발인 건 처음 본다. 신발 살 돈도 없다는 걸 증명하려는 듯했다. 다리에 털이 얼마나 많은지 빗질을 할 수도 있을 것 같다. 뒤따라 나온 여자는 남자한테 먹을 걸 전부 다 빼앗기기라도 했는지, 아니면 그 병에 걸렸는지 비쩍 말랐다. 그녀는 검은 원피스에 흰 구두를 신고 있다. 우리는 이 집에 오면서 여기 백인이 사는 줄도 몰랐다.

그때 버스럭거리는 소리가 나더니 조그맣고 장난감처럼 생긴 흰색 물체가 부부를 따라 나온다.

저게 뭐지? 갓노즈가 묻는다. 무엇인지 찬찬히 살펴보느라 처음엔 아무도 대답을 하지 않는다.

다리가 넷이고 꼬리가 있고 짖어. 짖는 게 좀 이상하긴 해도. 스티나가 말한다.

저건 개야. 스브호가 말한다. 알아, 저거 개야.

그제야 나도 그 짐승이 개이고 그 소리가 개 짖는 소리라는 걸 깨닫는다. 짖는 소리가 영 이상하다. 개가 장난을 치고 있거나 아니면 짖는 게 익숙하지 않은 것 같다. 내가 본 개 중에 가장 조그맣다. 소리 내어 웃으려다 문득 내가 지금 어디 있는지, 무슨 일이 벌어지고 있는지를 기억해낸다. 개가 사람 하나를 집어삼킬 기세로 폭도들을 향해 돌진하더니 갑자기 멈춰 서서 그 조그맣고 희한한 소리로 짖어대기 시작한다. 그러자 폭도들이 죽어라 웃는다. 그 웃음소리를 듣고 있자니, 아침에 일어나자마자 오늘은 그저 고개를 뒤로 젖히고 오랫동안 크게 웃기만 하자고 작정한 사람들 같다. 웃는 소리만 들어서는 사람을 베고 피바다를 만들 수 있는 무기를 휘두르는 사람들이라는 생각이 조금도 들지 않는다.

개처럼 생기지도 않았어. 장난감처럼 생긴데다 잘 짖지도 못하잖아. 저래서 어떻게 사람을 물어 죽이겠어? 사냥은 어떻게 하고? 갓노즈가 말한다.

백인이 키우는 개니까 이상한 게 당연하지. 배스터드가 말한다.

저런 개는 하나도 안 무섭다. 갓노즈가 말한다.

그때 백인 여자가 몸을 숙여 개를 품에 안는다. 그리고 마치 아기를 어르듯 개를 안고 흔든다. 폭도들이 또 한번 웃음보를 터뜨린다. 금방이라도 무기를 내팽개치고 서로 툭툭 쳐가며 배를 잡을 것만 같다. 그때 분홍색 티셔츠를 입은 남자가 여자에게서 개를 낚아채더니 다른 사람에게 던지고 그 사람이 받아서 또 다른 사람에게 던진다. 마치 네트볼 경기를 하듯 개를 패스할 때마다 폭도들이 환호성을 지른다.

여자는 화가 난 듯 양팔을 쳐든다. 뭐라고 말을 하는 것 같다. 너무 시끄러워서 알아들을 수는 없지만 개를 놓아주라고 애원하는 것 같다. 마침내 폭도들 중 한 명이 개를 잡아서 우리가 있는 나무 쪽으로 다가온다.

온다! 우릴 볼 거야! 누군가 소곤거린다. 이제 어쩌나, 걱정하고 있는데 남자가 갑자기 멈추어 선다. 그는 들고 있던 칼을 바닥에 내던지고 개의 한쪽 발을 잡아 자기 앞으로 든다. 개가 걸레처럼 대롱대롱 매달려 있다. 그는 몇 발자국 뒤로 물러서서 한쪽 다리를 흔든다. 그러고는 그 다리를 뒤로 높이 뻗는다. 남자는 개를 발로 찰 생각이다.

저 남자 지금…… 누군가 입을 열었는데, 그 말이 채 끝나기도 전에 남자의 다리가 개를 걷어찬다. 퍽 하는 소리와 함께 날개라도 빌려서 단 것처럼 개가 허공을 가로지른다. 개는 멀리멀리 담장 밖으로 날아가 깨갱 소리와 함께 철퍼덕 바닥에 떨어진다. 폭도들이 펄쩍펄쩍 뛰고 휘파람을 불고 환호성을 지른다. 골인!

당신들 원하는 게 뭐요? 백인 남자가 고함을 지른다. 목소리에 이빨이 있다면 사람을 물어뜯을 수도 있을 것 같은 소리다. 그러자 폭도들 중 무기를 들고 있지 않은 유일한 사람이 앞으로 나와 백인에게 종이 한 장을 건넨다. 신부처럼 천천히, 존경을 담아, 백인들을 대할 때 당연히 그래야 한다는 듯 정중하게. 백인 남자가 종이를 홱 낚아채 펼치고 잠시 읽는다. 그의 낯이, 누군가 그의 얼굴을 불에 익히기라도 하는 듯, 더 짙은 빛깔로 변한다.

이게 뭐야? 이게 뭐냐고! 백인 남자가 종이를 손가락으로 쿡쿡 찌르며 말한다. 몸속에 사자 한 마리가 들어 있는 것처럼 그의 목소리에서 분노가 배어난다. 그가 큰 키로 사람들을 내려다보며 금방이라도 무언가 행동을 취할 기세로 몸을 앞으로 숙이고 있다. 여자는 그의 곁에 서서 양손을 쥐어짜고 있다.

글 읽을 줄 몰라요? 이 나라에 영어를 들여온 게 누군데 이제 와서 우리보고 당신네 나라 말을 읽어달라는 거요? 창피하지도 않아요? 폭도들 중 한 명이 말한다. 경비가 발을 꼼지락거린다. 자기보고 읽어달라고 하면 좋겠다고 생각하는 것 같다. 그 경비는 읽으라면 기꺼이 읽고도 남을 사람이다.

말도 안 돼! 이건 불법이야! 이 집은 내 집이야! 그 사실을 증명할 서류도 있어! 백인 남자가 말한다. 그의 몸속에 있는 사자가 갈기를 세운다.

잘 알고 있습니다, 선생님. 하지만 시대가 이런 걸 어쩌겠습니까. 시대가 바뀌고 있어요. 언젠가는 저희가 이렇게 할 수밖에 없다는 걸 이해하게 될 겁니다. 낯선 목소리가 말한다. 여자의 목소리처럼 따뜻하고 부드러워서, 도대체 어떤 남자가 저런 목소리로 말을 하는지 나는 목을 빼고 본다.

야! 백인들을 논리적으로 설득할 생각 말라고 내가 늘 말했지! 그 한심한 식민지적 사고방식 좀 그만 버리라니까. 선생님은 개뿔! 저 자식이 네 애비라도 되냐? 너도 저기 저 변절자처럼 굴 생각이야? 빨간 작업복을 입은, 폭도들의 우두머리처럼 보이는 남자가 말한다. 그가 변절자라며 경비를 가리키는 순간 경비가 움찔한다.

그리고 너, 이 멍청한 백인 놈아, 우린 상관 안 해. 알아들어? 네가 이 땅을 네 고향에서 비행기로 실어왔거나 배로 날라오지 않은 이상, 우린 상관 안 한다고. 우두머리가 말한다. 그는 백인 코앞에서 도끼를 휘두른다.

이봐요. 내 말 좀……

뭐? 촌뜨기들아, 이 자식 하는 말 들었어? 우두머리 남자가 폭도들 쪽으로 고개를 기울이며 묻는다.

역시 백인다워. 흑인 나라에 와서 흑인들한테 자기 말을 들어보라니 배짱 한번 두둑하군. 누가 이 백인 놈한테 말 좀 해주지. 여긴 망할 놈의 로디지아*가 아니라고 말이야. 우두머리가 말한다. 그는 폭도들 쪽으로 돌아서서 도끼를 들고 이야기한다. 우리에게도 말하는 듯 고개가 위로 들려 있다. 그의 얼굴은 평범하고 피부색은 흙빛이다. 그가 다시 백인 쪽으로 돌아서더니 또 도끼를 흔들기 시작한다.

똑똑히 들어, 이 식민주의자야. 이제부터 흑인들은 더이상 듣지 않아. 알아들어? 여긴 흑인들의 나라고 흑인들의 세상이야. 아프리카인을 위한 아프리카! 우두머리의 말에 우레와 같은 함성이 터져나온다.

당신 누구야? 백인 남자가 우두머리를 위아래로 훑어보며 묻는다. 백인 남자의 목소리로 보아 그가 우두머리를, 그리고 폭도들 모두를 경멸한다는 걸 알 수 있다. 만약 나무 위에 앉아 있는 우릴 본다면 우리도 경멸할 것 같다.

이분을 몰라? 이분은 경찰국장 보좌관이신 오베이 마리마 님이시다. 말 조심해, 이 흰둥이 놈아. 그런 식으로 말하지 말라고. 똥싸는 소리 하지 말라고. 거친 목소리가 말한다.

---

* 아프리카 남부의 옛 영국 식민지로, 현재는 잠비아와 짐바브웨로 각각 독립했다.

아니. 당신들이야말로 잘 들어. 백인 남자는, 조금 전 우두머리가 흑인한테 말을 들으라고 하지 말라고 경고한 걸 못 들은 듯이 얘기한다.

나는 아프리카인이야. 백인 남자가 말한다. 여긴 망할 놈의 내 나라이기도 하다고! 내 아버지도 여기서 태어났고, 나도 여기서 태어났어. 당신들과 똑같이! 그의 목소리는 누군가 혈관 깊은 곳을 지지기라도 하는 듯 고통으로 가득차 있다. 마침내 사자가 송곳니를 드러낸다. 백인 남자의 목에 선 핏대가 노끈처럼 굵고 분노로 달아오른 얼굴은 잿빛이 된다. 그러나 아무도 신경쓰지 않는다. 폭도들이 집안으로 우르르 몰려들어간다. 아프리카는 아프리카인에게!라는 구호가 울려퍼진다. 백인 남자와 여자는 처량한 식물처럼 경비 옆에 서서 폭도들의 뒷모습만 바라보고 있다. 그들이 지닌 무기가 두려워서 그들을 막지도, 뒤따라가지도 못하는 것 같다.

아프리카인이 정확히 뭐야? 갓노즈가 묻는다.

쉿! 저것 봐! 배스터드가 말한다.

백인 남자가 들고 있던 종이를 찢어발기기 시작한다. 찢고 찢고 또 찢어서 종잇조각을 바닥에 휙 뿌린다. 그러고는 어마어마하게 기다란 다리를 민첩하게 움직여 종잇조각들을 짓밟는다. 작은 먼지구름이 일어난다. 백인 남자는 춤을 추듯이, 그에게만

들리는 북 장단에 맞추듯이, 쿵쿵쿵 발을 구른다. 여자는 그저 잠자코 지켜보기만 한다.

그러고도 분이 안 풀리는지 백인 남자는 땅바닥에 주저앉아 주먹으로 종잇조각들을 끝없이 내리친다. 그 모습이 꼭 예언자 레벨레이션스 비칭턴 음보로가 악마와 싸우는 것 같다. 백인 남자가 손가락 관절을 베여 피가 나고 그 피가 갈색 흙에 스며드는 광경이 머릿속에 그려진다. 그러다 지쳤는지 마침내 남자가 멈추고, 팔다리로 땅을 짚고 엎드려, 다시는 들지 못할 것처럼 푹 숙인 금발머리를 설레설레 젓는다. 여자가 남자 곁에 무릎을 꿇고 앉더니 그를 위해 기도라도 할 것처럼 그의 널찍한 등에 손을 얹는다. 그러더니 여자의 어깨가 들썩이고 들썩이고 또 들썩인다. 마치 온 세상을 짊어지고 우는 사람 같다. 경비는 우두커니 서서 그들을 쳐다보고 있다. 그러자 스브호가 다시 훌쩍거린다.

뭐야, 너 지금 백인들이 불쌍해서 우는 거야? 저 사람들이 네 친척이라도 되냐? 배스터드가 말한다.

백인도 사람이야, 이 개새끼야. 지금껏 한 번도 들어본 적 없는 거친 목소리로 스브호가 말한다. 배스터드한테 그런 욕을 한 사람은 지금껏 한 명도 없었다. 나는 놀라서 하마터면 나무에서 떨어질 뻔한다. 정말 단 한 번도 본 적이 없다. 배스터드가 어떻게 나올까 궁금해하며 기다리는데 배스터드는 어리둥절한 표정으로 스브호를 바라볼 뿐이다.

저 사람들 뭘 하려는 거지? 갓노즈가 말한다. 그 말이 떨어지기가 무섭게 집안에서 무언가 박살나는 소리가 들린다. 백인 남자와 여자는 그 소리가 들리지 않는 듯 계속 무릎을 꿇은 채 앉아 있지만 경비는 불안해하며 서성거린다. 손만 묶였지 발이 묶인 것도 아닌데 왜 도망가지 않는 걸까.

어쩌면 뭘 죽이고 있는지도 몰라. 갓노즈가 자기 질문에 스스로 답한다. 우리는 거기 앉아서 부서지고 무너지고 떨어지고 깨지는 소리를 듣는다.

나도 저 안에 있고 싶다. 막 때려부수게. 배스터드가 말하고 웃는다. 그러더니 주머니칼을 꺼내 나무에 글씨를 새긴다.

난 그만 집에 갈래. 치포랑 집에 있을 걸 그랬어. 당장 집에 갈래. 놀다가 지겨워진 사람 같은 말투로 갓노즈가 말한다.

저 사람들 갈 때까지 기다려. 백인들이 아직 저기 있잖아. 지금 내려갔다간 들켜. 스티나가 말한다.

상관없어. 난 갈래. 다시는 부다페스트에 안 올 거야. 갓노즈가 말한다. 갓노즈가 나무에서 내려가기 시작하자 스티나가 뱀처럼 스르륵 나뭇가지를 타고 내려가서 '해치지 마세요. 자연을 지키세요'라고 적힌 갓노즈의 티셔츠를 붙잡는다. 옷이 찢어지는 소리가 난다. 우리는 잠자코 앉아 있고, 스티나는 풀어줘선 안 되는 미친개를 붙잡듯 갓노즈를 꽉 붙잡고 있다. 배스터드는 나무에 글자를 다 새겼다. Bastad라고. r을 빼먹었는데 그걸 알기나 하는지 모르겠다.

한참이 지나 나무 위에 앉아 있는 게 지겨워질 무렵, 폭도들이 때려부수기를 멈추고 집에서 나온다. 우두머리가 도끼를 달랑거리며 앞장서서 걸어나온다. 그들은 더이상 소란을 피우지 않는다. 조금 피곤해 보이기까지 한다. 꼭 안에서 악령과 악귀들을 쫓아버리고 나온 것처럼. 그들은 백인들에게 말도 걸지 않고 경비와 함께 그대로 끌고 간다. 가축을 몰고 가듯이. 폭도들이 우리가 앉아 있는 나무 밑을 지날 때, 하느님이 위를 보라고 속삭여주기라도 했는지, 우리가 위에 있다는 걸 누군가가 알려주기라도 했는지, 여자가 나무 위를 올려다본다. 어떻게 보면 아름답기도 한 그녀의 얼굴에 검은 그림자가 드리운다. 여자가 카멜레온이고 우리 색깔로 변하려 애쓰는 것 같다.

나는 여자의 눈길을 피할 수가 없다. 그러나 그녀의 집 나무에 올라가 있다가 들켜서 창피하고, 그렇게 끌려가는 모습을 본 것도 창피하다. 얼굴에 여전히 검은 그림자를 드리운 채 여자는 눈빛으로 우릴 나무에서 끌어내고 싶다는 듯이 계속 쳐다본다. 정말이지 눈빛만으로 우리가 나무에서 떨어져버릴 것 같다. 사람은 눈으로도 말할 수 있기 때문에 눈빛만 보고도 알 수 있는데,

그녀는 우리를 미워한다. 조금 미워하는 정도가 아니라 무지하게 미워한다. 여자는 아무 말도 하지 않는다. 등을 떠밀리며 여자가 지나가자 우리는 다시 숨을 내쉰다.

어디로 데려가는 거지? 본래 목소리를 되찾은 갓노즈가 말한다.

어쩌면 죽일지도 몰라. 도와달라고 비명을 질러도 아무도 못 듣게 숲으로 끌고 가서 죽일지도 몰라. 갓노즈가 자기 질문에 스스로 대답한다.

그들이 떠난 게 분명해지자 우리는 재빨리 나무에서 내려와 바로 백인의 집으로 향한다. 백인의 집에 들어가는 건 처음이어서 우리는 문을 열고 들어갈 줄 모르는 사람들처럼 문 앞에서 머뭇거린다. 앞장서던 갓노즈는 발을 닦으세요라고 적힌 깔개에 발을 쓱쓱 문지른 다음 멀뚱멀뚱 서 있다. 뒤따라온 배스터드가 갓노즈를 밀치고는 자기가 진짜 집주인이고 집 열쇠라도 가지고 있다는 듯 안으로 들어간다. 우리도 줄줄이 뒤따라 들어간다.

안에 들어서는 순간 서늘한 기운이 느껴져서 우리는 소름이 돋은 맨팔을 감싼다. 우리는 놀라 두리번거린다.

밖은 찜통인데 안은 왜 이렇게 춥지? 스브호가 속삭이지만 아무도 대답하지 않는다. 아무도 모른다는 뜻이다. 망가지고 부서진 물건들이 사방에 널려 있다. 의자, 텔레비전, 커다란 라디오, 뭔지는 몰라도 멋진 물건들이 널려 있다. 우리는 쑥대밭 한가운데 서 있다. 아무도 입 밖에 내어 말하진 않지만 눈앞에 펼쳐진 광경에 실망을 감출 수 없다. 폭도들이 때려부순 게 우리 물건이라도 되는 것처럼.

우리는 거실 벽에 걸린 커다란 가면 앞에 선다. 그러고는 가면의 검은 얼굴을, 눈이 뚫린 얼굴을 쳐다본다. 기다랗고 홀쭉한 얼굴인데 눈썹과 입술 가장자리에 흰 선이 둘러져 있다. 이마는 볼록하게 튀어나왔고 노란 점선이 이마를 반으로 가르고 있다. 코가 길쭉하고 둥근 입은 벌어져 있어서 마치 울부짖는 것 같다. 머리 꼭대기에는 뿔이 나 있다.

배스터드가 부서진 가구들을 헤치고 다가가 벽에서 가면을 떼어낸다. 자기 얼굴에 가면을 대고는 백인들의 개처럼 짖기 시작한다.

이교도들이나 하는 짓이야. 이교도들이 그런 걸 쓴댔어. 예언자 레벨레이션스 비칭턴 음보로가 교회에서 그렇게 말했어. 내가 말한다. 그러나 배스터드는 계속 가면을 쓴 채로 짖고 또 짖는다. 우습지 않아서 아무도 웃지 않는다. 우리는 거실 옆의 널찍한 방으로 들어가본다. 기다란 식탁이 부서져 있고 여기저기 의자들이 쓰러져 있다. 천장 한복판에는 한 귀퉁이가 깨진 커다란 전등이 대롱대롱 매달려 있다.

왜 거실이 두 개지? 갓노즈가 말한다.

여긴 거실이 아니야. 식사를 하는 방이야. 개똥 같은 질문 그만하고 저리 비켜. 배스터드가 말한다. 우리는 이 방 저 방 돌아다니다가, 벽에 걸린 사진들이 손상되지 않고 남아 있는 벽 앞에 멈추어 선다.

왜 백인들은 사진 찍는 걸 좋아할까? 갓노즈가 묻는다.

예쁘니까. 스브호가 말한다.

사진이?

아니, 백인들이.

사진 속에는 긴 드레스를 입고 우스꽝스러운 모자를 쓴 여자들이 있다. 검은 말을 탄 남자애도 있는데, 남자애는 즐거워 보이지만 말은 즐거워 보이지 않는다. 또 어떤 남자는 커다란 바위 옆에 총을 겨누고 서 있다. 아랫입술을 깨물며 집중하는 표정이 꼭 변비에 걸려서 힘주는 사람 같다. 또다른 남자는 군복을 입고 빨간 베레모를 들고 있다. 그의 왼쪽 가슴에는 번쩍이는 것들이 달려 있고, 그는 어디를 봐야 할지 모르겠다는 표정으로 카메라를 응시하고 있다. 카키색 옷을 입은 한 남자는 옥수수밭 앞에서 있다. 남자와 여자가 결혼하는 사진도 있는데 술잔을 손에 들고 기뻐하는 사람들이 그들을 둘러싸고 있다.

여기 꼭 박물관 같다. 스브호가 말한다. 박물관에서 이렇게 하잖아. 돌아다니면서 사진들 보고.

그건 미술관이야. 스티나가 말한다.

벽의 상당 부분을 차지하고 있는 커다란 사진 속에는 희끗희끗한 머리카락을 옆가르마를 타 빗어 넘기고 파란 눈동자와 어울리는 색의 수트를 입은 키 크고 마른 남자가 있다. 한 손으로 컵과 컵받침을 잡고 다른 한 손은 살짝 들고 있는데, 마치 손으로 말을 하려는 것 같다. 사진 밑에 이렇게 적혀 있다. 이언 더글러스 스미스 의원. 로디지아인이여 영원하라. 그 바로 옆 사진 속에는 어린아이 하나가 원숭이와 손을 잡고 서 있다. 아기와 원숭이는 쌍둥이처럼, 셔츠이기도 하고 조끼이기도 한 똑같은 파란색 옷을 입고 있다.

그 쌍둥이 사진 옆 또다른 사진 속에는 동그란 얼굴의 예쁜 여자가 미소를 짓고 있다. 여자의 온몸이 반짝인다. 머리에는 반짝이는 왕관을 썼고 거기 어울리는 목걸이와 귀걸이를 하고 있다. 특별히 재미있는 사진도 아니고 사진 속 여자가 소름 끼치게 예쁜 것도 아니지만 우리는 모두 그 앞에 서서 깃발을 바라보듯 여자를 올려다본다.

왜 저런 표정일까? 배스터드가 말한다.

어떤 표정? 스브호가 묻는다.

저게 무거운 것 같은 표정이잖아. 배스터드가 말한다.

저건 왕관이라고 하는 거야. 그리고 저 여자는 여왕이야. 나

저 여자 알아. 내가 말한다.

네가 저 여잘 어떻게 알아? 배스터드가 말한다.

전에 우리집에 있었거든. 아주 오래전에.

거짓말. 왜 백인이 똥통 같은 너희 집에 있어? 배스터드가 말한다.

있었다니까. 침대 밑에. 본스 어머니 침대 밑에.

여왕이 네 할머니 침대 밑에 있었다고? 갓노즈가 말한다.

얼씨구. 스브호가 쩝 하고 입맛을 다시며 눈을 부라린다.

본스 어머니가 침대 밑에 놓아둔 성경 속에 영국 돈이 있었는데 그 돈에 여왕 얼굴이 있었어. 그래서 아는 거야. 내가 말한다.

머리 위에 있는 저 왕관이 엄청 무거워서 저렇게 웃는 거야. 덜 익은 구아바를 한꺼번에 잔뜩 먹은 사람처럼. 왕관이 무거운 건 금으로 만들었기 때문이고. 갓노즈가 말한다.

난 왕관은 가시로 만드는 줄 알았는데. 성경에서 그런 그림 본 적 있거든. 사람들이 예수님을 죽일 때 씌운 거. 스브호가 말한다.

나랑 다른 성경을 봤나보네. 내가 본 성경엔 예수님도 금으로 만든 진짜 왕관을 쓰고 있던데. 야, 생각해봐, 예수님 아빠가 세상 전부를 다 갖고 있는데, 그 정도는 돼야지. 갓노즈가 말한다.

너희 둘 다 틀렸어. 금은 무겁지 않아. 머리에 쓰고 다니지도 않고. 배스터드가 말한다.

그걸 네가 어떻게 알아? 갓노즈가 말한다.

자부 삼촌한테 들었어. 자부 삼촌이 광산에서 일했잖아, 기억 안 나? 금이 누렇고 반짝거린다고 했지, 무겁다곤 안 했어. 우리 보여주려고 가지고 오려다가 망할 놈의 군인들이 저 아래서 총 쏴서 죽여버렸잖아. 배스터드가 말한다. 목소리가 다시 삐기는 투로 돌아가려 했다.

그 얘기라면 들었어. 네가 전에 말했잖아. 스브호가 말한다.

말했지. 하지만 놈들이 우리 삼촌 시체를 어떻게 숨기려 했는지는 얘기 안 했어. 신문에 나고 난리도 아니었어. 배스터드가 떠들기 시작하지만, 우리는 이미 다른 방으로 향하고 있다. 나는 사촌 마코시의 거친 손을 떠올린다. 마코시도 금광에서 일했다. 돌아보니 배스터드가 마치 머리에 왕관을 쓰려는 듯 아프로*를 매만지고 있다.

침실도 난장판이 되어 있지만 그래도 우리는 침대에 올라가 펄쩍펄쩍 뛴다. 스브호만 혼자 깨진 거울 앞에 서서 입술을 빨갛게 칠하더니 파란 병에 든 향수를 몸에 뿌린다. 우리는 뛰고 뛰고 또 뛴다. 뛸 때마다 침대 스프링이 우릴 얼마나 높이까지 올려주는지 손을 뻗으면 흰 천장에 닿을 수도 있을 것 같다. 뛰는

* 흑인들의 둥근 곱슬머리 모양.

게 싫증나자 이불 속으로 들어가 눈을 감고 코 고는 소리를 내본다. 침대가 너무 보드랍고 향긋한 냄새가 나서 일어나기가 싫다.

우리 골디독스*가 된 것 같아. 이불 속에서 내가 말한다. 이제 곧 곰 세 마리가 올 거야. 아무도 대답이 없는 걸 보니 학교 다닐 적에 그 책을 읽은 애가 없나보다.

우리 어른들이 하는 짓 해보자. 스브호의 말에 우리가 키득거린다. 스브호의 입술은 피를 빨아먹은 것처럼 시뻘겋고 몸에선 비싼 냄새가 난다. 우리는 처음 만난 사이처럼 수줍어하며 서로를 쳐다본다. 배스터드가 스브호 몸에 올라탄다. 갓노즈가 내게 다가오지만 나는 부르튼 엉덩이 갓노즈 말고 스티나를 원하기 때문에 밀쳐내버린다. 스티나가 내 몸에 올라와 가만히 눕고, 우리는 모두 키득거리고 또 키득거린다. 스티나의 무거운 몸에 깔려 있으면서 나는 내 배가 터져서 안에 있는 게 튀어나오면 어쩌나 생각한다.

보드라운 백인의 침대에서 키득거리며 어른들이 하는 짓을 흉내내고 있는데, 갑자기 따르릉하는 소리가 울려퍼진다. 우리는 벌떡 일어나 어쩔 줄을 몰라한다.

---

* 영국의 전래동화 『골디록스와 세 마리 곰』의 주인공 골디록스를 골디독스로 잘못 표현했다.

뭐지? 갓노즈가 말한다.

전화야. 스티나가 말한다.

전화! 전화! 전화! 우리는 소리를 지르며 침대에서 나와 벨소리가 울리는 쪽으로 달려간다. 거실을 헤집어 금세 수건 밑에서 전화기를 발견한다. 스티나가 전화를 받더니 '할로'라고 말한다. 그러고는 키득거리며 스브호에게 주고, 스브호도 키득거리며 배스터드에게 주고, 배스터드도 키득거리며 나에게 준다. 영어는 내가 좀 하는 편이다. 그래서 내가 말한다. 할로, 안녕하세요, 어떻게 도와드릴까요?

누구세요? 반대편에서 전화를 건 사람이 묻는다. 전혀 예상 못한 일이 벌어졌을 때의 놀라움이 담긴 목소리이다.

저예요. 내가 대답한다.

네? 누구시냐고요?

달링이요.

달링?

네, 달링이요.

얘, 너 지금 장난치는 거니? 어쩌다 이 전화를 받은 거지?

장난치는 거 아닌데요. 그리고 이 전화는 배스터드한테서 받았어요. 내가 말한다.

배스터드? 잠깐, 일단 집주인 좀 바꿔줄래?

집주인 없는데요.

어디 갔어? 둘 다 없어?

우린 몰라요. 그 사람들이 데리고 갔어요.

뭐? 우리라니? 누가 데려갔다는 거야? 목소리로 보아 여자는 지금 인상을 찌푸리고 있는 것 같다. 그제야 학교에서 배운 대로 부인이라는 호칭을 붙였어야 했다는 생각이 든다. 대화를 처음부터 다시 제대로 하고 싶다는 생각이 든다.

폭도들이요, 부인. 내가 이번엔 제대로 말한다.

폭도들?

무기랑 깃발을 들고 다니는 폭도들이요, 부인.

어디로 데려갔는데?

저도 모르겠어요, 부인.

세상에, 댄! 이게 무슨 소린지 좀 알아봐줄래? 방금 엄마 아빠한테 전화했는데 엄마가 안 받고 어떤 이상한 아프리카 애가 받아. 전화를 건 여자가 댄이라는 사람에게 설명한다.

상황이 이쯤 되자 아이들이 존경의 눈빛으로 날 바라본다. 나 역시 드디어 백인과 대화를 하고 있는 내가 뿌듯하다. 백인과 대화를 나누어본 적은 한 번도 없다. 이런 식으로는. 잠시 후 전화기에서 새로운 목소리, 남자의 목소리가 들려온다. 남자가 우리말로 내게 말을 하기 시작하자 나는 피식 웃는다. 백인이 우리

말 하는 건 처음 본다. 웃기다. 하지만 계속 영어로 말하고 싶은 나는 오히려 조금 실망한다.

백인 남자가 무슨 일이냐고 물어 나는 전부 얘기한다. 우리가 구아바를 훔친 대목만 빼놓고. 결국 남자는 내게 당장 전화를 끊으라고, 그 집은 너희 집이 아니고 너희는 거기 있을 권리가 없으니 나가라고 한다. 나는 전화를 끊은 다음 원래 있던 자리인 수건 밑에 전화기를 놓아두지만 남자가 나가라고 했다는 말은 아이들에게 하지 않는다. 나는 이미 생각하고 있다. 이렇게 넓은 집이라면 패러다이스 사람 몇 명이나 들어와 살 수 있을까. 다섯 집, 어쩌면 여덟 집도 들어와 살 수 있겠다.

부엌 수도꼭지에서 물이 콸콸 흐르고 있어서 우리가 잠근다. 식탁과 의자가 뒤집혀 있고, 접시와 컵, 냄비, 부엌살림이 모조리 바닥에 어질러져 있다. 냉장고를 열어보니 놀랍게도 아무도 손을 대지 않았다. 우리는 빵, 바나나, 요구르트, 음료수, 닭고기, 망고, 쌀밥, 사과, 당근, 우유, 눈에 들어오는 음식이란 음식은 전부 입안에 쑤셔넣는다. 한 번도 본 적 없는 음식도 먹고, 이름도 모르는 음식도 먹는다.

포크를 이젔군! 포크를 이젔어! 갓노즈가 백인 남자 말투를 흉내내며 말하자 우리는 낄낄거리고 웃는다. 갓노즈가 찬장으로 가서 뒤지고 뒤지고 또 뒤지더니 반짝이는 포크와 나이프를 가져온다. 우리는 포크와 나이프로 진짜 백인처럼 식사한다. 포크가 자꾸만 입으로 안 들어가고 엉뚱한 곳으로 빗나가자 우리는 웃으며 그것들을 내던지고 다시 손으로 먹는다. 우리는 쑤셔넣고 쑤셔넣고 또 쑤셔넣는다. 거의 숨을 쉴 수 없을 때까지.

나 똥 마려워. 갓노즈가 말하자 모두 부엌에서 나가 화장실을 찾는다. 배가 너무 불러서 터질 것 같다. 몸도 무거운데다 먹느라 지쳐서 우리는 코끼리처럼 걷는다. 긴 복도 끝에 화장실이 있다. 몸을 담글 수 있는 크고 둥그런 흰색 물건이 있고, 유리로 된 샤워 칸막이가 있고, 비누, 세면도구 같은 것들이 있다. 지독한 냄새가 코를 찔러 저쪽 끝을 돌아보자, 변기 옆 커다란 화장실 거울에 똥으로 쓴 글씨가 보인다. 블랙 파워Blak Power.

9
실제 상황

노랫소리가 너무도 아득하게 들려서 마치 땅속에 파묻혀 있던 목소리가 밖으로 기어나오려 애쓰는 것 같다. 우리는 오후 내내 그 소리를 기다렸고, 마침내 그 소리가 들리자 놀기를 멈추고 헤븐웨이 한복판의 커다란 나무로 돌진한다. 우리는 평상시 두 배의 속도로 나무를 기어올라 불과 몇 분 만에 나무 높이 오른다. 나는 튼튼한 나뭇가지를 찾아 좋은 자리를 잡고 잎사귀에 내 몸이 잘 가려지는지 확인한다.

저길 봐. 그들이 오고 있어. 갓노즈가 말한다. 그리고 우리는 장례식에 참석한 사람들이 커다란 개미탑 뒤에서 모습을 드러내며 헤븐웨이 공동묘지 쪽으로 다가오는 모습을 바라본다. 그들은 본프리를 묻기 위해 이곳으로 오는 중이다. 본프리를 매장했다가는 가만히 안 두겠다는 경고를 들었는데도. 아이들은 헤븐웨이 안으로 들어가지 못하게 되어 있어서 장례식에 참석할 수가 없기 때문에 우리는 여기서 이렇게 구경하고 있다. 그러나 우리가 원하면 언제든 이렇게 몰래 숨어들어서 장례식을 구경하거나 묘지 안을 어슬렁거리고 심지어 장난도 칠 수 있다는 걸 어른들은 모른다.

헤븐웨이는 사방이 온통 붉은 흙무덤이다. 마치 인간들의 추수철인 듯, 저승사자가 커다란 음식 보따리를 들고 바위 뒤에 기다리고 있어서, 사람들이 공짜 음식이 떨어지기 전에 앞으로 가려고 서두르는 듯하다. 그런 식으로 죽음은 오고 또 온다.

그리고 붉은 무덤 위에는 죽은 자들을 기념하는 물건들이 놓여 있다. 부서진 접시들. 깨진 컵들. 곤봉들. 돌더미들. 음파파* 나뭇가지들. 모든 것이 슬프고 어지럽고 흉측하다. 나는 왜 사람들이 이곳을 예쁘게 보이도록 치장하지 않는지 모르겠다. 십자가에 페인트칠을 한다든가, 황갈색 풀을 뽑고 예쁜 꽃을 심는다든가. 죽은 사람들이 할 수는 없는 노릇인데. 내가 죽은 사람이라면 그렇게 해주길 바랄 것 같다. 내 무덤이 이런 똥통이 아니라 멋진

---

* 아프리카인들은 음파파 나뭇가지가 죽은 자의 혼령을 죽은 자의 집 밖으로 끌어내는 힘을 지녔다고 믿는다.

곳처럼 보이길 바랄 것 같다.

나는 무덤과 죽음 같은 것들을 무척 무서워했지만 더는 그렇지 않다. 이렇게 무덤 가까이 살다보면 무덤을 무서워할 수가 없다. 그건 마치 혀가 이빨을 무서워하는 것처럼 말도 안 되는 얘기일 것이다. 헤븐웨이에서 내가 가장 좋아하는 건 죽은 사람의 이름이 적혀 있는 십자가다. 장례식을 구경할 때가 아니면 우리는 가끔 십자가에 적힌 이름들을 읽으며 돌아다닌다. 나는 항상 죽은 사람들을 내가 알던 사람들이라고 상상하면서 머릿속으로 그들의 이야기를 지어내거나, 그들이 땅에 묻혀 있는 동안 동네에서 무슨 일이 있었는지 그들에게 들려주곤 한다.

날짜와 함께 적혀 있는 이름을 보면 그게 진짜 죽은 사람의 이름이라는 걸 알 수 있다. 나만큼 수학을 할 줄 알면 죽은 사람의 나이도 계산할 수 있고, 그들이 젊은 나이에 죽었고 그들의 삶이 생쥐의 삶만큼 짧았다는 걸 알 수 있다. 사람은 자기 명을 다해야 하는데. 본스 어머니처럼 오래오래 살면서 늙어가야 하는데. 그들은 그 병 때문에 죽는다. 아무도 그 병을 고칠 수 없기 때문에 병은 내키는 대로 사람을 죽이고 죽이고 죽인다. 미친 사람이 칼을 휘둘러 덜 익은 사탕수수를 베어내듯 말이다.

관을 든 사람들이 먼저 모습을 드러낸다. 그들이 다른 조문객들을 앞서 걷는다. 그들은 어깨에 관을 짊어지고 우리가 있는 나무 바로 밑을 지나간다. 진흙 때문에 벽돌 빛깔이 된 긴 장화가 정확히 박자를 맞춰 땅을 디뎠다가 올라간다. 위로 아래로, 왼발 오른발, 위로 아래로, 왼발 오른발. 마치 발들이 붉고 굳은살 박인 땅 바로 밑에 숨겨진 마림바를 연주하는 것 같다.

그들은 꼭 그렇게 움직인다. 돌처럼 굳은 표정의 여섯 남자. 눈빛 속에 번개가 있고 행진에 어떤 허점도 용납하지 않는다. 위로 아래로, 왼발 오른발, 위로 아래로, 왼발 오른발. 그들이 행진하는 모습이 멋져서 우리는 서로 쳐다보며 미소 짓는다. 본프리의 관은 검은색, 빨간색, 노란색, 초록색 줄무늬가 있는 깃발로 뒤덮여 있고 앞에는 하얀 하트가 그려져 있다. 최근에 우리는 그런 관을 몇 번 보았다. 본프리 같은, 변화 사람들의 관이었다.

그 뒤로 조문객들의 행렬이 이어진다. 헤븐웨이에 이렇게 많은 사람들이 모인 건 처음 본다. 온통 사람들의 물결이다. 좁은 통로마다 사람들이 들어찼다. 그들 중 많은 사람들이 앞에 변화라는 글씨와 함께 흰 하트가 그려진 검은색 티셔츠를 입고 있다. 그러나 이 조문객들은 예전에 보았던 사람들과는 다르다. 이들은 울지도, 통곡하지도 않는다. 눈을 내리깔지도 않고 등뒤로 손을 서로 맞잡지도 않는다. 박자를 맞춰 걷지도 않는다. 이 사람들은 서둘러 관을 좇아온다. 휘파람을 불고 주먹을 쳐든다. 이들은 본프리의 이름을 외치고 있다. 그렇게 하면 어디에서든 본프리가 나타날 거라는 듯이. 이들은 화가 나 있다.

사람들의 물결 속에 패러다이스에서 온 어른들도 보인다. 엄마도 보이고 마모요도 보이고 심지어 본스 어머니도 보인다. 마더러브. 디그너티. 첸지라. 소네니. 그리고 남자들. 홀리 채리엇 교회 사람들도 보인다. 어른들이 거의 다 나와 있지만 여느 때와는 다른 모습이다. 꼭 살점을 뜯어먹고 남은 해골 같다.

선거가 끝난 직후 마더러브의 집에서 파티가 열린 뒤로 패러다이스는 잠들 날이 없었다. 어른들은 며칠 밤을 지새웠다. 기대감에 들떠 안절부절못하고, 집안에 가만히 틀어박혀 있지 못하고, 잠들지 못하고, 아무것도 하지 못하고, 그저 불가에 모여 그들을 기다리고 있는 새로운 삶을 어떻게 살아갈지에 대해 이야기했다.

내가 가장 먼저 하고 싶은 건, 허리를 펴고 서 있을 수 있는 집을 하나 갖는 거야. 아무렴, 그렇고말고. 나처럼 덩치 큰 남자한테 맞는 진짜 집.

난 대학 마지막 학기를 끝낼 거야. 가서 우리 애들을 그 허접한 동네에서 데려올 거야. 외국에 나가 있는 가족들도 다시 불러들이고. 다시 제대로 된 가족처럼 사는 거야. 인간답게. 알아?

우린 제대로 된 삶을 시작하는 거야. 앞으론 달라질 거야. 변화야, 어서 와라!

그들은 그렇게 매일 밤을 지새우며 이야기를 나누었고 곧 다가올 변화를 기다렸다. 기다리고 기다리고 또 기다렸다. 그러나 기다림은 끝나지 않았고 변화는 오지 않았다. 그리고 사람들이 본프리를 잡으러 왔다. 그러고 나서 그 일이 터졌다. 어른들은 더이상 변화에 대해 이야기하지 않았다. 선거와 파티, 그 이후에 일어난 모든 일들이 아예 일어나지 않은 일처럼 되어버렸다. 어른들은 조용히 양철집으로 돌아가 다시 몸을 낮게 구부리고 살 수 있는지 확인해보았다. 그리고 다시 구부리고 살 수 있다는 걸 알게 되었다. 그들은 썩어가는 구아바가 잔뜩 열린 나뭇가지들보다 더 잘 구부러질 수 있었다. 이제 모든 게 다시 예전과 똑같아졌지만 어른들은 그렇지 않다. 어른들의 얼굴을 가만히 들여다보면, 얼굴에 있던 무언가가 벌떡 일어나 짐을 꾸려서 어디론가 떠나버린 것 같았다.

메신저도 거기 있다. 조문객들 틈에. 그의 얼굴에 너무나 엄청난 분노와 고통이 서려 있어서 그가 정말 메신저인지, 그 얼굴이 진짜 사람 얼굴인지 모를 정도다. 만약 지금 메신저가 입을 연다면, 그의 목소리는 아주 끔찍한 상처 같을 것이다. 그 모든 고통이 그의 얼굴에 서려 있다. 본프리 없이 앞으로 그는 어떻게 살아갈지 모르겠다. 두 사람은 지금껏 어디든 함께 다녔고 무슨 일이든 함께했다. 마치 한 쌍의 귀처럼.

사람들이 모두 도착하고 난 뒤 BBC 방송국 모자를 쓴 남자 둘이 온다. 한 명은 어떤 물건을 통해 주위를 둘러보고 있고 또 한 명은 사진을 찍느라 바쁘다. 본프리의 어머니 마두브는 핏빛 원피스를 입고 있다. 사람이 죽으면 빨간 옷이 아니라, 그 어떤 색도 아니라 검은색 옷을 입게 되어 있는데도. 검은색은 죽음의 색이고 붉은색은 위험의 색이다. 그녀는 상처입은 사자처럼 몸을 비틀며 울부짖는다. 그녀는 고통에 휩싸여 있다. 그녀를 보고 목소리를 들으면 누구라도 그녀가 고통스러워하고 있다는 걸 알 수 있다. 진짜 고통 말이다. 마두브가 한 마리 사자라서 금방이라도 하늘로 튀어올라 태양을 갈기갈기 찢어발길 것 같은지, 다른 여자들이 마두브를 붙잡고 있다.

사람들이 원을 이루고 선다. 관은 무덤 옆에 놓여 있다. 사방에 널린 시체들 때문에 잘 보이지 않아서 나는 가장 높은 가지로 올라간다. 나뭇가지를 밟는 순간 부러지는 소리가 나자 스티나가 나를 쳐다보며 손가락을 입술에 대고 얼굴을 찌푸린다. 상관 말라는 듯 나도 인상을 찌푸려 보인다. 나뭇잎 때문에 아무도 우리를 보지 못할 거고 워낙 시끄러워서 아무도 우리 소리를 듣지 못할 것이다.

머리카락을 크게 부풀린 키 큰 남자가 무덤 앞에 서서 이야기를 시작한다. 조문객들이 목소리를 낮추지만 그 침묵의 바탕에 깔린 무언가가 들린다. 분노의 소리와도 같다. 그가 소리지른다. 그의 목소리가 연기처럼 우리를 지나 하느님께로 피어오른다. 그가 국가에 대해, 투표에 대해, 영웅들에 대해, 민주주의에 대해, 살인에 대해, 자유에 대해, 인권에 대해, 그 밖에도 이것저것에 대해 말한다. 그의 말투가 사람들을 더 미치게 만든다. 그들이 방금 엄청난 모욕이라도 당한 것처럼. BBC 남자는 신들린 듯 카메라 셔터를 눌러댄다.

이제 사람들은 초조해하고 더이상 가만히 있지 못한다. 그들은 웅얼거리며 고개를 끄덕인다. 소리를 지르고, 발을 구른다. 토이토이를 춘다. 춤을 추고, 찢어발길 듯 발로 땅바닥을 구른다. 예언자 레벌레이션스 비칭턴 음보로가 성경을 높이 들고 기도를 시작한다. 조문객들은 조용하다. 예언자 레벌레이션스 비칭턴 음보로는 성경 구절을 읽고 기도를 한 뒤 본프리가 그의 동족을 가나안으로 인도하려 한 모세와 같은 사람이라고 말한다. 그러고 나서 좀더 성스러운 말들을 하고 또 한다. 어느 순간 나는 궁금해진다. 자기가 하느님이라는 사실을 증명할 그 어떤 행동도 하지 않는 하느님에게 계속 얘기하는 게 지겹지도 않은가?

선거 바로 다음날, 예언자 레벌레이션스 비칭턴 음보로와 홀리 채리엇 교회 사람들은 팜베키 언덕에서 밤새워 변화를 위해 기도했고, 사람들에게도 언덕에 올라와 나라를 위해 기도하자고 설득했다. 그들의 모습은 볼만했다. 사람들은 줄을 맞추어 섰고 그들의 목소리는 불타는 덤불처럼 팜베키 언덕을 환하게 밝혔다. 성가와 구호와 연설과 기도는 하늘에 닿기도 전에 바위처럼 언덕에서 굴러떨어져 지나가던 사람을 덮쳤다. 그러고 나서 변화가 찾아오지 않자 기도하던 사람들의 목소리는 나비 날개처럼 접혔고 신도들은 부서진 뼈다귀들처럼 언덕 아래로 뿔뿔이 흩어졌다. 하지만 지금 이들은 하느님이 그때 그들을 외면하지 않았다는 듯이, 다시 그 모습으로 돌아와 있다.

사람들이 초조해한다. 부스럭거리고 웅얼거린다. 사람들의 분노가 두려웠는지 마침내 예언자 레벌레이션스 비칭턴 음보로가 설교를 마친다. 그리고 매장이 시작된다. 남자들이 조심스럽게 본프리의 관을 무덤 속에 내려놓자 사자였던 마두브는 성난 황소가 된다. 자신이 입고 있는 붉은색 원피스에 취해 황소가 포효한다. 놈들이 내 아들을 죽였어! 내 하나뿐인 아들을! 본프리! 내 아들! 이제 네가 가고 없으니 누가 나를 묻어주겠니! 황소가 포효하고 또 포효하며 자신을 잡고 있는 사람들을 뿌리치고 관으로 달려가려 한다. 배스터드를 쳐다보니 눈에 눈물을 글썽인다. 나는 흠칫 놀란다. 내가 자기를 보고 있다는 것을 눈치채고 배스터드가 얼굴을 찌푸리며 고개를 돌린다.

사람들이 한 줌씩 흙을 던진 다음 서둘러 흙을 삽으로 퍼넣는다. 이 부분은 급하게 진행된다. 아마도 성난 황소가 사람들을 뿌리치고 구덩이로 들어가 흙속으로 파고들어가서 안 나오려 할까봐 그러는 것 같다. 전에도 구덩이 속으로 뛰어들어서 이상한 짓을 하는 사람들을 본 적이 있다. 구덩이가 둥근 무덤이 되고 사람들이 본프리의 이름이 적힌 팻말을 꽂자, 마두브는 기도하듯 무릎을 꿇고 앉는다. 마침내 그녀가 진정하자 사람들이 그녀를 놓아준다. 그녀는 엉덩이로 주저앉아 맨손으로 무덤을 쓰다듬기 시작한다. 마치 진흙으로 케이크를 만드는 어린 소녀처럼. 그러자 조문객들이 장례식 노래를 부르기 시작한다.

치이야 룸흘라바, 렌토자오,
타바스 이스팜바노 율란델,
웅코노 은제지 햄블 미나 은갈린델라
치이야 룸흘라바, 렌토자오*

렌토자오라는 노랫말이 나오는 순간 황소가 공중으로 펄쩍 뛰

* '온갖 시름 가득한 이 땅을 떠나소서. 십자가를 들고 이 땅을 떠나소서. 나 또한 이 곳을 벗어나리니. 온갖 시름 가득한 이 땅을 떠나소서'라는 뜻.

어올라 묘지를 가로지르며 달린다. 마두브가 아들의 이름을 부르짖으며 달린다. 스브호가 웃음을 터뜨리자 배스터드가 더러운 입 다물지 못하겠느냐고, 지금 장례식중인 거 모르냐고 말한다. 사람들이 마두브에게 돌아오라고 소리친다. 사람들이 이름을 불러도 그녀는 계속 달린다. 발꿈치가 거의 뒤통수에 닿을 정도로 힘차게 달린다.

모든 사람들이 떠나고, 그중 몇 명은 마두브를 쫓아간다. 딱히 할 일이 없어진 사람들이 하나둘 자리를 뜨자 우리도 나무에서 내려온다. 우리는 마두브가 다독인 손자국이 남은 본프리의 무덤을 바라본다. 열 개 남짓한 손자국이 이어져 예쁜 모양을 이루고 있다. 본프리의 무덤 팻말에는 이렇게 적혀 있다. 본프리 리즈위 타페라. 1983–2008. 우리의 영웅 편히 쉬소서. 변화를 위해 목숨을 바치다.

사람이 죽으면 어떻게 되는 거지? 갓노즈가 말한다.

우리가 어떻게 알아? 죽어본 적도 없는데. 물어볼 걸 물어봐라. 스브호가 말한다.

그러게. 가서 너희 엄마한테 물어봐. 배스터드가 말한다.

살해당해서 죽으면 편히 쉴 수가 없어서 유령으로 떠돈대. 스티나가 말한다. 우리는 그를 돌아본다. 스티나는 거기 서서, 마치 자기 무덤이라도 되는 듯 무덤에서 시선을 떼지 않는다.

만약 본프리가 유령이 됐다면 자기를 죽이고 불태운 사람들을 전부 찾아낼걸. 유령들은 시뻘겋게 달아오른 석탄을 떨어뜨려서 불을 지른다더라. 갓노즈가 말한다.

우리 할아버지는 내가 태어나기 전에 살해당했대. 어쩌면 할아버지도 유령이 되었을 수…… 잘난 척 대마왕 배스터드가 내 말을 자른다. 내가 바로 본프리다! 날 죽여라!

우리는 일단 가만히 서서 무덤을 바라본다. 우리가 한 번도 해본 적 없는 유령놀이의 규칙을 알려주기를 바라는 것처럼. 그러다가 갓노즈가 부르릉거리고 경적을 울리는 소리를 내고, 우리는 갓노즈가 본프리를 잡으러 온 무장한 사람들이 탔던 대형 트럭이 되었음을 안다. 갓노즈가 점점 더 큰 소리를 내고 우리도 움직이기 시작한다. 우리는 얼른 곤봉, 낫, 칼, 도끼 같은 것들을 트럭에 싣는다. 스티나는 예수님이라면 어떻게 하실까요?라고 적힌 티셔츠를 벗어 흔든다. 스티나의 티셔츠는 이제 국기가 된다. 우리는 무기와 국기를 높이 쳐들고 대통령의 이름으로 노래를 부른다.

갓노즈는 멋진 차가 된다. 그는 경적을 울리고 부르릉거리며 먼지를 일으키고는 멈춰 서서 우리를 내려준다. 트럭이었던 갓노즈는 이제 변신해서 우리 중 한 명이 된다. 그는 입고 있던 아스널 축구팀 티셔츠를 벗어 국기처럼 공중에 흔든다. 이제 우리는 웃고 구호를 외치고 전쟁 노래를 부르며 무기를 흔든다. 우리는 열기에 취한 사람들이고 피를 갈구하는 짐승들이다.

그러나 먼저 우리는 춤을 춘다. 머리 위로 무기를 쳐들고, 노래하고 구호를 외치고 휘파람을 분다. 펄쩍 뛰어오르고 바닥을 구르고 먼지를 일으킨다. 우리는 마치 물건인 것처럼 우리 몸을 좌우로 흔들고 무기로 하늘을 찌른다. 이제 우리 얼굴은 일그러진다. 서로를 쳐다보니 어느새 우린 사납고 못생긴 사람들이 되었다. 스티나의 입이 커다랗게 벌어져 분홍색 목젖까지 보인다. 그가 송곳니를 드러내 씹는 시늉을 하며 도끼를 흔들자 내가 웃는다.

춤을 추고 나서 우리는 본프리로 변신한 배스터드를 덮친다. 그의 얼굴에 대고 소리를 지르고 그를 두들겨팬다.

넌 누구를 위해서 일하고 있는 거냐!

이 반역자!

누구한테 돈을 받았지? 미국? 영국?

어디, 미국이나 영국한테 도와달라고 소리쳐보시지?

외국 놈들의 친구!

제 나라를 백인들에게 팔아먹다니!

네가 원하는 사람이 그렇게 쉽게 당선될 줄 알았냐?

지금 당장 투표해봐! 우리가 지켜보겠다, 이 반역자야!

변화를 원해? 오늘 우리가 변화를 보여주마!

여기 네가 말하는 민주주의, 인권이 있다. 먹어, 먹어, 먹어!

그러고 나서 갓노즈가 망치를 휘둘러 공중에 일직선을 그린다. 망치가 본프리의 뒤통수를 때리고 나는 무언가가 부서지는 소리를 듣는다. 스브호가 도끼를 휘두르고 도끼날이 본프리의 귀 바로 위에 꽂힌다. 그다음엔 커다란 칼이 본프리의 얼굴을 긋는다. 눈에서부터 턱까지. 그러자 우리 모두가 그의 몸에 올라탄다. 우리는 그를 갈기고 때리고 두들기고 짓뭉갠다. 도끼로 머리를, 발길질로 갈비뼈와 다리를, 곤봉으로 온몸을 때린다. 온갖 무기를 동원해서 한 사람을 공격하니 마치 한줌의 모래를 공격하는 것 같다. 무기가 너무 많아서 무기들끼리 서로 부딪친다. 그러나 우리는 웃으며 계속 친다. 치고 치고 또 친다. 그 과정에서 본프리는 찍소리도 내지 않는다.

주위는 온통 피바다가 된다. 엄청난 피, 오직 피뿐이다. 마침내 우리가 때리기를 멈추고 누군가가 말한다. 일어나서 가버려. 일어나. 그러나 본프리는 일어설 수가 없다. 그는 바닥을 긴다. 약을 먹은 피둥피둥한 바퀴벌레처럼 아주 천. 천. 히.

변화의 맛이 어떤가?

어서, 일어나. 일어나서 투표해야지!

그렇게 거기 누워서 아무것도 안 하고 있으면 변화가 오겠어?

우리는 그에게 야유하고 다시 두들겨패기 시작한다.

우리와 함께 나무에 올라갈 수 없었던 치포는 본프리의 어머니 마두브가 된다. 그녀는 한쪽에서 땅바닥을 구른다. 스브호가 그녀를 붙잡지만 그녀는 물 밖으로 나온 물고기처럼, 붙잡힌 뱀처럼, 펄떡거리며 비명을 지르고 또 지른다. 비명을 지르고 지르고 또 지른다.

이거 놔! 이거 놓으란 말이야! 내 아들 구해줘! 왜 아무도 내 아들을 구해주지 않는 거야! 이 개새끼들아! 왜 다들 거기 서서 구경만 하는 거야! 마두브가 무덤들을 향해 소리를 지른다. 무덤들은 아무것도 안 하고 있는 패러다이스 사람들이다.

제발, 제발 이러지 마세요! 이러다 저 사람들 손에 죽으려고 그러세요? 스브호가 마두브를 달래는 친절한 여자가 된다.

이거 놔! 이거 놔! 놈들이 내 아들 대신 날 죽였으면 더 좋았을 텐데! 차라리 날……

그 순간, 바로 거기서, 피가 화살처럼 공중에 솟구치고 사방에 흩뿌려진다. 마두브의 양손이 가슴을 움켜쥐고, 그녀는 기절한다.

그러나 피는 멈추지 않는다. 우리는 구호를 외치고 더 크게, 가장 크게 외친다. 바닥을 굴러 더 많은 먼지를 일으킨다. 이제 본프리는 반은 나체다. 사람이라기보단 피범벅이 된 넝마 같다. 그는 여전히 소리를 내지 않는다. 예수님이 되려는가보다. 그러나 예수님이라면 그렇게 가만히 있진 않을 것이다. 왜냐하면 성경에 '예수께서는 눈물을 흘리셨다'는 구절이 있기 때문이다.

패러다이스 사람들 역시 아무 소리도 내지 않는다. 뭔가 성스러운 광경을 지켜보는 듯, 크고 검은 정적이 감돈다. 하지만 우리는 어른들의 눈동자 속에서 분노를 본다. 그 분노는 조용하지만 선명하다. 그러나 심장처럼, 피처럼 몸안에 갇힌 분노도 분노라고 할 수 있을까? 그 분노로 아무것도 할 수 없어도? 사람을 칠 수도, 소리조차 지를 수 없어도? 그런 분노는 아무것도 아니다. 그런 분노는 분노가 아니다. 크고 무섭게 생겼지만 이빨 없는 개와 다를 게 없다.

그리고 마침내, 마침내 우리는 멈춘다. 우리는 지쳤다. 우리의 목소리는 갈라졌다. 우리의 얼굴은 창백하다. 우리의 무기는 피범벅이 된 채 우리 옆에서 대롱거린다. 우리의 옷에도 피가 묻었다. 우리의 국기에도 피가 묻었다.

사람들이 그를 죽였어. 누군가가 속삭인다. 세상에, 살해당한 거야.

우리는 트럭에 올라타고 갓노즈가 운전을 한다. 경적을 울리고 부르릉거리면서.

그게 도대체 무슨 놀이니? 우리 뒤에서 누군가 묻는다. 돌아보니 BBC 사람들이 돌아와 있다. 그들은 장비를 들고 우리를 바라보며 무덤들 사이에 서 있다. 그들이 카메라를 찰칵거리며 우리 사진을 찍는다. 온몸에 털이 나고 얼굴에도 밀림이 있는 키 큰 남자가 다시 한번 묻는다. 방금 너희들이 하던 거 무슨 놀이냐고. 배스터드가 셔츠를 입으며 말한다. 놀이가 아니고 실제 상황이에요. 그것도 몰라요?

10

그들이 떠난 방식

무리지어 떠나는 아이들을 보라. 이 나라의 아이들이 무리지어 떠나는 모습을 보라. 가진 것 없는 아이들이 국경을 넘는다. 힘있는 아이들이 국경을 넘는다. 야망이 있는 아이들이 꿈을 넘는다. 희망을 가진 아이들이 꿈을 넘는다. 실의에 빠진 아이들이 국경을 넘는다. 고통에 신음하는 아이들이 국경을 넘는다. 아이들이 세계 곳곳으로, 가까운 나라와 먼 나라로, 듣도 보도 못한 나라로, 발음조차 못하는 이름의 나라로, 옮겨가고 달려가고 이민 가고 건너가고 탈주하고 걸어가고 포기하고 날아가고 내뺀다. 아이들이 무리지어 떠난다.

모든 것이 무너져내릴 때 이 나라의 아이들은 불타는 하늘에서 탈출하는 새들처럼 부리나케 흩어진다. 그렇게 만신창이가 된 조국을 등진다. 어쩌면 낯선 나라가 그들의 굶주림을 달래줄지도 모른다고, 어쩌면 낯선 나라가 그들의 눈물을 닦아줄지도 모른다고, 어쩌면 먼 나라가 절망의 상처에 붕대를 감아줄지도 모른다고, 낯선 땅의 어둠 속에서 상처투성이 기도를 읊조릴 수 있을지도 모른다고 생각하면서.

상처로 피 흐르는 몸과 충격이 서린 얼굴로, 심장 속엔 끓는 피를, 뱃속엔 굶주림을, 발걸음엔 슬픔을 품고서, 무리지어 조국을 등지는 아이들을 보라. 아버지와 어머니와 자식들을 남겨두고, 흙속에 탯줄을 남겨두고, 땅속에 조상의 유골을 남겨두고, 오늘의 그들을 만들어준 모든 것을 뒤로하고, 더이상 머물 수 없기에 떠난다. 그들의 앞날은 영원히 달라질 것이다. 자신의 본모습을 남겨두고 떠나는 순간 결코 이전과 같은 사람일 수 없으므로.

무리지어 떠나는 아이들을 보라. 그 낯선 땅에서 어디에도 속하지 않는 그들이 환영받지 못할 걸 알면서도, 편하게 앉았다간 당장 일어나서 떠나라는 말을 들을까봐 한쪽 엉덩이만 걸치고 불편하게 앉아야 하는 걸 알면서도, 그 땅의 주인들에게 그들의 목소리가 들려서는 안 되기 때문에 기죽어 속삭여야 한다는 걸 알면서도, 자칫 그 땅이 그들의 땅이라고 주장하는 것처럼 보일 수 있으니 발자국을 남겨선 안 되고 그래서 발꿈치를 들고 걸어야 하리란 걸 알면서도, 무리지어 떠나는 아이들을 보라. 상실감과 혼란과 팔짱을 낀 채 무리지어 떠나는 그들을 보라.

11
디스트로이드미시겐

내가 서 있는 자리에 와서 창밖을 내다보면, 꽃피는 자카란다 나무 밑에서 체커 게임을 하는 어른들이 하나도 보이지 않는다. 배스터드와 스티나, 갓노즈, 치포, 스브호가 부다페스트에 가자고 날 부르지도 않는다. 물건값을 외치는 상인들의 목소리도 들려오지 않고 나라놀이를 하는 아이도, 날아다니는 개미를 쫓는 아이도 보이지 않는다. 그런 일들은 오직 우리 나라에서만 일어나는 일들이고 여긴 우리 나라가 아니다. 누구의 나라인지는 나도 모른다. 예전에 한 번도 본 적은 없지만 내 사촌이라는 뚱보 TK의 말에 따르면, 여긴 미국이고, 이 거지 같은 나라에서 아프리카 모습 따윈 더이상 볼 수 없을 거란다.

내가 서 있는 자리에서 보이는 건 눈이다. 잎도 없는 가지에 내려앉은 눈, 차에 쌓인 눈, 마당에 쌓인 눈, 지붕에 쌓인 눈, 마치 모래처럼 온 세상을 뒤덮은 눈. 눈은 깨끗한 치아처럼 하얗고 무지하게 차갑다. 눈은 욕심꾸러기 괴물이다. 보이는 건 전부 다 집어삼켜버리니까. 땅은 어디 있지? 꽃들은 어디 있을까? 풀밭은? 돌멩이들은? 나뭇잎들은? 개미들은? 쓰레기들은? 다 어디 갔을까? 추위로 말하자면, 이런 추위는 난생처음이다. 사람을 죽일 정도의 추위다. 네가 태어난 나라로 꺼져버리라고 말하는 것 같은 추위다.

포스털리나 이모는 거실에서 걷고 걷고 또 걷느라 바쁘다. 계속 한자리에서 걷다니 진짜 이상하다. 온 세상이 눈으로 뒤덮이지만 않았다면 아마 밖에 나가서 걸었겠지. 사람은 당연히 그래야 하니까. 마두브도 그렇게 걷곤 했다. 걷고 걷고 또 걸었다. 딱히 어딜 가는 것도 아니면서. 마두브는 아들 본프리가 살해되고 나서 미쳐버렸기 때문에 그렇게 걸었지만 포스털리나 이모는 도대체 왜 저러는 건지, 뭐가 문제인지 모르겠다.

걸을 때면 이모는 양팔을 그네처럼 앞뒤로 흔들면서 숫자를 센다. 셋, 넷, 다섯, 여섯. 그렇게 걷고 또 걷는다. TK의 친아빠이자 이모의 남편이지만 실제로 결혼을 하진 않았기 때문에 진짜 남편은 아닌 코조가 퇴근하고 돌아와 이모에게 말한다. 포스털리나, 라이언스하고 자이언츠 경기 아직 하고 있지 않아? 코조의 말투는 꼭 그의 입안에 있는 무언가가 단어들을 쫓아가서 겁을 주고 흩어놓는 것 같다. 포스털리나 이모는 대답하지 않는다. 이모는 TV 속 여자들을 따라 해야 한다. 넷, 다섯, 여섯 하고 걷고 또 걷는다.

이 사진 속에 분홍색 셔츠를 입고 있는 아이는 바로 나다. 사진 속의 나는 아직 우리 나라에 살고 있다. 포스털리나 이모가 날 데리러 왔을 때 찍은 사진이다. 남는 건 사진밖에 없다면서. 이건 배스터드, 이건 갓노즈, 이건 치포, 그리고 이건 스티나. 그 뒤로 지나가는 사람은 갓노즈의 누나 스바흘이다. 스브호는 사진을 찍을 때 어디 있었는지 모르겠다. 사진 속에는 포스털리나 이모와 엄마도 있다. 두 사람은 쌍둥이다. 포스털리나 이모도 예쁘지만 내가 보기엔 우리 엄마가 훨씬 더 예쁘다. 엄마가 이 나라에서 태어났다면 모델 같은 게 되었을 텐데. 이 나라의 어떤 모델들은 별로 예쁘지도 않은데 도대체 왜 TV에 나오는지 모르겠다. 나는 그들이 런웨이를 걷는 모습을 보며 생각한다. 당신들이 우리 나라에서 태어났다면 정말 평범했을 거야. 당신들의 런웨이는 고작 국경이었겠지. 우리 엄마처럼 거기서 물건이나 팔고 있겠지.

내가 미국으로 떠나올 때 엄마가 좀처럼 내 손을 놓지 않아서 나는 엄마가 내 손을 뜯어내려는 줄 알았다. 본스 어머니는 애정이 담긴 눈빛으로 날 쳐다보았다. 그런 눈빛으로 날 보는 건 처음이었다. 그리고 내게 말했다. 어쩌면 널 보는 게 이번이 마지막일지도 모르겠다. 네가 다시 돌아올 때쯤 내가 살아 있을지 어떨지. 너희들이 이렇게 낯선 나라로 흩어져야 하다니 도대체 이게 무슨 놈의 세상이냐. 이게 나라가 망할 징조가 아니고 뭐겠니. 나는 아무 말도 하지 않았다. 질문처럼 들리긴 해도 본스 어머니는 평상시처럼 혼잣말을 하는 걸 테니까.

내가 떠나기 며칠 전 엄마는 나를 보드로자에게 데려가 박을 태워 연기를 쏘여주었다. 나는 재채기를 하고 또 했고, 그는 미소를 머금고 조상님들이 너의 수호천사라고, 그들이 널 미국까지 안전하게 데려가줄 거라고 말했다. 그런 다음 그는 담뱃재를 땅에 뿌리고서 내 눈에 보이지 않는 누군가에게 말했다. 당신의 떠도는 송아지를 위해 길을 열어주소서, 부사마줄루*여. 하늘을 열어주시고 당신의 아버지들 음파방가와 은카바예즈웨, 말라티니**를 모두 불러주시고, 길을 열기 위해 위대한 힘을 보여주시고, 이 어린 영혼을 여행길에서 악령으로부터 지켜주소서! 조상님과 조상님의 조상님들이 감히 발 들일 생각조차 하지 못하셨던 낯선 나라로 이 아이를 안전하게 데리고 가주소서!

* 하늘을 여는 신.

** 조상들의 이름.

마지막으로 그는 무지개 빛깔의 리본으로 허리에 뼈 하나를 묶어주며 말했다. 이게 네 무기야. 미국에서 모든 사악한 기운을 물리쳐줄 거야. 그러니까 절대 빼면 안 돼. 알았지? 그러나 미국 공항에 도착하자마자 공항에 있던 개가 짖어대고 킁킁거렸다. 유니폼을 입은 여자가 나를 한쪽으로 데리고 가서 기다란 막대를 내 주위에 이리저리 흔들자 띵띵거리는 소리가 났다. 그 여자가 내게 물었다. 혹시 무기 지니고 있니? 그래서 내가 고개를 끄덕이고 보드로자가 준 나의 무기를 꺼내 보여주었다. 도대체 이 쓰레긴 뭐냐? 포스털리나 이모가 말하고는 뼛조각을 쓰레기통에 던져버렸다. 이제 내겐 미국에서 악령을 쫓을 무기가 없다.

온 세상이 눈으로 뒤덮이고 해도 나지 않고 춥고 황량해서인지 이곳은 나의 미국 같지가 않다. 심지어 현실 같지도 않다. 마치 아주 끔찍한 이야기 속, 성경에 나오는 황당한 대목, 하느님이 사람들의 죄를 벌하기 위해 날씨로 인간들을 비참하게 만드는 이야기 속에 들어와 있는 것 같다. 내가 이곳에 온 이후 하늘은 계속 흰색이었다. 그것만 봐도 뭔가 잘못된 게 분명하다. 하늘이 파란색이라는 건 돌멩이도 아는 사실이니까. 고향의 하늘처럼 세제를 뿌리고 종이타월로 닦아도 절대 지워지지 않는 파란색이어야 한다.

또 한 가지. 내가 서 있는 곳에선 보이지 않지만 그 눈 속엔 토콜로시들도 있다. 밤이 되면 그들이 거기서 나와 내게 말을 거는 꿈을 꾸곤 한다. 야, 너 눈사람 만들고 싶니? 잘 지내니? 너 어디서 왔어? 〈하이스쿨 뮤지컬〉*이 좋아? 아니면 〈댓츠 소 레이븐〉**이 좋아? 맥도널드가 좋아? 버거킹이 좋아? 너 저스틴 비버 좋아하니? 나는 그들에게 꺼지라고 소리친다.

코조 이모부가 한자리에서 계속 걷고 있는 포스털리나 이모를 보고 팔짱을 끼고 말한다. 이봐, 난 말이야. 솔직히 당신이 왜 이런 걸 하는지 모르겠어. 도대체 당신 자신한테 무슨 짓을 하는 거지? 도대체 이게 무슨 짓이냐고. 킥, 펀치, 킥, 펀치. 당신 몸을 좀 봐. 뼈만 남았잖아. 완전 해골이라고. 그런데 도대체 왜? 당신이 따라 하는 저 사람들 아프리카 사람들도 아니잖아. 보면 모르겠어? 셋, 넷, 다섯, 여섯, 킥, 펀치. 허벅지도, 허리도, 배도, 엉덩이도 없는 건 아프리카 여자가 아니야. 앉았다, 굽히고, 앉았다, 굽히고.

코조 이모부가 말을 잇는다. 마지막으로 우리 어머니한테 사진 보내드렸을 때, 어머니 우셨어. 아들아, 제발, 제발, 제발 부탁

* 미국 디즈니 채널에서 TV 영화로 제작된 하이틴 뮤지컬.

** 사춘기 청소년을 다룬 TV 시리즈.

이니 네 마누라 좀 제대로 거두어 먹여라. 절대 그런 몰골로 여기 데려오면 안 돼. 그랬다간 망신살 뻗친다. 어머니가 정말 그렇게 말씀하셨다니까. 앉았다, 굽히고, 앉았다, 굽히고. 이제 왼쪽으로 방향을 바꾸세요. 잽 두 번, 어퍼컷. 한번 더!

코조 이모부가 일을 마치고 돌아와 하는 일이라고는 TV 앞에 앉아 있는 것뿐이다. 코조, 애들하고는 언제 놀아줄 거야? 이모가 묻는다. 집에 있는 시간도 거의 없고 어쩌다 집에 있으면 TV 앞에 앉아서 미식축구만 보잖아. 애들 데리고 극장에 가든가, 쇼핑몰에라도 가든가, 그래주면 안 돼? 그러나 나는 이모가 그 말을 하는 이유가 TV를 혼자 차지하고 그 속에서 걷는 여자들을 보기 위해서라고 생각한다. 코조 이모부는 이모가 뭐라 하건 들은 척도 하지 않고 외칠 뿐이다. 터치다운! 그러고는 아무도 알아듣지 못하는 그만의 언어로 말한다. 이모부는 우리처럼 짐바브웨 출신이 아니다. 그래서 우린 그의 말을 이해하지 못하고 그도 우리 말을 이해하지 못한다. 코조 이모부는 가나 출신이다. TK는 자기 아빠의 말을 이해하지 못한다. TK는 가나 출신이 아니기 때문이다. TK의 엄마는 미국인이고 TK는 여기서 태어났다.

TK, 도대체 바지 좀 올려 입으라고 아빠가 몇 번이나 말했냐. 그렇게 내려 입을 거면 차라리 벗고 다니지그래? 아예 속옷 차림으로 돌아다니지, 왜? 아니면 아예 다 벗고 다니든가. 너무 멍청해서 지들이 얼마나 편하게 살고 있는지도 모르고 골목길에 서서 마약이나 하고 쌍욕이나 하면서 돌아다니는 그런 한심한 애들처럼 보이고 싶어서 그래? 그게 네가 원하는 거야? TK가 웅얼거리며 바지를 추어올리고 제 방으로 들어간다. 그리고 몇 시간이고 방에서 나오지 않는다.

한번은 TK가 뭘 하는지 궁금해서 방에 들어가봤더니 침대에 앉아 무릎에 그 물건을 올려놓고 딸깍, 딸깍, 딸깍, 소리를 내고 있었다. 총탄과 폭탄들이 화면에서 비 오듯 쏟아지고 있다. 지금 뭐하는 거야? 내가 물었다. 게임하는 거 안 보여? 그가 대답했다. 무슨 게임을 혼자서 해? 내가 다시 물었다. 꺼져. 그가 대답했다. 나는 TK와 친구가 되지 않을 생각이다. 그앤 자기만의 세계에 혼자 살고 있는 것 같다. 게다가 우리 나라 말도 이해하지 못하고 우리 말이 우습다고 한다.

내가 짐바브웨에 있었다면 눈이라는 게 내렸다고 해서 이렇게 집안에 갇혀 있진 않았을 것이다. 아마도 나와 스브호, 배스터드, 치포, 갓노즈, 스티나는 부다페스트에서 구아바를 훔쳤을 것이다. 아니면 빈 라덴 찾기 놀이나 나라놀이, 앤디오버 놀이를 하고 있을 것이다. 그러나 거긴 먹을 게 충분치 않을 것이다. 그게 바로 내가 이렇게 눈 오는 미국을 견디는 이유다. 여긴 먹을 게 있다. 온갖 종류의 다양한 음식들이 있다. 하지만 가끔은 아무리 많이 먹어도 배가 채워지지 않는 것 같다. 고국에 대한 굶주림은 그 어떤 음식으로도 채워지지 않는가보다.

나는 길 건너에서 움직이려 애쓰지만 움직이지 못하고 있는 검은색 차를 보고 있다. 간밤에 몰래 내린 눈이 가엾은 자동차 바퀴에 저주를 걸었다. 자동차는 가까스로 아주 조금 움직인다. 아주 조금 움직였다가 멈춘다. 커다란 소똥을 들고 언덕길을 올라가려 애쓰는 개똥벌레처럼. 차 안에 누가 있는지 몰라도 이제 눈 속에 완전히 갇혀버렸다.

눈은 소리도 없이 내린다. 그래서 내가 지켜보고 있는 것이다. 너무도 은밀하게 내리니까. 소리도 못 들었는데 아침에 눈을 뜨면 엄청난 눈이 쌓이고 또 쌓여 있다. 온 세상을 뒤덮을 만큼 커다란 무언가가 어떻게 그렇게 소리 없이 내릴 수 있는지. 쿵, 쾅, 탕, 쨍그랑, 하나의 이야기를 전달해줄 수 있는 그 어떤 소리도 내지 않고 조용히 내린다. 나는 눈이 무슨 꿍꿍이인지 안다. 눈은 내가 나오기를, 그래서 나도 눈에 파묻히기를 기다리고 있다. 그러나 나는 저 문 밖으로 나가지 않을 것이다. 포스털리나 이모는 우리가 눈에 갇혔다고, 당분간은 집밖으로 못 나갈 거라고 한다. 나는 눈이 무슨 짓을 하려는지 알기 때문에 나가지 않을 거라고 말한다.

집안에 히터가 없었다면 지금쯤 우린 전부 다 죽었을 것이다. 눈과 눈이 몰고 온 추위에 죽었을 것이다. 이건 그저 조금 불평하다가 이내 잊고 다른 일을 할 수 있는 정도의 평범한 추위가 아니다. 아니, 절대 그런 추위가 아니다. 삶을 정지시키고, 몸을 가르고, 뼈를 태우는 그런 추위다. 내가 여기 올 때 이런 추위에 대해 아무도 말해주지 않았다. 만약 누군가가 나를 한옆에 불러 세워놓고 이곳의 추위에 대해 제대로 알려주었다면 나는 과연 어떻게 했을까. 그래도 여기 오는 비행기에 올랐을까.

포스털리나의 사촌 프린스가 어제 짐바브웨에서 이곳에 도착했다. 그는 이 주 내로 텍사스라는 곳에 가서 형과 함께 살 예정이다. 지금 그는 자고 있다. 비행기에 장시간 앉아 있느라 피곤했을 것이다. 프린스에게는 팔과 등에 사람들이 입힌 화상 흉터가 있다. 아직 어리지만 나이가 들어 보인다. 코조 이모부보다 더 나이들어 보이고, 아이를 여섯이나 낳은 고향의 음다위니보다 더 나이들어 보인다. 그의 얼굴은 경직되어 있고 섬뜩하며 눈동자에는 총기가 없다. 어쩌면 간밤에 내린 눈이 몰래 들어가 눈동자의 불을 꺼놓은 것도 같다.

포스털리나 이모가 걷기를 멈추고 묻는다. 네가 보기엔 내 체중이 좀 줄어든 것 같니? 나하고 다 이모하고 둘 중에 누가 더 뚱뚱해? 나하고 네 엄마 중에서는? 네 엄마? 아니면 나? 그러고 나서 이모는 커다란 공 위에 앉더니 드러눕는다. 그런 다음 아령을 들어올리며 말한다. 과일 다이어트 할 거야. 이모는 일어서서 다시 걷기 시작한다. 팔을 앞에서 뒤로, 앞에서 뒤로 흔들면서. 포스털리나 이모는 너무 말랐고, 머지않아 침대에서 죽기만 기다리던 해골 같은 아빠처럼 될 것이다.

코조가 퇴근하고 돌아와 포스털리나 이모에게 말한다. 포스털리나, 난 왜 우리집에 따뜻한 음식이 하나도 없는지 이해가 안 가. 이모가 오렌지를 쥐어짜다 고개를 들며 말한다. 집에 먹을 게 없다고? 정말? 바로 어제 장을 봤는데? 냉장고에 꽉 찬 건 도대체 뭐야? 벽돌이야? 다시 이모부가 말한다. 포스털리나, 당신이 체중조절인지 뭔지를 시작하면서 일체 음식을 안 만들고 있잖아. 집에서 마지막으로 제대로 된 식사를 한 게 언제지? 내가 살던 나라에서는 말이야. 여자들이 남편과 아이들을 위해 매일 음식을 만들어. 그뿐이 아니야. 빨래도 하고, 다림질도 하고, 집안 청소도 하고, 모든 걸 다 한다고.

뚱보 TK가 바지를 끌어올리며 웅얼거린다. 가부장적인 개자식. 포스털리나 이모는 짜고 난 오렌지를 휴지통에 버리며 말한다. 당신 나라에서는 그랬겠지. 하지만 여긴 미국이야. 음부와 우보나 엥안 울레보이 라파 마인즈 우자체첼라 네레자 화나미!* 코조 이모부는 고개를 저으며 돌아서서 가버린다. 한마디도 이해하지 못했기 때문이다. 그러나 나는 코조가 이모 말을 이해하지 못해서 다행이라고 생각한다. 만약 이해했다면 화가 아주 많이 났을 테니까.

TV에서는 미국이여, 우리는 할 수 있습니다!라고 말했던 멋진 남자 오바마가 대통령이 되고 있다. 그는 짐바브웨 대통령**처럼 늙어 보이지 않고, 우리 대통령의 아들 같다. 수많은 백인들, 흑인들, 동양인들이 모여 있다. 그들 모두 기뻐하고 환호하며 박수를 친다. 프린스가 눈물을 글썽이며 내 손을 잡고 흔든다. 이러다 손이 부러지겠다, 생각하던 참에 그가 말한다. 봤지? 이게 바로 민주주의야. 우리 나라에선 그 단어를 말할 수도 없잖아. 그러더니 그가 고개를 저으며 웃고 웃고 또 웃는다. 뚱보 TK가 미친 새끼!라고 말할 때까지. 프린스는 머릿속에 수많은 사람들이 들어 있어 무슨 얘기든 계속 해야 한다는 듯, 끊임없이 혼잣말을 한다.

전자레인지에서 띵 소리가 나자 뚱보 TK가 피자를 꺼내 먹는다. 전자레인지에서 또 한번 띵 소리가 나고 이번에는 TK가 닭

---

* '집안에 노예라도 하나 두었다고 생각하나본데 그랬다간 면도칼로 엉덩이 닦은 꼴 날 줄 알아!'라는 뜻.

** 짐바브웨의 대통령 무가베는 1924년생의 세계 최고령 최장기 독재자로, 1982년부터 현재까지 집권하고 있다.

날개를 꺼내 먹는다. 그다음엔 부리토, 그다음엔 핫도그. 그는 먹고 먹고 또 먹는다. TK가 하루에 먹는 양은 고향에서 나와 우리 엄마, 본스 어머니가 이틀 혹은 사흘 동안 먹는 양이다.

밖에서 사람들이 눈을 치운다. 눈이 너무 많이 왔기 때문이다. 눈을 치우니 그나마 다행이다. 흰색이 너무 많다. 마치 누군가가 눈에게 다른 색은 필요 없다고 말한 것 같다. 만약 눈이 예쁜 색이었다면, 보라색이나 분홍색이었다면, 심지어는 무지개 빛깔이었다면, 그나마 쳐다보고 있는 게 재미있었을 텐데. 사람들이 눈을 삽으로 퍼서 길가로 던지자 더러운 눈무더기가 높이 쌓여간다.

눈밭에서 노는 아이들도 있다. 아이들은 눈을 만지고 발로 차고 서로에게 던진다. 가지고 놀라고 있는 장난감이라도 된다는 듯이. 그러더니 둥근 사람처럼 생긴 무언가를 만들기 시작하는데, 나중엔 그 위에 모자를 씌우고, 목에 빨간 헝겊을 두르고, 얼굴에는 당근을 박는다. 아마도 저게 미국의 토콜로시인가보다. 저게 밤이 되면 돌아다니며 나쁜 짓을 하나보다. 그럼 난 어쩌지? 이제 난 악마와 싸울 수가 없는데. 공항에서 무기를 빼앗겨 버렸는데.

거실에서 프린스가 목각 동물들을 꽝내고 있다. 그는 짐바브웨에서부터 그것들을 가져와서 어린애처럼 가지고 논다. 동물들이 테이블 위에 한 줄로 서 있다. 사자, 코끼리, 코뿔소, 기린. 프린스는 동물들에게 이야기한다. 동물들이 말을 알아듣고 대답도 할 수 있다는 듯이. 그는 사자에게 실웨인, 부베시, 은쿤치!* 하고 말한다. 그리고 사자를 들어 뺨에 문지르며 사자를 대신해 포효한다. 그의 죽었던 눈빛이 거의 되살아날 듯하다.

이번에는 코끼리를 들고 말한다. 은들로부, 은타바, 움쿨루!** 그러더니 반대 뺨에 코끼리를 대고 코끼리 울음소리를 낸다. 내가 그에게 말한다. 나무로 만든 동물들이라 밖으로 나갔다 눈 속에 파묻혀 죽을 일은 없을 테니 다행이라고. 그러나 프린스는 내 말을 들은 것 같지 않다. 그저 코끼리와 사자의 머리를 맞대고 개처럼 앞니를 드러내고 울음소리를 내면서 그들에게 묻는다. 누가 정글을 지배할 것인가! 누가 지배할 것인가! 코조 이모부가 그에게 말한다. 프린스, 이제 대학을 좀 알아봐야 하지 않니? 너도 이제 미국에 왔으니 하고 싶은 건 뭐든 할 수 있어. 오바마 대통령을 좀 봐. 포스털리나 이모가 찌를 듯 날카로운 눈빛으로 그를 쏘아본다. 웨나 실리마!*** 거기서 당한 모든 일들을 극복하려 애쓰고 있는 거 모르겠어?

한동안 눈이 내리지 않았고 땅에 쌓였던 눈도 서서히 녹기 시

---

* '사자, 밀림의 왕! 우두머리 수컷!'이라는 뜻.

** '코끼리, 코끼리는 코끼리만큼 크지!'라는 뜻.

*** '멍청한 자식!'이라는 뜻.

작하는 것 같다. 눈밭이 한결 얇아져서 어떤 곳에선 물웅덩이마저 보인다. 나뭇가지에서도 눈덩이가 떨어지고 지붕과 도로도 제 모습을 드러낸다. 내가 지켜보고 있는 걸 알고 이제 그만 떠나기로, 어딘지는 몰라도 본래 살던 곳으로 돌아가기로 결정했나보다. 그래도 난 아직 나가기 싫어서, 포스털리나 이모가 같이 나가겠느냐고 물었을 때 고개를 젓는다. 이모는 내가 하기 싫은 걸 하지 않겠다고 해도 엄마나 본스 어머니처럼 강요하거나 두들겨패지 않는다. 이모는 항상 내게 무얼 원하는지 묻는다. 마카로니 치즈 먹을래? 그만 잘래? 이게 좋아, 저게 좋아? 정말이니? 마치 내가 진짜 인간이라도 된 것처럼 나를 대한다.

프린스는 점점 더 혼잣말을 많이 한다. 머릿속에 있던 사람들이 밖으로 뛰쳐나와 눈에 보이나보다. 가끔은 누군가 자길 해치려 하는 것처럼 고함을 지르고 비명을 지르고 발길질을 한다. 포스털리나 이모는 프린스를 붙잡고 흔들어 멈추려 하지만 힘이 달린다. 프린스는 화상을 입은 팔을 휘두르며 도와달라고 소리친다. 프린스가 멈추면 포스털리나 이모가 가냘픈 팔로 아기처럼 그를 끌어안는다. 프린스는 마침내 안정을 되찾고, 이모는 그를 어르고 어르고 또 어른다. 그가 다시 입을 열고 말을 시작하면 이모가 그에게 자장가를 불러주고 프린스도 노래를 부른다. 그는 다른 노래를 부르면서도 마치 자신의 피를 보고 싶은 것처럼 주먹으로 자기 머리를 때린다.

소바쉬 아마포웨튜
사부카 사웰라 크와마니 아마즈웨
래프 오쿤가지 크혼 우바바 로마마
슬란델 잉클루레코*

눈이 사라지고 나면 밖으로 나가서 이 디트로이트라는 도시가 어떤 곳인지 볼 수 있을 것이다. 잔디도 보고, 꽃도 보고, 나뭇잎도 보고, 새들도 보고, 쓰레기도 보고. 어쩌면 내게 익숙한 것들을 볼 수 있겠지. 그리고 비로소 이 도시가 평범한 도시처럼 보이겠지. 밖에 나가서 바람 냄새를 맡아보고, 메뚜기도 좀 잡고, 저 커다란 나무들에 어떤 이상한 과일들이 열리는지도 봐야지. 땅바닥에 나라놀이도 그려봐야지. 본프리가 가르쳐준 아라놀이**도 그려봐야지. 본프리는 어렸을 때 그 놀이를 했었다고, 우리나라가 온전한 하나의 국가였을 때 그 놀이를 했었다고 말하곤 했다.

---

* '우리는 우리의 형제를 떠났네. 우리는 일어서서 먼 나라로 떠났네. 우리의 부모가 이름조차 모르는 곳, 우리는 자유를 찾아 먼 나라로 떠났네'라는 뜻.

** 짐바브웨 소녀들이 하는 사방치기와 유사한 놀이.

스티나는 나라라는 건 코카콜라 병과 같은 거라고, 언제든 바닥에 떨어져 산산조각 나서 우릴 실망시킬 수 있다고 했다. 한번 깨진 병은 도로 맞출 수 없다고. 언젠가 구아바를 먹고 수풀에 쪼그려앉아 있는데, 무코마 찰리가 우리를 보고 말했다. 깨진 병 같은 이 나라에서 태어난 너희들은 정말 불행한 아이들이라고. 나라꼴이 제대로 되었으면 학교에서 제대로 공부를 해서 훌륭한 사람이 될 수도 있었을 텐데, 여기 수풀 속에 앉아서 구아바 때문에 항문이나 찢기고 있으니 참 딱하다고.

스티나는 조국을 떠나는 건 죽는 거나 마찬가지라고 했다. 그리고 다시 조국으로 돌아오면 지상으로 돌아온 유령처럼 퀭한 눈으로 서성이게 된다고도 했다. 나는 짐바브웨로 돌아갈 때 그렇게 되고 싶지 않다. 어떻게 될지 나도 잘 모르겠다. 내가 돌아갈 때 패러다이스는 여전히 그대로일까? 본스 어머니도 있을까? 배스터드와 갓노즈, 스브호, 스티나, 치포, 내 모든 친구들이 여전히 그곳에 있을까? 구아바 나무들도 있을까? 패러다이스가, 그리고 그 안의 모든 것이, 내가 돌아가는 그날도 여전히 같은 모습일까?

이곳에서 유일하게 즐거운 시간은 템바 삼촌, 찰리 삼촌, 웰컴 이모, 체나이 이모를 비롯한 모두가 포스털리나 이모를 만나러 올 때다. 이모, 삼촌이라고 부르긴 하지만 나와 포스털리나 이모처럼 피가 섞인 가족은 아니다. 짐바브웨에 살 때에는 그들을 알지 못했다. 더구나 찰리 삼촌은 백인이다. 그들이 나의 가족이 된 이유는 짐바브웨 출신이기 때문이다. 남의 나라인 미국에 와서 살다보니 같은 나라 출신끼리는 진짜 가족처럼 지내게 된다.

그들이 오면 대체로 코조 이모부는 집을 비운다. 모두가 짐바브웨 말을 하고 큰 소리로 우리가 살던 동네 이야기를 하며 웃고 떠들 것이기 때문이다. 그들이 어렸던 시절, 상황이 악화되기 전의 고국 이야기를 할 때면 늘 그렇다. 그들은 코조가 그들의 말을 이해하지 못한다는 사실을 잊는다. 코조는 마치 낯선 나라에 불법 체류하는 사람처럼 혼란스러운 표정으로 제 집에 앉아 있다.

삼촌들과 이모들은 염소 내장을 가지고 와서 이잔가파카티, 사드자, 음브히다*를 만들고 내가 가장 좋아하는 아마침비, 움퓨슈와**를 비롯한 여러 가지 짐바브웨 음식을 만들어 평생 굶은 사람들처럼 먹는다. 그들은 사드자를 맨손으로 허겁지겁 퍼서 소스에 찍은 다음 잠시 멈춰 서로를 쳐다보고 얼른 입에 넣는다. 그다음엔 조심스럽게 씹으며, 음식이 말을 할 수 있다는 듯, 그래서 맛에 귀를 기울여야 한다는 듯 고개를 비스듬히 기울인다.

---

* 각각 내장 요리, 옥수수를 가루로 빻아 끓인 물에 넣어 휘저어 뭉친 짐바브웨의 주식, 생야채 요리를 말한다.

** 번데기 요리와 말린 채소.

그러고 나면 그들의 표정이 환해진다. 짐바브웨 음식을 만들 때면 포스털리나 이모마저도 자기가 과일 다이어트중이라는 사실을 잊는다.

음식을 먹고 나면 음악이 흐른다. 그들은 마자이바나, 솔로몬 스쿠자, 은덕스 말락스, 미리엄 마케바, 러키 두베, 브렌다 파시, 폴 마타비르, 휴 마세켈라, 토머스 맵푸모, 올리버 음투쿠드지 같은 아프리카 가수들의 노래를 듣는다. 내가 어렸을 때 엄마, 아빠, 어른들이 부르던 노래들이다. 아예 내가 모르는 노래도 있다. 찰리 삼촌이 그러는데 내가 태어나기 전에 유행했던 노래란다. 그들이 춤을 출 때면 나는 항상 문가에 서서 지켜본다. 정말 볼만한 광경이 펼쳐지기 때문이다.

그들은 이상하게 춤을 춘다. 팔다리를 홱 꺾고 몸을 비튼다. 씨를 뿌릴 때처럼 몸을 푹 숙였다가, 바닥에 주저앉았다가, 공중을 획 가르듯 벌떡 일어선다. 그들은 우리 안의 가축들처럼 모였다가 부서진 뼈다귀들처럼 흩어진다. 모여서 고개를 들고, 햇빛으로부터 얼굴을 가리고, 손으로 비를 부른다. 비가 내리지 않으면 실망한 듯 고개를 저으며 주저앉아 마치 난파하는 배처럼 가라앉고 가라앉고 또 가라앉는다. 그러다 벌떡 일어서서, 마치 고통에 찬 여인들처럼 배와 심장을 움켜잡고, 기도하듯 두 팔을 들어올리고는 땅속에 파묻히려는 듯 낮게 몸을 웅크린다. 그러다가 갑자기 다시 일어나 발끝으로 서서 먼 나라로 떠나는 비행기처럼 양팔을 펼친다.

12

결혼식

인디애나 주 사우스벤드에서 열리는 두미의 결혼식에 가는 길, 회전 지점을 놓치면서부터 일이 틀어지기 시작한다. 그러나 우리가 길을 잃었다는 걸 알고 있는 상황은 아니다. 포스털리나 이모는 밤샘 근무를 했기 때문에 앞좌석에서 낮잠을 자고 있고 내 옆에 앉은 TK는 언제나처럼 아이팟을 무릎에 올려놓고 헤드폰으로 크게 음악을 듣느라 바쁘다. 나는 운전을 하는 코조 이모부 뒷자리에 앉아 있다. 코조는 이상한 가나 음악에 박자를 맞추고 있다. 가나 음악을 들을 때면 그는 자기 자신을 잊는다. 그의 머릿속 무언가가 먼 어딘가로 그를 부르는 것 같다.

주택가와 상가를 지난 지 한참이고, 지금은 끝없이 펼쳐진 옥수수밭 사이로 난 도로를 달리고 있다. 옥수수밭을 바라보고 있으면 몸을 반으로 접듯 구부린 채 김매는 사람들, 쟁기를 끄는 소와 그 앞에서 소를 모는 소년, 하늘에 울려퍼지는 휘파람 소리와 채찍질 소리, 땅을 패는 괭이 소리, 노래로 서로를 격려하는 여자들의 목소리를 계속 기다리게 된다. 이런 순간이 항상 있다. 어디선가 갑자기, 마치 유령처럼, 낯익은 고향 풍경이 펼쳐질 것 같은 순간.

미국 옥수수는 아무리 파릇파릇 자라도 진짜 옥수수가 아니다. 여기 사람들은 콘corn이라고 부르는데 완전히 틀려먹었다. 너무 작고, 달달하고, 흐물거린다. 그래서 요즘은 아예 먹지도 않는다. 미국 옥수수 맛은 한마디로 대실망이고 내 치아에 대한 모욕이다. 나는 끝없이 펼쳐진 옥수수밭을 바라보면서 조바심을 내기 시작한다. 앞으로 어떤 풍경이 펼쳐질까. 사자와 호랑이와 원숭이 들이 나뭇가지를 넘나드는 울창한 밀림이 나오면 어쩌지.

네비게이터를 켜야 하지 않을까요? 몸을 앞으로 숙이며 코조 이모부의 귀에 대고 내가 묻는다. 이래라저래라 얘기 듣는 걸 싫어하는 코조 이모부지만 그래도 나는 말한다. 내 말을 못 들었다는 듯 음악에 맞춰 고개를 까딱거리는 그를 보고도 나는 그다지 놀라지 않는다. 한참 전에 고속도로를 벗어났을 때 코조는 자기 나라 말로 욕을 해댔다. 네비게이터가 자꾸만, 경로를 다시 찾고 있습니다, 우회전하세요, 우회전하세요, 경로를 다시 찾고 있습니다, 라고 말했기 때문이다. 그때 우리는 긴 직선 도로를 달리고 있어서 우회전할 지점이 없었는데도. 결국 코조 이모부는 네비게이터를 뜯어 어깨 너머로 내게 건넸고 라디오 볼륨을 크게 올린 다음 음악을 들었다.

끝없이 펼쳐진 옥수수밭과 코조 이모부의 뒤통수를 바라보기가 지겨워지자 나는 손가방에서 헬로키티 케이스를 찾아 그 속에서 거울과 립글로스를 꺼낸다. 오늘 내 얼굴은 조금 낯설긴 해도 그런대로 마음에 든다. 포스털리나 이모가 결혼식을 위해 화장을 해주었다. 이젠 나도 십대라면서. 만약 내가 몸밖으로 걸어나가 내 얼굴을 볼 수 있다면 아마 이렇게 말했을 것이다. 재 누구지? 처음엔 나도 못 알아봤으니까. 하지만 그러면서도 한편으로는 내 모습이 재미있고 기분이 좋다. 유일하게 안타까운 점이 있다면 지금이 여름이고 방학중이라 친구들에게 자랑할 수가 없다는 거다. 가을이 오고 학기가 시작되면 이 얼굴을 하고 워싱턴 아카데미에 가기로 마음을 굳혔다.

처음 워싱턴에 도착했을 때 나는 죽고 싶었다. 아이들이 내 이름, 내 억양, 내 머리카락, 내가 말하는 내용이나 방식, 내가 옷 입는 방식, 웃는 방식을 두고 놀려댔기 때문이다. 무언가에 대해 놀림을 받으면 처음엔 놀림받는 게 싫어서 그걸 고쳐보려 노력하게 된다. 그러나 그 미친 아이들은 나의 모든 것을 놀렸고 심지어는 내가 바꿀 수 없는 것까지 놀렸다. 아이들이 끝도 없이 나를 놀리고 또 놀리자 결국 내 피부색이, 내 몸이, 내 옷이, 내 말투가, 내 머리가, 내 모든 것이 잘못되었단 생각이 들었다. 포스털리나 이모에게 그 얘기를 했더니 이모는 짐바브웨에서 기숙학교에 다니던 시절 이야기를 들려주었다. 거기선 불량학생들이 아이들 음식을 빼앗아 먹고 하녀처럼 부렸다고 했다. 자기네 옷을 대신 빨게 하고 방을 치우게 했다고. 이모는 해결하기 힘든 상황에 처할 때마다 짐바브웨 얘기를 꺼내는 이상한 습관이 있다. 내가 어렸을 땐 크리스마스에만 새 옷을 입었어. 그래도 아무렇지도 않았지. 짐바브웨에서 어른들한테 그런 식으로 말하는 건 꿈도 못 꿨어. 짐바브웨에선 이랬고 짐바브웨에선 저랬고.

톰이 우리 반에 들어오면서 아이들이 더이상 나를 놀리지 않았다. 어디서 온 아이인지는 몰라도 톰은 치아가 고르지 못한데다 긴 머리카락이 떡이 져서 번들거렸고, 커다란 안경을 썼고, 딱하게도 말까지 더듬었다. 톰 덕분에 아이들이 나를 잊어서 나는 톰에게 거의 고마울 지경이었다. 아이들은 나한테 했던 것보다 더 짓궂게 톰을 놀렸다. 아마 남자애여서 그랬을 것이다. 아이들은 늘 톰에게 시비를 걸었고 그를 프릭*이라 불렀다. 전에 한

* freak. 괴물, 괴짜라는 뜻.

번도 못 들어본 단어라 나는 그 단어를 구글에 입력해 이미지를 검색해보았다. 나는 아직 미국의 말을 비롯한 여러 가지를 배우는 중이었다.

나로 하여금 고개를 들게 만든 건 아이들이 프릭이라는 말을 발음하던 방식이었다. 아이들은 마치 이빨로 아랫입술에 구멍을 낼 듯이 세게 f를 발음하고 나머지를 입에서 폭발시키듯 내뱉었다. 밤에 혼자 남을 때까지 기다렸다가 그 단어를 구글에 검색했던 게 기억난다. 단어를 입력했더니 온갖 희한한 괴물 사진이 화면에 나왔다. 화면을 바라보면서 톰이 그 말을 들을 때 어떤 기분일지 상상해보았다. 하지만 나는, 그리고 우리 모두는, 머지않아 그 답을 알게 되었다. 일주일 뒤 톰이 학교 사물함 근처에서 목을 맨 채 발견되었기 때문이다. 그의 사물함에는 빨간 마커로 프릭!이라고 적혀 있었다.

결혼식장이 어디 있는지 잘 봐라. 분명히 이 근처 어디일 텐데. 코조 이모부가 말한다.

여기요? 들판 한복판에요? 내가 묻는다. 그리고 바로 후회한다. 코조 이모부가 말도 안 되는 소리를 해서 내 귀를 의심했다는 것처럼 들렸을 것 같아서다. 그는 대답하지 않는다. 그래서 나는 립글로스를 마저 바르고 이모처럼 위아래 입술을 서로 문

지른 다음 손가방을 코조 이모부의 좌석 밑 네비게이터 옆으로 밀어넣는다. 구두 때문에 발이 아파 구두도 벗어던진다.

네 나이엔 말이야. 화장 따위는 잊어버리고 학교생활에 충실해야 하는 거야. 이다음에 커서 뭐가 될지 그런 생각을 해야지. 코조 이모부가 말한다. 그가 볼륨을 낮추자 나는 기가 막혀 눈을 위로 치켜뜬다. 앞으로 무슨 얘기가 나올지 뻔하다.

이 나라에 공부하러 오고 싶어하는 여자애들이 얼마나 많은지 아니? 지금 네 자리에 있기를 간절히 원하는 애들이 얼마나 많은지 아느냐고.

코조 이모부는 잔뜩 화가 난 목소리다. 그래서 나도 화가 난다. 나는 잘못한 게 없기 때문이다. 지금까지 나는 전과목 A를 받았다. 심지어 내가 싫어하는 과목인 수학과 과학조차도. 미국 학교에서 배우는 건 너무 쉬워서 당나귀라도 따라갈 수 있기 때문이다. 코조 이모부가 원하는 게 도대체 뭘까. 더이상 어떻게 잘하라는 걸까. 그가 백미러로 날 쳐다본다. 그의 눈빛에, 나로서는 결코 정당하다고 느낄 수 없는 실망이 담겨 있다. 그래서 나는 TK의 말을 빌려서 머릿속으로 중얼거린다. 나 좀 내버려둬, 이 개새끼야.

아마도 코조 이모부가 그런 눈빛으로 나를 쳐다본 바로 그 순간 사슴이 도로로 뛰어든 것 같다. 내가 알기로 그다음엔, 퍽 하고 부딪치는 소리와 함께 차가 도로에서 이탈하고 우리는 차 안에서 이리저리 흔들리고 있다. 우리 바로 뒤에서 달려오던 차가 경적을 울려대고, 코조 이모부는 자기네 나라 말로 소리를 지르고, 포스털리나 이모는 잠에서 깨어나 짐바브웨 말로 소리를 지르고, TK는 이게 뭔 개 같은…… 이라고 중얼거리고, 나는 비명을 지르고 있다. 코조 이모부가 다시 차를 도로로 몰아 급브레이크를 밟을 때 옆구리에 커다란 핏자국이 난 사슴은 이미 절뚝거리며 숲으로 달아나는 중이다. 사슴이 걱정되면서도, 이젠 코조 이모부가 날 내버려둘 것 같아 다행이란 생각이 든다.

제임슨, 도대체 뭐하는 짓이야? 우릴 다 죽이려고 그래? 포스털리나 이모가 묻는다. 이모의 목소리에는 잠기운과 충격과 공포가 어려 있다. 코조 이모부는 이모 말을 무시하고 웅얼거리며 차에서 내린다. 그는 한동안 그곳에 서서 양손을 주머니에 찔러 넣고 고개를 젓는다. 그러고 나서 몸을 숙여 자동차 옆면을 자세히 들여다본다.

세상에! 세시 삼십오분이잖아! 결혼식에 늦었어! 어쩌다가 이렇게 됐지? 새로운 공포가 가미된 목소리로 포스털리나 이모가 말한다. 하마터면 일어날 뻔했던 사고보다 그게 더 끔찍한 일이라는 듯이.

여기 어디야? TK와 나를 번갈아 쳐다보며 이모가 묻지만 우리는 침묵으로 답을 대신한다.

우린 한 시간 반 전에 결혼식장에 도착했어야 했어! 한 시간 반 전에! 네비게이터 어디 있어? 그걸 어디다 치워? 이모가 묻고 나는 얼른 앞좌석 밑에 있던 네비게이터를 꺼내 이모에게 건넨다. 이모가 네비게이터를 낚아챈다. 이모는 지금 제정신이 아니다. 여기저기 전화를 걸어 방향을 묻는다. 이모부는 다시 차로 돌아와서 말한다. 사슴이 내 전조등을 부서뜨렸어. 교체해야 돼. 배기통 수리한 게 지난주였는데!

코조 이모부가 차를 돌려 다시 94번 도로로 향하는데 TK가 말한다. 이런 젠장. 경찰이 쫓아오네. 누가 신고했나.

경찰? 진짜 경찰이야? 코조 이모부가 묻는다. 그의 목소리가 너무나 높고 겁에 질려 있어서 이모부가 아니라 겁에 질린 어린 소년 같다. 경찰이라는 말을 발음할 때 그는 마치 마녀, 혹은 괴물이라는 말을 하는 것 같다.

차 돌리지 마세요. 그러면 저 사람들 싫어하는 거 아시잖아요. TK가 말한다. 우리 차는 속도를 늦추고 오른쪽 갓길로 들어선다. 서서히 멈출 준비를 하면서. 코조 이모부가 뭐라고 중얼거린다. 기도하는 것처럼 들린다. 나는 어깨 너머로 돌아본다. 경찰이 보이지 않는다. 나는 주먹으로 입을 틀어막고 웃는다. 옆에서 TK도 숨이 넘어갈 듯 웃고 있다. 우리 웃음소리를 듣고 뒤를 돌아보면서 코조 이모부가 TK에게 자기 나라 말로 소리를 지른다. 크고 성난 목소리라 다시 코조 이모부로 돌아간 것 같다. 그는 이 장난을 조금도 재미있어하지 않는다.

마침내 결혼식장에 도착했을 때 가장 중요한 대목은 이미 끝나 있었지만, 나는 정말이지 하나도 아쉽지가 않다. 나는 신랑인 두미를 잘 알지 못한다. 그러나 포스털리나 이모는 그를 알고, 지금 분명 화가 나 있을 것이다. 지난 몇 주 동안 이모는 자기 결혼식인 양 결혼식 얘기만 했다. 이모가 차에서 내려 문을 쾅 닫고 걸어간다. 마치 우리가 모르는 사람이라는 듯이.

삼 주 전 나랑 이모는 이모가 결혼식에 입고 갈 드레스를 사러 제이시페니*에 갔다. 몇 시간 동안 이 옷 저 옷 입어보고 마침내 제이시페니에서 뛰쳐나가고 싶다는 생각이 들 무렵 이모가 마음에 드는 드레스를 찾았다. 몸에 딱 붙고 어깨끈이 없는 크림색 긴 드레스였다. 지퍼가 올라가지 않았지만 그래도 이모는 그 드레스를 샀다. 그 드레스를 입기 위해 체중을 몇 킬로그램 더 줄이겠다는 의미였다. 오늘 아침 이모가 내 방에 들어와 지퍼를 올려달라고 했고 지퍼는 별문제 없이 올라갔다. 마치 드레스 속에

* 미국의 대형 쇼핑몰.

몸을 쏟아부은 것 같았다.

이모 예쁘다! 내가 말했다. 이모가 정말 예뻐서 그랬고, 또 이모가 그 말을 듣기 좋아해서 그랬다.

정말 그렇게 생각해? 이모가 빙그르르 돌아 거울 앞에 서며 말했다. 거울에 비친 이모의 모습은 조금 피곤해 보였다.

아무한테도 말하지 마. 오늘 결혼하는 신랑이 나하고 잠깐 데이트를 했었거든. 하지만 우리가 고향에서 대학 다닐 때 얘기야. 그 사람이 미국으로 이민 오면서 다 끝났거든. 다 지난 일이지. 단지 그 사람이 어떤 여자랑 결혼하는지 가서 보고 싶어서. 포스털리나 이모가 전에 한 번도 본 적 없는 장난기 어린 미소를 지어 보였다. 나는 이모가 나에게 말하는 건지, 혼잣말을 하는 건지, 거울에 대고 말하는 건지 알 수 없었다.

결혼식장에 들어서는 순간 가장 먼저 눈에 들어온 것은 백인들이다. 미국인들 중 아프리카 출신을 가장 좋아하는 사람들이 백인이라는 걸 알고는 있었지만, 백인들이 얼마나 많이 왔는지 보고 나는 속으로 생각한다. 절대 좋아서 온 것일 리가 없어. 신부를 보고 나서야 백인들이 이렇게 많은 이유를 깨닫는다. 신부가 백인이다. 그뿐이 아니다. 신부는 출렁이는 살덩이 그 자체다. 시선을 뗄 수가 없고, 이런 생각을 펼칠 수도 없다. 그냥 뚱뚱한 정도가 아닌데.

미국에서 뚱뚱하다는 건 짐바브웨에서 뚱뚱한 것과는 차원이 다르다. 짐바브웨에서 뚱뚱하다는 건 몸집이 조금 큰 정도로 이해할 수 있는 수준의 비만이다. 잘 먹고 있다는 뜻이고 심지어는 부러워할 일이다. 인체에 장애가 되지 않는 뚱뚱함이다. 목은 여전히 목이고, 배는 여전히 배고, 팔은 여전히 팔이고, 엉덩이는 여전히 엉덩이다. 그런데 미국의 비만은 전혀 얘기가 다르다. 사람의 몸이 전혀 다른 무언가가 된다. 목이 허벅다리가 되고, 배가 개미집이 되고, 팔은 하나의 물체, 엉덩이는 글쎄, 도대체 뭐라고 불러야 할지 모르겠다.

키 큰 신랑 두미가 신부 옆에 흰색 예복을 입고 앉아 있다. 그의 얼굴엔 미소가 떠날 줄을 모른다. 어깨 길이의 드레드록* 머리는 염색했고, 아내와 비교하면 몸이 젓가락 같다. 좀처럼 사라지지 않는 그의 미소를 바라보면서 나는 문득 궁금해진다. 도대체 왜 웃는 걸까. 내가 보기엔 누구든 저런 신부를 바라보며 미소를 지을 것 같진 않은데. 제 아름다운 아내 좀 보세요, 하고 말할 처지도 아닌데. 다른 여자들이 그녀를 몹시 부러워하는 것도 아니고, 신부가 너무 예뻐서 죽이고 싶어하거나 미워하는 것도 아닌데. 나는 포스털리나 이모를 쳐다본다. 이모는 미소를 가득 머금

* 주로 자메이카 흑인들이 하는, 두피에서부터 여러 가닥으로 꼰 헤어스타일.

고 그들을 바라보고 있다. 이모가 행복해하는 이유가 신부가 뚱뚱하고 못생겨서라는 걸 나는 안다.

고국에서 보내온 축하 메시지들을 읽는 동안 우리는 자리에 앉아서 듣는다. 진행자가 두미의 부모님과 가족은 비자를 받을 수 없어서 이 자리에 참석하지 못했고 대신 이메일로 축하 메시지를 보냈다고 말한다. 두미의 친구 음타라고 자신을 소개한 사람이 축하 메시지를 읽고, 시자라는 사람이 백인들을 위해 그 편지를 통역한다.

첫번째 축하 메시지는 두미의 할머니가 보낸 것이다. 두미의 할머니는 조상의 이름들을 나열해 두미를 부르는 것으로 축하 메시지를 시작한다.* 나이든 사람들이 늘 그러는 것처럼. 이름들은 한편의 시 같다. 우리 말로 들으니 정말 아름답게 들린다. 할머니는 첫손자의 결혼을 축하한다면서 건강하고 아름답고 인품이 훌륭하고 현실감각이 있는 아내를 얻었기를, 그 아내가 튼튼한 아들을 낳아 아들에게 우리의 아름다운 문화를 가르치고, 고향으로 돌아와 맏며느리답게 조상의 가문을 일으켜주기를 바란다고 말한다. 자신의 본분을 알고 남편 말을 듣고 순종하는 여자

* 짐바브웨에서는 업적으로 한 사람의 이름을 짓고, 자손들이 그 이름을 기억하는 것으로 가문의 혈통을 보존하고 계승한다.

야말로 남편을 남자 중의 남자로 만드는 법이라고. 발이 빠르고 손재주가 있고 부지런히 일하고 순수하며 정절을 지키는 아내가 되라고.

신부는 계속 고개를 끄덕이며 미소를 짓는다. 마치 우리 말을 이해한다는 듯이. 하지만 백인들이 별것도 아닌 일에 미소를 짓는다는 걸 아는 나는 그다지 놀라지 않는다. 통역하는 사람은 일부러 몇 가지를 빼먹는다. 조상의 가문을 일으키고 손주들에게 우리의 아름다운 문화를 가르치고 발이 빠르고 부지런히 일하고 남편에게 순종해야 한다는 대목이다. 성경 구절처럼 그런 메시지들이 끝도 없이 이어지자 나는 일어나 화장실을 찾는다.

화장실에서 소변을 보고 있는데 두 사람이 우리 말로 떠드는 소리가 들린다. 나지막하고 경계하는 듯한 목소리다. 뒤에서 흉볼 때의 그런 말투. 그래도 내 귀에는 그들의 말이 들린다. 나는 소변을 참으며 귀를 기울인다.

하여간 용감해! 아마 신부 여동생인 것 같던데, 아프리카 남자들이 풍만한 여자를 좋아한다고 떠들어대더라고. 진짜 웃겨 죽을 뻔했다니까.

넌 웃겼니? 난 그 멍청한 잡년의 얼굴을 한 대 후려치고 싶던데. 야, 이년아! 도대체 네가 아프리카에 대해 뭘 안다고 그래? 그리고 언제부터 뚱뚱한 게 풍만한 게 됐어?

그냥 뚱뚱한 것도 아니야.

맞아. 그건 비만이야. 걸어다니는 산이잖아.

여자들의 목소리가 웃음으로 터진다. 나도 키득거리다가 오줌 두 방울을 흘린다. 나는 얼른 웃음을 멈추고 남은 소변을 참는다.

내가 분명히 말할 수 있는 건, 남자가 정말 용감하다는 거야. 용감한 게 아니면 뭐겠어? 멍청한 건가?

진짜 아까워! 괜찮은 남자였는데.

하긴, 영주권을 위해서라면 무슨 짓인들 못하겠니.

두번째 목소리의 어조가 갑자기 바뀌어서 놀란다. 동정 섞인 말투다. 말하는 사람의 표정이 거의 그려진다. 목소리로 보아 젊은 여자는 아니고 나이든 여자, 푸근한 인상의 나이든 여자다. 그녀는 슬퍼하며 백발이 성성한 머리를 젓고 있을 것이다. 수도에서 물이 흘러나오다가 멈춘다. 구둣발 소리가 들려오고 목소리가 들려온다. 자, 그만, 조용히 해! 누가 오고 있어!

그래. 그만 돌아가야지. 우라질 뚱보 신부처럼 나도 배고파.

하이힐 소리가 조금 더 들린다. 아마도 흉보던 사람들이 걸어나가나보다. 안녕하세요, 하는 목소리가 들린다. 그러자 아까 첫번째 목소리가 이제 영어로 말하고 있다. 진심이 담겨 있지 않은 활기 넘치는 목소리. 드레스가 참 예쁘네요! 나는 소변을 보고 닦는다. 변기 물이 저절로 내려간다.

손을 닦으며 재미있는 내 얼굴을 보고서 감탄하고 있는데 목소리가 들린다. 너도 아프리카에서 왔니?

나는 거울을 들여다본다. 파란 드레스를 입은 여자가 내게 미소 지으며 서 있다. 그녀의 달콤한 향수가 살아 있는 생명처럼 퍼져나간다. 나는 미소로 답한다. 딱히 미소라고는 말할 수 없고 그저 잠깐 이를 드러내는 것 정도다. 미국에선 다들 그렇게 하니까. 모르는 사람에게도 미소를 짓고 심지어는 좋아하지 않는 사람에게도 미소를 짓는다. 아무 이유 없이. 나는 고개를 끄덕이고 돌아서서 시끄러운 건조기에 손을 말린다. 돌아서니 여자가 아직도 날 기다리고 있다. 마치 우리가 짐바브웨 메인 스트리트에 있고 그녀가 내게 달걀을 싸게 팔고 싶어하는 것 같다.

너희 나라 말 한번 해볼래? 그녀가 말한다. 내가 살짝 웃는다. 그런 질문에 뭐라고 대답하겠는가? 하지만 그녀는 기대에 찬 시선을 내게 고정하고 있다. 장난이 아닌 게 분명하다.

글쎄요. 무슨 말을 해볼까요?

무슨 말이든.

나는 속으로 한숨을 내쉰다. 한심한 노릇이다. 그러나 나는 미소를 거두지 않는다. 그리고 한마디를 한다. 살-리-보-나-니.*

---

* '안녕하세요'라는 뜻.

나는 그 말을 아주 천천히 발음한다. 다시 한번 해보라고 하지 못하게. 그녀는 다시 해보라고 하지 않는다.

정말 아름답구나! 그녀가 말한다. 그녀는 마치 내가 기적이라는 듯, 내가 요술이라도 부렸다는 듯 나를 쳐다본다.

그게 어떤 언어니?* 그녀가 묻는다. 내가 대답하자 그녀가 다시 한번 말한다. 참 아름답다고. 나는 고맙다고 인사한다. 그녀가 어느 나라에서 왔느냐고 묻고 내가 대답한다.

거긴 정말 아름답지? 그녀가 말한다. 나는 왜 고개를 끄덕이는지도 모른 채 고개를 끄덕인다. 그저 고개를 끄덕인다. 이 아줌마에게는 아마도 세상의 모든 게 아름다운가보다.

아프리카는 아름다워! 그녀가 말한다. 자신이 가장 좋아하는 그 단어를 계속 사용하면서. 하지만 콩고에서 일어나는 일은 정말 끔찍하지 않니? 정말 잔인해.

이제 그녀는 상처받은 얼굴로 나를 쳐다본다. 나는 무슨 말을 해야 할지 몰라서, 그저 침묵을 메우기 위해, 거짓 기침을 한다. 내 머릿속의 뇌세포들은 지금 콩고에서 무슨 일이 벌어지고 있는지 파악하려고 뿔뿔이 흩어져 담을 넘는 중이다. 아무래도 내가 콩고를 다른 나라와 헷갈리고 있는 것 같은데, 여자의 눈빛으

---

* 짐바브웨에서는 공용어인 영어와 쇼나어, 은데벨레어 등의 토착어를 사용한다.

로 보아 뭔가 심각하고 중요한 일이 벌어지고 있고 나도 알아야 하는 일인 것 같다. 그래서 결국 나는 대답한다. 네, 콩고에서 벌어지는 일은 너무 끔찍해요.

손 세정용 비누를 짠 다음 여자에게 등을 대고 서서 처음부터 다시 손을 닦기 시작한다. 하지만 그녀는 좀처럼 떠날 기미를 보이지 않는다. 아예 문가에 있던 의자를 하나 끌고 와 자리를 잡고 앉는다. 도대체 화장실에 왜 의자가 있는 건지.

어디 얘기 좀 해보렴. 세상에, 강간이며! 살인이며! 어떻게 그런 일들이 벌어질 수 있는 거니? 그녀가 묻는다. 정말 궁금해서 묻는 건지, 아니면 대답할 필요가 없는 질문인지 판단이 서지 않는다. 결국 나는 이렇게 대답하고 있다. 맞아요. 정말 저도 모르겠어요. 그러고 나서 손을 말리기 시작한다.

차마 볼 수가 없더구나. 그 가엾은 여자들과 아이들…… 어젯밤에 CNN을 보고 있었는데 아주 어린 여자애가…… 세상에, 그렇게 예쁜 여자애가…… 그녀는 눈가가 촉촉해지더니 시선을 떨어뜨린다. 나는 세면대 한옆에 놓인 크리넥스 상자를 바라본다. 한 장 뽑아서 건네줘야 하나.

정말 가슴이 미어지더구나. 여자가 목이 메어 말한다. 그러고는 마치 뭔가 중요한 것을 기억해냈다는 듯 고개를 든다.

오늘 들러리를 섰던 아이 중 한 명이 내 조카 리사란다. 키 크고 깡마른 빨간 머리 여자애 말이야. 그애가 르완다에 봉사하러 간다지 뭐니! 평화봉사단 소속이거든. 아프리카에서 좋은 일을 많이 하는 단체지. 훌륭한 단체야. 그녀가 말한다. 나는 고개를 끄덕인다. 그녀가 무슨 말을 하는지 도통 못 알아듣겠는데도. 그녀의 표정이 한결 나아 보인다. 마치 조금 전의 고통이 사라져가는 듯이.

리사는 지난여름에 남아프리카의 카헬릿샤에 갔었어. 그곳 고아원에서 아이들을 가르쳤지. 그리고 말인데, 우리가 불쌍한 아프리카 아이들을 위해 옷과 연필, 의약품, 크레용, 사탕 같은 것들을 기부했단다. 그러고 나서 그녀는 한 손을 가슴에 대고 잠시 눈을 감는다. 자신의 따뜻한 심장박동에 귀를 기울이는 것처럼. 나는 그녀가 카헬릿샤를 모국어 발음하듯 너무 정확하게 발음해서 놀란다.

그리고 거기서 정말 근사한 사진들을 찍어왔더구나! 그 아이들 얼굴을 네가 봤어야 하는데! 그녀가 말한다. 나는 환한 햇살을 머금고 고개를 살짝 들어 미소 짓는 그녀의 얼굴을 바라본다. 그녀의 얼굴을 통해 아이들의 얼굴을 짐작할 수 있다. 아이들은 지금의 그녀처럼 미소를 짓고 있었을 것이다. 그녀의 얼굴에서 나 자신의 모습도 본다. 패러다이스에서 NGO 사람들이 우리 사진을 찍을 때의 내 모습.

정말 사랑스럽더라! 그녀가 말한다. 이제 우리는 서로를 쳐다보면서 더 환하게 미소 짓는다. 진짜 친구가 되기라도 한 것처럼. 지나치게 환한 조명과 크림색 타일과 오렌지색 의자가 있는 화장실에서.

아, 참. 이 얘기도 해야지. 리사가 거기 있을 때 테이블마운틴하고 로벤아일랜드 사진을 찍어왔는데, 세상에, 테이블마운틴은 정말 정말 기가 막히더구나. 진짜 아름다워. 그 사진들을 바라보면서 난 혼자 중얼거렸단다. 언젠간 꼭 가보겠다고. 그런 장관은 처음 봤어. 아마 내년쯤 크리스토퍼와 결혼기념일 여행으로 다녀올 거야. 아이고, 그러고 보니, 그만 가봐야겠구나. 그녀는 일어서서 문 쪽으로 다가가 화장실 문을 열더니 바로 나가버린다. 여기 온 적도 없었다는 듯이.

위층으로 돌아가보니 사람들이 원을 그리며 서서 샤카 줄루*의 전통 민요를 듣고 있다. 나이가 들어 그의 몸은 쪼글쪼글 주름투성이지만, 현란한 색깔의 동물 가죽으로 만든 무릎길이 스커트를 입은 모습이 아름답고 용맹스러워 보인다. 목에는 연마한 뼈로 만든 목걸이를 했고, 귀에는 고리 모양의 귀걸이를 했다. 머

* 남부 아프리카 최대의 원주민 부족으로 알려진 줄루족의 족장이자 17세기 후반에 막강한 전투력을 바탕으로 주변의 여러 부족들을 점령했던 아프리카 최고의 군주. 여기서는 그의 이름을 딴 아프리카 출신의 가수를 말한다.

리에는 동물의 털로 만든 모자를 쓰고 있다. 가느다란 팔에도 다른 장신구와 어울리는 팔찌들을 찼고 한 손에는 조그만 검은 점들이 박힌 기다란 흰색 방패를 들고 있다.

나는 블랙베리로 공연을 촬영하고 있는 TK 옆에 선다. 페이스북에 올리려는 모양이다. 주위 모든 사람들이 똑같이 휴대전화와 카메라를 들고 있다. 샤카 줄루는 예언자 레벨레이션스 비칭턴 음보로를 연상시키는 크고 울림 있는 목소리를 지녔다. 신부가 자기 생애 최고의 노래라는 듯 미소를 머금고 바로 그의 앞에 앉아 있는데도, 마치 고속도로에서 길을 잃은 사람에게 불러주듯 노래를 하고 있다. 노래가 끝나자 모두가 박수를 치고 샤카 줄루는 흐뭇한 미소를 짓는다. 짐바브웨 출신들이 결혼을 하거나 이런저런 행사를 치를 때마다 노래를 해주는 게 그의 직업이다. 노래하는 그의 모습을 보면 그에게 문제가 있다는 생각이 전혀 들지 않는다. 그가 셰이디브룩 요양원에 입원중인 환자라는 생각이 들지 않는다.

배가 고프지만 나는 식사시간엔 많이 먹진 않는다. 그렇게 오랜 시간 연습을 했는데도 아직 포크와 나이프를 제대로 쓸 줄 모르기 때문이다. 매번 여기저기 음식을 흘리고 고기를 자를 때마다 미끄러져서, 사람들이 날 쳐다보며 몰래 웃는 것만 같다. 그래서 사람들 앞에서 먹을 땐 항상 사람들을 의식하게 되고, 지금 처럼 배가 고프지 않은 척하는 경우가 대부분이다. 그래도 노력은 하고 있다. 좀처럼 나아지지 않는 이유는 내가 집에서는 손으로 음식을 먹기 때문이다. 음식은 당연히 손으로 먹어야 하니까.

포스털리나 이모는 내 옆에서 샐러드를 먹고 있고 코조와 TK는 평생 굶은 사람들처럼 접시에 음식을 산처럼 높이 쌓아놓고 있다. 코조는 자기와 같은 나라에서 왔다는 남자가 있는 테이블로 옮겨 앉는다. 두 사람은 딱히 서로 잘 맞는 것 같진 않지만, 펄럭거리고 알록달록하고 자수를 놓은 두 사람의 옷차림이 거의 비슷해서 나란히 앉아 있는 모습이 재미있다. 조금 전에 그 남자가 테이블 옆에 서 있는 사진을 찍어달라고 부탁했다. 나는 코조 이모부를 관찰한다. 고향 사람과 함께 있을 때면 그의 모든 게 달라진다. 웃음소리, 말투, 먹는 방식. 마치 누군가 그의 몸을 가르고 내가 모르는 사람을 꺼낸 것 같다.

얼마 후, 신랑 두미가 우리 테이블로 온다. 그는 곱슬머리 꼬마를 안고 있다. 나는 꼬마를 향해 환하게 웃어 보이지만 꼬마는 나를 멍하니 쳐다보기만 한다. 꼬마는 뾰족뾰족한 고무 돌기가 달린 하얀 공을 쥐고 있다. 두미는 키가 크고 운동을 하는 사람 같다. 엄청난 미남은 아니지만 코조 이모부보다는 잘생겼다. 하지만 드레드록은 안 했으면 좋겠다. 그에겐 어울리지 않는다.

나는 포스털리나 이모가 그와 데이트했다는 이야기를 떠올린다. 그래서 두 사람의 만남에 혹시 흥미로운 부분이 있는지 관찰한다. 두 사람은 평범한 일상에 대해 이야기하고 있다. 마지막으로 아무개를 본 게 언제인지, 지금 무슨 일을 하고 있는지, 짐바브웨는 지금 상황이 어떤지, 도무지 죽을 기미가 보이지 않는 늙은 대통령은 여전한지, 언젠가는 우리가 새 지도자를 뽑게 될지. 두미의 낮은 목소리는 약간 거칠다. 마치 미국까지 먼 길을 걸어와 너무 지쳤다는 듯.

그는 이모에게 예쁘다고 말하지 않는다. 다른 사람들은 그렇게 말했는데도. 대신 이렇게 말한다. 넌 떠오르는 태양 같아, 휘! 그는 짐바브웨 말로 그렇게 말한다. 그 말에 이모가 미소 짓는다. 나는 이모를 휘라고 부르는 사람을 본 적이 없다. 나는 이모가 미소 짓는 방식 때문에 이모를 빤히 바라본다. 꼭 음악을 들으며 거기에 맞춰 마음속으로 춤을 추는 것 같은 미소다.

두 사람은 한동안 말없이 앉아 있다. 더는 할말이 없고 우리말과 영어 둘 다 그들에게 충분치 않다는 듯. 두 사람의 침묵이 왠지 어색하기 느껴지기 시작해서 나는 어쩔 줄 몰라하다 결국 포크를 오른손에, 나이프를 왼손에 들고 접시를 공략하기 시작한다. 고기를 조금 자른다. 고기가 이리저리 춤을 추지 않아서 용기를 얻은 나는 한번 더 자르고 또 한번을 더 자른다. 그렇게라도 시간을 때울 수 있길 바라면서. 침묵은 사라지지 않는다. 두 사람은 침묵으로 대화를 나누는 것 같다. 신부는 여전히 홀 맞은편에 자리를 지키고 있다. 그녀는 들러리 중 한 명과 노란 셔츠를 입은 키 큰 남자와 이야기를 나누고 있다.

코조 이모부가 우리 테이블을 쳐다본다. 그는 한 손에 닭다리를 들고 있다. 신랑과 눈이 마주치는 순간 고개를 끄덕여 인사하고는 건배하려고 유리잔을 들듯 닭다리를 들어 보인다. 두미도 꾸벅 인사를 한다. 꼬마가 고무공에 난 돌기를 씹기 시작한다.

안녕, 꼬마야. 이름이 뭐니? 긴 침묵을 깨고 포스털리나 이모가 꼬마에게 묻는다. 꼬마가 키득거리며 한 손으로 눈을 가린다.

낯을 좀 가려. 이름은 맨들라야. 두미가 말한다. 미국 애가 어쩌다가 맨들라라는 이름을 갖게 되었을까. 그러나 내가 나누는 대화도 아니고 아무도 내게 말을 걸지 않기 때문에 그냥 넘어간다. 나는 고기에 집중한다. 고기가 맛있어서 먹고 또 먹는다.

그렇구나. 예쁜 이름이네. 포스털리나 이모가 말한다.

스테퍼니 아들이야. 내 마음을 읽은 듯 두미가 설명한다. 그는 웨딩 테이블 앞의 자기 아내를 바라본다. 하지만 내가 우리 아버지 이름을 물려줬지. 두미가 말한다. 그가 맨들라의 코에 키스하고 꼬마의 머리카락을 헝클어뜨린다. 백인들의 머리카락은 어떤 감촉일까. 아직 한 번도 만져본 적이 없다. 백인 친구들을 한 명도 사귀지 못했기 때문이다. 옥수수수염처럼 보드라운 느낌이겠지.

그러나 맨들라는 자기 머리카락을 남이 만지는 걸 좋아하지 않나보다. 고개를 저으면서 아주 높은 목소리로, 하지 마!라고 소리친다. 맨들라가 지금까지 말을 하지 않았기 때문에 나는 깜짝 놀란다. 꼬마는 두미의 품에서 내려가고 싶은지 물고기처럼 버둥거리다, 바닥에 내려서자마자 고무공을 포스털리나 이모의 접시에 던지고는 깔깔거린다. 나는 나이프를 든 채 얼어붙는다. 포스털리나 이모는 아무 말도 하지 않지만 난 이모가 기분이 썩 좋지 않다는 걸 안다.

안 돼, 맨들라! 그러면 못 써! 두미가 말한다. 그가 포스털리나 이모에게 사과하고 고무공을 집으려 몸을 숙인다. 드레드록이 얼굴 위로 쏟아진다. 맨들라가 그를 바라보며 제 손을 입에 넣는다. 두미가 휴지로 고무공을 다 닦아내자 맨들라가 조그만 손을 그에게 내민다.

안 돼, 아들! 공 던지면 안 된다고 했잖아. 나중에 집에 가서 놀자. 알았지? 집에 가서. 두미가 심각한 부모의 표정으로 맨들라를 바라보며 말한다. 그러나 맨들라가 어떻게든 자기가 원하는 걸 얻어내는 데 익숙한 아이라는 건 누가 봐도 안다.

내 공 줘! 맨들라가 심술궂은 목소리로 말한다. 맨들라가 얼굴을 일그러뜨리며 울음보를 터뜨리려 하자 두미가 짜증스러운 표정으로 포스털리나 이모를 쳐다본다. 이모가 어깨를 으쓱한다.

알았어, 그래도 던지는 건 안 돼. 알았지? 여긴 사람들이 있잖아. 두미가 말한다.

맨들라는 다시 공을 받자마자 곧바로 던져서 분홍색 드레스를 입은 나이든 여자의 가슴을 맞힌다. 나는 숨을 죽이지만 나이든 여자는 아무 일도 아니라는 듯 웃으며 무릎에 떨어진 공을 주워 맨들라에게 내민다.

귀엽기도 하지! 나이든 여자 특유의 공허한 미소를 지으며 그녀가 두미에게 말하고 두미도 미소를 짓는다. 맨들라는 공을 낚아채 다시 우리 테이블로 다가온다. 재미가 들린 게 분명하다. 꼬마가 날 바라보자 나는 심각한 눈빛으로 꼬마를 바라보며 눈빛으로 이렇게 말한다. 너 지금 좀 지나쳐! 무슨 일 일어나기 전에 당장 그 짓 그만둬! 그러나 맨들라가 웃는 것으로 보아 내 경고를 못 알아들었고 아무도 그애에게 사람의 눈빛을 읽는 것 따위는 가르쳐주지 않았음을 알 수 있다.

자, 이제 그 공 이리 내놔. 두미가 말한다. 맨들라의 키에 맞춰 몸을 숙이고 두 손을 모아 앞으로 내민다. 맨들라는 뒤로 몇 발자국 물러나 고개를 젓는다.

그럼 아빠가 번쩍 안아서 데리고 나갈까? 두미가 말한다.

싫어! 진짜 아빠도 아니면서! 맨들라가 소리지른다. 목소리가 날카롭다. 나는 종이타월로 입을 닦는다. 몇 사람이 잠깐 돌아보지만 이내 하던 얘기로, 먹던 음식으로 돌아간다. 맨들라가 가만히 서서 두미를 쳐다본다. 어디 한번 해볼 테면 해보란 듯이. 두미는 고개를 젓는다. 두미의 표정으로 보아 당황해서 더는 어떻게 해야 할지 모르는 듯하다.

맨들라가 아까 사탕을 너무 많이 먹었어. 변명하는 투로 두미가 말한다. 나는 웃음이 터지려 한다. 사탕 많이 먹은 게 버릇없는 것과 무슨 상관이라는 건지.

바로 그때 맨들라가 공을 내게 던진다. 공이 내 쪽으로 날아온다는 걸 깨닫는 순간 공은 이미 내 오른쪽 눈을 맞힌다. 표면의 뾰족한 부분이 눈을 찌른다. 아픈 게 문제가 아니다. 나는 내가 결혼식장에 와 있다는 것, 사람들이 꽉 차 있는 홀에 있다는 것, 여기가 미국이라는 것을 잊는다. 포스털리나 이모가 앉으라고 소리를 지를 때까지 나는 그 쬐끄만 녀석을 붙잡고 뺨을 짝 짝 짝 세 번 갈기고 주먹으로 머리를 두 번 때린다.

자리에 앉아 주위를 둘러본 후에야 내가 무슨 짓을 저질렀는지 깨닫는다. 백인들은 이미 숨을 멈추고 충격에 휩싸여 중얼거린다. 세상에! 고개를 저으며 믿을 수 없다는 듯 눈을 휘둥그렇게 뜬다. 몇 사람은 손으로 입을 가린다. 정적이 감돈다. 정적이 마치 얼룩처럼 공중에 떠 있다. 그때 깊은 목소리, 샤카 줄루의 목소리가 문 쪽에서 울려퍼진다.

두려워들 마세요. 우리 나라에선 버릇없는 아이들을 이렇게 가르친답니다. 별일 아니니 그만 긴장들 푸세요. 그가 웃으며 말한다. 그러나 아무도 그와 함께 웃지 않는다. 뜨거운 침묵의 불이 있다. 눈빛이 뭔가를 태울 수 있다면, 나는 바닥에 한줌의 재로 남을 것 같다. 나는 내가 아무도 하지 않는 일, 모두가 금기시하는 일을 했다는 걸 안다. 나를 바라보는 그 표정들을 내가 결코 잊을 수 없으리란 것도. 아무리 버릇없는 아이라도 앞으로 다시는 아이를 때리지 않으리란 것도.

두미가 맨들라를 데리고 나간다. 맨들라는 자기에게 관심이 집중되었음을 알고 관심에 대한 대가를 요구하듯 소리를 지르고 있다. 아이 엄마는 웨딩 테이블 앞에 앉아 산 같은 몸을 꿈틀거리며 자기 아들이 왜 우는지 보려고 목을 길게 빼고 있다. 그녀가 뚱뚱해서 다행이라는 생각이 든다. 뚱뚱하지 않았다면 벌써 일어나 달려왔을 테니까. 나는 나이프를 들고 내 음식에만 집중하는 척한다.

걔 괜찮을까요? 어떤 남자애가 두미의 등에 대고 묻는다. 돌아보고 싶지만 나는 감히 돌아볼 엄두를 내지 못한다. 두미가 맨들라를 데리고 화장실 쪽으로 가는 것을 보고 나는 마음이 놓인다.

꼬마의 울음소리가 잦아들자 사람들은 다시 식사를 하기 시작하지만 여전히 언짢아하고 있음을 느낄 수 있다. 내 왼쪽에 앉은 노인이 마치 내가 자기 케이크를 빼앗아 먹기라도 한 것처럼 나를 쏘아본다. 실내에서 뛰어다니던 아이들은 테러리스트라도 목격한 듯 엄마 옆에 얌전히 앉아 있다.

다시는 그러지 마. 내가 늘 말했잖아. 여긴 미국이라고. 포스털리나 이모가 그다지 짜증 섞이지 않은 목소리로 말해서 나는 마음이 놓인다. 만약 신부가 아름다웠다면 이모는 기분이 울적했을 거다. 이모가 기분이 울적했다면 나는 맨들라보다, 심지어 차에 치인 사슴보다 더 끔찍한 일을 당했을지도 모른다. 나는 고개를 끄덕이고 접시에 나이프를 내려놓은 다음 콜라 잔으로 손을 뻗는다. 콜라 맛도 느껴지지 않는다.

13
엔젤

어느 날 내가 포스털리나 이모에게 말한다. 잠깐 짐바브웨에 가서 친구들과 엄마, 본스 어머니, 사람들과 동네가 어떻게 되었는지 보고 싶다고. 처음에 이모는 아무 말도 하지 않는다. 내 말을 아예 못 들은 체한다. 우리는 거실에 앉아 있고 나는 빨대로 카프리선을 마시고 있다. 포스털리나 이모는 소파에 앉아 예쁜 빅토리아 시크릿 속옷을 입은 여자들 사진을 보고 있다. 이모 주위에 잡지가 잔뜩 쌓여 있다. 이모 앞에 있는 유리로 된 커피 테이블 위에도, 이모 발치에도.

나는 카프리선을 마저 마신 뒤 뒤쪽 선반에 손을 뻗어 구아바를 집어든다. 태어나서 구아바를 처음 보는 사람처럼 쳐다보다가 코밑에 대본다. 구아바 냄새가 내 몸의 예민한 감각들을 건드리고, 나는 심장과 내장이 부드럽게 파헤쳐지는 것 같은 기분을 느낀다. 나는 고개를 젓고 양손으로 구아바를 문지른 다음 한입 베어물고 웃는다.

변비 걸리고도 그렇게 웃는지 어디 한번 보자. 포스털리나 이모가 잡지를 넘기며 말한다. 나는 계속 구아바를 씹는다. 이모는 모른다. 구아바를 한입 베어물 때마다 내가 캘러머주를 벗어나고 미시간을 벗어나고 미국을 벗어나 부다페스트로, 패러다이스로 돌아간다는 걸.

지난주에, 망명을 신청해 미국에 온 메신저가 내게 깜짝 선물을 가져다주었다. 생일을 며칠 앞두고 받았기 때문에 소포 푸는 것을 미루었다. 포장이 엉망이었다. 나는 키득거리며 가위로 검은 끈을 자르고, 투명한 비닐을 벗겨내고, 중국 잡지들을 겹겹이 벗겨냈다. 해외에서 신선 식품을 반입하는 건 금지되어 있어서 만약 세관에 발각되면 그대로 버려진다. 그래서 난 살아남은 나의 구아바들을 보았을 때 너무도 기뻤다. 포장을 다 풀기도 전에 구아바 향이 진동했다. 달콤하고도 어지러운 그 향기. 나는 눈을 감고 그 향기를 맡았다. 몇 년 만에 처음이었다.

배스터드, 스티나, 갓노즈, 치포, 스브호와는 한동안 연락이 끊겼다. 꼭 연락하겠다고 떠날 때 철석같이 약속했는데.

거기 가면 종이하고 연필이 널렸을 테니까 매일 편지 쓸게. 음질리카지 로드에서 포스털리나 이모와 함께 차에 타면서 내가 했던 말이 생각난다.

약속해? 치포가 물었다.

응, 약속해. 내가 말했다.

맹세도 해. 스브호가 말했다.

목숨 걸고 맹세할게. 내가 말했다.

만약 편지 안 쓰면 어쩔 건데? 갓노즈가 말했다.

내가 왜 안 쓰겠어? 내가 말했다.

예쁜 백인 친구들이 생겨서 우리 따윈 잊을 수도 있잖아. 그애가 말했다.

예쁜 백인 친구들을 사귀겠지만 그렇다고 너희들을 잊진 않아. 내가 말했다.

몸이 멀어지면 마음도 멀어지는 법이야. 스티나가 말했다.

다 헛소리야. 난 너희들 절대 안 잊어. 내가 말했다.

어디 두고보자. 배스터드가 말했다. 내가 모르는 무언가를 아는 것 같은 눈빛으로. 내가 탄 차가 움직이기 시작하자 나는 NGO 직원이 그랬던 것처럼 손에 키스한 뒤 흔들며 외쳤다. 편지 쓸게! 매일매일!

미국에 도착한 뒤 처음 몇 달 동안 나는 매일 편지를 썼다. 미국이라는 나라에 대해, 내가 먹는 음식에 대해, 내가 입는 옷과 내가 듣는 음악, 유명인들에 대해 썼다. 그러나 몇 가지는 일부러 빼놓았다. 예를 들어, 날씨가 얼마나 거지같은지에 대해서는 얘기하지 않았다. 왜냐하면 이곳 날씨는 거의 매일 뭔가 잘못되어 있었기 때문이었다. 너무 덥거나 너무 춥거나, 아니면 허리케인이 왔거나 등등. 우리가 살고 있는 집이 어렸을 때 TV에서 본 집들과 다르다는 얘기, 벽돌이 아니라 나무판자로 만든 집이고 비가 오면 그 판자에 곰팡이가 슬고 냄새가 난다는 얘기도 하지 않았다.

여름밤에 이따금 동네에서 탕! 탕! 탕! 하는 총소리가 들려와 나가기가 무서워 집안에 틀어박혀 있어야 한다든가, 몇 집 건너에 사는 이웃집 여자가 자기 아이 넷을 모조리 욕조에 빠뜨려 죽였다든가, 길에서 사는 사람들이 돈을 구걸하는 팻말을 들고 있다는 얘기도 하지 않았다. 그것 말고도 하지 않은 얘기들이 많다. 그런 얘기를 하기가 창피했고, 내가 살고 있는 미국이 패러다이스에서 내가 늘 꿈꿔왔던 미국이 아닌 것 같아서였다.

시간이 흘렀고 어느 날부턴가 나는 아예 편지를 쓰지 않았다. 내일, 다음주, 몇 주 안에 써야지 생각하면서 미루다 그만 연락이 끊겨버렸다. 하지만 그렇다고 내가 친구들을 잊은 건 아니다. 친구들이 보고 싶었다. 너무 보고 싶었다. 때로는 친구들에게 연락을 하지 못하는 것에 대한 죄책감을 떨쳐버리기 위해서 뭐라도 해야겠다는 생각이 들었다. 부다페스트도 그리웠고, 팜베키도 그리웠고, 패러다이스도 그리웠고, 엄마와 본스 어머니도 그리웠고, 마더러브도 그리웠고, 모두가 그리웠다. 심지어 정신 나간 예언자 레벌레이션스 비칭턴 음보로도 그리웠다. 전부 다 그리웠다. 그리고 그렇게 긴 시간이 흘렀는데도 친구들이 메신저 편으로 보내온 구아바를 받으니 그들 역시 아직 나를 기억하고 있다는 게 기뻤다.

이모! 이모의 관심을 끌려고 불러보지만 이모는 여전히 잡지에 시선을 고정하고 있다. 이모는 요즘 운동 대신 잡지로 관심을 돌렸다. 두 가지 직업을 갖게 되면서 더이상 운동할 기운조차 남아 있지 않았다. 하나는 병원 일이고 하나는 양로원 일이다. 이모가 이렇게 일을 열심히 하는 이유는 엄마와 본스 어머니에게 사준 부다페스트의 집값을 내기 위해서다. 나도 사진으로 보았다. 우리가 구아바를 훔치러 갔던 집들처럼 수영장이 있는 멋진 집이다. 미국에서 우리가 살고 있는 이 집보다도 멋지다. 이상한 일이다. 내가 짐바브웨에 있을 땐 미국이 훨씬 더 잘사는 나라라고 들었는데.

포스털리나 이모는 이따금 잡지에서 고개를 들어 TV를 본다. TV에는 얼굴은 예쁘지만 어딘가 잘못된 것 같은 여자가 열흘 안에 4.5킬로그램을 감량하는 법을 알려주겠다면서 지금 당장 전화해서 인생을 바꾸어보라고 말하고 있다.

이 주 정도만 있다가 돌아올게요. 이모는 여전히 들은 척도 하지 않지만, 그래도 나는 말한다.

달링, 아직은 때가 아니야. 때가 되면 보내줄게. 마침내 이모가 대답하고 잡지를 한 장 더 넘긴다.

하지만 전에 그랬잖아요. 열네 살이 되면……

얘, 네 아빠가 오바마라도 되는 줄 아니? 전용기라도 있는 줄 알아? 집에 가려면 돈이 들어. 더구나 넌 방문 비자로 왔고 그 비자는 지금 기한이 만료됐어. 한번 미국을 뜨면 다신 못 돌아와.

왜 못 오는데요? 비자 갱신하면 되잖아요.

달링, 그만해, 이모가 무슨 이민국 직원이라도 되는 줄 알아? 이모가 짐바브웨 말로 대답한다. 더이상 얘기하지 말라는 뜻이다. 이모가 대화중에 언어를 바꾸면 무슨 얘기를 하고 있었건 그걸로 얘기는 끝이다.

이제 TV 화면이 두 개로 분할되고 두 여자가 나온다. 더 뚱뚱한 '이전' 여자는 진짜 사람 같고 가냘픈 '이후' 여자는 아름다운 물건 같다.

전화 좀 가져와봐. 이모 방에 가서 파란색 핸드백도 가져오고. 저 푸시업 브라 주문해야겠다. 포스털리나 이모가 말한다.

나는 위층 이모 방으로 올라가 창밖으로 길 건너 공동묘지를 바라본다. 공동묘지에는 온갖 화려한 장식들이 있다. 죽음은 아름다운 거라고 말하려는 듯하다. 정문에는 거대한 콘크리트로 만든, 내가 모르는 문자가 적힌 무언가가 있고 그 위에 모로 누운 커다란 여자 석고상이 있다. 그녀는 햇빛이 너무 강하다는 듯, 방해받기 싫다는 듯, 한 손으로 얼굴을 가리고 있다.

묘지 곳곳에 아름다운 천사 동상들이 있다. 하늘을 바라보는 천사, 석판 위에 잠들어 있는 천사, 비둘기를 들고 있는 천사, 가슴에 손을 얹고 있는 천사, 분수대 앞에 무릎을 꿇고 있는 천사. 그 천사들을 바라보고 있으면 우리가 사는 이 세상에서도 고양이나 개, 바퀴벌레, 자동차처럼 흔하게 천사를 볼 수 있을 것만 같다. 무덤은 초록색 풀로 뒤덮여 있고 나무들이 긴 그림자를 드리우고 있다. 그리고 묘비들이 있다. 어떤 건 조그만 집 같고 어떤 건 성 같고 어떤 건 이상하지만, 하나같이 재미있게 생겼다.

묘지를 보고 있으면 언제나 헤븐웨이 공동묘지에 묻힌 아빠 생각이 난다. 거긴 붉은색 흙무덤 말고는 아무것도 없다. 아빠도 아름다운 곳에 묻혔으면 좋았을 텐데. 사람들이 시신을 묻으면서 편히 잠드소서!라고 말하는 이유를 알 것 같은 그런 곳. 디트로이트에서 이곳으로 이사와 처음 묘지를 봤을 때 나는 그곳이 묘지인 줄도 몰랐다. 무슨 박물관인 줄 알았다. 흥미로운 일들이 일어났던 흥미로운 장소 말이다. 우리집과 묘지를 구분하는 길은 매끄러운 벨트 같다. 저 길을 죽 따라가면 어디가 나올까 늘 궁금하다. 미국의 도로는 악마의 손 같기도 하고 하느님의 사랑 같기도 해서 온 세상으로 끝없이 뻗어나간다. 다만 한 가지 서글픈 건 그 어떤 길도 나를 고국으로 데려다주진 않는다는 사실이다.

내 머릿속에는 두 채의 집이 있다. 패러다이스 이전의 집과 패러다이스 이후의 집. 집 1호와 집 2호. 집 1호가 최고였다. 진짜 집이니까. 아빠 엄마가 괜찮은 직장을 갖고 있었을 때였다. 먹을 것과 입을 것이 풍족했던 집. 파티를 열고 즐기는 것 말고는 딱히 할 일이 없어서 토요일마다 라디오 음악이 울려퍼지고 모두들 춤을 추던 시절. 그다음에 집 2호—양철, 양철, 양철로 만든 패러다이스의 집.

엄마와 포스털리나 이모의 머릿속에는 세 채의 집이 있다. 독립하기 전, 내가 태어나기 전, 나라를 놓고 흑인과 백인이 싸우던 시절의 집. 독립 이후, 흑인들이 나라를 장악했을 때의 집. 그리고 모든 게 무너지던 시절의, 포스털리나 이모로 하여금 고국을 등지고 이곳에 오게 만든 시절의 집. 집 1호, 집 2호, 집 3호. 본스 어머니의 머릿속에는 네 채의 집이 있다. 백인들이 나라를 강탈하러 오기 전, 왕이 지배하던 시절의 집, 백인들이 나라를 빼앗으러 와 전쟁이 일어났을 때의 집, 독립 이후 흑인들이 빼앗겼던 나라를 되찾았을 때의 집, 그리고 지금의 집. 집 1호, 집 2호,

집 3호, 집 4호. 그래서 우리 중 누군가가 집에 대해 이야기를 하면 어느 집을 말하는 건지 잘 들어야 한다.

이틀 전, 우리 나라 대통령이 BBC 뉴스에 나왔다. 그는 주먹을 쳐들고 우리 나라는 흑인들의 고향이며 다시는 식민지가 되지 않을 거라고 말했다. 포스털리나 이모가 커피 테이블에 있던 리모컨을 집어들더니 총처럼 TV를 겨누고 쏘았다. 우리 모두 이모를 쳐다보았다. 이모는 가시를 씹는 것처럼 얼굴을 일그러뜨리고 몸을 떨고 있었다. 운동을 시작해 더이상 뚱보가 아닌, 영화 〈알리〉에 나오는 윌 스미스처럼 변한 TK가 웃음을 터뜨리다가 멈춘다. 아마도 포스털리나 이모의 표정 때문일 것이다.

코조 이모부가 리모컨을 들고 다시 그 채널로 돌린다. 이모는 한동안 그를 쏘아보다가 한마디 말도 없이 일어나 밖으로 나간다. 마치 비밀을 말하듯, 이모가 나가기를 기다렸다는 듯, 우리 나라 대통령이 TV에서 말한다. 우리는 유럽의 제재 조치에 절대 굴하지 않습니다! 우리는 유럽인이 아닙니다! 코조 이모부는 두 주먹을 불끈 쥐고 허공에 휘두른다. 그러고서 TV에 대고 경례를 한 뒤 소리친다. 대통령님, 말하셔야 합니다! 비열한 식민주의자들한테 말하세요! 그러고 나서 이모부가 미소를 짓는다. 처음엔 TK를, 그다음엔 나를 보면서.

우리 대륙에서 불알을 단 유일한 개자식이군. 진정한 아프리카의 지도자야! 그가 말한다. 나와 TK는 처음엔 당황했다가, 그 다음엔 미소를 짓다가, 나중엔 웃음을 터뜨렸다. 코조 이모부가 개자식이라는 단어를 사용한 게 처음이기 때문이고, 그 말이 너무 재미있고 멋지게 들렸기 때문이었다. 거실을 나와 이층으로 올라가면서도 TK는 여전히 웃고 있었다. 나중에 페이스북에 들어가보니 TK가 그 이야기를 올렸고 그의 페이스북에 수많은 LOL*이 남겨져 있었다.

나는 카프리선을 세 개째 마시는 중이고, 구아바와 음료수 때문에 배가 터질 것 같다. 방금 마지막 구아바를 먹어치웠는데, 앞으로 얼마나 오래 지나야 또 구아바를 먹을 수 있을지 생각하니 벌써부터 서글퍼진다. 포스털리나 이모는 전화로 푸시업 브라를 주문하느라 바쁘다. 이모와 상담원이 실랑이를 벌이고 있다는 걸 알 수 있다. 저게 바로 영어의 문제다. 평소에는 입도 뻥긋 못하다가 얘기를 시작하고 보면 항상 저런 꼴이 난다. 먼저 하고 싶은 말을 생각해야 한다. 그리고 적절한 단어를 찾아야 한다. 그러고 나서 단어들을 머릿속으로 조심스럽게 배열해야 한다. 그다음엔 조용히 혼자 말해보고 제대로 말했는지 확인해야

* Laughing Out Loud. '큰 웃음'이라는 뜻.

한다. 그리고 마지막으로, 그 말을 큰 소리로 정확하게 해야 하는 것이다.

그러나 이 모든 과정을 거쳐야 하기 때문에, 막상 마지막 단계에 도달하면 이상한 일이 일어나서 결국엔 술 취한 사람이 걷는 것처럼 말하게 되고 만다. 금방이라도 쓰러질 것처럼 말을 하다보니 바보처럼 들리고, 결국 말도, 상황도 엉망이 되어버린다. 영어밖에 할 줄 모르는 사람들의 문제는 도무지 들을 줄을 모른다는 거다. 그 사람들은 우리가 하려는 말에 귀를 기울이기보다는 우리가 좌절하는 걸 구경하기 바쁘다.

나는 이런 상황에 가장 잘 대처하는 방법은 미국인처럼 말하는 것이라는 결론을 내렸다. TV가 내게 방법을 가르쳐주었다. 아주 쉬웠다. 〈도라의 모험〉 〈심슨 가족〉 〈스펀지밥〉 〈스쿠비두〉 그 다음엔 〈댓츠 소 레이븐〉 〈글리〉 〈프렌즈〉 〈골든 걸스〉 같은 것들로 넘어가서 계속 듣고 억양을 따라 한다. 그렇게 열심히 하다보면, 어느 순간 아무도 한번 더 말해달라고 부탁하지 않는다. 나는 언제든 쓸 수 있는 영어 표현 목록도 마치 부적처럼 들고 다닌다. 괜찮네, 걔 때문에 돌겠어, 실제 상황이야, 죽여주네, 완전, 비쩍 골았네, 짜샤, 대박, 이상해, 쩔어, 개판이야, 말하자면, 뿅갔어, 개자식, 땡처리, 돈푼, 징한 놈, 천만에, 짱나, 이크! TV는 대화할 때 상대방의 눈을 보고 말해야 한다는 것도 가르쳐주었다. 상대가 어른이라

해도, 무례해 보이더라도.

포스털리나 이모가 왜 이런 식으로 영어를 익힐 생각을 안 하는지 모르겠다. 그랬다면 인생이 훨씬 편했을 거고 지금 같은 곤란한 상황에 처하지도 않았을 텐데.

엔젤 컬렉션 말이에요, 포스털리나 이모가 말한다. 이모는 TV 소리를 죽여놓고 수화기 볼륨을 키워 상대방이 하는 말이 내게도 들리게 한다. 젊은 여자 상담원이 따분해하고 있는 것 같다.

죄송하지만 뭐라고 하셨죠? 잘 안 들려서요. 제 전화선이 문제인 것 같네요. 젊은 여자가 고개를 갸우뚱하는 모습이 눈앞에 보이는 듯하다. 집중하려고 얼굴을 찌푸리는 모습도.

엔젤, 엔젤, 엔젤. 포스털리나 이모가 소리를 더 높여 말한다.

정적이 흐른다. 아마 상담원이 기도를 하려고 준비하나보다.

엔-젤-르, 포스털리나 이모가 어떻게든 해보려고 덧붙인다. 마치 자갈을 긁는 것처럼 단어를 질질 끌면서. 나는 입모양으로 말해본다. 은젤. 은젤. 상담원의 작은 한숨 소리가 들린다.

죄송해요. 무슨 말씀인지 모르겠어요. 마침내 상담원이 말한다. 이해하려 애쓰다 지쳤나보다.

무슨 소리예요? 내 말을 못 알아듣겠단 거예요? 간단한 말이잖아요! 포스털리나 이모가 말한다. 이제 이모는 양손과 머리를 움직여가며 말하고 있다. 일그러진 표정으로 보아 상담원이 빨리 말귀를 알아듣지 못하면 뭔가 안 좋은 일이 일어날 것 같다. 나는 내가 옆에 있다는 걸 일깨워주려고 헛기침을 한다. 혹시 이모가 내게 부탁할지도 모르기 때문이다. 그러나 이모는 내게 부탁하지 않는다. 이모는 잡지에 엔젤이란 단어를 반복해서 쓰기 시작하고, 브래지어와 팬티만 입고 있던 여자들은 어느새 작은 성난 곤충들 같은 검은색 글자 옷을 입는다.

고객님, 대단히 죄송합니다만 문제가 좀…… 있는 것 같습니다. 하지만 웹사이트에서도 주문을 하실 수…… 상담원의 목소리가 갑자기 밝아진다. 자기가 웹사이트를 생각해낸 걸 뿌듯해하면서 마침내 일이 해결되었다고 생각하는 게 분명하다. 그제야 나도 마음을 놓는다. 이모가 주문할 수 있게 얼른 이층에서 맥북을 가져와야지. 나는 소파에서 일어난다.

아뇨, 난. 온라인으로. 주문하지. 않을 거예요. 이모가 단호하게 말한다. 단어 하나하나를 끊어서. 좋지 않은 징조다. 나는 다시 소파에 앉는다. 이모는 한마디, 한마디 내뱉을 때마다 펜으로 빅토리아 시크릿 모델의 얼굴을 찍는다.

난 온라인으로 주문하지 않아요. 난 지금 영어로 말하고 있어요. 그러니까 난 당연히……

철자를 불러주시겠어요? 이제 상담원은 화가 난 것 같다. 속으론 엄청난 욕을 하고 있지만 밖으로 내뱉진 못하는 것 같다.

폽…… 철자를 대라고요? 이모가 묻는다. 그리고 자기 귀를 의심하는 것 같은 표정으로 나를 쳐다본다. 하지만 나는 고개를 돌려 TV를 본다. 아까 나오던 여자는 이제 보이지 않는다. 새로운 여자가 운동용 공 위에 앉아 있다. 나는 이모가 상담원에게 꺼지라고 말하기를 기다린다. 왜냐하면 이모의 말투로 보아 곧 그 말을 내뱉을 준비를 하는 것 같아서다. 이모는 마음을 바꾼 듯 자세를 고쳐 앉더니 철자를 대기 시작한다.

A, 이모가 말한다. 목소리가 조금 차분해져 있다. 이모는 잡지에 A자를 쓴다. 확실히 하려는 듯이.

네, 사과apple의 A요.

아니, 사과가 아니고요. 항문annus의 A. 그리고 노우no의 N. 신God의 G. 먹다eat의 E, 리비아Libya의 L. 이제 알겠죠, 엔젤. 엔젤, 엔젤! 이모가 말한다.

잠시 정적이 흐른다. 자신이 받아적은 걸 곰곰이 생각해보는 모양이다. 마침내 상담원이 말한다. 아, 은젤 말씀하시는 거군요!

네, 엔젤! 지금까지 내가 한 말이 바로 그거였다구요. 빨간색으로요. 이모는 빨간색red을 발음할 때 마치 입안에 바이브레이터가 있는 것처럼 혀를 굴린다. 나는 속으로 절대 저런 식으로 발음하지 않겠다고 다짐한다.

빅토리아 시크릿 상담원과 전화를 끝내자 이모는 어디론가 전화를 걸었다가 바로 끊는다. 통화중인가보다. 이모는 곧바로 다른 번호로 전화를 걸지만 잠시 기다린 끝에 짐바브웨 말로 전화해달라는 메시지를 남겨야 한다. 이모는 빅토리아 시크릿 이야기를 우리 말로 누군가에게 해야만 한다. 왜냐하면 미국에서 이런 종류의 사건이 터지면 꼭 그래야 하기 때문이다. 날 이해해주는 누군가에게, 내 말을 정확하게 알아들을 누군가에게 말해야만 한다. 이게 내 잘못이 아니고 상대방 잘못이며 영어는 우리가 늘 열쇠를 잃어버리고 마는 거대한 철문과도 같다는 걸 이해하는 누군가에게 말해야만 한다.

메시지를 남기고 나서 이모는 멍하니 앉아 있다. 마치 마음속에서 뭔가 중요한 일들이 벌어지고 있는 듯. 그것들이 밖으로 나와 이모 앞에 무릎을 꿇고 이제 끝났으니 다른 일을 해도 좋다고 선포해주기를 기다리는 듯. 이모는 특유의 표정을 짓고 있다. 전에도 여러 번 보았던 표정이지만 아직도 그 표정을 뭐라고 표현해야 할지 모르겠다. 고통인지 분노인지 슬픔인지, 과연 이름을 붙일 수 있는 표정인지 모르겠다. 나는 신용카드를 핸드백에 집어넣는 이모와 눈을 마주치지 않으려 애쓴다. 이모는 일어서서 지하실로 내려가 문을 쾅 닫는다.

이모는 불을 켜고 삐걱거리는 계단을 내려갈 것이다. 자신이 두려워하는 무언가가 그곳에 도사리고 있을지도 모른다는 듯 조심조심 발을 내디딜 것이다. 그리고 계단 끝에 내려서면 벽 전체를 덮은 커다란 거울 앞에 서서 자신의 모습을 바라볼 것이다. 이모는 자신의 날씬한 몸을 보지 않을 것이다. 대신 입을 볼 것이다. 이모는 거기 서서 신중한 영어로, 큰 소리로 대화를 처음부터 다시 시작할 것이다. 상담원에게 하려던 말, 했어야 했던 말, 그러나 적절한 단어를 찾지 못해 끝내 하지 못한 모든 말들을. 거울 앞에 선 이모의 영어는 아주 정확할 것이고, 영어는 이모의 혀끝에서 술술 나올 것이고, 이모는 마치 영어에 입을 덴 듯, 영어가 독약이라는 듯, 빠르게 말을 내뱉을 것이다. 마치 그것이 이모가 아는 유일한 언어라는 듯.

14

이 영상에는 불편한 장면이 포함되어 있습니다

머리나는 나이지리아 출신이고 자기가 아프리카 공주인 줄 안다. 자기 할아버지가 거기 족장인가 뭔가라면서 화려한 전통의상을 입고 다닌다. 그 옷이 남들 눈에 흉하건 말건, 할머니처럼 보이건 말건, 신경쓰지 않는다. 크리스털은 우리한테 화장을 가르쳐주었고 붙임머리를 하고 다녀서 자기가 나와 머리나보다 우월하다고 생각하지만 자기가 정말 미국인이라는 걸 증명할 정확한 영어 문장 한 줄 못 쓰는 애다. 그 둘이 내 친구인 이유는 우리가 같은 동네에 살고 우리 셋 다 워싱턴 아카데미에서 8학년을 마쳤기 때문이다. 우리 셋은 우리집 지하실에 모여 있다.

요즘 우리는 학교를 마치면 곧장 우리집으로 와서 포르노 영화를 본다. 매번 우리집에서 모이는 이유는 포스털리나 이모와 코조 이모부가 매일 출근을 하고 TK는 집이 호텔인 줄 아는지 잠만 자고 나가서 오후에 집이 비어 있기 때문이다. 집으로 돌아오면 우리는 문 옆에 가방을 던져놓고 곧바로 아래층 컴퓨터 앞으로 달려간다. 전에는 엑스튜브라는 걸 보았는데 최근에 레드튜브를 새로 발견했다. 레드튜브가 훨씬 수준이 높고 바이러스도 적다.

우리는 알파벳 순서로 영상을 보는 중이다. 이것저것 찾아 헤매지 않기 위해서다. 지금까지 우리는 아마추어 포르노를 보았고, 역겨운 항문 섹스를 보았고, 점잖은 아시아 포르노도 보았고, 커다란 젖가슴, 금발 포르노, 구강 섹스도 보았고, 섬뜩한 결박 섹스도 보았다. 더러운 크림파이*와 사정 장면도 보았고, 징그러운 이중 삽입 섹스와, 낯부끄러운 흑인 포르노도 보았다. 얼굴 사정은 지저분했고 페티시는 이상했다. 집단 강간은 범죄 같았다. 게이 섹스는 왠지 무서울 것 같아서 건너뛰었다. 그룹 섹스는 구역질났고 포르노 만화는 흥미진진했고 일본 포르노 영화는 조용했고 레즈비언 포르노는 재미있었다. 오늘 우리는 MILF**를 볼 거고 크리스털이 고를 차례다. 크리스털이 하나를 고른 다음 재생

* 질내 사정을 뜻하는 속어.

** Mother I Love to Fuck. '매력 있는 연상녀'라는 뜻.

버튼을 클릭한다.

복면을 쓴 남자가 어느 집에 침입하는 장면에서 영상이 시작된다. 문득 현관문을 제대로 잠갔는지 걱정이 된다. 학교에서 돌아오면 문을 꼭 잠그고 있으라고 이모가 늘 말했는데. 문을 잠갔는지 기억은 나지 않지만 도로 올라가 확인하고 싶지는 않아서 아마 잠갔을 거라고 스스로 타이른다. 남자는 집 주위를 기웃거리며 시간을 낭비한다. 창문으로 안을 들여다본 후 주머니에서 연장을 꺼내 잠긴 창문을 연다. 잠시 후 그가 창틀에 걸터앉아 꾸물거린다. 그가 몸의 반을 집안에 들이밀었을 때, 머리나가 엿먹으라고 말한 뒤 빨리감기 버튼을 클릭한다.

다시 재생 버튼을 클릭했을 땐 남자가 이미 여자 몸에 들어가 있어서 머리나는 조금 되감기를 한다. 무릎을 꿇고 있던 여자가 일어서며 입맛을 다신다. 마치 설탕에 키스라도 한 것처럼. 이제 보니 남자는 무척 어린데도 성기는 성인 남자의 것처럼 크다. 여자는 남자보다 훨씬 더 나이가 들어 보인다. 엄마뻘은 되는 것 같다. 그녀가 널찍한 거실을 가로지르는 난간 쪽으로 다가간다. 반들거리는 피부가 불빛에 반짝인다. 빨간색과 초록색 꽃 모양 문신이 처진 왼쪽 엉덩이를 지나 허벅다리 안쪽으로 구부러져 있다.

여자가 난간으로 다가가 긴 한쪽 다리를 철제 난간에 올려놓고 양손으로 봉을 잡는다. 하얀 철제 봉 위의 손톱이 피가 나는 것처럼 빨갛게 보인다. 그녀의 자주색 하이힐을 바라보고 있자니, 저런 신발을 신고 어떻게 서 있을 수 있는지 의문이 든다. 남자가 뒤에서 다가온다. 그의 성기가 뱀처럼 앞으로 튀어나와 있다. 나는 손을 뻗어 무음 버튼을 클릭한다. 본격적인 행위가 시작되면 우리는 항상 직접 효과음을 낸다.

그동안 효과음을 내는 법을 익힌 우리는 남자가 여자 몸에 들어가는 순간 다 함께 신음하고 신음하고 또 신음한다. 마치 우리가 포르노 속 여자고 우리 몸에 들어온 그의 성기를 느끼는 듯, 남자의 성기가 우리 몸을 찢어놓기라도 하는 듯, 남자의 움직임이 거세어질수록 우리의 소리도 커진다. 여자가 다리를 난간에서 내려놓고 여전히 봉을 잡은 채 몸을 앞으로 숙일 때 우리는 잠깐 멈춘다. 이제 남자는 미친듯이 쑤시고 찌르고 후빈다. 우리는 그가 불덩이라고 상상하고, 지옥불에 살이 타는 것처럼 괴성을 지른다. 보통은 크리스털이 가장 크게 소리를 낸다. 크리스털의 목소리가 가장 높기 때문이다. 그러나 오늘은 머리나가 완전히 제압한다.

나 한번 더 돌려 볼래. 짧은 영상이 끝나자 크리스털이 말하고 우리는 화면을 바라보며 앉아 있다. 크리스털의 목소리는 낮다. 마치 목이 말라 죽어가는 사람처럼. 크리스털은 이미 컴퓨터 쪽으로 몸을 숙이고 있다.

남자들이 대변을 보려고 변기에 앉아 있으면 저게 어떻게 될까? 머리나가 묻는다.

달랑거리다 변기 물에 닿지 않을까? 내가 말한다.

다리를 이렇게 오므려야 할 것 같지 않아? 머리나가 아기를 무릎에 앉힐 때처럼 양쪽 무릎을 오므리고 무릎이 만나는 지점에 손을 끼워서 남자의 성기를 만든다.

이게 더 그럴듯하겠네. 그녀가 말한다.

위층에서 전화벨이 울린다. 포르노가 시작된 이후로 전화를 받지 않았고 지금도 받고 싶지 않다.

제기랄, 빨리 가서 받고 끊어버려. 크리스털이 말한다. 여기가 누구 집인지 잊지 말라고 말해주고 싶지만, 알았어, 곧 돌아올게, 나 없을 때 틀면 안 돼, 라고 말한다.

발신자 번호가 011-263으로 뜨는 것으로 보아 짐바브웨에서 걸려온 전화다. 슬슬 걱정이 된다. 요즘 그쪽 사정이 워낙 좋지 않아서 무슨 전화가 걸려올지 모르는 상황이다. 지난주에는 포스털리나 이모의 친구 마두마네가 전화했다. 신문사에서 일하던 남편이 그가 쓴 기사 때문에 한밤중에 끌려갔다고 했다. 경찰이 찾아와 문을 두드리길래 남편이 나갔는데, 반바지 하나만 입은 채 그대로 끌려가 그뒤로 보지도 소식을 듣지도 못했다고.

그뒤로 또 한번 전화가 왔다. 포스털리나 이모의 사촌 나산디가 그녀의 아들이자 나와 동갑인 체팡이 남아프리카공화국에 가려고 림포포 강을 건너다 악어에게 잡아먹혔다고 했다. 어렸을 때 크리스마스에 체팡과 놀던 기억이 아직도 생생하다. 아빠가 내게 노란색 BMX 자전거를 사주었던 크리스마스였는데, 나와 체팡이 번갈아 그 자전거를 타고 동네를 돌았다. 그러다 체팡은 자전거를 탄 채로 가시덤불 속에 처박혔고 목에서 더이상 소리가 나오지 않을 때까지 악을 쓰고 울었다.

전화의 용건이 그런 소식을 전하는 게 아니라면 대부분 달러를 보내달라는 부탁이다. 이제 짐바브웨에서는 달러와 남아공의 화폐 랜드가 통용되고 있기 때문이다. 포스털리나 이모는 그런 전화를 가장 싫어한다. 얼마나 싫어하는지 더는 전화를 받지 않을 정도다. 이모가 무슨 뱅크오브아메리카*하고 결혼이라도 한 줄 아는지 그런 전화는 끝도 없이 걸려온다.

오늘은 엄마가 전화를 걸었다. 엄마 목소리가 반가워서 나는 미소를 짓는다. 어쩔 땐 엄마가 너무 보고 싶어서 어지러울 정도지만 그래도 어쩔 수 없다. 엄마 목소리를 듣는 순간 별일이 없다는 걸 알 수 있고 그래서 마음이 놓인다.

* Bank of America. 미국의 초대형 금융기업.

떨어질 때 기분이 어떻든? 엄마가 묻는다.

떨어질 때? 나는 도대체 무슨 소릴까 머리를 쥐어짜며 대답한다.

어디서 떨어져요? 내가 묻는다.

하늘에서. 엄마가 널 낳지 않았으니 하늘에서 떨어졌을 거 아니야. 천사가 떨어뜨렸겠지. 그렇지 않고서야 널 낳아준 엄마가 잘 지내고 있는지 전화 한 통 없을 리가 있겠니? 엄마가 말한다. 나는 아무 말도 하지 않는다. 무슨 말을 해야 할지 모르겠다. 마지막으로 엄마와 통화한 게 이 주 전이었던가, 삼 주 전이었던가. 아니면 사 주? 기억이 나지 않는다.

달링, 엄마 말 듣고 있니?

그동안 많이 바빴어요. 내가 말한다.

물론 바빴겠지. 듣자 하니 네가 직장도 있고 돌볼 처자식도 있다면서. 그리고 미국에서 그렇게 가르치든? 엄마한테 영어로, 그 억양으로 말하라고? 하, 하, 하. 너 백인처럼 말하려고 애 많이 쓴다. 엄마가 그렇게 말하고는 신경질적으로 웃는다. 진담인지 농담인지 구분이 가지 않는다. 엄마에게 미쳤냐고 하려다 그만둔다. 그건 내가 따라 하고 싶지 않은 미국 문화니까. 그래서 대신 눈을 뒤집는다. 모리 쇼나 제리 스프링어 쇼 같은 프로를 보면 애들이 자기 엄마한테 미쳤다고 하거나, 나쁜 년이라고 하거나, 창녀라고 한다. 그 단어들을 연습하긴 했지만 내가 우리 엄마나 다른 어른들에게 그런 말을 하는 일은 절대 없을 거라는 걸 안다.

이모한테 엄마 말 전했니? 엄마가 묻는다.

네. 내가 대답한다. 한순간 심장이 멎는 듯했지만 나는 목소리를 침착하게 유지한다. 내가 거짓말을 하는 줄 엄마가 모르도록. 중국에서 위성안테나를 수입한다는 이웃집 아들에게서 위성안테나를 살 테니 돈을 보내달라는 엄마의 말을 나는 이모에게 전하지 않았다.

처음엔 전할 생각이었지만, 그날 밤 두번째 직장에서 일을 마치고 돌아온 이모가 포대자루처럼 축 늘어진 몸으로 안락의자에 털썩 주저앉아 한숨을 내쉬는 걸 보는 순간 차마 입이 떨어지지 않았다.

다시 한번 전해. 위성안테나가 필요하다고. 너희들만 미국에서 온갖 것들을 다 누리고 살 셈이야? 어쨌든 그건 그렇고, 네 친구들이 여기 와 있다. 엄마가 말한다.

친구들이요? 내가 반문한다.

얘들이 근처에서 돌아다니길래 내가 들어오라고 했어. 무슨 일을 꾸미고 있었는지는 내 알 바 아니고. 기다려봐.

뒤쪽에서 익숙한 목소리들이 들려온다. 갓노즈와 스브호의 목소리가 두드러지게 들린다. 그애들이 얘기하는 소리만 듣고도 온몸에 소름이 돋는다. 갑자기 묘한 감정이 밀려들고 현기증이 나서 나는 의자에 털썩 주저앉는다. 영화 속 한 장면처럼 시간이 흘러 내가 전화기 속으로 들어가 전화선을 타고 고국으로 돌아가는 것 같은 기분이다. 한 번도 고국을 떠난 적이 없고 다시 열 살로 돌아간 기분이다. 나라놀이를 하고 빈 라덴 찾기 놀이를 하고 앤디오버 놀이를 하던 시절로. 엉덩이가 보인다고 갓노즈를 놀리고, 사람들이 싸우는 걸 구경하고, 교회 사람들을 흉내내고, 시신 묻는 걸 지켜보던 시절로. 배는 고팠어도 우린 늘 함께였고, 내 나라에 있었다. 그 시절의 모든 것이 디저트보다도 달콤했다.

듣고 있어? 지금 뭐하냐고 물었잖아. 스브호의 목소리다.

아무것도 안 해. 내가 대답한다.

아무것도 안 한다고? 정말 아무것도 안 해?

그게……

어떻게 미국에서 아무것도 안 할 수가 있어? 그게 말이 돼? 뒤에서 갓노즈의 목소리가 들린다.

학교 갔다 이제 막 왔어. 내가 말한다. 짜증을 내지 않으려 애쓰면서.

학교 갔다 왔다고? 학교 갔다 왔대. 여긴 초저녁인데, 하하. 스브호가 반은 내게, 반은 다른 아이들에게 말한다. 아이들이 웃는다. 왜 웃는지는 모르겠다. 시차 때문인가? 제발 그런 것이기를.

빅토리아 베컴은 봤어? 킴 카다시안은? 레이디 가가는? 오프라 윈프리는? 뉴욕에 가봤어? 할리우드엔? 너 지금 무슨 옷 입고 있어? 백인 친구 사귀었니? 걔들 이름은 뭐야? 스브호가 질문들을 퍼붓는다. 나는 어떻게 대답해야 할지 모른다. 마치 랩처럼 온갖 질문들이 한꺼번에 쏟아져나와서. 그때 갓노즈가 수화기를 빼앗아 나를 구해준다. 스브호가 돌려달라고 항의하는 목소리로 상황을 짐작할 수 있다. 엄마가 전화기는 장난감이 아니라고 말한다.

달링, 별일 없어, 자기? 지낼 만해? 갓노즈가 말한다. 대답을 하려는데 그가 내 말을 자르고 떠들기 시작한다. 너네 엄마 TV에서 들었어. 미국에선 이런 식으로 말한다며. 내 말 알잖아, 친구! 거기 개잡년들은 다 잘 있고? 뉴욕은 어때? 우리 친구 오바마는 잘 지내고? 그가 하는 말에 나는 어떻게 대답해야 할지 몰라 조금 웃는다. 잠시 어색한 침묵이 흐른다. 기다림의 침묵이다.

나 몇 달 뒤에 두바이에 가. 런던에 있던 삼촌이 지금 거기서 일하고 있거든. 삼촌이 데리러 오면 나도 드디어 이 똥통 같은 나라를 뜰 수 있어. 방금 생각났다는 듯 갓노즈가 말한다. 활짝 미소 짓는 그의 모습이 머릿속에 그려진다.

잘됐다, 갓노즈. 내가 말한다.

맞아. 잘됐지. 그가 말한다.

다시 침묵이 흐른다. 하지만 아래층에서 들려오는 긴 비명소리와 그뒤로 이어지는 키득거리는 소리에 침묵이 깨진다. 크리스털과 머리나가 아직 아래층에 있다는 사실을 잠시 잊고 있었다. 나 없이 포르노 영화를 보기 시작했다는 사실을 깨닫는 순간 화가 치민다. 갓노즈가 언제 전화를 바꾸어주었는지 모르겠지만 어느새 배스터드가 전화를 받고 있다.

디스트로이드미시겐은 어때? 배스터드가 묻는다. 그의 목소리는 갈라지고 이상하게 들린다. 모르는 사람과 얘기하는 기분이다.

디스트로이드 뭐? 아, 디트로이트! 거긴 좋아. 근데 나 이제 거기 안 살아. 지금은 캘러머주에 살아. 거기 도착한 지 얼마 안 돼서 바로 이사했어.

쫓겨났어?

아니. 그런 건 아니고, 그냥 우리가 떠난 거야.

네가 얼마나 행운아인지 알지, 달링. 잠시 후 그가 말한다. 그의 목소리는 몹시 지친 것 같다. 나는 대꾸할 말을 찾지 못해 잠자코 있다.

레이디 가가 티셔츠랑 아이팟 보내줄 수 있어? 뒤에서 스브호가 소리지른다.

지금 거긴 무슨 일이 벌어지고 있어? 수화기를 건네받은 치포가 말한다.

무슨 일이 벌어지고 있냐고? 내가 되묻는다. 아래층에서 또 한 번 비명이 들려온다. 통통한 파리 한 마리가 거실을 가로질러 누군가 남겨놓은 피자 주위를 맴돈다. 파리를 잡으려 신문지를 집어들지만 고개를 들어보니 이미 사라지고 없다.

응. 밖에서. 창밖으로 뭐가 보여? 사람들 있어? 사람들이 뭐하고 있어? 치포가 묻는다.

나는 레이스 커튼 밖을 내다본다. 거리는 텅 비어 있다. 마치 마사 스튜어트가 와서 깨끗이 치워놓은 것 같다. 치포에게 아무 일도 없다고 말하려는 순간 경찰차가 경광등을 반짝이고 사이렌을 울리며 몰려온다. 세어보니 모두 일곱 대다.

경찰차가 몇 대 보여. 내가 말한다.

경찰차가 어디 가는데? 체포하러 가는 거야? 거기 범죄자 있어? 무슨 짓을 했대? 밖에 나가서 구경할 거야? 그녀가 묻는다. 치포 뒤에서 갓노즈가 묻는 소리가 들린다. 어이, 무슨 일이야? 미국 개자식들이 또 뭔 일 저질렀냐?

나는 전화기를 다른 쪽 귀로 옮겨 머리와 어깨 사이에 낀다. 조금 피곤한 기분이 든다. 이 황당한 질문들에 어떻게 대답해야 할지. 나는 유리 테이블 위로 몸을 숙이고 우편물을 뒤적거린다. TK 앞으로 온 미군에 입대하세요라고 적힌 카드, 분홍색 빅토리아 시크릿 봉투, 빨간색 제이시페니 봉투, 피자헛에서 온 우편물, 봉투 겉면에 플라스틱 열쇠가 달려 있는 우편물, 뱅크오브아메리카에서 온 봉투, 디스커버 카드 사에서 온 봉투.

여기서 무슨 일이 일어나고 있냐 하면, 너희 엄마가 이스츠왈라랑 마심비스 만들고 있고, 스브호는 너희 엄마 구경하면서 구아바 먹고 있어. 치포가 그 말을 하는데 이상하게 가슴 한구석이 저려온다. 목이 메어온다. 혀에 침이 고인다. 그 음식들 맛이 전부 다 기억나지만 기억하는 것과 직접 맛보는 것은 다르다. 그래서 괴롭다. 눈에 눈물이 차오르지만 나는 눈물을 닦지 않는다. 치포가 계속 이야기한다.

그리고 밖에는, 노란 원피스를 입고 하얀 모자를 쓴 여자가 지나가고 있어. 엄청 뚱뚱해서 꼭 애벌레처럼 걸어. 지금 그 여자가 굵은 옥수수를 사려고 자전거를 탄 상인을 멈춰 세웠어. 그리고, 이런 세상에, 지금 돌개바람이 불어! 아주 엄청난 돌개바람은 아닌데, 그래도 돌개바람이라 흙이랑 파편들이 막 날아가. 빨랫줄에서 빨래들이 펄럭거리고. 하 하 하, 그 여자의 치마가 들춰지는 바람에 양손으로 내리려고 애쓰고 있어. 굵은 갈색 허벅다리하고 헐렁한 초록색 팬티가 보여. 내 딸이 바람에 날아가려해. 빨리 나가서 붙잡아야겠다. 안녕!

우리가 어렸을 땐 바람이 불 때마다 바람 속에서 뛰어놀았다. 양팔을 날개처럼 펼치고 밖으로 뛰어나가 발끝으로 중심을 잡고 서서 하늘을 향해 달렸다. 우리는 바람이 우릴 어디론가 데려가 주길 바랐고, 그래주지 않아서 빙글빙글 돌면서 노래를 불렀다. 런던으로 날 데려가줘, 베이비! 우리 삼촌 만나게, 베이비! 누가 베이비를 가졌나, 베이비! 베이비 걸, 베이비! 오, 오, 오, 베이비! 스티나가 내게 무얼 하냐고 물을 때 나는 이 노래를 부르고 있다. 그의 목소리가 멀다. 마치 나무 위에서 말하는 것처럼.

이상하다. 방금 치포가 달링한테 달려가면서 그 노래 불렀는데. 내게 인사를 하고 나서 스티나가 말한다. 달링은 치포의 딸 이름이다. 혹시 미국에서 나한테 무슨 일이 일어나더라도 짐바브웨에 또다른 달링이 있어야 한다며 그렇게 지었다. 나름 좋은 일이지만 나로서는 아직 어떻게 받아들여야 할지 모르겠다. 내가 죽은 것도 아닌데 어린애한테 내 이름을 붙이다니.

너 언제 올 거야? 긴 침묵이 흐른 뒤 스티나가 묻는다. 대답하려고 입을 벌리는 순간 머릿속에서 포스털리나 이모의 목소리가 들려온다. 스티나에게 어떻게 말해야 하나. 언제 짐바브웨에 갈 수 있을지는 나도 모른다는 걸. 창밖으로 키 큰 집배원이 도로를 따라 걸어온다. 나는 그가 초인종을 누르기를 기다렸다가 스티나에게 잠깐 기다리라고 말한 다음 수화기를 내려놓는다. 내가 다시 전화를 받지 않으리란 걸 알면서. 이 기분을 설명하기가 쉽지 않다. 마치 두 명의 내가 있는 것 같다. 마음 한편으로는 친구들이 너무도 그리운데 또 한편으로는 더이상 내 친구들을 어떻게 대해야 할지 모르겠다. 내가 한 번도 만난 적 없는 사람들처럼 말이다. 조금 죄책감이 들지만 그 감정은 한옆으로 밀어놓는다.

나는 택배를 받고 현관문을 닫고 나서 트럭으로 돌아가는 집배원을 바라본다. 키가 크고 힘도 세 보인다. 택배를 받고 서명을 하는 동안 왜 그와 눈을 맞출 수 없었는지 생각한다. 그래도 그가 날 내려다보고 있는 것만은 분명히 느낄 수 있었다. 그의 팔과 다리는 온통 털로 뒤덮여 있다. 유니폼을 벗으면 그의 물건이 어떻게 생겼을지 상상해보았다. 트럭이 떠나는 것을 확인한 뒤 나는 택배 상자를 부엌 식탁에 올려놓는다. 빅토리아 시크릿에서 이모 앞으로 온 거다. 푸시업 브라. 이름이 포스털린이라고 적혀 있다.

나는 다시 지하실로 내려간다. 크리스털과 머리나가 다른 영상을 보고 있다.

저게 도대체 뭐야? 내가 묻는다.

여장남자she-male. 크리스털이 대답한다.

그게 뭔데? 그리고 왜 갑자기 S로 건너뛰었어? 내가 묻는다.

그게 무슨 상관이야? 어쨌든 사람들이 섹스하는 거잖아. 크리스털이 대답하고 내 자리를 만들어주지만 나는 여전히 양손을 허리에 올린 채 서 있다. 그냥 앉아야 할까, 아니면 위층으로 뛰어올라가 내가 화가 났다는 걸 알려야 할까.

화면에는 남자 성기가 달린 키가 크고 아름다운 여자가 있다. L에서 보았던 레즈비언 여자들처럼 가짜가 아니다. 진짜다. 그동안 수많은 영상을 보았지만 이건 정말 충격적이다. 너무 혼란스러워 머리가 빙글빙글 돈다. 긴 머리카락과 아름다운 얼굴, 후골과 커다란 가슴, 커다란 남자 성기가 한 몸에 모여 있는 모습이 지금 우리가 하고 있는 모든 나쁜 짓을 더 나쁜 짓으로 만드는 것 같다. 그래서 내가 말한다. 건너뛰기 하기 없잖아.

좋아. 그럼 다시 돌아가자. 머리나가 얼른 말한다. 목소리로 보아 그녀 역시 여장남자를 볼 준비가 되어 있지 않은 게 분명하다. 그녀가 뒤로 돌아가는 버튼을 클릭하자 나는 안도의 한숨을 쉬며 자리에 앉는다.

내 친구 알렉시스가 괜찮은 웹사이트 알려줬는데, 거기 들어가볼래? 크리스털이 묻는다.

뭐가 있는데? 내가 묻는다.

그야 나도 모르지? 우리집 컴퓨터는 너무 느려. 꼭 예수님을 다운로드받는 것 같아.

괜찮은 웹사이트라고 해서 네가 벌써 들어가본 줄 알았지. 머리나가 말한다.

그래서? 좀 비켜봐. 크리스털이 말하고 컴퓨터 자판을 두드린다.

화면에 처음 보인 건 이 영화에는 불편한 장면이 포함되어 있습니다라는 자막이다. 나는 크리스털과 머리나의 표정을 살핀다. 왠지 무서운 장면이 나올 것 같은데 나는 무서운 건 보고 싶지 않다. 크리스털은 붙임머리를 만지작거리고 머리나는 허벅다리를 드럼 치듯 두드리고 있다. 결국 나도 어깨를 으쓱하고 드럼 장단에 박자를 맞춰 소리를 낸다. 그때 갑자기 끔찍한 비명이 울려퍼지고 우리 모두 하던 일을 멈춘다.

세상의 모든 고통을 삼킨 듯한, 숨이 넘어갈 듯 자지러지는 비명이다. 마치 살아 있는 생명처럼 비명이 허공에 걸려 있다. 언젠가 들어본 것처럼 익숙한데, 어디서 들은 누구의 비명인지 기억이 나지 않는다. 무음 버튼을 클릭하고 싶은 마음이 간절하다. 너무도 끔찍한 비명이라 모두가 그러고 싶어한다는 걸 알면서도, 아무도 마우스를 건드리지 않는다. 그때 카메라가 먼 거리에서 소녀를 잡는다. 소녀는 바닥에 누워 주먹을 불끈 쥐고 머리를 뒤로 젖히고 이를 드러낸 채 입을 벌리고 있다. 그녀는 흰 꽃무늬가 있는 노란 원피스를 입고 있고 다리가 길어서 나라놀이를 하면 멀리 뛰어서 점수를 많이 딸 수 있을 것 같다.

한 여자가 화면에 나타나 소녀의 다리 쪽으로 다가간다. 소녀는 마치 몸속에 악마가 들어간 듯 발버둥을 치기 시작한다. 그러자 여자들이 소녀에게 달려들어 꼼짝 못하게 붙잡는다. 그들의 모습을 보고 있자니 고향의 남자들이 염소를 도살할 때가 떠오른다. 예언자 레벨레이션스 비칭턴 음보로와 전도사들이 악마를 쫓아낸다며 아름다운 여자를 꼼짝 못하게 붙잡았던 때가 떠오른다. 이제 여자들이 소녀에게 소리친다. 그들의 언어를 이해하진 못하지만 말투로 보아 소리지르거나 발버둥치지 말고 가만히 있으라고 말하고 있음을 알 수 있다.

한 여자만이 소녀를 제압하는 일에 동참하지 않고 있다. 긴 칼을 들고 있기 때문이다. 키가 크고 덩치가 좋고 굵은 팔뚝에 목은 기린 같다. 동그란 얼굴. 언뜻 예쁜 것도 같다. 동그란 눈. 커다란 가슴. 가을 나뭇잎 빛깔의 긴 치마. 노란 고리 모양 귀걸이. 팔목에는 알록달록한 팔찌들. 손가락에는 반지들. 한 손에는 더러운 헝겊을, 다른 한 손에는 칼을 들고 있다. 저 칼로 무얼 하려는 건지 묻고 싶지만 물어봐야 답을 듣지 못할 것 같다. 그리고 한쪽 구석에 피부가 닳아빠진 가죽 같은 늙은 여자가 보인다. 그녀는 눈을 찡그리고 이 모든 과정을 지켜보고 있다. 그녀는 계속 고개를 끄덕인다. 쪼그라든 양손을 지팡이 위에 올려놓고서.

칼을 든 여자가 헝겊으로 칼을 닦자 나는 온몸에 소름이 돋는다. 그녀는 아주 천천히, 조심스럽게 움직인다. 마치 우리가 보고 있다는 걸 알고 있다는 듯이. 집중한 나머지 얼굴을 찌푸리고 있다. 그녀는 칼에 침을 뱉고, 닦고, 또 침을 뱉고 닦은 다음, 이제 만족스럽다는 듯 헝겊을 던진다. 어느새 나는 다리를 힘껏 오므려 붙이고 있다. 크리스털과 머리나를 돌아보니 그애들도 똑같이 하고 있다.

칼을 든 여자가 아랫입술을 깨물고, 굵은 손가락으로 칼을 꽉 움켜쥔 채 소녀를 향해 몸을 굽힌다. 칼이 소녀의 몸에 닿자, 머리나가 일어나 계단을 뛰어올라간다. 나도 일어나 뛰쳐나가고 싶은데 허벅다리가 너무 무거워, 소파에 앉아 팔로 눈을 가린 채 소녀의 비명을 듣는다. 마치 누군가 소녀의 목소리에 밀랍을 붓고 불을 붙인 듯 비명이 끊긴다.

다시 화면을 보았을 때는 바닥에 피가 흥건하다. 소녀는 한구석으로 옮겨졌다. 치마가 다리 위로 반듯하게 내려져 있어 조금 전에 무슨 일이 일어났는지 알 수가 없다. 비명소리와 발버둥도 없다. 그녀의 몸안에서 몸부림치던 것이 무엇이건 이제 날개를 펴고 어디론가 날아가버렸다. 소녀는 촉촉한 땅에서 뿌리째 뽑힌 한 송이 꽃 같다. 크리스털과 나는 꼼짝 않고 앉아 서로를 쳐다본다. 그저 말없이 쳐다만 본다. 우리가 서로를 외면하는 걸로 보아 나는 알 수 있다. 조금 전에 본 것을 우리가 결코 입 밖에 내지 않으리라는 것을.

15
시내 출동

크리스털은 아직 운전면허를 딸 수 있는 나이가 아니지만 그렇다고 운전을 못하는 건 아니다. 그래서 우리는 지금 크로스로즈 몰로 차를 몰고 나가는 중이다. 우리는 머리나의 엄마 차를 타고 있다. 머리나의 엄마는 보게스 병원에서 야간 근무를 해서 부엉이처럼 낮 동안 잠을 자고 오후 다섯시에 일어나기 때문에 우리가 쇼핑몰에 갔다 올 시간은 충분하다. 머리나는 자기 엄마가 한번 잠들면 시체처럼 자고 중간에 일어나는 건 화장실에 갈 때뿐인데다, 화장실에 갈 때도 목 잘린 닭처럼 눈을 감고서 여기저기 부딪치고 비틀거리기 때문에 심지어 집밖으로 나온다 해도 알아차리지 못할 거라고 했다.

전에 이런 짓을 해본 적도 없고 머리나와 내가 선뜻 용기가 나지 않아서 그만둘 뻔했는데, 크리스털이 차를 진입로에서 후진으로 뺐다가 한 손으로 다시 제자리에 돌려놓는 모습을 보고 우리 둘 다 용기를 얻어 차에 올라타 안전벨트를 매고 키득거렸다. 그런데 막 출발하려는 순간 해리스 씨가 보였다. 머리나의 이웃집 남자인 해리스 씨는 느릿느릿 차를 몰고 집으로 돌아오는 길이다. 우리는 얼른 고개를 숙이고, 해리스 씨가 옆집에 차를 세우고 차 문을 닫는 소리가 들릴 때까지 기다린다. 우리는 고개를 살짝 들고, 해리스 씨가 마치 십 년 안에만 하면 된다는 듯 천천히 우편함을 들여다보고 집으로 들어가는 모습을 본다.

자기 엄마의 차라는 이유로 머리나가 앞좌석에 앉고 나는 크리스털의 뒷좌석에 앉는다. 정면충돌 같은 위험한 상황이 발생할 수도 있기 때문에 나는 별로 불만이 없다. 처음 몇 분 동안 나는 몸을 앞으로 기울이고 크리스털의 가냘픈 손만 쳐다보고 있다. 마치 내가 운전을 하듯 크리스털의 뒷좌석을 붙잡고서. 머리나는 조용하다. 머리나 역시 겁에 질려 있다는 뜻이고 어쩌면 쇼핑몰 따윈 집어치우고 차를 돌리자고 말할까 고민중이라는 뜻이다. 크리스털이 쉴새없이 떠들어대지만 그 말들은 귀에 들어오지 않는다. 나는 앞으로 우리에게 어떤 일이 닥칠지만 생각하고 있다.

어느 순간 차가 가파르게 좌회전하고 나는 숨을 헉 들이켜며 비명을 지르려다가 아무도 비명을 지르지 않자 얼른 도로 삼킨다. 우리는 잠시 침묵 속에서 드라이브하고, 크리스털이 별다른 문제를 일으키지 않고 패터슨 학교를 지나 코브 스트리트에서 좌회전하고 나서야 나는 안심하고 뒷좌석에 제대로 기대앉는다. 웨스트니지를 지날 무렵 우리는 이미 창문을 전부 내리고 창틀에 팔꿈치를 올리고 있다. 마치 도로 사용료뿐 아니라 차값도 우리가 지불했다는 듯이.

중학교 수업 마지막 날이었던 오늘 아침, 우리 학교 어떤 남자애가 장전한 총을 들고 교실로 들어가는 바람에 워싱턴의 모든 학교가 가정에 공문을 보내고 학생들을 귀가시켰다. 그 상황을 지켜본 사람들 말에 따르면, 그 남자애는 쏘아죽이고 싶은 사람들의 명단을 갖고 있었다고 한다. 장전된 총이 우연히 가방에서 떨어지면서 저절로 발사되는 바람에, 그는 사람을 죽이기도 전에 학교 경비와 몸싸움을 벌이게 되었다.

나는 아무것도 보지 못했다. 다만 구내식당에서 탕! 탕! 탕! 하는 총성을 들었다. 학생들과 교사들이 겁먹은 닭처럼 비명을 지르며 일제히 밖으로 나가려고 복도를 가득 메웠다. 나는 문득 짐바브웨가 무너지기 시작하고 가게들마저 텅 비었을 때 길가로 쏟아져나와 옥수수가루, 설탕, 식용유, 빵, 비누 같은 것들을 실은 트럭들을 쫓아 죽어라 뛰던 사람들이 떠올랐다.

오른쪽으로는 여러 교회와 주류 전문점을 지나고, 왼쪽으로 중국인 미용실과 자동차 정비소를 지나고, 다시 왼쪽으로 셸 주유소와 오른쪽으로 스피드웨이 편의점을 지나고, 문신 가게, 은행, 홀리데이인 호텔, 스타벅스, 머리나가 가을에 입학한다는 근사한 사립학교를 지난다. 크리스털과 나는 센트럴 고등학교에 진학할 예정이다. 우리는 중국 레스토랑과 인도 레스토랑, 월그린 약국, 맥도널드, 버거킹을 지난다. 오늘은 우리가 원하는 곳 어디든 갈 수 있기 때문에 도시를 누비는 기분이 다른 날과는 다르다. 눈에 보이는 모든 게 우리 것이고, 우리가 그 모든 걸 지은 것만 같다. 나는 바람 속에 손가락을 펴고 이따금 바람을 잡았다 날려보낸다.

우리는 그렇게 차를 타고 달리고, 나는 학교 아이들 전체가 무슨 국가라도 되는 양 틀고 다니는 리애나의 노래를 억지로 듣고 있다. 어쩌면 난 리애나의 노래 자체를 싫어하는 건 아닐지도 모른다. 리애나가 항상 뉴스에 오르내리는 방식이 짜증나는 것이다. 그녀의 미친 남자친구가 그녀를 두드려팼다는 건 나도 알지만, 그렇다고 해서 그녀의 얼굴이 인도주의적 재앙이나 수단 같은 곳의 상황처럼 모든 언론에서 보도되어야 한다고는 생각하지 않는다. 우리는 신나게 달리는데 리애나는 처지는 노래를 부른다. 나는 라디오를 뜯어 창밖으로 내던지고 싶다. 오른쪽으로 성인용품 가게를 지나는데 사이렌 소리가 들린다. 경찰차가 뒤쫓아온다. 그동안의 모든 즐거움이 삽시간에 사라진다. 마치 누군가 물이 담긴 양동이를 걷어찬 것처럼.

마지막으로 경찰차의 제지를 받은 건 코조, 포스털리나 이모와 함께 고속도로를 달릴 때였다. 어디서 오는 길이었는지는 기억이 나지 않는다. 경찰이 코조 이모부를 끌고 가려 했지만 이모가 빌고 빌고 또 빌어서 결국 현장에서 벌금만 내고 풀려났다. 머리나는 엄마가 자길 죽일 거라고 중얼거리고 크리스털도 뭔가 다른 얘길 떠들어대고 있지만 나는 앞으로 어떻게 될지 걱정하느라 어떤 말도 귀에 들어오지 않는다. 미국에서는 어른들이나 진짜 범죄자들만 감방에 가는 게 아니다.

크리스털이 차를 세운다. 뒤를 돌아보니 번쩍이는 경광등과 사이렌 소리가 요란하다. 차 문을 열고 도망칠까도 생각해보지만, 미국에서 흑인은 그런 정도의 행동으로도 총을 맞을 수 있기 때문에 나는 가만히 앉아서 말한다. 오지 말았어야 했어. 이제 어쩌지? 우리 이모가 뭐라고 할까?

경찰차가 우리 곁을 휙 지나가고 한참이 지난 뒤에도 우리는, 어둠 속에 앉아 있는데 누군가 갑자기 불을 켰을 때처럼 멍하니 서로를 쳐다보고 있다. 그제야 경찰이 우릴 쫓아온 게 아니고 어딘가 급히 가는데 단지 우리가 그 앞에 있었을 뿐임을 깨닫는다.

우리 얼굴에서 두려움이 가신다. 그리고 우리는 웃는다. 처음에는 마지못해 초조하게 웃다가, 어느 순간 자신감이 돌아오자 목소리가 높아지고 제대로 웃기 시작한다. 진짜 웃는 것처럼 웃는다. 웃음소리로 차를 운전할 기세로.

우리는 다시 도로를 달리고 말을 탄 군인 동상 옆에서 빨간불에 걸려 멈춰 선다. 체포되지 않아서 너무 기쁘다. 너무 기쁜 나머지 나도 모르게 어렸을 때 학교에서 부르던 노래를 부른다.

인도로 가는 길, 누가 누가 찾았나?
바스코 다 가마! 바스코 다 가마!
바스코 다 가마! 바스코 다 가마!

더는 크리스털과 머리나와 훔친 차를 타고 달리고 있는 게 아니라서, 더는 미국에서 쇼핑몰에 가는 길이 아니라서, 나는 목소리를 높이고 또 높인다. 리애나보다도 더. 나는 이제 나의 조국, 나의 고향에 있고, 친구들과 학교에 있고, 우리는 모두 노란색 칼라가 달린 갈색 교복을 입고 퀸엘리자베스 초등학교라는 글자, 떠오르는 태양 그림, 아는 것이 힘이다라는 말이 꼬불꼬불한 빨간 글씨로 적힌 배지를 달고 있기 때문이다. 우리는 인도로 가고 있다. 바스코 다 가마의 발자취를 따라서. 우리는 흰 양말과 검은 구두를 신고 있다. 바로 그곳이 내가 있는 곳이어서, 그곳에서는 가슴속에서 무언가가 불타는 것처럼 노래를 부를 수 있어서, 나는 노래를 부른다. 머리나가 내 이름을 부르며 소리를 지를 때까지. 크리스털이 라디오를 끄고, 아 씨팔! 그만 좀 해!라고 말할 때까지.

네가 한심한 노래를 있는 대로 크게 틀어놨을 때 내가 불평한 적 있어? 내가 말한다.

난 적어도 우리 부족 노래를 틀진 않았어. 크리스털이 말하고 우리는 모퉁이를 돈다. 농담을 하는 건지 아닌지는 모르겠지만, 미국인 전체에 모유를 먹이고도 남을 정도로 커다란 가슴을 갖게 된 이후로 크리스털은 여왕이라도 된 듯 이래라저래라 하는 경향이 있다.

어쨌든 나 내버려둬. 내가 말한다. 그리고, 혹시 모를까봐 말하는 건데, 나 영어로 노래 부르고 있었어.

아니, 그건 영어가 아니었어. 크리스털이 말하고 머리나가 키득거린다. 공사 현장을 지나면서 차선 두 개가 하나로 합쳐진다. 우리 왼쪽에 드럼통들이 일렬로 세워져 있다.

하긴, 네가 어떻게 알겠냐. 영어를 못하는데. 내가 말한다.

뭐 말했어? 크리스털이 말한다. 크리스털은 뒤를 돌아보지 않았지만 그녀의 표정이 어떨지 난 안다. 목소리만 들어도 안다.

비쭉한 입술. 가늘어진 눈. 찌푸린 표정. 뭐 말했어?

네가 영어를 제대로 못한다는 건 누구나 다 아는 사실이잖아. 지금도 그래. 뭐 말했어? 그게 도대체 무슨 말이야? 내가 말한다. 머리나가 헛기침을 한다. 뭐 말했어? 뭐 말해 있어? 나도 가고 있어? 네가 쓰는 그 엉터리 영어들 말이야. 뭐라고 말했어? 지금 무슨 얘기 하고 있어? 무슨 뜻인지 알지? 내 말 이해하겠어? 나도 갈까? 이게 그렇게 어렵냐?

도대체 지금 뭐 말해 있어? 크리스털이 말한다. 목소리로 보아 얼굴이 온통 일그러져 있을 게 빤하지만 나는 물러서지 않는다.

사실이야. 너 처음 만났을 땐 네가 하는 말 한마디도 못 알아듣겠더라. 단 한마디도. 그러면서 여기 앉아서 네가 미국인이고 영어를 한다고 말하는 거야?

내 말이 빨라지기 시작한다. 말이 빨라지기 시작하면 미국 억양이 사라지고 본래 말투로 돌아간다는 사실을 기억해야 한다. 크리스털이 한동안 도로만 바라보면서 잠자코 앉아 있는 걸 보니 내가 이미 말을 내뱉은 것 같다. 머리나가 돌아앉아 나와 하이파이브를 한다. 갑자기 밖에서 타르 냄새인지 뭔가 타는 냄새인지 역겨운 냄새가 난다.

웩, 머리나가 양손으로 코를 감싸쥐며 말한다. 그렇게 하면 막을 수 있다는 듯이.

네가 뭐 알아? 크리스털이 잠시 후 뒤를 돌아보고 마치 내가 냄새의 주범이라는 듯한 표정으로 날 쏘아보며 말한다.

첫째, 이건 에보닉스*라는 거고 하나의 언어야. 우리만 쓰는 영어지. 뭔 뜻 알지. 우리가 굳이 앞에 내세우지 않는 때문에.

방금 뭐라고 했어? 내가 말한다.

뭐? 방금 뭐라고 했어? 미친! 멍청한 백인 말 들리려고 안달났냐? 그녀가 말한다.

뭐라고? 내가 묻는다.

내 말 들었잖아, 젠장! 크리스털이 말한다. 자동차 속도가 느려진다.

아니, 네 말은 사실이 아니야. 그런 영어는 그저 우리가 말하는 방식일 뿐이야. 머리나가 말한다.

누가 너 물어봤냐, 멍청아? 크리스털이 머리나를 돌아보며 말한다. 게다가 넌 입다물고 있는 게 좋을걸. 너네 나이지리아 영화 보면 진짜 영어 못하더라. 왜 자막 있다 생각해? 크리스털이 말한다. 웃을 생각은 없었는데 나도 모르게 웃고 있다.

그건 어떻게 보면 맞는 얘기야. 너네 영화 보면 나도 자막을 읽어야 하거든. 영어라고는 하지만.

---

* 많은 미국 흑인들이 사용하는 영어로, 별개의 언어로 보는 시각도 있음.

네가 똑똑하지 못해서 그런 거지. 그리고 너네 영화라니 그게 무슨 뜻이야? 내가 그 영화에 나오기라도 하냐? 머리나가 말한다. 목소리에 가시가 돋쳤다. 크리스털이 웃고 나는 창밖을 내다본다. 개 한 마리가 옆 차 뒷좌석에 앉아, 운전자가 엉뚱한 곳에서 회전하진 않는지, 제대로 가고 있는지 감시하는 듯 정면을 바라보고 있다. 공사 현장이 끝나 도로는 다시 둘로 갈라진다.

똑똑한 거 얘기 나왔어 말인데, 너네 나이지리아 애들 전부 무지하게 똑똑한 거 확실해. 아니면 419 헛소리가 어떻게 나왔냐. 크리스털이 머리나에게 말한다. 차가 차선을 바꾼다.

419 헛소리? 머리나가 반문한다.

신용 사기 메일 말하는 거잖아. 시치미떼지 마! 내가 말한다. 이런 거. 친애하는 달링 씨, 이 검은돈을 세척하는 데 귀하의 명의가 필요합니다. 그렇게 해주시면 대가로 백만 달러를 받게 됩니다. 아니면, 저는 모 은행 지점장입니다. 부유한 모 고객이 비행기 사고로 사망했는데 혈육이 없어서 이천만 달러를 귀하에게 드리게 되었습니다! 지금도 스팸 메일 폴더에 이런 메일이 수십 통 있는데 전부 다 발신지가 나이지리아야. 내가 말한다.

도대체 무슨 소린지 모르겠네. 난 한 번도 못 봤어. 머리나가 말한다.

그렇겠지. 다 네가 보냈으니까! 크리스털이 말하자 나는 손뼉을 치고, 우리 둘 다 웃는다.

하나도 안 웃기거든. 머리나의 목소리가 갈라져 우리는 입을 다문다. 어쨌든 우리는 머리나의 엄마 차에 타고 있다.

제한속도 누구 알아? 크리스털이 묻는다.

그걸 어떻게 알아? 표지판 같은 게 있지 않아? 내가 말한다.

철로로 접어들었는데 불이 깜빡이면서 가로대가 내려온다. 크리스털은 기차보다 빨리 지나려 하다가 속도가 제대로 나지 않자 결국 브레이크를 밟고, 우리는 앞으로 쓰러진다. 나는 크리스털의 좌석 뒤를 붙잡아서 간신히 곤두박질을 면한다.

아이고 미안, 미안. 크리스털이 말한다.

잘 봐야지! 우리 엄마 차잖아! 머리나가 말한다.

진정해. 유세하기는! 미안하다고 했잖아. 크리스털이 말한다.

우리는 차에 앉아 기차를 바라본다. 파란색 기차는 삼 분 정도만 기다리면 지나가지만 이 기다란 갈색 기차는 영원처럼 긴 시간이 걸린다. 하느님이 이 기차를 만들 때도 그렇게 오래 걸리진 않았을 텐데.

저기 봐, 머리나가 말한다. 우리는 왼쪽을 돌아본다. 빨간 차를 몰고 있는 남자가 우리를 안다는 듯 창밖으로 몸을 내밀고 우리 차 안쪽을 바라보고 있다. 그가 긴 혀를 내밀고 날름거리자 머리나가 비명을 지른다.

징그러워. 저 멍청한 자식 돌아보지 마. 크리스털이 말하지만 나는 그래도 슬쩍 쳐다본다. 남자들이 혀로 장난을 치면 징그러우면서도 재미있다. 우리 앞으로 기차가 요란하게 지나간다. 한 칸, 또 한 칸, 그리고 또 한 칸. 어떤 열차에는 그래피티가 휘갈겨 있는데 읽을 수는 없다. 마지막 칸이 지나가자 가로대가 올라가고 우리는 다시 달린다.

우리는 보더스 서점 앞에 차를 세운다. 주차장에서 걸어나오는데 바로 거기, 검은색 밴 옆에 내 차가 있다. 나는 조금도 주저하지 않고 소리치며 달려간다. 내 람보르기니! 람보르기니 레벤톤! 내가 얼마나 호들갑을 떨었는지는 모르겠지만 어쨌든 머리나가 나를 끌어당기며 왜 그러느냐고 묻는다.

너 저 차가 얼마짜린지 알아? 주차장에서 걸어나올 때 그녀가 말한다.

얼만데? 내가 묻는다.

수백만 달러. 그녀가 대답한다.

거짓말. 수백만 달러? 저렇게 조그만 차가? 내가 말한다.

바보. 크리스털이 말한다.

구글에서 검색해봐. 저 조그만 차가 세계에서 가장 비싼 차 중 하나라니까. 머리나가 말한다.

그래? 나는 더이상 그 얘길 하지 않는다. 나는 차 한 대가 지나가도록 쇼핑몰 입구에서 잠시 멈추어 선다. 그 차가 그렇게 비싼 차라면 내가 절대 가질 수 없다는 거고, 그건 곧 내가 가난하다는 뜻일 텐데, 그럼 미국이라는 나라가 도대체 무슨 의미가 있는 거냐고 차마 내 입으로 말할 수가 없다.

나는 다시 주차장을 돌아보지만 수많은 차들 중에 나의 람보르기니가 보이지 않는다. 이쪽저쪽으로 목을 길게 빼보지만 그 차는 사라지고 없다. 마치 꿈처럼. 분명히 꾸었지만 어떤 꿈이었는지 기억나지 않는 꿈처럼. 나는 크리스털과 머리나 조금 뒤에서 걷는다. 그래야 돌아보고 또 돌아볼 수 있으니까. 배스터드와 스티나, 치포, 갓노즈, 그리고 스브호가 여기 있다면 소리를 질러대고 놀리고 배를 잡고 죽어라 웃을 것이다.

보더스 서점 안으로 들어가니 빨간 조끼를 입고 배지를 단 나이든 여자가 표백된 미소를 지으며 다가와 우리 아가씨들, 무얼 도와드릴까요? 하고 묻지만 우리는 그녀가 공기인 듯 지나쳐버린다. 크리스털이 앞장을 서고 머리나가 그 뒤를 따르고 내가 맨 뒤에 선다. 새 책 냄새가 우리를 감싸오지만, 다들 멈추지 않는다. 하지만 책을 싫어하지 않는 나는 잠시 멈춰 둘러보고 싶다. 나는 한동안 재미있는 책을 읽지 못했다. 컴퓨터와 TV를 보느라 바빠서다. 내가 마지막으로 읽은 책은 『제인 에어』인지 뭔지 하는 책인데, 길고 두서없는 문장들이 끝도 없이 이어지고 따분하기가 이루 말할 수 없는데다 제인이 계속 바보 같은 결정을 내려서 나를 짜증나게 만들고 줄거리가 말도 되지 않아서 읽다가 책을 던지고 싶었다. 영문학 시간에 리포트를 제출해야 했기 때문에 어쩔 수 없이 끝까지 읽었다.

이른 아침 시간이라 쇼핑몰은 비교적 한산하다. 여기가 짐바브웨였다면 벌써 활기가 넘쳤을 것이다. 꼬마들이 천국으로 가는 계단이라도 되는 양 에스컬레이터를 타고 돌아다니며 하늘이 떠나가라 소리를 질러댈 것이다. 삼층 빅토리아 시크릿 매장까지 아이들의 목소리가 울려퍼질 것이다. 엄마들은 일층에서 수다를 떨다가 올려다보며 번갈아 아이들에게 으름장을 놓고, 끊임없이 몸을 움직일 것이다. 왜냐하면 여자들은 항상 뭔가 할 일이 있고 절대로 가만히 있지 못하기 때문이다. 남자들은 페이리스 구두 매장 앞의 벤치 같은 데 앉아 나름대로 시간을 보낼 것이다. 킹스게이트 담배를 주거니 받거니 피우거나, 신문 하나를 얼굴을 맞대고 같이 보거나, 유러피언 리그의 축구 점수, 혹은 이라크전 얘기를 할 것이다. 남자들의 목소리는 낮고 여자들이나 아이들 목소리보다 높이 올라가는 법이 없을 것이다. 왜냐하면 남자들의 목소리는 항상 낮아야 하니까. 그리고 인도 여자아이가 바느질을 하고 있는 중앙 홀에서는 큰 아이들이 디제이 스부, 디제이 진할, 보조 무조*의 노래에 맞춰, 마치 그들의 몸이 자기네 것이 아니라서 부러지든 말든 상관하지 않는다는 식으로 몸을 비틀어댈 것이다. 엘리베이터 근처의 안마의자에는 이 빠진 노인들이 도마뱀처럼 늘어져 마사지 기계의 움직임에 따라 신음 소리를 내며 햇볕을 쪼이고 있을 것이고, 양초 가게 옆 전화기에는 사람들이 시카고나 케이프타운, 파리, 암스테르담, 릴롱궤, 자메이카, 튀니스 같은 곳에 사는 친척들에게 전화를 걸려고 짜증내며 줄 서 있을 것이다. 공기중에는 아침식사의 어지러운 향기가 메이시스 백화점의 향수 냄새에 섞여들 것이다. 그리고 아마도, 풋로커** 밖의 조그만 광장에 있는 인조 나무 아래에서는 누군가 성경을 펼쳐들고 설교를 하고 몇 사람이 모여서 그 설교를 믿을까 말까 생각하며 듣고 있을 것이다. 그들은 자기 발치에, 그리고 쇼핑몰 곳곳에 쓰레기를 버리고 다닐 것이다. 여기가 그들의 땅임을 증명하기 위해서.

묘한 감정이 밀려든다. 머리나가 위층에서 내 이름을 부르고 있다. 정신을 차리고 보니 나는 공상에 빠져 홀로 피어싱 가게 앞에 서 있다. 나는 얼른 에스컬레이터를 타고 위층으로 올라간

---

* 남아프리카 댄스 음악인 크와이토 가수들.

** 스포츠용품 전문매장.

다. 반대편의 내려가는 에스컬레이터에 머리를 모두 뒤로 빗어 넘긴 작은 체구의 남자가 커다란 쓰레기봉투 두 개를 들고 서 있다. 그의 이름표를 보니 헤수스Jesus라고 되어 있다. 우리는 서로에게 미소 짓는다. 왜냐하면 그래야만 하기 때문이다. 나를 지나칠 때 그가 말한다. 부에노스 디아스, 세뇨리타! 나는 더 환하게 미소를 지으며 말한다. 부에노스 디아스!

베스트바이* 안에서 크리스털이 헤드폰을 쓰고 고개를 격하게 흔들고 있다. 머리나는 하나 살 것 같은 표정으로 아이팟을 바라본다. 나는 포스터 코너 앞에 멈추어 섰다가 DVD 코너가 보이길래 포스터는 건너뛰기로 한다. 〈솔트〉라고 적힌 DVD를 집어 든다. 표지에 앤젤리나 졸리가 있다. 앤젤리나 졸리의 영화는 한 번도 본 적이 없지만 그 여자가 세계 어디든 갈 수 있고, 세계 어디에서건 아기를 데려올 수 있다는 건 안다. 에티오피아 출신의 작고 예쁜 여자아이를 데려왔다는 소식을 들었을 땐 은근히 질투가 나기도 했다. 내가 어렸을 때 짐바브웨에 와서 나도 데려갔다면 좋았을 텐데. 그랬다면 지금 나는 달링 졸리-피트가 되었을 것이고, 커다란 저택에서 지내면서 비행기를 타고 세계 곳곳을 돌아다니며 살고 있을 텐데. 하지만 만약 졸리가 실제로 왔다

* 전자제품 및 컴퓨터 관련 제품을 종합적으로 판매하는 미국의 대형 유통업체.

면 예쁜 스브호를 데려갔을 것이다.

넬슨 만델라처럼 보이려고 애쓰는 남자가 나오는 DVD를 본 순간 나는 졸리의 영화를 내려놓는다. 제목은 〈우리가 꿈꾸는 기적 : 인빅터스〉다. 보지는 않았지만 얘기를 들은 적이 있다. 포스털리나 이모에게 부탁해 블록버스터*에서 빌려보거나 TK에게 부탁해서 넷플릭스**에서 다운받아 봐야지.

뭐해? 음악 코너를 나서며 크리스털이 묻는다. 크리스털은 껌 포장지를 깐다. 내가 손을 내밀자 그녀가 눈을 크게 뜨더니 껌을 내 손바닥에 놓고 다른 껌의 포장지를 벗기기 시작한다.

〈인빅터스〉 보고 있잖아. 보면 몰라? 내가 말한다. 마치 그 영화를 봤다는 듯이. 나는 껌을 입안에 넣는다. 스피어민트 향이다.

이 남자 누군지 알아? DVD를 크리스털에게 들어 보이며 내가 묻는다.

풉! 그걸 누구 몰라! 모건 프리먼이잖아. 그녀가 말한다.

그건 나도 아는데, 이 영화에서 그 사람이 맡은 역할이 뭔지 아냐고.

누구?

* 미국의 비디오, DVD 대여 업체.

** 온라인 DVD 대여 및 영상 스트리밍을 서비스하는 공급업체.

넬슨 만델라. 내가 말한다. 내 목소리에 깃든 자부심에 나 자신도 놀란다. 마치 내가 아는 사람이라는 듯, 우리가 함께 나라놀이를 했던 친구라도 된다는 듯.

아, 그 나염 셔츠 입은 할아버지! 난 제이시페니 갈래. 크리스털이 말한다. 크리스털은 이미 베스트바이를 나서고 있다.

머리나는 보석 가게 앞에 멈추어 선다. 가게에는 시계도 있다. 나도 멈추지만 크리스털은 제이시페니 쪽으로 계속 걷는다. 시계는 예쁘기도 하고 뭔가 대단해 보인다. 나는 양손을 허리에 짚고 웃는다.

왜 웃어? 머리나가 말한다.

가격이 웃기잖아. 삼천 달러짜리 시계를 누가 사겠어? 내가 말한다.

돈만 있으면 난 기꺼이 살 것 같은데? 멋진 물건을 갖고 싶어하는 건 잘못이 아니야.

어쨌든! 내가 말하고는 머리나를 짜증나게 만들기 위해 씹던 껌을 머리나의 귓가에 펑 터뜨리고 그 옆에 진열된 다이아몬드 반지를 보러 간다. 반지도 너무 비싸다. 나는 세상의 모든 돈이 다 내 거라도 그 반지를 사지 않으리란 걸 안다. 그런데 유독 반지 하나가 다른 것들과 다르게 보인다. 반지의 고리 부분이 꼬여 있고 알 부분은 조그만 씨앗과 같은 다이아몬드들이 모여 있는

형상이다. 가격표를 보니 이만 이천오십 달러다. 머리나에게 이 가게 완전 미쳤다고 말하려다 나도 모르게 껌을 씹으려던 이로 입술 안쪽을 깨문다. 너무 아파서 눈을 감고 한 손으로 입을 가린다. 찝찔한 금속성의 피맛이 입안에 번진다.

제이시페니에서 우리는 곧바로 청소년 코너로 간다. 거기서 청바지, 티셔츠, 원피스, 스웨터를 고른다. 마음에 드는 것을 모두 고르고 고르고 또 고른다. 우리는 얘기를 많이 하지 않는다. 사람들이 쫓아와 왜 학교에 가지 않았는지 엄마는 어디 있는지 따위의 질문을 퍼붓는 건 원치 않는다. 이따금 서로를 잃어버리기도 하지만 같은 곳을 맴돌기 때문에 결국 다시 만난다. 우리는 팔 한가득 옷을 들고 탈의실로 향한다. 어떤 매장에서는 한 번에 다섯 벌 혹은 여섯 벌로 제한하지만 제이시페니에서는 그러지 않는다. 산더미처럼 옷을 쌓아놓고 입어봐도 아무도 뭐라는 사람이 없다.

우리 파티 복장 입어보자! 머리나가 자기 칸에서 소리친다.

쉿! 떠들지 마, 이 바보야! 크리스털이 말한다.

무슨 파티로 하지? 내가 묻는다.

스윗 식스틴!* 머리나가 목소리를 낮추며 말한다.

---

* 열여섯 살 생일에 여는 파티.

밖으로 나왔을 때 머리나는 가슴부터 배까지 반짝이는 장식이 달린 끈 없는 검은색 드레스를 입고 있다. 스커트 부분은 레이스 같은 것으로 덮여 있다. 크리스털은 프릴 달린 빨간 드레스를 입고 나왔다. 소매가 없고 목선이 깊이 파여 있어서 커다란 가슴이 그대로 드러난다. 딱 크리스털이 좋아하는 스타일이고, 지금도 가슴을 강조하기 위해 앞으로 내밀고 있다. 나는 바닥에 끌리는 긴 크림색 드레스를 입는다. 우리는 모델처럼 나란히 서서 거울을 바라본다.

그런 끈 없는 드레스 입으려면 가슴이 있어야지. 머리나를 보며 크리스털이 말한다. 나는 키득거리지만 너무 크게 웃지는 않는다. 내 가슴도 무척 작고 가끔은 왜 브라를 하는지도 모를 정도니까.

남이야 뭘 하든! 머리나가 말하며 눈을 부라린다.

크리스털의 드레스가 최고라는 결론을 내리고 나서 이번에는 댄스파티 드레스로 갈아입으러 탈의실에 들어간다. 다시 밖으로 나왔을 때 우리는 꼭 창녀들 같다. 몸을 숙이면 팬티가 보이는 손바닥만한 스커트에, 숨조차 쉴 수 없이 몸에 완전히 밀착된 상의. 우리는 거울 앞에서 그다지 오래 있지 않는다. 아마 우리 자신이 보기에도 창피해서 그런 것 같다. 그다음엔 여자들끼리 놀러 나가는 복장으로 서둘러 갈아입는다. 서로의 모습을 보고 나서 우리는 일제히 웃음을 터뜨린다. 셋 다 똑같은 스키니진을 입었고, 머리나와 크리스털은 심지어 똑같은 민소매 레이스 셔츠를 입고 있다. 나만 다른 옷을 입고 있다. 가슴에 프랑스 국기가 그려진 브이넥 티셔츠다. 이번 판은 나의 승리로 결정이 나지만, 옷을 갈아입으러 들어가는데 머리나가 말한다. 최소한 아프리카 국기로 입어줘야 하는 거 아니야?

우리는 고등학교 댄스파티, 교회, 레드카펫, 소개팅 복장으로 갈아입는다. 갈아입고 또 갈아입는다. 그리고 매번 서로 평가하고 비교해본다. 풋볼 게임 응원 복장으로 갈아입는데 자그마한 체구의 여자가 탈의실에 들어온다. 수술 가운 차림이고 원피스 몇 벌을 들고 있다. 그녀는 우리에게 아무 말도 하지 않고 곧바로 맨 끝 장애인용 탈의실로 들어간다. 크리스털이 아무 이유 없이 웃음을 터뜨린다. 그러나 그녀가 문을 닫는 순간 머리나가 말한다. 나 이제 옷 그만 입어볼래. 이제 집에 갈래. 나는 왜? 하고 묻고 크리스털은 정말? 하고 묻는다.

우리는 옷을 갈아입고서 옷가지들을 산더미처럼 쌓아놓고 떠난다.

차까지 뛰지 않고 누가 먼저 가나 내기하자! 내가 말하고 우리는 출발한다. 마치 살을 빼려고 빨리 걷는 사람들처럼 제이시페니를 나서서 보석상과 다이아몬드를 지난다. 에스컬레이터를 타고 내려가서 다시 상점들을 지나고 안마의자에 앉아 있는 노인들을 지난다. 내가 제일 앞에 있지만 뒤를 돌아보니 머리나가 위험할 정도로 바짝 추격하고 있어서 나는 양손을 흔들고 힘차게 구령을 붙이며 걷는다. 보더스 서점을 가로질러 문밖으로 뛰쳐나간 순간부터 나는 더이상 참지 못하고 뛰기 시작한다. 크리스털이 나를 제치고 먼저 차에 도착한다. 머리나가 내 뒤에서 소리친다. 야! 이건 불공평해! 반칙이잖아!

차 안은 악마가 죄인들을 불태우는 것처럼 후덥지근하다. 우리는 창문을 내리고 팔을 밖으로 뻗는다. 그리고 그 순간 우리는 그녀를 본다. 우리와 정면으로 마주보고 있는 차 운전석에 검은 히잡을 두른 여자가 앉아 가방을 뒤지고 있다. 차 열쇠를 찾고 있나보다. 그녀가 우리를 쳐다보며 잠깐 미소를 짓더니 다시 핸드백을 뒤진다. 그러나 우리는 동물원에 온 것처럼 계속 그녀를 쳐다본다. 우리는 아무 말도 하지 않지만, 그녀가 입고 있는 옷과 TV에서 본 내용 때문에 그녀를 쳐다본다는 걸 스스로도 안다. 그녀가 청바지나 다른 옷을 입고 있었다면 쳐다보지 않았을 것이다.

크리스털은 차에 시동을 걸어놓고도 운전하는 법을 잊어버린 것처럼 여전히 멍하니 앉아 있다.

우리 엄마 차에 무슨 이상 있는 거 아니야? 머리나가 말한다.

내가 몸을 앞으로 숙이고 앞좌석 사이로 얼굴을 내밀고 두리번거린다.

너희들 조지 알지? 크리스털이 말한다.

조지가 누구야? 머리나가 묻는다.

학교에 총 가지고 온 그 개자식. 크리스털이 말한다.

걔가 왜? 내가 말한다. 맞은편 여자가 손을 흔들어서 나도 손을 흔든다. 아마 우리가 계속 쳐다봐서 그런 것 같다. 그리고 머리나도 손을 흔든다. 우리가 계속 손을 흔들고 있을 때 여자의 차가 주차장을 빠져나간다.

됐어. 크리스털이 말하며 차를 뒤로 뺀다.

집으로 돌아오니 포스털리나 이모의 차가 막 빠져나가는 참이다. 이모가 창문을 내리며 셰이디브룩에 가는 길이라고 말해서, 나는 뒷좌석에 책가방을 던지고 차에 올라탄다. 포스털리나 이모는 가끔 요양원에서 호출을 받고 샤카 줄루를 진정시키러 간다. 한번 발작이 시작되면 샤카 줄루는 요양원의 다른 거주자들과 직원들에게 위협적인 존재가 된다. 그는 자기 방에 투창을 숨겨놓았다고 말한다. 그 조그만 창을 본 적이 있다. 진짜 투창은 아니지만 아무도 그 사실을 모른다. 어느 날 샤카 줄루가 내게 그 투창을 보여주었다. 그건 짐바브웨에 살던 어린 시절 사진들

속에 접어서 숨겨둔 그림이었다.

요양원에서 주는 약이 듣지 않을 때면 샤카 줄루의 발작이 도지곤 하는데, 문제는 그럴 때마다 그가 영어로 말하길 거부한다는 것이다. 요양원을 운영하는 차분하고 아름다운 클로딘 원장은 포스털리나 이모를 불러 우리 말로 대화를 해보라고 한다. 그게 유일한 약인 것 같다. 포스털리나 이모는 샤카 줄루가 미친 것 같아 보여도 사실 그에게 필요한 건 진정제가 아니라 이야기를 들어주는 거라고 말한다. 샤카 줄루는 미친 사람처럼 떠들어대기 때문에 이모는 혼자 듣기가 따분해서 날 데리고 간다.

오늘 우리는 조용한 거리에 차를 세우고 후덥지근한 바람을 맞으며 셰이디브룩 요양원으로 향한다. 벨을 누르기도 전에 금발머리에 미소를 머금은 얼빠진 남자가 문을 열어준다. 그의 이름은 앤드루다. 정신적으로 문제가 있는 건 사실이지만 한편으론 굉장히 똑똑하다. 예를 들어 두 달 전에는 어떤 웹사이트를 해킹하여 자신의 음란 사진을 올려놓은 혐의로 경찰이 찾아오기도 했다. 이모는 서둘러 그의 곁을 지나쳐 샤카 줄루의 방이 있는 지하로 내려간다.

안녕! 내가 앤드루에게 인사한다. 아무리 제정신이 아닌 사람이라도 존재하지도 않는 것처럼 지나치기란 쉽지 않다. 셰이디브룩 요양원에선 항상 병원 냄새가 나고 나는 벌써 가슴이 답답해진다.

안녕, 피터! 앤드루가 내게 말한다. 담배 있어? 그가 언제나 하는 질문이고 나는 언제나처럼 고개를 젓는다. 피터라고 부르지 말라고 하는 건 포기했다. 휴게실을 지나며 처음 보는 여자에게 손을 흔든다. 그녀는 보행기 옆에 앉아 허공을 바라보고 있다. 무언가를 기다리는 듯. 천사가 나타나 그녀를 축복해주길 기다리는 듯. TV가 켜져 있고, 나는 얼른 고개를 돌린다. 환자들 곁에 있다보면 항상 죄책감이 든다. 내가 할 수 있는 일이 아무것도 없기 때문이다.

샤카 줄루는 전통 의상을 입고 침대 위에 서 있다. 클로딘은 팔짱을 끼었다 풀었다 하면서 지하실에 내려갔다 올라오기를 반복하는 중이다.

와줘서 고마워요. 그녀가 포스털리나 이모에게 속삭인다. 내가 얼마나 더 버틸 수 있을지 모르겠어요. 그녀가 속삭인다.

이제 괜찮을 거예요. 최대한 빨리 왔어요. 가서 좀 쉬세요. 이모가 말한다.

샤카 줄루가 방패를 머리 위로 높이 쳐들고 소리친다. 바예테!* 나의 크랄**에 오신 걸 환영합니다! 나의 창을 보시겠습니

* '전하!'라는 뜻.

까? 나는 웃음을 참으려 애쓴다. 그가 제정신이 아닌 건 알지만 이건 차원이 다르다. 그나마 한 가지 다행스러운 점은 그가 위험하지 않다는 것이다. 그가 침대에서 내려와 나무 의자로 다가간다. 짐바브웨에서 노인들이 쓰는 의자다. 그는 상의를 입지 않고 온몸에 구슬을 늘어뜨린 마사이족 여자의 포스터 밑에 놓인 의자에 앉는다.

샤카 줄루의 방에 있다보면 유적지나 박물관에 온 것 같은 기분이 든다. 벽에 온갖 것들이 빼곡하게 붙어 있다. 넬슨 만델라가 석방되었을 때의 신문기사들, 짐바브웨 대통령이 처음 대통령이 되었을 때, 아직 머리카락이 있었을 때의 사진들, 콰메 은크루마와 코피 아난의 사진, 데즈먼드 투투의 큰 사진, 미리엄 마케바, 브렌다 파시, 휴 마세켈라, 러키 두베의 사진들, 크레도 무트와에 관한 기사, 베베 망가, 레레티 쿠말로, 왕가리 마타이의 사진 액자들 등등.

가족사진들은 별도로 한쪽 벽 전체를 뒤덮고 있다. 정신이 온전할 때 샤카 줄루는 사진들을 하나씩 가리키며 아들들, 딸들, 조카들, 손녀들을 짚어주곤 한다. 그들이 무슨 일을 하는지, 무얼 좋아하는지, 어디 사는지, 누구와 결혼했는지. 그 모든 걸 기

** '왕국'이라는 뜻.

억하는 그가 항상 놀라웠다. 마치 그들 모두와 함께 살고 있는 것 같다. 그가 자식들, 손자 손녀들의 이름을 전부 다 지어주었다. 게체피, 시사, 노쿠툴라, 네네, 니컬러스, 마코시, 오필리어, 더글러스, 샤킬, 에덴, 데이비, 이언, 하나하나 고심 끝에 지어 전화로 통보해주었다.

언젠가 샤카 줄루는 내게 그 이름들을 하나하나 일러주면서 이렇게 말했다. 이게 내가 저 아이들하고 교류하는 방법이란다.

누군가 그 아이들의 이름을 부르고 아이들이 대답을 할 때마다, 보이지 않는 손이 된 것처럼 그 아이들을 만지고 내 자식들이라고 말할 수 있단다.

샤카 줄루가 정확히 어떤 정신질환을 앓고 있는지는 모른다. 언젠가 포스털리나 이모가 말해준 적이 있지만 이름이 너무 복잡해서 잊어버렸다. 그러나 나는 그보다 훨씬 더 심각한 환자들도 많이 보았다. 친구들과 부다페스트에 갔다가 돌아오는데 반라의 남자가 집에 오는 내내 우리를 쫓아온 적 있었다. 그리고 우리가 패러다이스로 이사하기 전에는 어느 결혼식에서 신랑이 갑자기 일어나 몽둥이를 집어들고 자기 신부를 비롯해 사람들을 전부 다 두들겨팬 적도 있었다. 그 남자는 그 이후로도 좀처럼 나아지지 않아서 가는 곳마다 사람들이 도망치기 바빴다.

16
그들이 사는 방식

사람들이 어디서 왔느냐고 물으면 우리는 어린 신부처럼 수줍게 눈짓과 미소를 주고받았다. 아프리카? 하고 그들이 물으면 우리는 고개를 끄덕이며 그렇다고 대답했다. 아프리카 어디? 우리는 미소를 지었다. 독수리들이 아기가 굶어죽기를 기다린다는 거기? 우리는 미소를 지었다. 평균 수명이 35세라는 거기? 우리는 미소를 지었다. 반군들이 여자들 다리 사이에 AK-47 소총을 들이댄다는 거기? 우리는 미소를 지었다. 사람들이 발가벗고 쏘다닌다는 거기? 우리는 미소를 지었다. 사람들이 서로 학살한다는 거기? 우리는 미소를 지었다. 늙은 대통령이 투표 결과를 조작하고, 그래서 사람들이 고문당하고 살해당하고 투옥되고 감옥에서 콜레라에 감염되어 죽어간다는 거기? 어머나, 세상에! 너희들 나라 봤어! 뉴스에 나오더라!

사람들의 입에서 부서진 벽돌처럼 이런 말들이 쏟아져나올 때면 우리는 다시 눈짓을 주고받았다. 그리고 결국엔 눈물보가 터졌다. 우리의 미소가 스러져가는 그림자처럼 녹아내리고 어느 순간 우리는 흐느껴 울었다. 우리의 소중하고 가엾은 국가를 위해. 우리는 흐느끼고 또 흐느꼈고, 사람들은 그런 우리를 동정하며 말했다. 괜찮아. 이젠 괜찮아. 이제 너희는 미국에 있잖아. 그래도 우리는 흐느껴 울고 계속 울고 또 울었고, 사람들은 우리에게 작고 보드라운 물건을 내어주며 말했다. 여기 티슈 있다고. 우리는 나중에 자세히 보려고 티슈를 받아 주머니에 넣고는 다시 흐느껴 울었다. 과부들처럼. 고아들처럼.

미국에 와서 우리는 평생 보았던 것보다 훨씬 더 많은 음식을 보았고, 그래서 행복했고, 얼룩지고 부서진 하느님의 조각들을 되찾으려 영혼의 쓰레기통을 뒤졌다. 고국에 있을 때 일찌감치 내다버렸던 하느님이었다. 너무 배가 고파 어지러웠던 절망의 순간 우리는 하느님을 버렸다. 그리고 생각했다. 어떻게 우리를 외면할 수가 있지? 어떻게? 그리고 생각했다. 왜 우리 기도를 안 듣는 거야? 도대체 왜? 그리고 또 생각했다. 우리가 그렇게 바라고, 바라고 또 바랐는데 어떻게 쌀 한 톨조차 주지 않아? 그리고 우리는 분노에 눈이 멀어 하느님을 내버렸다. 하느님이 없는 편이 나아. 이렇게 살 바에야, 이렇게 기도해야 할 바에야 하느님 없이 사는 편이 나아. 하느님이 없는 게 나아.

그러다 미국에 와서 그 많은 음식들을 보게 되자 우리는 숨을 죽이며 생각했다. 가만, 어쩌면 하느님은 정말 있는지도 몰라. 행복하고 고마워서 우리는 하느님의 부서진 조각들을 문방구에서 산 99센트짜리 풀로 다시 붙이고는 말했다. 우리는 이제 하느님을 믿어. 이젠 정말로 하느님을 믿어. 그리고 다시 기도를 시작했다. 맥도널드에서 커다란 햄버거를 욱여넣고 감자튀김을 집어먹고 특대 사이즈 콜라를 들이켰다. 버거킹 와퍼를 숭배했다. KFC의 치킨버킷을 맹공격했다. 중식 뷔페에 갔고 우리가 넘길 수 있는 한계까지 먹었다. 볶음밥, 닭고기, 소고기, 새우. 그리고 이름도 읽을 줄 모르는 음식들은 손으로 가리켜 저거요, 라고 말했다.

우리는 돼지처럼, 늑대처럼, 점령군처럼 먹었다. 독수리처럼, 길 잃은 개처럼, 괴물처럼 먹었다. 황제처럼 먹었다. 우리는 지난날의 모든 굶주림을 위해, 아직도 굶주리고 있는 우리의 부모와 형제자매, 친척과 친구를 위해 먹었다. 입안 가득 음식을 넣고 그들의 이름을 웅얼거렸고 그들의 배고픈 얼굴, 갈라진 입술을 떠올렸다. 우리와 함께 먹을 수 없는 사람들을 위해, 그들이 잘 먹고 있기를 바라며 먹었다. 배불리 먹은 후엔 무거운 몸을 코끼리처럼 위엄 있게 움직이며 생각했다. 우리 조국이 미국에 있는 우리를 볼 수 있다면 좋을 텐데. 우리 나라가 아닌 다른 나라에서 황제처럼 먹고 있는 우리를 볼 수 있다면 좋을 텐데.

처음 본 미국은 얼마나 놀라웠던가. 자기 몸이 마음에 안 들면 의사한테 가서, 선생님, 제 몸이 잘못됐어요. 바로잡아주세요. 이 코가 마음에 안 들어요. 이 젖가슴도, 이 입술도요, 라고 말할 수 있는 나라. 우리는 늙은 부모를 멀리 보내 낯선 사람들이 돌보게 하는 걸 보았고 부모가 제 자식을 때리는 게 금지되어 있다는 걸 보았다. 이런 이상한 것들, 평생 못 보던 것들을 보고 우리는 이렇게 말했다. 도대체 여긴 어떤 나라야? 무슨 나라가 이래?

우리 나라가 아니기 때문에 우리 말을 쓸 수가 없었고, 그래서 말은 멍들어서 나왔다. 우리가 말을 할 때, 혀가 입안에서 제멋대로 놀았고 술 취한 사람처럼 비틀거렸다. 우리 말이 아니었기 때문에 우리가 의도하지 않은 말을 하게 되었다. 우리가 진짜 하고 싶었던 말은 접힌 채로 안에 갇혔다. 미국에서 우리에겐 언어가 없었다. 우리끼리 있을 때에만 진짜 우리 목소리로 말했다. 우리끼리 있을 때는 우리 말의 말馬을 불러내 고층건물들 사이를 미친듯이 내달렸다. 그리고 매번, 마지못해 말에서 내렸다.

미국에 온다는 건 얼마나 힘든 일인지. 바늘 똥구멍을 통과하기보다 더 힘든 일이었다. 비자와 여권을 만들기 위해 우리는 애원하고 좌절하고 거짓말하고 굽실거리고 약속하고 유혹하고 뇌물을 주었다. 그곳에서 벗어나기 위해서라면 무슨 짓이든 할 수 있었다. 이곳으로 오는 여권과 여비를 마련하기 위해 샤카 줄루는 반대하는 아버지가 키우던 소들을 전부 팔았다. 퍼서버런스는 여동생 넷사이가 학교를 그만두게 만들었다. 은코는 아홉 달 동안 보츠와나 들판에서 일했다. 노지포는 프림로즈, 시셀로쿠홀, 마이데이처럼 여권 사무소의 시커먼 뚱보 바닐 코자와 잤다. 미국을 그리며 누운 소녀들은 다리 사이에 바닐을 받아들였다.

우리를 제대로 떠나보내기 위해 마을 노인들은 마른땅에 담배를 뿌려 조상들을 불러모으고 우리의 안전을 기원했다. 옛날과 달리, 조상들은 땅 밑에서 춤을 추며 나오지 않았다. 기어나왔다. 꾸물거렸다. 그들은 배가 고팠다. 그들은 피와 고기와 수수맥주를 원했고 희생 제물과 선물을 원했다. 그러나 약간의 담뱃가루 말고는 바칠 게 없었다. 아무것도 없었다. 영혼들은 뿌옇게 메마른 눈동자로 우리를 쳐다보았다. 그리고 자기들끼리 속삭였다. 조상들의 무덤에서 그렇게 멀리 떨어진 멜리카*에서 과연 무사할 수 있을까.

멜리카에선 악마를 두려워하지 않나?

---

* 아메리카의 잘못된 발음.

멜리카는 한번 가면 다시는 고향 사람들을 보지 못하는 무덤과도 같은 곳이 아닌가?

멜리카는 아주 오래전에 우리의 검은 아들들 딸들을 강제로 끌고 갔던 끔찍한 나라 아닌가?

우리는 그 모든 얘기를 한 귀로 듣고 한 귀로 흘렸다. 못 들은 척했다. 우리는 동요하지 않기로 했다. 귀담아듣지 않기로 했다. 끌려간 아들들과 딸들의 발자취를 따라, 우리는 미국에 가기로 마음먹었다. 그렇다, 미국에 가자. 그리고 마침내 미국에 도착했을 때 우리는 꿈을 꺼내 갓 태어난 아기를 보듯 조심스럽게 바라보다가 한옆으로 밀어두었다. 우리는 그 꿈을 좇지 않을 것이다. 우리가 되고 싶은 건 결코 될 수 없을 것이다. 의사, 변호사, 교사, 엔지니어. 우리 비자는 유학 비자지만 학교도 다니지 못할 것이다. 애당초 학교에 다닐 돈이 없다는 걸 알면서도 유학 비자를 신청했다. 그게 미국에 올 수 있는 유일한 방법이었기 때문이다.

학교에 다니는 대신 우리는 일을 했다. 우리의 사회보장카드에는 이민귀화국의 허가 시에만 취업 가능이라고 적혀 있지만 우리는 이를 악물고 법을 어기며 일했다. 달리 무얼 할 수 있을까. 우리가 무얼 할 수 있었을까. 우리가 아니고 누구라도, 달리 무얼 할 수 있었을까. 법을 어기고 있었기 때문에 수치심에 고개를 숙이고 다녔다. 예전에는 한 번도 법을 어긴 적이 없는 우리였다. 우리는 고개를 숙였다. 우리는 더이상 한 나라의 국민이 아니라 불법 체류자였기 때문에.

불법 체류자들을 어떻게 할 것인가를 놓고 그들이 논쟁을 벌일 때마다 우리는 숨을 죽이고, 웃음을 멈추고, 모든 걸 멈추고 귀를 기울였다. 우리는 들었다. 미국의 일자리 유출, 무너진 국경, 중산층 전쟁, 침략, 강제 추방, 불법 체류자, 불법 체류자, 불법 체류자. 우리는 피가 날 때까지 혀를 깨물었고 긴장한 채 한 쪽 엉덩이만 걸치고 앉았다. 당장 내일 무슨 일이 벌어질지 모르는 상황에서 어떻게 편안하게 앉아 있을 수 있을까?

불법 체류자고 발각될까봐 두려웠기 때문에 우리는 우리끼리만 이야기를 나누었고 우리끼리 붙어 있었고 우리와 다른 사람들은 피해 다녔다. 그들이 우리를 어떻게 생각할지, 우리를 어떻게 처분할지 알 수 없었다. 그들을 화나게 하고 싶지 않았고 그들의 호기심을 원치 않았고 그들의 관심을 원치 않았다. 우리는 그들을 똑바로 쳐다보지 않고 그들의 시선을 피했다. 우리는 진짜 이름을 숨기고 누가 물어보면 가짜 이름을 댔다. 우리와 그들 사이에 산을 쌓고 강을 파고 가시덤불을 심었다. 미국에 오기 위해 너무 많은 대가를 치러야 했기 때문에 이 기회를 잃고 싶지 않았다.

이민국 직원들이 노동자들을 조사하러 온다는 얘기를 들으면 가슴이 내려앉았다. 우리가 두고 온, 누더기가 된 조국을 생각했다. 미국 달러로, 다른 나라에서 흘러들어온 돈으로 간신히 버티고 있는 조국을 생각했다. 그럴 때면 우리의 피는 차갑게 식었다. 일을 하다가 서류를 요구하면 놀란 닭들처럼 허둥댔고 원하지 않는 일자리를 찾아 몰려다녔다. 그리고 그 과정에서 많은 다른 사람들을 만났다. 신화 같은 이름, 수수께끼 같은 이름, 한 번도 들어본 적 없는 이름들을 가진 사람들을 만났다. 비르질리오, 발라무건탄, 파힘, 압둘라흐만, 아지즈, 바코, 대현, 우스만, 키마츠. 이상한 이름들을 부르는 게 너무 힘들 때면 나라 이름으로 그들을 불렀다.

이거 어떻게 하는 거야, 스리랑카?

멕시코, 너 올 거야 안 올 거야?

미국에 오려고 신장을 팔았다는 게 사실이야, 인도?

얘들아, 제발 샤카 줄루를 내버려둬. 그분은 연로하셨잖아. 그냥 해본 말이야.

네가 이 일을 싫어한다는 건 알아, 수단. 하지만 버텨야 해.

가자, 에티오피아, 어서 빨리. 이스라엘, 카자흐스탄, 니제르 형제들, 어서 가자고!

다른 사람들은 우리가 모르는 언어로 말했고 다른 신을 숭배했고 우리가 손도 대지 않을 음식을 먹었다. 그러나 그들도 우리처럼 조국을 떠난 사람들이었다. 그들은 지갑을 열어 우리들의 어머니들과 똑같이 근심으로 주름진 어머니 사진을 보여주었고 우리 형제들처럼 이루지 못한 꿈으로 눈빛이 흐릿해진 형제자매들, 우리 아버지들과 똑같이 쓸쓸하고 지쳐 보이는 아버지의 사진을 보여주었다. 우리는 그들의 나라를 본 적이 없지만 사진 속 모든 것을 알았다. 우리는 서로 이방인이 아니었다.

그리고 우리가 했던 일들, 세상에, 세상에, 세상에. 우리가 했던 일들. 저임금 노동. 허리가 부러지는 일. 인간 존엄성의 뼈를 갉아먹고 살을 삼키고 골수를 빼먹는 일. 우리는 뜨거운 다리미로 우리의 자존심을 납작하게 폈다. 화장실을 청소했다. 뜨거운 태양 아래 길 잃은 사냥개처럼 혀를 길게 빼물고 헐떡거릴 때까지 담배를 수확하고, 과일을 땄다. 가축을 도살하고, 목을 따고, 피를 뺐다.

우리는 위험한 기계를 다루었고, 물밑의 악어들처럼 숨을 참았고, 우리의 삶은 뒷전으로 밀어두고 돈 버는 데만 열중했다. 아다모는 수단의 왼쪽 손가락 세 개를 앗아간 기계에 살해당했다. 우리는 고기를 자르다 손을 베었고 피부염에 걸렸다. 폐 속에서 천둥이 칠 때까지 악취를 맡았다. 에콰도르는 사십층 건물 지붕에서 떨어져 척추가 산산조각 났다. 떨어지면서도 그는 미스 히호스! 미스 히호스!*라고 외쳤다. 우리는 아파도 병원에 가지 않았다. 병원에 갈 수가 없었다. 우리는 쓴 약을 삼키듯 모든 고통을 삼켰고, 사랑의 묘약을 삼키듯 두려움을 들이마시며 일하고 또 일했다.

이 주에 한 번씩 임금을 받으면 웨스턴 유니언**이나 머니그램을 통해 고향에 송금했다. 남아 있는 가족들을 위해 먹을 것을 사고 입을 옷을 샀다. 어린아이들을 위해 학비를 댔다. 우리는 굶주림, 도움, 쿤치마***라는 단어가 적힌 편지들을 받았고 돈을 보냈다. 사람들이, 참 열심히 일하네요. 왜 그렇게 열심히 일해요?라고 물으면 그저 미소를 지었다.

그리고 종종 전화로 머뭇거리며 무엇이 필요한지 말하는 부모님과 어른들의 목소리를 들었다. 그들은 이미 오래전부터 우리의 보호자가 아니었다. 이제 우리가 그들의 보호자였다. 먼 친척들까지도 도움을 청해왔다. 우리는 당나귀처럼 일했고 노예처럼 일했고 미친 사람처럼 일했다. 우리가 망설이면 그들은 이렇게 말했다. 너희들은 미국에 있잖아. 거긴 다들 돈이 있잖아. TV에서 다 봤어. 우릴 버리지 마. 마도다! 바코마나!**** 우리는 얼마

* '내 자식들! 내 자식들!'이라는 뜻.

** 미국의 해외 송금 대행 업체.

*** '힘들다'라는 뜻.

나 열심히 일했던가.

우리는 이렇게 큰 괴물 같은 나라를 본 적이 없었다. 마치 한 나라 안에 여러 나라가 들어 있는 것 같았다. 미시간, 텍사스, 뉴욕, 애틀랜타, 오하이오, 캔자스, 워싱턴, 캘리포니아, 그 외에 다른 여러 나라들이 있었다. 우리는 여러 곳을 다녔고 많은 사진들을 찍었고 미국에 있는 우리의 모습을 보여주려고 사진을 보냈다. 백악관 앞에서 사진을 찍었고 자유의 여신상에 기대어서도 사진을 찍었다. 마치 그녀가 우리의 할머니라도 된다는 듯. 나이아가라 폭포 앞에서 사진을 찍었고 타임스스퀘어에서도 사진을 찍었다. 플로리다의 돌고래와 사진을 찍었고 그랜드캐니언에서도 사진을 찍었다. 우리는 갈 수 있는 곳 어디든 가서 사진을 찍고 또 찍은 다음 고향에 보내고, 결코 우리 것이 될 수 없는 나라를 자랑했다.

그리고 고향에서 그 사진들을 보고 자기들도 미국에 가서 직접 보고 싶다고 말하면 우리는 말했다. 그래, 뷰야니니, 치유야이,[*****] 언제든지! 우리는 그들에게 비자와 비행기 표를 구할 돈을 보냈고 그들은 미국으로 왔다. 오는 사람들 대부분 젊은이들

**** '세상에! 맙소사!'라는 뜻.

***** 엔데벨족 언어와 쇼나족 언어로 '와!'라는 뜻.

이었고 노인들이나 아이들은 고국에 남겨졌다. 그들은 만신창이가 된 나라를 등지고 떼로 몰려왔다. 만신창이를 손질할 생각은 하지 않았다. 우리 머릿속엔 오직 한 가지 생각뿐이었다. 떠나자, 버리자, 도망치자, 튀자, 어디로든. 탈출하자.

그들이 굶주리고 퀭하면서도 희망에 찬 모습으로 미국에 오면 우리는 그들을 꼭 끌어안아주고 우리 것이 아닌 집으로 안내했다. 우리는 그들의 머리카락과 옷 냄새를 맡으며 고향 소식을 들려달라고 애원했다. 큰 소식, 작은 소식, 어떤 소식이라도. 비오기 직전 땅냄새가 어떤지, 비 온 후의 땅냄새는 어떤지 얘기해달라고, 폭죽처럼 땅에서 솟아오르는 날개미떼 이야기를 해달라고 졸랐다.

우리는 물었다. 시청은 여전히 그대로야? 트레드골드 빌딩은? 렌키니 버스 터미널은? 시내 도로 양쪽에 서 있던 자카란다 나무들은? 그 나무에서 아직도 진한 보라색 꽃이 피니? 미치광이 예언자 레벨레이션스 비칭턴 음보로는 아직도 있니? 그 사람이 나 비자 받게 해달라고 기도했는데, 믿겨? 메인 스트리트는? 지금도 강처럼 물이 넘치니? 스파 슈퍼마켓 밖에 그 장님 거지는 지금도 타바스 이시팜바노 울란델*을 부르고 있니? 우리는 이제 막

* '주여 당신의 십자가를 지고 따르겠나이다'라는 뜻.

도착한 사람들에게 온갖 질문을 쏟아부었고 그들이 말하는 것을 지켜보았다. 우리 머리를 그들의 입속에 집어넣고 그들이 하는 말 한마디 한마디, 느낌 하나하나를 흡입하고 싶었다.

그러다가 어느 날 집으로 전화를 걸면 낯선 어린애가 전화를 받았고 우리가 너 누구니? 하고 물으면 그들이 대답한다. 저는 타바니의 아들 런길이에요. 니야라이의 딸 트리샤예요. 프레이어의 둘째 가리카이예요. 낯선 아이들의 목소리를 들으며 우리는 말했다. 세상에, 타바니가 벌써 엄마가 됐어? 니야라이한테 딸이 있어? 프레이어가 벌써 애를 낳았어? 언제 그렇게 됐지? 그 어린애들이 어느새 어린애를 낳았지? 시간은 그렇게 흘렀다. 시간은 날아갔고 시간이 날아가는 것을 우리는 보지 못했다. 우리는 고국에 갈 수 없었다. 돌아올 수 있는 서류가 없었고 그래서 우리는 미국에 머물렀다. 한번 가면 다시는 미국에 돌아오지 못한다는 걸 알기 때문에 이곳에 머물렀다. 죄수처럼 이곳에 머물렀다. 다만 우리가 이 감옥을 선택했고 또 사랑했다는 점이 달랐을 뿐이었다. 그리 나쁜 감옥은 아니었다. 본국의 상황이 악화될 때마다 우리는 족쇄를 더 단단히 채우며 말했다. 절대로 미국을 떠나지 않을 거야. 절대로.

그러다가 우리의 자식들이 태어났다. 우리는 그들의 미국인 출생증명서를 소중히 간직했다. 우리 부모의 이름도, 우리 자신의 이름도 물려주지 않았다. 그랬다간 제 이름을 제대로 발음하지 못할까봐 두려웠고 친구들과 교사들이 어떻게 불러야 할지 모를까봐 두려웠다. 우리는 그들에게 미국인이 될 수 있는 이름을 지어주었다. 우리에게 아무 의미도 없는 이름을. 에런, 조시, 데이나, 코리, 잭, 캐슬린. 아이들이 태어났을 때 우리는 탯줄을 땅에 묻지 않았다. 우리의 것이라고 말할 만한 땅이 없었기 때문이었다. 아기들을 건강하게 하려고 그들의 머리 위에 약초 연기를 쏘이지도 않았고, 그들을 악령으로부터 보호하기 위해 허리에 물건들을 달아주지도 않았고, 맥주를 만들거나 땅에 담배를 뿌리면서 그들의 탄생을 조상들에게 알리지도 않았다. 대신 우리는 미소를 지었다.

부모님이 전화를 걸어 우리를 본 지가 너무 오래되었다고, 자신들이 늙어가고 있고 우리를 만나야 한다고, 손자 손녀들도 보고 싶다고 말하면, 우리는 말했다. 곧 갈게요, 엄마. 사야부야 바바*, 곧 갈게요, 고고, 티리큐야 세쿠루**. 우리에게 아직도 서류가 없다는 말은 하고 싶지 않았다. 그들이 불안해하며 미국이 아프리카의 자식들을, 다른 땅의 아들과 딸들을 집어삼키고 내뱉을

* '엄마 아빠'라는 뜻.

** '할머니, 우리 곧 갈게요'라는 뜻.

줄 모르는 탐욕스러운 괴물이라고 욕할 때마다 우리는 말했다. 곧 갈게요. 내년에 갈게요. 그러다가 내년이 오면 내년엔 꼭 가요, 하고 말했다. 그러다가 또 내년이 오면 말했다. 내년엔 기필코. 그러다가 또 내년이 오면 말했다. 갈 거예요, 좀 기다려보세요. 우리의 부모들은 기다렸고 아무리 기다려도 우리가 오지 않는 걸 지켜보았다.

그들은 기다리다 죽었다. 자유의 여신상 앞에 서 있는 자식들의 사진들을 메마른 손에 움켜쥐고서, 잃어버린 아들들과 딸들의 무덤을 가슴에 파놓고서, 잃어버린 아들들과 딸들을 돌려달라고 하늘을 날아다니는 기계에 빌기 위해 노쇠한 눈을 하늘에 고정한 채로. 우리는 서류가 없어서 그들의 장례식에 참석할 수 없었다. 멀리서 애도해야 했다. 우리는 방문을 걸어 잠그고 남들이 걱정하지 않도록 음악을 크게 틀어놓고서, 바닥을 뒹굴며 울고 울고 또 울었다.

그렇게 부모님이 떠나고 나면 우리는 스스로 말했다. 이제 우리에겐 돌아갈 집이 없어. 누구를 보러 돌아가겠어? 우리는 스스로 다짐했다. 우리는 이제 자식들의 것이라고. 그런데 그 자식들이 자라자 우리는 그들 속에서 우리의 모습을 찾아볼 수가 없었다. 그들은 우리 말을 할 줄 몰랐고 우리와 다르게 말했다. 그들이 잘못을 저지르면 우린 안 돼, 그러지마, 그만, 이제 그만해,

하고 말했지만 그건 우리가 하고 싶은 게 아니었다. 회초리를 들고 와 때리고 때리고 계속 때리고 싶었다. 피를 보고, 따끔한 맛을 보여주고, 평생 잊지 못할 가르침을 주고 싶었다. 그러나 우리 부모가 우리를 키운 대로 자식들을 키우다 체포될까봐 두려웠다.

우리 아이들이 충분히 자라자 우리는 고국 이야기를 들려주었다. 하지만 그들은 우리가 떠나온 나라의 이야기를 들려달라고 애원하지 않았다. 그저 컴퓨터 앞으로 가서 구글에 검색하고 검색하고 또 검색했다. 컴퓨터 앞에서 일어나면서, 아이들은 연민과 두려움이 뒤섞인 표정으로 우리를 바라보며 말했다. 세상에, 저런 나라에서 어떻게 살았어요? 아이들은 우리의 할머니가 들려준 마을에서 불이 났던 이야기를 듣고 싶어하지 않았다. 부할류세벤콘시*나 츄로 나 구도**, 토끼가 어떻게 꼬리를 잃었는지, 듣고 싶어하지 않았다. 우리가 도망쳐 온 곳의 두려움의 일부가 되려 하지 않았다.

아이들이 커가면서 우리는 많은 것을 받아들였다. 우리는 그렇게 자라지 않았기 때문에 당혹스러웠던 일들도 많았다. 그러

* 악령에 홀려 사랑에 빠질 뻔했던 공주에 관한 짐바브웨 동화.

** 토끼와 개코원숭이에 관한 짐바브웨 동화.

나 그 모든 것을 받아들이고 이렇게 말했다. 모든 여행에는 대가가 따르는 법이야. 이게 오래전에 우리가 했던 긴 여행에 대한 대가야. 우리 아이들이 청소년이 되었을 때 그들은 우리에게 결혼 승낙을 받지 않았다. 우리는 지참금을 받지 않았다. 예물을 받지 않았다. 결혼식에서 맥주를 쏟지도, 담배를 땅에 뿌리지도 않았고, 조상들께 감사하기 위해 북을 치지도 않았다. 우리는 그저 미소만 지었다.

우리 아이들은 그들만의 가족을 이루었다. 우리는 그들에게 이래라저래라 하지 않았고 자식들을 어떻게 키워야 하는지 잔소리하지 않았다. 그들은 우리를 거의 찾아오지 않았다. 일과 새로운 삶 때문에 바빴다. 우리가 부모에게 보냈던 것처럼 우리에게 돈을 보내주지 않았다. 우리가 나이들어도 같이 살자고 애원하지 않았다. 우리가 더 나이들자 우리처럼 고국을 등진 낯선 사람들이 돌봐주는 양로원으로 우릴 보냈다.

우리는 꿈에 부모를 보았다. 그들은 우리를 만지지 않았고 우리에게 말을 걸지 않았다. 그저 우리가 기억하지 못하는 표정으로 우리를 바라보았다. 그들에게 다가가려는 순간 우리는 건널 수 없는 바다가 우리를 가로막고 있음을 깨달았다. 손을 뻗어보고, 소리를 질러보고, 애원도 해보고, 간청도 해보았지만 소용없었다. 매번 눈에 상처가 난 채 거울을 찾다가 꿈에서 깼다. 찢어지는 고통을 통해 우리 자신의 모습을 보았다.

우리가 죽으면 아이들은 어떻게 통곡해야 하는지, 어떻게 애도해야 하는지 알지 못할 것이다. 슬퍼서 미치지도 않을 것이고 소매에 검은 헝겊을 달지도 않을 것이고*, 맥주나 담배를 땅에 뿌리지도 않을 것이고, 목이 쉬어라 노래를 부르지도 않을 것이다. 우리 무덤에 접시와 컵들을 놓지 않을 것이다. 음파파 나무와 함께 우릴 떠나보내지 않을 것이다. 우리는 맨몸으로 죽은 자의 땅으로 떠나야 할 것이다. 조상들의 성城으로 들어가는 데 필요한 물건들을 지니지 못한 채로. 우리가 아무것도 제대로 갖추지 못했으니 조상의 영혼들은 우리를 마중나오지 않을 것이고, 그래서 우리는 기다리고 기다리고 또 기다릴 것이다. 마치 허공에 휘날리는 이름 없는 나라의 깃발들처럼 영원히.

* 짐바브웨에서는 부모가 죽으면 소매에 검은 헝겊을 다는 관습이 있다.

17

나의 미국

화장실을 청소하거나 계산대에서 포장을 하지 않을 때면 나는 커다란 카트 위로 몸을 숙인 채 페이고, 펩시, 닥터페퍼, 세븐업, 루트비어, 밀러, 버드와이저, 하이네켄 같은 이름들이 붙은 병과 캔들을 분류한다. 반환금*을 받기 위해 사람들이 가져온 캔들을 정문에서 수거해 이곳으로 실어오면, 내가 종류별로 분리해서 벽에 기대 세워놓은 높은 상자에 집어넣는다. 상자가 다 차면, 상자 안의 거대한 비닐봉지를 꺼내 묶은 다음 알록달록한 비닐봉지들의 무덤으로 던져놓는다. 유리병은 조그만 종이상자에

* 미국의 12개 주에서는 음료수 병이나 캔을 소매상에 반환하면 일정 금액을 되돌려주도록 법으로 정하고 있다.

넣어 별도로 쌓아놓는다.

꽤 잘하네! 눈가리개를 해도 캔을 다 분류할 수 있을 것 같아. 카트에서 고개를 들어보니 매니저인 짐이 서 있다. 키가 작고 털이 많은 짐이 사무실 문 앞에서 미소를 짓고 있다. 한 손에는 담배를 들고 어깨와 귀 사이에 휴대전화를 끼고 있다. 그의 기대와 달리 나는 짐에게 웃어주지 않는다. 나는 묵묵히 하던 일을 계속한다. 펩시는 맨 끝 상자로 던지고 페이고는 가운데 상자에 안착시키고 마지막으로 내추럴라이트를 반대편 상자에 주저 없이, 상표를 확인할 필요도 없이 던져서 끝내버린다.

캔 분류를 끝내고 막 병을 시작하려는데 내 바로 뒤 정문 쪽에서 여자가 나타난다. 여자는 길바닥에 차이는 돌멩이를 지나치듯 내게 눈길 한 번 주지 않고 지나간다. 흐느적거리는 걸음걸이가 꼭 자기가 비욘세나 킴 카다시안 정도 되는 줄 아나본데, 사실 검은색 하이힐을 신고 걸어가는 초록빛 눈동자의 갈색 나무토막일 뿐이다. 짐의 사무실 앞에 다다른 그녀는 짐이 전화선을 들어올려주자 그 밑으로 슥 들어가고, 짐은 사무실 문을 쾅 닫는다. 그 여자는 짐의 아내가 아니다. 그의 아내는 내가 만난 적이 있어서 안다. 짐의 아내는 타이츠를 입은 모기처럼 생긴 빨간 머리 아이와 항상 함께 다닌다.

내가 들고 있던 밀러 맥주병 안에서 무언가가 기어나온다. 나는 여전히 짐의 사무실 문을 쳐다보며 두 사람이 안에서 무얼 할까 궁금해하는 중인데, 무언가가 팔을 기어오르는 것 같은 기분이 든다. 슬쩍 팔을 쳐다보는 찰나 밀러 맥주병들이 내 발치에서 산산조각이 난다. 유리 조각들이 더러운 땅바닥에서 춤을 춘다. 무슨 일인지 보려고 짐이 뛰쳐나왔을 때 나는 종이상자 압축기 옆에 놓인 테이블에 올라가 비명을 지르며 발을 구르고 있다. 내 발이 전자렌지에 닿을락 말락 한다.

겨우 바퀴벌레 갖고 난리야. 짐은 그렇게 말하더니 뒤로 돌아 날 쏘아본다. 그의 목소리는 마치 바퀴벌레 한 마리가 나온 것 말고는 정말 아무 일도 없다는 투다.

이제 바퀴벌레는 우리 얘기를 들어보겠다는 듯 하이네켄 캔 옆에 자리를 잡고 앉아 있다. 거대한 바퀴벌레다. 반짝이는 짙은 갈색이 방금 스파를 마치고 나온 것 같다. 짐이 바퀴벌레를 밟아 죽이려고 발을 드는 순간 나는 눈을 감는다. 다시 눈을 떴을 땐 그가 쓰레받기에 벌레를 담아 입구 가까이에 있는 커다란 쓰레기통에 던지고 있다.

자, 하던 일 계속해. 다시 돌아온 그가 말한다. 아프리카엔 바퀴벌레도 없냐? 짐이 이럴 때마다 신경에 거슬린다. 그는 늘 아프리카가 하나의 국가라는 듯이 말한다. 아프리카는 대륙이고, 그 안에 오십여 개의 나라가 있고, 짐바브웨를 제외한 다른 나라엔 가본 적이 없어서 모른다고 그렇게 말했는데도.

왜 그렇게 유난스럽게 굴어! 거기서 별의별 것 다 봤다는 거 알고 있는데. 그가 어깨 너머로 말한다. 이 상황에 왜 아프리카를 들먹이느냐고 물으려 입을 벌리는데 그는 이미 문을 닫고 사무실 안으로 사라져버린다. 나는 가운뎃손가락으로 욕을 한 뒤 테이블에서 내려온다.

맥주병들이 가장 끔찍하다. 온갖 지저분한 물건들이 나오기 때문이다. 핏자국. 쓰레기. 오줌 색깔의 김빠진 맥주에 둥둥 떠 있는 담배꽁초, 한번은 사용한 콘돔이 나온 적도 있다. 10학년 때 처음 여기서 일을 시작했을 땐 툭하면 토했다.

"달링, 프런트로 오세요. 달링, 프런트로 오세요." 인터컴에서 지직거리며 목소리가 흘러나온다. 나를 두 번 부를 필요는 없다. 이 더러운 맥주병에서 벗어날 수만 있다면 식료품 포장, 바닥 쓸기, 그 밖의 무슨 일이든 다 할 수 있다. 나는 들고 있던 버드와이저 병들을 카트에 내던지고 손을 씻으러 싱크대로 간다. 더러운 병들 때문에 엄청난 양의 비누와 뜨거운 물을 사용한다. 끔찍하게 추운 정육 냉장고를 지나칠 때 정육 담당자에게 미소를 건넨다. 그는 자기네 나라 말로 뭐라고 소리치면서 피 묻은 칼을 휘두르며 손을 흔들어 인사한다. 나는 직원 외 출입금지라고 적힌 파란 스윙도어 문 앞에 멈춰 서서 앞치마를 더 단단히 조이고 환하게 불이 밝혀진 매장으로 들어선다. 차가운 공기가 내 온몸을 핥는다.

몇 시간 뒤 완전히 녹초가 된 나는 더운 주차장에서 코조 이모부를 기다린다. 수다스러운 계산대 점원 메건은 정문 옆 보도에 앉아 남자친구에게 문자를 보내고 있다. 십 분 전에 왔어야 하는데 아직도 안 왔다며 그의 피둥피둥한 엉덩이를 걷어차주겠다고 투덜거린다. 경찰차 두 대가 요란하게 사이렌을 울리며 지나가지만, 나는 이제 이 동네에서 경찰차를 봐도 그다지 놀라지 않는다. 길 건너편 값싼 인조 잔디가 깔린 공원에는 아큐파이* 사람들이 피켓을 들고 공원을 점령하고 있다. 맨 처음 그 조그만 천막들과 테이블에 쌓인 음식들을 보았을 때 나는 그 사람들이 고통이 뭔지 아는 척하는 게 우스워 웃고 말았다.

주차장은 짐의 커다란 파란색 밴과 자동차 두어 대, 빨간 자전거를 제외하면 텅 비어 있다. 심하게 꼰 드레드록 머리를 한 늙은 자메이카 남자가 검은색 쓰레기봉지를 어깨에 둘러메고 유리병을 찾아 쓰레기통을 뒤지고 있다. 셔츠 등에 그려진 황금빛 사

* Occupy movement. "99%가 1%의 탐욕스러운 금융자본에 대항하자"는 슬로건 아래 2011년 뉴욕을 중심으로 미국 전역을 휩쓸었던 저항운동.

자의 두상이 봉지에 가려져 반만 보인다. 그가 깨끗이 씻고 나서 매장 안으로 들어가 라스타파리*가 어쩌고저쩌고하면서 조곤조곤 이야기를 하고 환한, 정말이지 백옥처럼 환한 미소를 지어 보이면, 그가 쓰레기통에서 병을 줍는 사람이라는 걸 아무도 눈치채지 못한다. 미국에서는 미친 사람만 그런 일을 하는 게 아니다.

저 말라깽이 년이 내가 일찍 나간다고 징징거리네. 메건이 휴대전화를 핸드백에 넣으면서 말한다. 그녀는 잠시 입을 다물지만 내가 무슨 말이든 해주기를 기대하는 것 같아서, 누구를 말하는지 알면서도 내가 묻는다. 어떤 말라깽이 년이요?

테리사 년 말이야.

아…… 내가 말한다.

그년 말하는 거 너도 들었어? 자기 아들이 아파서 일찍 데리러 가야 한다나 어쨌다나. 저기요, 나도 빨리 집에 가고 싶거든요, 이런 것처럼.

아…… 내가 말한다.

보나마나 짐 그 머저리 같은 새끼가 테리사 년도 보내주겠지. 그년 팬티 속에 들어가고 싶을 테니까. 메건이 말한다.

---

* 1930년대 자메이카에서 시작된 신흥 종교. 길게 늘어뜨린 드레드록이 신도들의 특징이다.

아…… 내가 말한다.

내 말은, 여기서 일한 지 얼마나 됐다고 벌써 그런 소릴 하느냐고. 도대체 말이 되는 얘기니?

아…… 내가 말한다. 가끔 나는 대화를 할 때 제대로 된 단어를 생각해내려 애쓰지 않는다. 그럴 필요가 없다. 어떤 사람들은 그저 혼자 떠드는 걸로 만족한다. 이제 경찰차 두 대가 왔던 길로 도로 지나간다. 사이렌은 꺼졌다. 차 두 대의 뒷좌석에 흑인들이 각각 한 명씩 타고 있다.

내가 여기서 일한 지 십사 년이야. 신입은 절대 나보다 먼저 퇴근할 수 없어. 비키는 먼저 갈 수 있지. 비키는 여기서 이십 년 일했으니까. 비키라면 절대 나도 상관 안 해. 하지만 비키 외에는, 결코 용납할 수 없는 일이야. 절대로. 여기 고참은 바로 나란 말이야. 내가 하고 싶은 말은 바로 그거야. 메건이 무슨 소릴 하는 건지 몰라도 나는 고개를 끄덕인다. 휴대전화 벨이 울리고 그녀가 핸드백 안을 더듬어 휴대전화를 꺼낸다. 빨간색 카드가 바닥에 떨어진다. 그녀는 알아차리지 못하고, 나도 딱히 알려주고 싶지 않다. 메건 때문에 피곤하다. 메건은 떠들고 떠들고 또 떠든다. 나는 그녀가 문자를 읽고 눈썹을 치켜세우는 것을 지켜본다.

개새끼. 메건이 혼잣말로 중얼거린다. 일그러진 얼굴과 휴대전화 자판을 두드리는 모습으로 보아 분노의 문자를 보내고 있는 것 같다. 어느 순간 나는 시간이 흘러 늙고 머리가 허옇게 센 메건을 그려본다. 늙은 메건은 계산대에서 숫자를 입력하느라 몸을 숙이고 있다가 카운터 뒤쪽으로 발을 질질 끌며 걸어가서 손님에게 내어줄 복권과 담배를 가져온다. 말로 설명할 수 없는 묘한 감정이 밀려든다. 바닥에 드러누워 메건을 위해 울고 싶다.

그러다 어느 순간 메건이 아닌 나 자신의 모습을 본다. 유리병 카트 위에 몸을 숙인 내 모습. 나이들어 쪼글쪼글해진 얼굴은 이제 탄산음료 캔과 똑같은 모양이 되었고 머리에는 소복이 눈이 내렸다. 나는 억지로 몸을 일으켜 캔 상자로 다가간다. 너무 늙어 더이상 캔을 던질 기운이 없기 때문이다. 누군가 내 어깨에 손을 대는 느낌이 들어 나는 펄쩍 뛰어오른다. 돌아보니 짐이 미소를 지으며 서 있다. 짐은 툭하면 그렇게 내 몸을 건드린다. 마치 자기가 날 잘 안다는 듯이. 난 그게 싫다.

놀랐니? 귀에 닿을 정도로 입을 활짝 벌리고 싱긋 웃으며 묻는다. 나는 몽상 때문에 놀란 거라고 말하지 않는다.

이번 주말에 일할래? 브라이언한테서 전화왔는데 이번 주말에 일 못 하겠다네. 별다른 설명도 없이. 짐이 말한다. 나이가 들어서도 병을 분리하고 있는 내 모습을 생각하고 있던 터라 싫다고 말하려 했는데, 네, 여름에 최대한 많이 일을 해야 해요, 라고 말하는 내 목소리가 들린다. 가을엔 지역 대학에 진학해야 하니까 이모가 저축해두라고 했거든요. 나는 잘 모르지만 이모 말에 의하면 외국인이 미국 대학에 다니려면 학비가 얼마나 비싼지, 나라를 다 살 정도로 돈이 많이 필요하단다.

잘됐네. 그럼 일정표에 네 이름 올려놓으마. 짐은 이미 다시 매장 쪽으로 걷고 있다. 그가 걷다가 정문 앞에 멈추어 선다.

너 그거 아니, 달링? 넌 정말 괜찮은 애야. 다른 애들 같지 않아. 넌 어딘가 달라. 짐이 말한다. 이중문이 입처럼 열리더니 그를 삼키고 도로 닫힌다.

맞는 얘기야. 메건이 말한다. 이제 그녀는 휴대전화를 핸드백 안에 집어넣고 다리를 발목에서 꼬고 앉아서 담배를 피우며 지나가는 차들을 바라보고 있다.

그러니까 내 말은, 물론 너도 다른 애들하고 똑같은 애들이긴 한데, 그래도 어딘가 좀 달라. 넌 허세가 없어. 아프리카 애라서 그런 거겠지? 내 사촌이 아프리카 어느 작은 섬나라 출신 남자애랑 사귀는데, 내가 본 남자 중에 제일 괜찮더라. 약속 하나 제대로 못 지키는 이 개자식하고 완전 달라. 그녀가 말하며 핸드백을 발로 찬다.

아…… 내가 말한다. 나는 메건의 말을 듣고 있지 않다. 딴생각을 하고 있다. 만약 내게 선택의 여지가 있었다면, 나 역시 병을 분류하는 그 더러운 일을 거부했을 거라고. 포스털리나 이모가 처음 나에게 일을 하라는 얘기를 했을 때 나는 웃었다.

지금 내 말이 우습니? 이모가 물었다.

성인도 아닌데, 내가 무슨 일을 해요? 내가 물었다. 나는 기억한다. 이모는 아무 대답도 하지 않고 식탁에서 청구서를 뚫어져라 쳐다보며 루이보스 차를 마시고 있었다. 이모의 눈썹 사이에는 줄곧 프리다 칼로*가 죽기 전에 거기다 그려놓은 것처럼 깊은 주름이 패어 있었다.

곧장 집으로 가지 않는다는 건 알고 있지만, 어디로 가는지는 묻지 않는다. TK가 아프가니스탄에 파병되고 나서 처음 얼마 동안 코조 이모부는 그럭저럭 잘 견뎠지만 어느 순간부터 달라졌다. 이모부는 요즘 돌아다니기를 좋아하고 차를 몰고 달리기를 좋아한다. 운전대만 잡으면 미대륙을 발견하고 싶어 안달난 사람이 된다. 병원에 갔더니 의사가 당분간 쉬면서 고국에 다녀오라고 했다. 일은 쉬었지만 고국에 다녀올 수는 없었다. 대학을 졸업했고 이곳에서 삼십이 년을 살며 일했고 아들 TK도 여기서 태어났지만, 코조 이모부는 아직도 영주권이 없다. 그래서 그가 할 수 있는 가장 좋은 일은 여기저기 돌아다니는 거다. 때로는

* 멕시코의 화가.

단거리, 때로는 장거리. 그래서 우린 이모부 등에 바스코 다 가마가 붙은 모양이라고 말한다.

우리는 주차장에서 차를 빼 메인 스트리트로 들어선다. 메인 스트리트를 달리며, 옛날에 패러다이스에서 어른들이 NGO 사람들을 기다릴 때처럼 무표정한 얼굴로 현관에 앉아 있는 사람들을 지나친다. 물을 기다리는 염소 같은 표정으로 길 한복판에서 있는 꼬마들, 웃통을 벗어 갈색에서 새까만 색까지 다양한 피부색을 드러내고 트렁크 팬티의 현란한 색깔이 보일 정도로 바지를 낮게 내려입은 남자애들, 이 메마르고 뜨거운 거리보다 더 나은 곳으로 가려는 듯 뽐내며 걷고 있는 여자애들, 한 번도 과일이 열리지 않은 짙은 초록빛 나무 그늘에 모여 있는 나이들어 보이는 아이들.

바스코 다 가마는 우리집으로 가는 서드 스트리트 대신 링컨 스트리트로 접어든다. 나는 백미러로 스쳐가는 이웃 풍경을 바라본다. 시야에서 우리가 사라지는 순간 바닥으로 주저앉으며 울부짖을 것 같은 판잣집들이 보인다. 자동차는 길 곳곳에 팬 구멍 때문에 속도를 늦춘다. 링컨 스트리트를 달리는 동안 나는 속으로 노래를 부른다. 인도로 가는 길, 누가 누가 찾았나? 바스코 다 가마! 바스코 다 가마! 바스코 다 가마! 바스코 다 가마가 내게 조용히 하라고 말하자 나는 내가 큰 소리로 노래를 부르고 있었음을 깨닫는다. 혼자 어슬렁거리고 돌아다니는 펫불 한 마리를 피하기 위해 코조 이모부가 핸들을 꺾는 순간 나는 노래를 멈춘다.

이제 우리는 천천히 달린다. 왼쪽으로 낡은 아파트 건물들이 있다. 주위가 온통 잡초밭이다. 오른쪽에는 야구장이 있고 줄무늬가 있는 파란색 야구복을 입은 백인 아이들이 야구장 곳곳을 뛰어다니며 공을 던지거나 잡고 있다. 어른들이 군데군데 모여 서서 아이들을 바라보고 있고 조그만 야구장 주위로 마치 이빨처럼 차들이 줄지어 서 있다. 나는 백미러로 그 광경을 바라본다. 마침내 그 풍경이 사라지고 나니 주위가 온통 정글로 변해 있다. 높이 자라난 수풀에 잠식당한 낡은 차의 시체들, 창문이 깨지고 지붕이 내려앉고 벽이 벗겨진 낡은 폐건물들. 이 벽들이 말을 할 수 있다면 아마 그 건물들은 더듬거릴 것이다. 자기 이름조차 기억하지 못할 것이다.

이런 정글에 사람이 있을 거라고는 생각도 하지 않았는데 웬 여자가 나타난다. 바스코 다 가마 역시 놀라 급브레이크를 밟고, 그 바람에 우리 몸이 앞으로 홱 쏠린다. 우리는 그녀를 바라본다. 키가 크고 날씬한 여자가 손바닥만한 까만 가죽 치마에 빨간 탱크톱을 입고 있다. 그녀가 엉덩이를 요요처럼 흔들며 우리 쪽으로 다가온다. 마치 우리가 올 줄 미리 알고 있었다는 듯이. 바스코 다 가마가 창문을 내리자 뜨거운 담요 같은 열기가 차 안으로 들이닥친다.

그녀가 운전석 안쪽을 들여다보자, 그녀가 차에 타기라도 한 것처럼 차 안이 더 후끈 달아오른다. 안녕, 멋쟁이. 그녀가 말한다. 내게 말하는 건지 바스코 다 가마에게 말하는 건지 알 수 없다. 그녀의 커다란 눈은 언제고 잠들 것처럼 몽롱하다. 예쁜지 예쁘지 않은지 선뜻 판단이 서지 않지만 화장을 예쁘게 한 것만은 사실이다. 눈썹도 손질했고 입술도 밝은 빨간색으로 칠했고 손톱도 탱크톱과 같은 색으로 칠했다.

동전 하나 있어? 딱히 누구에게랄 것도 없이 그녀가 묻는다. 요즘 같은 세상에 동전 하나로 뭘 하겠다는 건지. 동전 하나로 무얼 살 수 있을까. 그녀의 목소리가 거칠다. 팜베키 언덕 꼭대기에서 노래를 부르고 있었던 것처럼.

그녀가 나를 보고 말한다. 귀엽게 생겼네. 우리 예쁜이, 이름이 뭐니? 내가 이름을 말하자 그녀가 미소를 짓는다. 웃는 순간 비로소 그녀가 얼마나 아름다운지 깨닫는다. 그때 아주 이상한 일이 일어난다. 그녀가 마치 기도하듯 내 이름을 중얼거리기 시작한 것이다. 바스코 다 가마가 이십 달러짜리 지폐를 내밀지만 받을 생각도 하지 않는다. 그녀는 그저 그 자리에 서서, 미친 사람처럼 달링, 달링, 달링이라고 되풀이한다. 나는 갑자기 섬뜩한 기분이 든다. 코조 이모부가 차를 출발시키고 나서야 비로소 마음이 진정된다. 백미러로 바라본 그녀의 모습은 꼭 털 뽑힌 닭 같다.

집으로 돌아갔을 때 이모는 우리에게 어디 갔었는지 묻지 않는다. 이모는 소파에서 일어나 부엌으로 간다. 부엌에는 밥과 콩과 생선이 준비되어 있다. 최근 들어 이모는 직접 음식을 만든다. 바스코 다 가마의 병 때문이다. TK가 떠난 뒤 코조 이모부는 음식을 입에 대지 않았다. 처음에 이모는 인도다 이츠와 응게브 햇쉬 라요,* 라고 말하고 웃어넘겼지만, 바스코 다 가마가 계속 먹지 않고 체중이 줄기 시작하자 인터넷에서 가나 요리법을 검색했다. 코조 이모부가 그곳 음식만 먹을 수 있었기 때문이다.

나는 맥북을 켜고 인터넷에 접속하고, 바스코 다 가마는 리모컨을 들고 채널을 여기저기 돌린다. 그나마 다행인 점은 그가 더는 그 지긋지긋한 풋볼을 보지 않는다는 점이다. 거구의 남자들이 조그만 공 하나를 놓고 서로 달리고 부딪치는 게임. 나쁜 점은 바스코 다 가마가 오직 전쟁 뉴스만 본다는 거다. 폭파 작업 중인 군인, 커다란 총을 들고 행진하는 군인, 바닥에 포복하는 군인, 폭발물을 던지는 군인, 건물을 무너뜨리는 군인, 커다란 장갑차를 타고 여기저기 기어다니는 군인, 늘 그랬듯 길에서 놀

* '남자는 고통으로 인생을 배우는 법이다'라는 뜻.

기 위해 군인들을 피해 다니는 아이들.

그러나 사실 바스코 다 가마가 보고 있는 건 그런 게 아니라는 걸 나는 알고 있다. 그는 TK의 얼굴을 찾는 중이다. 심지어 아프간 아이들의 예쁜 얼굴들 속에서도. 그러는 동안 TK는, 바스코 다 가마의 걱정을 즐기기라도 하듯, 벽난로 위 사진 속에서 한쪽 입꼬리만 올라간 미소를 짓고 있다. 금방이라도 웃음을 터뜨리면서 자기한테 어울리지도 않는 군복을 벗어던질 것처럼.

TK가 미군에 입대하겠다고 했을 때 나는 농담인줄 알았다. 어느 날 다들 스파게티를 먹고 있는데 TK가 입대하겠다고 말했다. 바스코 다 가마가 너 지금 뭐라고 했냐? 하고 물었던 기억이 난다. TK는 마치 누군가 자신에게 그가 남자라고 말한 것처럼 심드렁한 표정으로 그를 쳐다보며 대답했다. 군대에 가겠다고요. 바스코 다 가마는 천천히 자리에서 일어났다. 화장실에 가려는 듯이. 그러더니 TK의 뺨을 아주 세게 갈겼다. 그 소리가 아직도 기억에 생생하다. 바스코 다 가마의 손에서 다이너마이트 불꽃이 튀었다.

먼지 터는 데 시간이 너무 오래 걸린다. 먼지 털 물건은 너무나 많고 청소하는 사람은 나 혼자뿐이기 때문이다. 그뿐이 아니다. 이 집은 괴물 같다. 일층이 있고 이층이 있고 삼층까지 있다.

문제는 내가 청소보다도 이 집에 있는 물건들을 하나하나 구경하고 싶다는 거다. 커다란 피아노, 가구와 어울리는 알록달록한 빛깔의 물고기들이 놀고 있는 이상한 어항, 읽지 않은 수많은 책들이 꽂혀 있는 커다란 책장, 불상들, 가면들, 일층에 놓인 온갖 기이한 조각상들, 그림들, 예술품들, 긴 의자들, 벽난로.

조리대가 여러 개 있는 주방도 있다. 재미있는 냉장고와 레인지, 온갖 주방도구들이 있다. 나선형 계단 위층에는 더 많은 소파들이 있고 기다란 텔레비전들 외에도 수많은 가전제품들, 재미있는 가구들, 붙박이 가구가 딸린 화장실들, 강아지 침실, 강아지 옷과 액세서리가 가득한 옷장, 신발이 겹겹이 쌓여 있는 방, 옷이 잔뜩 걸려 있는 방, 여러 가지 기구들이 있는 체육관도 있다. 방이 몇 개인지, 이 집에 몇 사람이 사는지 모르겠지만 만약 내가 이런 집에서 산다면 절대 밖에 나가지 않을 것 같다.

여기서 일하던 에스페란사는 어머니가 아파서 멕시코에 갔는데 약속한 날짜에 돌아오지 않아서, 다른 사람을 구할 때까지 내가 대신 일하게 되었다. 집주인 엘리엇은 포스털리나 이모의 전 상사다. 처음 미국에 왔을 때 이모는 낮에는 학교에 다니고 밤에는 엘리엇의 호텔에서 일했다고 한다. 세네갈, 카메룬, 티베트, 필리핀, 에티오피아 같은 곳에서 온 사람들과 함께 호텔방 청소하는 일을 했다고. 유엔이 따로 없었다니까! 이모는 그렇게 말하곤 했다.

이 주 전 엘리엇이 이모에게 믿을 수 있는 사람이 필요하다고 연락했을 때 이모는 날 염두에 두고 적당한 사람이 있다고 대답했다. 이모는 내게 사방에 감시 카메라가 달려 있으니 물건에 손대는 건 꿈도 꾸지 말라고 했다. 슈퍼마켓에서 일하지 않을 때 나는 이곳에 와야 한다. 남의 집을 청소한다거나 남의 물건을 만지는 것 자체가 썩 내키진 않았다. 그런 일을 하려고 미국에 온 건 아니니까.

눈에 띄는 물건들의 먼지를 닦아낸 다음 바닥에 널린 양말, 티셔츠, 속옷, 타월, 잡지 같은 것을 정돈하고, 모든 화장실과 조리대들을 청소하고, 침대를 정돈하고 진공청소기를 돌리고, 부엌으로 가서 더러운 접시들을 식기세척기에 넣는다. 몇 시간 뒤 할 일을 전부 다 마치고 부엌 조리대를 닦고 있는데 문이 열리더니 엘리엇이 한 번도 만난 적 없는 날씬한 여자애와 함께 들어온다. 그의 딸 케이트인가보다. 이상하게 생긴 조그만 개 티티가 그들 뒤를 따라 들어온다. 분홍색 가죽 재킷에 목에는 노란 스카프를 둘렀다.

다른 때 같았으면 어머나 귀여워라! 하고 거짓말을 했겠지만, 그리고 이런 상황이라면 그렇게 거짓말을 하는 게 옳겠지만, 오늘은 그런 시도조차 하지 않는다. 거짓말을 하기엔 너무 심한 꼴이라서. 그래서 나는 있는 그대로 감정을 솔직하게 드러내며 고개를 젓는다. 정말이지 이건 아니야, 하고 나는 생각한다. 다음번엔 아예 귀걸이도 하고 아이팟과 립글로스를 넣은 핸드백도 들고 올 것 같다. 녀석이 무언가에 홀린 듯 집안을 빙글빙글 돌다가 내 다리 주위를 돌면서 냄새를 맡고 꼬리를 흔들고 마치 우리가 같은 언어를 사용한다는 듯한 표정으로 나를 쳐다보지만, 나는 속으로 말한다. 야! 우리 안 친하잖아.

개는 여전히 그 자리에 서 있고, 나는 차갑게 녀석을 쳐다보면서 그 어떤 개라도 개 따위와는 친구가 되지 않겠다고 생각한다. 그 개가 자기 침실이 있고 분홍색 침대와 옷장, 고가의 옷과 목줄로 채워진 서랍장을 가졌다 해도. 마침내 개가 돌아서고 나는 녀석이 내 의도를 알아차렸다는 생각에 흐뭇하다. 그러나 녀석은 이내 다시 돌아온다. 이번에는 입에 노란 오리를 물고 온다. 녀석이 고무 오리를 내 발치에 놓고 애원하는 눈빛으로 나를 쳐다본다. 내가 꿈쩍도 않자 조그만 머리로 내 왼쪽 다리를 툭 친다. 나는 움찔하면서 녀석을 걷어차지 않으려고 다리에 힘을 준다. 너 따위 상대 안 한다니까. 내가 속으로 말한다. 벌써 다 닦았으면서 계속 조리대를 닦느라 바쁜 척한다.

왔니? 청소 잘했네. 엘리엇이 부엌으로 들어오며 말한다. 그는 말을 할 때 앞에 아*를 붙이는 것처럼 들린다. 아부엌 깨끗하네, 아피자는 아냉장고에 있는데. 그는 열쇠를 조리대에 던져놓고 비타민워터 한 통을 꺼내 뚜껑을 연 다음 뚜껑을 맞은편 쓰레기통에 던져넣는다. 빗나가자 어깨를 으쓱하고 음료를 들이켠다. 들이켤 때마다 목젖이 씰룩거린다. 트림을 하고 병을 조리대에 올려놓는다. 이 남자는 윗옷을 입지 않은 것을 창피해하지도 않는다.

저 아랫동네는 좀 어때? 엘리엇이 묻는다. 나의 고국을 말하는 것이다. 그는 저 아랫동네 같은 멍청한 단어를 즐겨 쓴다. 그가 그 단어를 발음하는 방식이 마음에 들지 않는다. 마치 해가 한 번도 떠오르지 않는 나라라는 듯한 말투. 내가 미처 대답하기도 전에 그가 묻는다. 내 딸 케이트 만난 적 있던가? 대학에 다니는데, 학기 마치고 돌아왔어. 케이트, 이쪽은 달링이야. 포스털리나의 조카. 포스털리나 기억나지? 호텔에서 일할 때 너랑 조이를 돌봐주곤 했잖아. 엘리엇이 부엌으로 들어오는 입국비자를 기다리는 사람처럼 쭈뼛거리고 서 있는 케이트를 돌아보며 말한다.

안녕. 그녀가 말한다. 나는 고개인사를 하고 그녀를 쳐다본다. 케이트는 모르겠지만, 나는 이미 그녀에 대해 알 만큼 안다. 이

---

* 원문에는 the를 zee처럼 발음한다고 되어 있지만, 관사에 익숙하지 않은 한국어를 감안하여 여기서는 단어 앞에 '아'를 붙이는 것으로 번역했다.

주 전 대학교에서 케이트의 남자친구가 그녀가 섹시하지 않다면서 헤어지자고 했을 때 케이트가 자살을 시도했다는 것도 알고 있다. 그녀의 부모도 모르는 일이다. 케이트는 거울 속의 못나고 뚱뚱한 암소를 보면서 자기 몸을 증오한다. 자기가 원하는 모습이 아니기 때문이다.

그래서 케이트는 굶고 있다. 그녀의 부모는 이 사실도 모른다. 케이트가 어쩌다 음식을 먹어야만 할 땐 화장실에 가서 전부 다 토해버린다는 것도 나는 안다. 침대 밑 일기장에 모든 비밀이 적혀 있다. 청소하다가 우연히 그 일기장을 발견했다. 내가 그 일기를 읽은 이유는 모든 숨겨진 것들은 결국 발견되기 마련이기 때문이다. 나는 그녀가 어떻게 사는지, 어떻게 굶주림을 견디는지 궁금하다. 그 길고 끔찍한 발톱이 그녀의 위를 파내고 또 파내어서 제대로 볼 수도 없고, 똑바로 걸을 수도 없고, 제대로 생각할 수도 없으면, 빵부스러기 하나만 먹을 수 있다면 무슨 짓이든 할 수 있을 것 같은 기분이 들게 되면 어떻게 할지.

케이트의 피부는 땀으로 번들거리고 길고 검은 머리카락이 얼굴에 달라붙어 있다. 그녀는 못생기지 않았다. 사실 나는 케이트가 무지하게 예쁘다고 생각한다. 도대체 뭐가 문제일까. 외모로만 보면 나보다 별로 나이가 많은 것 같지도 않다. 그녀는 마치 부엌에 들어오려면 내 허락이 필요하다는 듯 우두커니 서 있다.

개가 이번에는 엘리엇을 귀찮게 한다. 펄쩍펄쩍 뛰며 그의 주위를 맴돈다. 엘리엇이 찬장을 열고 사료 봉지를 꺼내 한 알을 손바닥에 쥐고 내민다. 개가 그것을 낚아채 쏜살같이 달아난다.

뭐 좀 먹을래? 계단으로 향하며 엘리엇이 말한다.

네. 샤워 먼저 하고요. 케이트가 말한다. 그녀의 목소리가 아득하다. 꼭 저 밑에서 무언가가 잡아끄는 것 같다. 그녀는 아빠를 따라 위층으로 올라간다. 엄마는 어디 있는지 묻고 싶지만 내가 그런 걸 물어볼 입장은 아니다. 나는 고개를 들고 케이트를 바라본다. 보이지 않는 아이들* 티셔츠가 몸에 달라붙어서 뼈가 그대로 드러난다. 문득 궁금해진다. 케이트는 위층으로 올라가서 무얼 할지. 정말 샤워를 할지, 아니면 화장실로 가서 뭔가 이상한 짓을 할지. 그리고 그러기 전이든 후든, 침대 밑에서 고급스러운 일기장을 꺼내 그 한심한 짓거리를 기록할지.

잠시 후, 냉장고 문을 닦고 돌아서는데 그녀가 내 뒤에 유령처럼 서 있다. 얼마나 오래 거기 있었을까. 머리카락이 젖은 채로 배스터드가 입던 코넬 대학 티셔츠를 입고 있다.

코넬 다녀? 내가 묻는다. 왠지 친근하게 느껴져서 그 대학에

---

* 미국 청년 세 명이, 내전중인 우간다 반군에게 납치당하지 않기 위해 집을 떠나 길에서 잠을 자는 아이들의 모습을 담아 제작한 다큐멘터리 제목. 2004년 아프리카 아이들을 돕는 동명의 자선단체도 설립되었다.

지원하고 싶었지만, 등록금 액수를 보고 하마터면 기절할 뻔했다. 나 같은 외국 학생들은 장학금 받기가 하늘의 별따기다. 하지만 지금도 코넬 티셔츠를 보니 마음이 설렌다. 배스터드가, 내 친구들이, 어디선가 갑자기 나타났으면 하는 생각이 든다. 동네에서 하던 놀이를 떠올려본다. 놀이 이름을 자꾸만 잊어버린다. 나는 케이트에게 배스터드와 다른 친구들과 패러다이스에 대해 이야기하려고 입을 벌렸다 도로 다문다. 케이트에게 할 얘기가 아니다.

나는 고양이처럼 부엌을 돌아다니며 냉장고 문을 열고 찬장을 열고 서랍장을 여는 케이트를 바라본다. 나는 이미 닦은 싱크대를 또 한번 닦으며 바쁜 척한다. 사실 나는 그녀가 뭘 먹는지 보려고 기다린다. 마침내 그녀가 접시에 아침식사를 준비한다. 건포도 다섯 알, 조그맣고 동그란 것 하나, 그리고 물 한 잔. 나는 웃음을 터뜨린다.

그녀가 어리둥절한 표정으로 날 쳐다봐서 나는 몸을 숙인다. 도저히 참을 수가 없다. 웃겨 죽을 것만 같다. '섹시한 여자가 되고 싶어요' 아가씨의 문제는 바로 이거다. 아무리 굶어도, 음식이 가득찬 냉장고가 있기 때문에, 이애는 진짜 굶주림이 어떤 건지 결코 알지 못한다. 네 주위를 한번 둘러봐. 넌 필요하지도 않은 것들을 많이 가지고 있어. 위층에는 황제에게 어울릴 법한 커다란 침대가 있어. 넌 코넬 대학에 다니고, 거기서 네가 원하는 건 뭐든 될 수 있어. 내가 대신 하니까 방 청소를 할 필요도 없지. 나도 없는 물건들이 가득한 옷장을 가진 개도 한 마리 키우고. 더구나 넌, 네가 태어난 나라에서 살고 있어. 그런데 도대체 뭐가 문제야?

나중에 바스코 다 가마가 나를 태우러 오고 나는 케이트에게 작별인사를 한다. 대답을 하지 않는 걸 보니 내게 화가 났다. 그러거나 말거나. 내 알 바 아니다. 내가 그애 집 구아바를 훔친 것도 아니니까. 게다가 난 그애를 위해 일하는 게 아니다. 그애 아빠를 위해 일한다. 그애가 아빠에게 투덜거린다고 해서 내가 해고될 것 같지도 않다. 나는 다음주부터 그애 아빠와 삼촌에게 짐바브웨 말을 가르치기로 되어 있다. 두 사람은 어렸을 때부터 오랫동안 꿈꾸었던 대로 짐바브웨에 가서 코끼리 사냥을 할 계획이라고 했다. 도대체 사냥 여행중에 어느 시점에서 짐바브웨 말이 필요하다는 건지. 코끼리한테 죽여도 되느냐고 물어보려고 그러나? 어쨌든 돈을 많이 받으리라는 건 안다. 엘리엇은 항상 돈을 많이 준다. 코니 비디오*가 나온 이후로 그는 내가 우간다 출신이고 그 영화에 나오는 가엾은 아이들 중 한 명이라도 되는

* 어린이 삼만 명을 납치해 소년병이나 성노예로 만들고 민간인들을 살인·강간한 혐의로 2005년 국제형사재판소가 공개 수배한 우간다의 악명 높은 반군 지도자 코니의 악행을 고발하고 체포를 독려하는 내용의 영상물.

듯 대한다. 그는 아프리카 곳곳을 여행했지만, 가봤다는 나라들에 대해 할 수 있는 얘기라곤 동물과 공원에 관한 것뿐이다.

우리는 웨스트 메인 스트리트로 내려가 고속도로로 향한다. 바스코 다 가마가 나를 어디로 데려갈까 궁금해하고 있는데 휴대전화 벨이 울린다. 코조 이모부가 셔츠 주머니에서 휴대전화를 꺼내 화면을 보고는 내게 넘겨준다. 포스털리나 이모의 전화라는 뜻이다.

곧장 셰이디브룩으로 와. 이모가 말한다.

우린 도로에 있어. 바스코 다 가마가 어디로 가는지 모르겠어. 나는 짐바브웨 말로 그렇게 말한다. 코조 이모부가 이해하지 못하도록.

어서 차 돌리라고 해.

그게……

달링, 코조 바꿔. 이모가 말한다. 목소리로 보아 심각한 상황이다. 나는 그렇게 한다. 바스코 다 가마가 월그린 약국 바로 전 신호등에서 우회전을 하자 나는 입 안쪽을 깨물며 창밖을 내다보고 미소를 짓는다. 또 한번의 황당한 여행을 모면했기 때문이다.

셰이디브룩에 도착하니 샤카 줄루가 우리를 부르기라도 한 것처럼 문 앞에 나와 있다. 그는 코조 이모부를 밀어젖히고 내게 다가와 진짜 창을 건네주며 말한다. 전사여, 무기를 들어라. 흰 독수리들, 피로 얼룩진 그 더러운 부리들을 이 검은 대륙에 들여선 안 돼. 그의 목소리에서 긴장이 배어난다. 나는 어떻게 해야 할지, 무슨 말을 해야 할지 몰라하며 내 손에 쥔 창을 보았다가, 코조를 보았다가, 미소를 짓는다.

뭐라는 거야? 무슨 얘길 하는 거야? 코조 이모부가 묻기에 샤카 줄루의 말을 통역하려 애써보는데, 샤카 줄루가 하늘을 바라보며 내가 한 번도 들어본 적 없는 끔찍한 울음소리를 내는 바람에 주의가 흐트러진다. 그가 입을 다물고 한참이 지나고도 그 소리는 여전히 허공에 울려퍼지고 있다. 전통 복장을 갖추어입은 샤카 줄루는 몸을 밝은 빨간색으로 칠하고 머리는 빨간색과 검은색, 흰색의 깃털로 장식했다. 오늘 그의 모습은 근사하다. 그가 근사하다는 걸 인정하지 않을 수 없다. 아마도 그래서, 나도 가슴 한구석이 뭉클하다. 마치 전류를 삼킨 것처럼, 손뼉을 치고 뛰어오르고 소리지르고 미쳐 날뛰고 싶은, 이름 붙일 수 없는 감정이 밀려든다.

나의 임피*들은 다 어디 있는가? 당장 소뿔을 불어라, 서둘러야 해! 샤카 줄루가 이쪽저쪽을 두리번거리며 외친다.

---

* 전사를 뜻하는 줄루족 언어.

이 노인네 완전히 미쳤군. 도대체 뭐라는 거야? 어쩔 줄을 모르고 우두커니 서서 코조 이모부가 말한다.

임피요? 내가 말한다. 나는 더이상 미소를 짓지 않는다. 샤카 줄루의 이런 모습은 한 번도 본 적이 없기 때문이다. 그의 눈빛이 어딘가 이상하다. 눈이 아니라 구덩이 같고 그 속에서 맹렬한 기세로 무언가가 꿈틀거리는 것 같다. 그가 완전히 미쳤다고 누가 알려줄 필요는 없다. 그는 최근 들어 상태가 악화되고 있었다. 지난주에는 아무도 보지 않는 틈을 타 요양원 밖으로 나간 다음 낯선 사람에게 공항으로 데려다달라고 했다. 그곳에서 그는 여왕이 자기한테 빚진 게 있다면서 자기를 제트기에 태워 버킹엄 궁전으로 보내달라고 했다.

나는 문을 바라보며 생각한다. 클로딘은 어디 있을까. 왜 아무 조치도 취하지 않는 걸까.

샤카 줄루가 돌아서서 멀리 한 지점을 가리키며 창을 허공에 휘두른다. 그 순간 나 역시 창을 들고 있다는 사실을 깨닫는다. 조금 무겁고 나무가 낡았고 금속 부분은 녹이 슬었다. 도대체 이런 걸 어디서 구했을까?

보이느냐? 내가 보고 있는 게 너도 보이느냐? 그가 나를 돌아보며 묻는다.

네, 보여요. 내가 말한다. 하지만 내 눈에 보이는 것이라고는 집들과 나무들과 우편함들과 차들뿐이다.

도대체 무슨 소리야? 코조 이모부가 묻는다. 이모부는 요양원 벨을 누르고 문을 두드리고 창문을 들여다보고 있다. 나는 샤카 줄루가 가리키는 곳을 바라보며 열심히 고개를 끄덕인다. 길모퉁이에서 꼬마 셋이 자전거를 타고 있다.

내 눈에 보이는 저것들이 네 눈에도 보이느냐? 네 눈엔 뭐가 보이느냐? 샤카 줄루가 묻는다.

도대체 이 노인네 뭐가 어떻게 된 거야? 원장이란 여자는 왜 나서질 않아? 코조가 말한다. 목소리에서 몹시 짜증이 나 있다는 게 느껴지지만 너무 걱정이 되어서 대답을 할 수가 없다. 그래서 코조 이모부도 혼자 떠드는 미친 사람처럼 보인다.

네 눈에 뭐가 보이느냐고 물었다! 샤카 줄루가 묻는다.

독수리들이요. 살짝 떨리는 목소리로 내가 대답한다. 내가 지금 무슨 소리를 하는 건지.

놈들이 여기 발을 들여놓는 걸 허락했다간 우리 조국이 무너지고 이방인들의 지배를 받게 될 것이다. 백인들의 말을 하도록 강요당하고 그들의 허접한 신들을 숭배하도록 강요당할 것이다. 우리 땅에서 그들이 우리를 노예로 삼을 것이고, 우리는 그들의 개가 될 것이다. 안 될 소리! 그는 그렇게 말하고 잠시 멈추더니 웃는다. 아주아주 큰 웃음이다. 하늘을 집어삼킬 것 같은.

절대로 있을 수 없는 일이다. 우리 아버지의 검은 소를 두고 맹세하건대, 오늘은 승리 아니면 죽음의 날이다!

샤카 줄루가 승리 아니면 죽음이라고 말하는 순간 가슴이 철렁한다. 그가 그 말을 하는 방식 때문이다. 그는 말하기 고통스럽다는 듯 이를 악물고 있고, 목 양쪽에 힘줄이 불거져 있다. 그의 말에 따르면, 흰 독수리들이 낮게 날고 있는데 그들 중 몇 놈은 말을 탔고 또 몇 놈은 불을 쏘는 악마의 막대를 들고 덤불숲에 숨어 있다. 그의 말이 점점 더 심오해져서 다 이해할 수가 없다. 마치 튀는 레코드를 듣는 것 같다.

그가 도로로 달려나가고, 나는 거리를 두고 그의 뒤를 좇는다. 코조 이모부도 내 뒤를 따른다. 샤카 줄루는 계속 말을 하지만 나는 듣고 있지 않다. 샤카 줄루가 다급하게 어디론가 달려간다. 동물 가죽으로 만든 치마가 바닥에 끌리고 머리에 꽂은 색색의 깃털이 춤을 춘다. 달리던 그가 갑자기 멈추고, 그 순간 나는 두려움을 느끼며 깨닫는다. 샤카 줄루가 어느 집 앞에 차를 세우고 한 손에 피자를 든 채 차에서 내리던 남자를 향해 달려가고 있다는 걸. 그의 창이 남자의 배를 찔러 피가 사방에 튀는 광경이 보이는 듯하다. 나는 들고 있던 창을 떨어뜨리고 코조 이모부를 바라본다. 이모부가 소리를 지르며 양팔을 휘두른다. 피자 배달부가 우리를 쳐다보는 순간 사이렌 소리가 들려온다. 누가, 언제,

경찰에 신고했을까?

피자 배달부가 잠시 얼어붙은 채로 서 있다가, 무슨 생각이 났는지 얼른 차에 올라타 무언가를 더듬거리고 찾는다. 샤카 줄루의 창은 하늘로 날아갔지만 그리 멀리 가지 못하고 보도에 꽂힌다. 그가 몸을 숙여 다시 창을 잡으려는 순간 경찰차들이 몰려온다. 문들이 열렸다 쾅 닫히고 사방에 권총이 보인다. 그래서 나는 돌아서서 요양원 쪽으로 달린다. 창문 안쪽에서 얼굴 하나가 내다보고 있다. 내 뒤로 소리가 들린다. 무기 버려! 거기 서 ! 바닥에 엎드려! 손들어! 무기 버려! 무기 버려! 샤카 줄루가 절대 무기를 버리지 않으리란 걸 나는 안다. 어깨 너머로 돌아보니 샤카 줄루는 마치 이륙하려는 미친 비행기처럼 하늘을 향해 날아오르는 중이다.

18

벽에 쓴 글씨

내가 우리 방 벽지를 망친 그날 밤, 나는 생물학 시험 때문에 상처에 관해 공부하기로 되어 있었다. 난 내가 읽고 있는 책에 전혀 관심이 없고, 생물학 자체에도 관심이 없다. 더구나 상처는 보기만 해도 구역질이 난다. 역겨운 사진을 넘기고 또 넘기다보니 속이 뒤집힐 것만 같다. 상처가 꽃이 아니라는 건 알지만 이건 좀 심하다. 어느 여자애의 뺨에서 고름과 피가 흘러나오는 거대한 흑백사진을 보는 순간 더는 못하겠단 생각이 든다. 나는 책을 덮어 침대 밑에 밀어넣고 책이 벽에 부딪히는 소리를 듣는다.

포스털리나 이모가 내게 밀어붙이는 과학이 내 적성이 아니라는 건 이미 알고 있다. 이제 고등학교 과정은 거의 끝났고 이모는 내게 내년에 대학 갈 때 제약이나 간호학 쪽에 지망하라고,

그게 여의치 않으면 법을 공부하라고 우긴다. 그런 게 제대로 된 직업이야. 하찮은 일이나 하는 보잘것없는 사람 되라고 널 미국에 데려온 게 아니야. 하지만 내가 확실히 아는 게 있다면 그중 어떤 직업에도 마음이 끌리지 않는다는 사실이다. 내가 하고 싶은 게 정확히 무엇인지는 잘 모르지만, 이모가 하라는 일에는 눈곱만치도 관심이 없다.

침대에 앉아 벽을 바라보면서 이모에게 이 얘기를 어떻게 꺼내나 생각하고 있는데, 새로 산 블랙베리가 진동한다. 이불을 들추고 확인해보니 머리나가 보낸 문자다.

모해?

걍. 생물학 공부나 할까 하고. 내가 답한다.

ㅋㅋㅋ 완전 구리더라. 근데 난 나름 재미있어. 그녀가 답한다.

넌 의사가 되고 싶으니깐. 난 시러. 내가 답한다.

알잖아. 울 아빠가 원하심. 근데 넌 뭐할 거임?

모름. 내가 답한다. 머리나는 한동안 답이 없다. 놀라운 일은 아니다. 근사한 고등학교로 전학 간 뒤로 그애는 전처럼 자주 연락하지 않는다. 마침내 대답이 왔을때 나는 빨래바구니 위쪽 벽에 빨간색 마커로 생물학 이라비시*라고 쓰고 그 글자 주위에 동그

* '생물학 쓰레기'라는 뜻.

라미를 치고 있던 참이다. 나는 잠시 멈추고 진동하는 휴대전화를 보며 원을 마무리한 뒤 휴대전화를 집어든다.

먄. 카일. 잠깐 통화.

오키. 내가 답한다. 벽에 쓴 내 글자는 일학년 때 글씨처럼 큼직하다. 빨간색이 꼭 핏자국 같고, 그제야 지우기 쉽지 않겠다는 생각이 든다.

나는 슬리퍼를 신고 방을 나선다. 가로등 불빛 때문에 부엌이 환해서 굳이 불을 켜는 수고는 하지 않는다. 스펀지를 찾아 세제를 한 방울 짜고 물을 조금 붓는다. 방으로 돌아가던 중 식탁 가장자리에 골반뼈를 세게 부딪힌다. 나는 어둠속에서 몸을 구부리고 낮게 신음한다. 통증이 가시자 다시 방으로 향한다.

벽을 다 닦고 나니 전보다 더 흉측하다. 빨간 잉크가 사방으로 번져서 흉한 얼룩을 남기고 글자는 좀처럼 지워지지 않는다. 언젠가 부다페스트에 NGO 사람들한테 받은 검은색 마커 한 봉지를 들고 가서 미친듯이 담장에 낙서했던 기억이 있다. 우리는 남자의 성기들, 커다란 페니스들을 끝도 없이 그렸다. 여자의 성기는 어떻게 생겼는지 몰랐기 때문에 남자의 성기 옆에 골로, 벨치, 음보로, 음하타, 스비라, 음트솜피, 볼로, 제카,* 같은 온갖 음란한 단

* 골로, 벨치, 음하타는 여자의 성기라는 뜻이고, 음트솜피, 볼로는 남자의 성기.

어들을 썼다. 사람들이 나중에 지우려고 했지만 좀처럼 지워지지 않았던 것 같다. 우리가 쓴 낙서들은 한동안 그대로 있다가 결국 페인트로 덧칠되었다.

나는 다시 휴대전화를 본다. 머리나가 다시 문자를 보냈다.

실은 어젯밤 우리 결국 했어. 머리나가 말한다.

오마이갓. 내가 답하고, 그녀가 답하기 전에 다시 묻는다. 아팠어?

피는 안 났음. 그녀가 답한다.

그럼 한 거 아니네(어이없음). 내가 답한다. 포르노를 보다가 포스털리나 이모에게 걸리는 바람에 머리나와 나는 이모한테 흠씬 두들겨맞았다. 크리스털은 미국에서 애들을 때리는 건 아동학대라며 매를 거부했다. 더이상 포르노를 볼 수 없게 되자 우리는 셋 중에 누가 가장 먼저 할지 내기를 했다. 크리스털이 임신하자, 이번엔 그다음은 누가 될지 내기했다. 나는 스탠드 옆에 있던 껌 두 개를 집어 포장지를 벗긴 뒤 입안에 넣는다. 껌을 입에 넣고 천천히 씹으면서 혀끝에 터지는 달콤한 향을 음미한다.

네가 어떻게 알아? 머리나가 말한다.

어쨌든. 야 근데…… 내가 말한다.

스비라, 제카는 성교라는 뜻.

엉.

나 토니하고 했어.

모라구?

토니. 하고. 그거. 했다고.

오마이갓! 내가 대답하기도 전에 어디서? 어땠어? 잠깐, 걔 게이 아냐?라는 질문이 쏟아진다. 창밖에서 떠드는 소리가 들린다. 사람들이 집 앞에 서 있나보다. 나는 불을 끄고 커튼을 젖힌다. 어둠 속에서 길가의 커다란 나무 옆에 뒤엉켜 있는 사람들의 그림자가 보인다. 창문을 열어놓아서 목소리가 들리는데 가만히 들어보니 외국어다. 내가 모르는 언어. 유럽 어딘가의 말인 것 같다. 나는 잠시 거기 서서 방충망에 얼굴을 대고 있는다. 다시 불을 켜고 전화를 들여다보니 머리나가 보낸 문자가 보인다.

?????

ㅋㅋㅋ 게이 아님. 치크에서. 수요일에. 내가 답한다. 아마에게 수요일에 나를 데리러 집에 와달라고 해두었다. 이모는 야간 근무 중이었다. 아마가 현관 벨을 눌렀을 때 나는 한 손엔 책가방을, 다른 한 손에는 커다란 물병을 들고 있었다. 코조 이모부가 충혈된 눈으로 우리를 쳐다보았다. 이미 잭대니얼 반 병 정도를 비운 상태였다. 내일 시험이 있어서 공부하러 가요. 내가 말했다. 코조 이모부의 술 취한 눈동자는 옷 입은 꼬락서니를 보니 공부하러

가는 건 아닌 거 같은데라고 말하고 있었다.

아마와 내가 치크에서 춤을 추고 있는데, 토니와 드레드록을 한 다른 아이들이 합류했다. 아마는 춤을 추느라 바빴다. 원래 그런 애니까. 나는 그저 어정쩡하게 서 있었다. 나는 알앤비나 힙합은 똥이라고 생각하니까. 그런 노래들은 대부분 말이 되지 않았다. 가사 대부분이 쌍욕이다. 꺼져. 나쁜 년. 이년은 갈보, 저 년은 잡년. 그러나 남자들이 우리 틈에 끼어들면서 나도 음악에 맞춰 몸을 흔들기 시작했다. 그냥 서 있으면 한심하게 보일 테니까. 토니가 뒤쪽에서 몸을 밀착시켜왔다. 우리를 갈라놓으려면 톱이 필요할 것 같았다. 그의 손이 내 옆구리를 훑어내리고 배를 더듬었다. 그는 뜨거운 입김을 내 목에 쏟았고 엉덩이에 단단해진 그의 성기가 느껴졌다.

댄스홀의 음악이 바뀌었던 것을 기억한다. 바뀐 음악 역시 쌍욕이지만 적어도 춤을 출 수 있는 박자다. 어느 순간 우리는 춤을 멈추고, 커다란 붙임머리를 한 여자가 머리를 바닥에 대고 중심을 잡으며 양다리를 벌리고 엉덩이에 겨우 걸친 손바닥만한 노란 스커트 속 흰 팬티를 드러내고 춤추는 모습을 구경했다. 초록색 머리의 마른 남자애가 싸울 듯한 기세로 여자의 몸에 올라타서 발목을 잡고 여자를 반으로 가르려는 듯 그녀의 다리를 양쪽으로 더 넓게 벌리고 주위로 맴돌다가, 이리저리 뒤집어 여자의 몸이 접히게 했다가, 마치 그녀가 고깃덩어리라도 되는 것처럼 자꾸만 바닥으로 쓰러뜨리고, 내리치고, 짓뭉갰다.

괴상한 장면이지만 모두가 미친듯이 환호했다. 아마 새로 나온 춤인 듯했다. 정육 다지기 춤인가. 뭔가 이상하고 잘못됐다는 생각이 들었지만 어느 순간 박수를 치고 있는 나 자신을 발견했다. 다른 아이들도 모두 그러고 있었기 때문이었다. 좀더 조용한 새 노래가 나오자 토니가 나를 돌려세우고 느닷없이 키스하기 시작해서 원래 이렇게 하는 건가보다 생각했다. 그 느낌이 놀라웠다. 내 입속에 마치 한 점의 고깃덩어리처럼 들어온 차갑고 어색한 혀.

어땠음? 머리나가 묻는다.

글쎄. 괜춘했음. 내가 대답한다. 눈이 휘둥그레지고 궁금해죽겠다는 표정을 한 머리나의 동그란 얼굴이 그려진다. 나는 휴대전화를 침대에 던지고 마커로 다시 벽에 널름거리는 혀들을 그리기 시작한다. 나도 모르는 사이 혀들이 뱀들로 변한다. 짧은 뱀, 긴 뱀, 머리가 두 개인 뱀. 휴대전화가 진동하지만 나는 확인하지 않는다. 그날 밤 집으로 돌아와서 나는 곧바로 화장실로 달려가 벽장에서 새 칫솔을 꺼내서 칫솔에 치약을 잔뜩 짜 뜨거운 물로 입안을 헹구고 혀를 벅벅 문지른 다음 샤워를 했다.

아래층 문이 열렸다 닫히기까지 걸리는 시간과 문이 닫히는 강도로 보아 바스코 다 가마가 여행에서 돌아왔다는 걸 알 수 있다. 국경을 넘듯 신중하게 발을 옮기는 모습, 현관의 반을 차지하며 줄줄이 늘어선 신발들에 걸려 하마터면 넘어질 뻔하는 모습, TV 앞에 놓인 커다란 소파에 푹 쓰러지는 모습을 머릿속에 그려본다. 왼쪽으로 머리를 비스듬히 한 채 꼼짝 않고 앉아 있는 모습, 하느님의 목소리라도 듣는 듯 가만히 앉아 있다가 느닷없이 정신을 차리고 유리 테이블 위의 리모컨으로 손을 뻗는 모습을 그려본다. 크고 어설픈 손가락으로 버튼을 누르고 또 누르며 어느새 몸을 앞으로 숙인 모습, 미군복을 입은 소년들 틈에서 어쩌면 아들의 모습이 보일 수도 있기 때문에, 전쟁 채널을 찾아야 하기 때문에 점점 더 빨리 버튼을 누르는 모습을 그려본다.

바스코 다 가마의 상태는 점점 더 나빠지고 있다. 이제 그의 여행은 통제가 불가능하다. 그는 매번 더 멀리 간다. TK를 데리러 아프가니스탄까지 가려고 연습하는 것처럼. 처음엔 몇 시간 나갔다 돌아왔지만 그러다가 하룻밤, 또 며칠 밤이 되었고, 그러다가 어느 날, 자동차 앞 유리, 후드, 그릴, 번호판에 온갖 벌레들과 곤충들이 죽어 뭉개진 채 격전을 치른 사람처럼 초췌하고 거친 몰골로 돌아왔다. 두 직장에서 일하느라 항상 바쁜 이모는 바스코 다 가마에 대해 더는 할 수 있는 일이 없다. 언젠가 여행에 싫증이 나길 바라고 있거나, 그 문제를 대면하고 싶지 않아하거나, 아니면 어떻게 대처해야 할지 모르는 것 같다.

그러나 그게 다가 아니다. 마술사가 하나씩 꺼내놓는 것처럼 온갖 술병들이 나타나기 시작했다. 처음에는 자동차 좌석 밑에 서였고, 트렁크 속에, 부엌 싱크대 밑에, 지하실에, 여기저기서 나타났다. 나는 학교에 가거나 일을 하지 않을 때면 항상 집에 있기 때문에, 내가 병을 모아 치우곤 했다. 이모가 알아봐야 좋을 게 없으니까. 그러나 결국 이모도 알게 되었다. 그런 걸 오래 숨길 수는 없다. 어느 주말에 이모는 지하실을 청소하다가 수많은 술병들을 보았다. 두 사람은 그 문제로 이야기를 나누었지만 달라지는 건 없었다. 그것은 이모와 이모부가 끝났다는 의미였다. 이제 두 사람은 그저 같이 살 뿐이다. 마치 이웃나라처럼.

지난주에 집으로 돌아왔는데 이모가 엘리엇과 함께 있었다. 처음에 나는 그가 우리집에 있다는 걸 몰랐다. 내가 들어와 샌드위치를 만들고 소파에 앉아 크리스털에게 문자를 보내고 있는데 엘리엇이 빨간 입술무늬가 있는 흰색 트렁크만 입고 사방에 털을 흩날리는 가슴을 드러내고 성기가 팬티속에서 비죽이 솟아오른 상태로 나오는 게 아닌가. 무방비상태였던 나는 비명을 질렀다. 잠시 후 포스털리나 이모가 무슨 일인가 하고 밖으로 뛰어나왔다. 이모가 가장 좋아하는 우리 나라 국기가 그려진 타월로 몸을 감싼 채.

나는 아래층에 내려가서 거실을 들여다본다. 코조 이모부는 어둠침침한 거실에 앉아 있다. 거실은 TV 화면 외엔 캄캄하고, 화면에는 피로해 보이는 군인들이 연기 속을 거닐고 있고, 그들 뒤쪽엔 폭파된 차량들이 보인다. 연기 때문에 대낮 장면인데도 한밤중 같다. 연기가 너무도 자욱하다. 나도 냄새를 맡을 수 있을 것만 같다. 연기가 화면 밖으로 나와 거실에 있는 코조 이모부를 에워싸는 것만 같다. 나는 전자레인지에 음식을 데우러 부엌으로 간다. 내가 가져다주지 않으면 이모부는 끼니를 잊는다.

나는 다시 거실로 내려가 테이블 위의 술병들을 치우고 카레와 밥을 놓아준다. 그는 소파에 몸을 기대고 눈을 감고 있다. 잠이 든 건지 생각을 하는 건지 모르겠다. 잠시 그의 얼굴을 쳐다보다가, 이유는 알 수 없지만, 나도 술을 한 모금 마신다. 입이 쓰고 목이 타는 것 같다. 그래도 뱉을 곳이 없어서 그냥 삼킨다. TV 속에는 비가 내리고 나무 그늘에서 어느 군인이 홀로 담배를 피우고 있다. 나는 코조 이모부의 발밑에 쪼그려앉아 신발끈을 풀고 신발을 벗겨준다. 그러다 나도 소파에 앉아, 엄마에게 버림받은 자식처럼, 나라놀이에서 지워진 시리아처럼 빗속에 홀로 담배를 피우고 있는 군인을 바라본다.

아침에 일어났을 때 가장 먼저 눈에 들어온 것은 벽의 낙서다.

처음엔 어리둥절했지만 차츰 머릿속이 정리되면서 어젯밤 마커로 내가 한 미친 짓이 떠오른다. 침대맡 시계는 일곱시 십오분을 가리키고 있고 그것은 이모가 돌아오기까지 벽을 수습할 시간이 삼십 분 정도 남았다는 의미이다. 나는 침대에서 벌떡 일어나 지하실로 뛰어내려간다.

난 한구석으로 가 서둘러 짐바브웨 장식품이라고 적힌 큰 상자를 찾는다. 상자 뚜껑을 열고 뒤지기 시작한다. 곧 비치 타월 크기의 걸개그림을 찾는다. 시장 풍경이다. 활기 넘치고 현란한 빛깔이다. 과일들, 야채들, 다양한 음식들, 색색의 구슬과 옷감, 핸드백, 벨트, 동물 조각, 상상할 수 있는 모든 것을 판다. 어린애들, 여자들, 남자들, 아기 업은 여자들, 노인들, 개 두어 마리, 자전거가 있고 그림 속의 모든 사람들이, 모든 사물들이, 화창한 푸른 하늘 아래 살아 있는 것 같다.

그 그림을 바라보면서 나는 그런 풍경 속에 있던 시간이 얼마나 아름다웠는지를 생각한다. 모든 게 무너져내리기 전, 모두가 함께 있고 서로 어울려 같이 살아가던 그 시절. 고국을 생각할 때마다 항상 그렇듯 익숙한 통증이 밀려든다. 나는 그림을 한옆에 놓고 다른 물건이 있는지 찾아본다. 그리고 짐바브웨 지도 모양의 중간 크기의 구리 시계를 찾는다. 시계 중앙에 그려진 기린이 시곗바늘이 만나는 나무들 위로 고개를 뻗고 있다. 시간은 여섯시에 멈춰 있고 긴 바늘은 부러졌다. 마지막으로 이상한 가면 하나를 찾는다. 가운데가 반으로 나뉘어져 반은 흰색이고 반은 검은색이다. 검은색인 반쪽은 내가 이해할 수 없는 수많은 문양으로 더 나뉘어 있지만 재미있어 보인다. 그래서 다른 것들과 함께 이층으로 가지고 올라온다.

낙서를 가리는 작업을 끝내고 나니 가면이 당혹스러운 표정으로 나를 바라본다. 내가 몇 년은 걸려야 이해할 수 있을 말을 하려는 것 같다. 그 옆에는 시계가 잘못된 시간을 가리키고 있다. 그리고 마지막으로 서랍장 맞은편에 번잡한 시장 풍경이 펼쳐져 있다. 나는 온갖 소리를 듣는 상상을 한다. 물건을 파는 상인들, 깎아줄 테니 사라고 소리치는 사람, 여자애들에게 휘파람으로 달콤한 노래를 불어주는 남자애들. 사탕을 달라고 우는 아기들, 인도로 가는 길은 누가 누가 찾았나를 부르던 아이들의 목소리. 앤디오버 놀이, 그리고 그 모든 소리를 가르며 울려퍼지는 엄마들의 웃음소리.

우두커니 서서 새 장식품들을 바라보면서 나는 엘리엇의 집을 청소하다가 우연히 발견했던 물건을 떠올린다. 무릎을 꿇고 그 물건을 숨겨둔 침대 밑으로 손을 뻗는다. 아프리카 지도 모양의 상아 판인데 한복판에 눈 하나가 새겨져 있고 나머지 부분에는 섬세한 문양이 있다.

엘리엇이 전 세계를 돌아다니며 사 모은 기념품들 속에 있는 그 상아 지도를 본 순간, 그 눈이 마치 날 보고 있는 것만 같았고 상아 지도를 훔치는 게 너무 당연한 일처럼 느껴졌다. 나는 상아 지도를 침대 위에 걸어놓고 내 방을 둘러본다. 방은 완벽해 보인다. 그런데 마음이 왠지 허전하다. 고국이 그리워 숨이 막힐 지경이다. 너무도 묵직한 감정이라 그대로 잦아들지 않을 것 같아서 나는 맥북을 꺼내 엄마에게 전화하려고 스카이프에 접속한다.

치포가 전화를 받는다. 처음엔 치포의 목소리라는 것도 알지 못한다. 어른 목소리 같다. 그녀가 치포라고 말하는 순간, 엄마의 집에 치포가 있다는 게 놀랍다. 이제 구아바를 먹기엔 너무 나이가 많기 때문이다. 거기서 뭐하냐고 묻는 건 무례한 것 같아 그 얘긴 꺼내지 않는다.

다른 애들은? 인사를 나눈 뒤 내가 묻는다.

배스터드는 마침내 남아프리카공화국으로 갔어. 갓노즈는 두바이에 있고. 스브호는 전 세계를 돌아다니며 공연하는 극단에 들어갔어.

스티나는? 내가 묻는다.

스티나? 스티나는 아직 여기 있는데 뭘 하는진 모르겠어. 어쩌다 한 번씩 나타났다가 한참 동안 없어졌다가 그래.

그럼 너 혼자 남은 거네? 내가 말한다.

나 혼자는 아니야. 우리 달링이 있으니까. 그녀가 말한다.

달링?

응, 달링. 내 딸. 잊었니?

아! 내가 말한다. 우리는 잠시 침묵 속에서 기다린다. 우리 둘 다 할말이 떠오르지 않는다. 혼자 남은 치포를 생각하니 안됐다는 생각을 떨쳐버릴 수 없다. 마음이 안 좋다. 내 마음속에서 무언가가 꿈틀거리더니 실망감이 밀려들고, 우리 나라를 그 지경으로 망가뜨려놓은 지도자들에게 화가 난다.

상황이 얼마나 끔찍할지 이해해, 치포. 너무 안됐다. 생각만 해도 가슴이 아파. 내가 말한다.

뭐가 그렇게 끔찍한데? 왜 가슴이 아픈데? 치포가 묻는다.

그들이 우리 나라를 그렇게 만들어놨잖아. 그 모든 고통 때문에 가슴이 아파. 내가 말한다.

사람 사는 곳엔 다 고통이 있어. 치포가 말한다.

알아. 하지만 지난주에 BBC에서 봤는데……

그 고통을 네가 겪는 건 아니잖아. BBC를 보면서 상황을 이해한다고 생각해? 아니, 친구야. 넌 몰라. 고통의 질감을 아는 건 상처뿐이야. 여기 남아서 그 고통을 실제로 느끼는 사람은 우리야. 그 고통에 대해서 말할 권리가 있는 사람은 그 누구도 아닌 우리들뿐이야. 그녀가 말한다. 느닷없이 튀어나오는 그녀의 차가운 말에 나는 뺨을 얻어맞은 듯 얼얼하다. 나는 너무 놀란 나머지 할말을 잃는다.

뭐? 하지만 난…… 내 나라이기도 하잖아. 우리 나라이기도 해. 내가 말한다. 치포가 갑자기 미친 여자처럼 웃기 시작하고 나는 고개를 저으며 생각한다. 이게 무슨 거지같은…… 대체 왜 이렇게 웃는 거지?

네 나라이기도 하다고, 달링? 정말 네 나라라고 생각해? 정말로? 그녀가 말하고 나는 부아가 치민다. 마우스의 커서를 빨간 정지 버튼에 올려놓고, 얼른 버튼을 눌러 전화를 끊어버릴까 생각한다. 이런 헛소리를 지껄이고 있을 시간이 없다. 고개를 들자 침대 위로 눈과 눈이 마주친다. 나는 마우스에서 손을 뗀다.

우리 엄마는 어딨어? 엄마나 할머니 바꿔줘. 내가 말한다.

한 가지만 말해봐. 네 나라도 아닌 데서 너 지금 뭐하고 있는 거야? 왜 미국으로 도망갔어, 달링 논쿨루레코 느칼라*? 여기가 네 조국이면 떠나지 말고 여기 남아서 사랑했어야지. 무슨 일이 있어도 바로잡으면서 살았어야지. 집에 불이 나면 집을 버려? 아니면 물을 길어다가 불을 꺼? 불난 집을 떠나놓고 불이 저절로 물이 되어서 꺼지길 바라는 거야? 달링, 넌 조국을 떠났어. 불난

* 달링의 성(姓).

집을 두고 떠났다고. 그런데 네가 갖고 태어나지도 않은 그 한심한 억양으로, 너한테 어울리지도 않는 그 억양으로, 여기가 네 나라라고 말하고 있는 거야?

머리가 지끈거린다. 나는 컴퓨터를 내던진다. 내가 저지른 짓을 깨달았을 때는 컴퓨터가 이미 벽을 향해 날아가고 있다. 컴퓨터가 가면에 닿는 순간 나는 경악하여 귀를 틀어막고, 결국 두 개 다 부서져 바닥에 떨어진다. 나는 굳이 상황을 파악해보지도 않고, 바람이 빠져나가듯 방에서 휙 나간다. 나는 TK의 방에 서 있다. TK의 침대 바로 앞에. 반대편 벽에는 TK가 친구 보비와 아손토*를 추면서 팔다리를 희한하게 꺾은 채 활짝 웃는 모습을 커다랗게 확대한 사진이 걸려 있다. TK가 그 얼굴로 나를 조롱하던 생각이 나서 나는 고개를 돌려 맞은편 벽의 다트판을 바라본다. 심장이 빠르게 뛰고 목이 멘다.

조금 진정이 되기 시작하자 나는 방안을 돌아다닌다. 코조 이모부가 항상 먼지를 털고 닦아서 티끌 한 점 없이 깨끗하다. 자세히 보지 않으면 지금도 사람이 살고 있는 방 같다. TV 옆 커다란 책상 위에는 엑스박스 게임기가 있고 DVD 몇 개와 티슈 한 통, 펜과 연필들이 꽂힌 플라스틱 통과 〈플레이보이〉 한 권이 있

* 가나에서 시작되어 유럽 전체로 파급된 대중적인 춤.

다. 금방이라도 TK가 들어와 한 번도 떠난 적 없는 듯 제 물건들을 사용할 것 같다. 나는 창가에 놓인 커다란 나무 선반에 손을 뻗어 미니어처 드럼을 한옆으로 밀고 사자들과 표범들, 코끼리들 틈에 있는 샤카 줄루를 어루만진다.

나는 이 방에 죽음의 정적이 감돌지 않도록 샤카 줄루에게 인사를 하고 날씨 이야기를 하곤 한다. 재미있는 일이 있으면 그에게 들려주기도 한다. 이를테면 포스털리나 이모가 백인 남자하고 자고 있다거나, 일본에 끔찍한 지진이 일어났다거나, 고향에서 사람들이 체포되고 있다거나 하는 일들. 샤카 줄루는 유언장에 포스털리나 이모가 자기 재를 고향으로 보내주기를, 그래서 그의 아버지 부족이 살던 마을에 묻어주기를 바란다고 썼다. 당연히 그래야 하듯이. 그러나 포스털리나 이모를 포함한 누구도 고국에 돌아갈 수가 없다.

오늘 나는 샤카 줄루에게 할말이 없다. 그저 조롱박 모양의 유골함에 축복하듯 손을 대고 있을 뿐이다. 코조 이모부가 당나귀 입속에서 기어나온 것 같은 몰골로 방에 들어왔을 때에도 나는 움직이지 않는다.

드디어 빈 라덴을 죽였대! 코조 이모부가 소리친다. 조용한 방안에 우리 둘뿐인데도. 알코올 냄새가 진동한다. 속이 뒤집힐 정도로 역하다.

아, 그래요. 내가 말한다. 나는 선반에서 돌아서서 창가에 선다.

누군지는 알아?

그 테러리스트 새끼. 내가 말한다. 아차, 싶었지만 이미 늦었다. 그러나 오늘 코조 이모부는 내가 새끼라는 말을 했다고 날 나무라지 않는다. 그저 자동차 열쇠를 손에 들고 문간에 서 있다. 손목 바로 위에 반창고가 붙어 있다. 무슨 일이 있었던 걸까. 여행중에 다친 걸까.

파키스탄에 숨어 있었대. 곧 대통령이 성명을 발표할 거야. 빈 라덴이 죽다니, 대단한 사건 아니냐? 그가 열쇠꾸러미를 흔들며 말한다.

미국이 빈 라덴을 놓고 엄청난 현상금을 걸었을 때 우린 나뭇가지로 창을 만들어 그를 잡으러 나섰다. 그때 우리는 막 패러다이스로 이사했을 때였고 부모님이 우리를 진짜 집으로 다시 데려갈 때까지 새로운 놀이가 필요했다. 처음에 우리는 양철집마다 문을 두드리고 다니면서 빈 라덴 나오라고 소리를 쳤고, 그가 나오지 않자 동네 끝자락의 수풀로 달려갔다. 우리는 키 큰 갈색 수풀을, 빼곡한 수풀을 살폈고, 나무에 올라갔고, 바위를 뒤집어 보았다. 우리는 사방으로 찾아다녔다. 그러던 어느 날 결국 팜베키 언덕까지 올라갔고, 언덕에 올라가자 너무 덥고 지겨웠다. 마치 공기를 찾아다니는 기분이었다. 빈 라덴은 어디에도 없었다.

우리가 왜 그 사람을 찾아야 해? 스브호가 말했다.

몰라. 이 놀이 재미없다. 더 재미있는 놀이가 필요해. 치포가 말했다.

차라리 예수님을 찾는 게 낫지 않을까. 예수님이 빈 라덴보다 더 중요하잖아. 갓노즈가 말했다.

예수님은 더 힘들어. 예수님은 아무도 못 찾아. 미국인들조차도. 배스터드가 말했다.

아니야. 본스 어머니는 예수님을 찾았어. 내가 말했다. 우리는 한동안 아무 말 없이 그곳에 높이 서 있었다. 산이 우리를 높게 만들었다. 우리는 아래를 내려다보았다. 양철집들을. 붉은 흙을. 음질리카지 로드를. 멀리 부다페스트의 집들을. 빈 라덴은 어디든 있을 수 있었다.

우리는 그곳에 서 있었다. 머리 위의 태양은 우리를 튀기느라 바빴다. 그때 스티나가 창을 산 밑으로 던졌고, 우리도 뒤따라 창을 던지고 그것이 날아가는 모습을 보았다. 그러자 배스터드가 언덕 한쪽으로 가서 오줌을 누기 시작했고, 갓노즈와 스티나도 가세했다, 치포와 스브호와 나는 뒤에 남아서 남자애들이 더 멀리 나가라고 엉덩이를 앞으로 내민 채 오줌을 누는 모습을 지켜보았다.

빈 라덴 잡기를 포기하고 음질리카지 로드를 따라 걷고 있는데 은컨쿠가 보였다. 은컨쿠는 한동안 본프리의 개였는데 어느 날, 우리가 결코 알지 못할 이유로, 그의 개가 되지 않기로 했다. 은컨쿠는 패러다이스 곳곳을 미친듯이 누비며 먹을 걸 찾아다녔는데 이름을 불러도, 휘파람을 불어도 대답하지 않았다. 우리는 음질리카지 로드에서 은컨쿠를 보고 빈 라덴! 빈 라덴!이라고 소리치며 달려갔다.

아마 은컨쿠는 우리 소리를 들었을 것이다. 아니 못 들었을 수도 있다. 녀석은 도로 한복판에서 우리 눈에 보이지 않는 무언가를 향해 고개를 숙인 채 우두커니 서 있었다. 마치 나라를 위해 기도라도 하는 것처럼. 그때 어디선가 거대한 로벨스 트럭이 나타났다. 우리는 양팔을 휘저으면서 피하라고 미친듯이 소리를 질렀다. 하지만 소용없었다. 섬뜩한 퍽! 소리와 함께 대형 트럭이 멈췄다. 그리고 우리가 놀라 그 자리에 서 있는 동안 트럭은 바로 다시 출발했다.

도로에 붉은 물체가 있었다. 타이어가 지나간 자리가 두 줄로 움푹하게 패었다. 비틀어진 목에 소리 없는 비명이 잠겼다. 흰 털, 그림에 서툰 사람이 장식을 하려고 그려놓은 듯 드문드문 그어진 빨간 줄, 드러난 커다란 이. 뭉개진 살점. 땅을 핥는 기다란 분홍색 혀. 꼭 하이파이브를 하려는 듯 들어올린 단 한 개의 발. 배 옆으로 튀어나온 뼈. 튀어나온 한쪽 눈알(다른 눈은 보이지도 않았다). 그리고 그 자리에서 풍기던, 정말이지 기가 막히게 달콤했던 로벨스 빵 냄새.

감사의 말

우문투 응우문투 응아반투: 사람은 다른 사람들로 인해 사람일 수 있습니다. 저에게 시간, 교육, 지지, 사랑, 현명한 조언, 우정, 격려, 기회, 그 외에 이루 헤아릴 수 없는 선물들을 주신 여러분들 덕분에 『우리에겐 새 이름이 필요해』를 쓸 수 있었습니다. 너무 많아서 여러분들의 이름을 어떻게 다 꼽아야 할지 모르겠습니다. 그러나 여러분들은 알고 계십니다. 오늘, 그리고 앞으로도 영원히, 진심으로 감사합니다.

캘러머주 밸리 커뮤니티 컬리지, 텍사스 A&M 대학교 커머스 캠퍼스, 서던 메소디스트 대학교, 코넬 대학교, 그리고 머물 곳을 제공해준 스탠퍼드 대학교에 감사합니다.

처음부터 내 곁을 지켜준 나의 뛰어난 에이전트이자 독자인진 어우, 나의 놀라운 에이전트 알바 치글러-베일리, 이 책을 사랑해주고 이 책을 위해 너무도 열심히 일해준 나의 편집자 로라 티스델과 베키 하디에게 특별한 감사를 전합니다.

헬레나 마리아 비라몬테스, 당신 없이는 해내지 못했을 거예요.

그리고 물론 나의 사랑하는 조국, 우리 국민의 나라 짐바브웨도 있습니다. 짐바브웨는 나에게 이야기라는 선물을 주었고, 영혼을 주었으며, 그리고 특유의 멋을 주었습니다. 니야본가 미나!(감사합니다!)

여러분 모두 감사합니다. 사랑합니다.

2013년 1월 캘리포니아 오클랜드

옮긴이의 말

제대로 된 신발 한 켤레 얻어 신지 못한 아이들이 메마른 아프리카의 흙길을 달린다. 하루종일 아무것도 먹지 못했다. 아이들은 부자 동네 나무에 열린 구아바를 따먹으러 가는 길이다.

이 소설의 처음 몇 장을 넘겨보고 이 책과 함께 떠나게 될 낯선 나라로의 여행에 가슴이 설렜다. 이번엔 아프리카 대륙의 짐바브웨였다.

『우리에겐 새 이름이 필요해』는 열 살 소녀 달링을 주인공으로 풀어낸 성장소설이다. 가난과 부패, 독재와 정치적 탄압, 인간이 상상할 수 있는 온갖 부조리로 갈기갈기 찢긴 이 나라에서 아이들은 영문도 모른 채 그들에게 주어진 삶을 살아간다. 그 외의 다른 삶을 알지 못하기에, 어느 시대 어느 나라에서건 아이들의 하루는 무언가로 채워져야 하기에, 비록 가난하고 배고픈 삶일지라도 아이들은 하루하루 꿈을 꾸고, 모험을 하고, 그들만의 기쁨과 행복을 찾아 나선다. 이 세상의 모든 아이들처럼.

더러는 희망을 찾아 고국을 버리고 떠나지만 새로 찾은 나라에서도 그들이 꿈꾸던 미래는 없다. 참혹한 고국에서 운좋게 탈출하여 꿈에 그리던 미국에서 십대 시절을 보내게 된 달링이 가난한 이민자의 삶을 살아가며 자신의 꿈을 접어가는 과정은 너무도 사실적이어서 가슴이 아리다. 성장한다는 것은 결국 견디고 넘어설 것인지, 아니면 굴복할 것인지를 끊임없이 스스로에게 묻고 답하는 과정이지만 아프리카 출신 이민자의 삶에는 굴복해야 할 것들만 너무 많다.

원서의 표지는 동화처럼 원색적이고 화려하지만 작가의 필체는 참으로 소박하다. 그러나 그 소박한 필체로 들려주는 이야기는 낯설고도 친근하고, 아름답고 슬프다. 이 소설은 어른들이 눈물로 견디는 시간을 웃음과 유머와 낙관으로 견뎌내는 아이들의 이야기다.

이 소설의 번역은 순탄치 않았다. 소설에 등장하는 짐바브웨 말들은(훗날 알고 보니 주로 욕설들이었지만) 인터넷에서 찾을 수 없었다. 짐바브웨 말을 할 줄 아는 사람은 몇 다리를 건너서도 알지 못했다. 그러나 어떻게든 짐바브웨 사람을 찾아, 이 책에 등장하는 낯선 단어들의 의미는 물론 내가 놓칠 수 있는 역사적·문화적 맥락들, 짐바브웨 사람들이 살아가는 이야기를 직접 들어보고 싶었다.

나의 집요함은 헛되지 않았고 결국 짐바브웨에서 한국으로 유학 온 젊은 아가씨와 어렵사리 연결이 되었다. 나의 상황을 설명하자 그는 누군가에게 조금이라도 도움이 될 수 있음을 진심으로 기뻐했다. 그는 나의 모든 질문에 미안할 정도로 성실하게 답해주었다. 이 책이 다리가 되어 만날 수 있었던 짐바브웨 출신의 똑똑하고 열정적인 아가씨 보디시아 느칼라Bodicia Nkala에게 지면을 빌려 다시 한번 감사의 인사를 전한다. 나의 무지와 그의 열정 덕분에 우리는 짧은 시간에 친구가 될 수 있었다.

『우리에게 새 이름이 필요해』는 소설이지만 작가 자신이 직접 체험하지 않고는 담을 수 없는 감성이 담겨 있다. 식민지 독립 이후 삼십오 년간의 독재정치로 만신창이가 되어버린 작고 가난

한 나라지만 그 척박한 땅에서도 아이들이 태어나고 성장하여 이토록 아름다운 소설을 쓴다.

오랫동안 번역 일을 하면서 작품을 통해 참 많은 곳을 다녔고 다양한 시대, 다양한 문화권의 다양한 사람들을 만났다. 낯선 문화에 대한 동경과 설렘이 없었다면 그 긴 시간 동안 한결같은 열정으로 일할 수 없었을 것이다. 번역을 통해 내가 알게 된 모든 사람들에게 감사하고, 그들이 내게 가르쳐준 것들, 그들이 아니었으면 얻지 못했을 배움에 감사한다.

무지했던 세계에 눈뜨고 그 속에서 살아가는 사람들을 알고 또 이해하는 것이야말로 곧 우리 자신을 이해하는 것에 다름 아니므로.

이진

지은이 **노바이올렛 불라와요**

짐바브웨가 영국의 식민지배로부터 독립한 이듬해인 1981년에 촐로초에서 태어났다. 열여덟 살이 되던 해 미국 미시간 주 캘러머주로 이주했다. 2009년에 단편소설 「스냅숏」이 J. M. 쿳시가 심사한 남아프리카 펜/스터드진스키 상 후보에 오르며 주목을 받기 시작했다. 2011년 단편소설 「부다페스트 가는 길」로 케인 상을 수상했다. 2013년 『우리에겐 새 이름이 필요해』를 발표해 펜/헤밍웨이 신인 소설상을 수상하고 아프리카 여성 최초로 맨 부커 상 최종 후보에 올랐다. 코넬 대학교에서 문학 석사학위를 마치고 2012년에서 2014년까지 캘리포니아 주 스탠퍼드 대학교 문예창작 과정 특기생으로 재학했다. 현재 스탠퍼드 대학교에서 소설을 강의하고 있다.

옮긴이 **이진**

이화여자대학교에서 문헌정보학을 전공하고 광고대행사에서 근무하다가 현재 전문 번역가로 활동하고 있다. 『사립학교 아이들』 『열세 번째 이야기』 『잃어버린 것들의 책』 『658 우연히』 『갈림길』 『비행공포』 『페러그린과 이상한 아이들의 집』 『최후의 Z』 등 80여 권의 책을 번역했다.

문학동네 세계문학
우리에겐 새 이름이 필요해

초판인쇄 2016년 1월 20일 | 초판발행 2016년 2월 1일

지은이 노바이올렛 불라와요 | 옮긴이 이진 | 펴낸이 염현숙
기획 한문숙 | 책임편집 홍유진 | 편집 이현자 신소희 | 독자 모니터 전혜진
디자인 강혜림 이원경 | 저작권 한문숙 박혜연 김지영
마케팅 정민호 이미진 정진아 전효선 | 홍보 김희숙 김상만 한수진 이천희
제작 강신은 김동욱 임현식 | 제작처 영신사

펴낸곳 (주)문학동네
출판등록 1993년 10월 22일 제406-2003-000045호
주소 10881 경기도 파주시 회동길 210
전자우편 editor@munhak.com | 대표전화 031) 955-8888 | 팩스 031) 955-8855
문의전화 031) 955-1927(마케팅) 031) 955-1929(편집)
문학동네카페 http://cafe.naver.com/mhdn | 트위터 @munhakdongne

ISBN 978-89-546-3939-2 03840

www.munhak.com